MIJN TOEKOMST

MIJN KWELLING: BOEK 4

ANNA ZAIRES

♠ MOZAIKA PUBLICATIONS ♠

Dit boek is fictie. Alle namen, personages, plaatsen en incidenten zijn ontsproten aan de verbeelding van de auteur of worden fictief gebruikt. Iedere gelijkenis met bestaande personen, levend of dood, bedrijven, gebeurtenissen of plaatsen, berust volledig en uitsluitend op toeval.

DEEL I

1

enderson

'WAT BEN JE AAN HET DOEN?'

Door het horen van Bonnies bezorgde stem word ik uit mijn planning gerukt en ik kijk op, schuif de map die ik aan het bestuderen was in een stapel dossiers op mijn bureau en probeer een plausibele leugen te bedenken.

Maar de vrouw met wie ik al eenentwintig jaar getrouwd ben, kijkt niet naar me.

Ze staart naar de computer achter me, waar een groot deel van het scherm in beslag wordt genomen door een foto van een mooie bruid met kastanjekleurig haar die naar haar knappe bruidegom lacht.

Kut. Ik dacht dat ik dat tabblad gesloten had. Mijn nekspieren verkrampen van spanning, gal brandt weer in mijn keel als ik zie dat Bonnie begint te beven. 'Waarom heb je een foto van hem?' Haar stem wordt schril en haar ogen gaan beschuldigend naar mij. 'Waarom heb je de foto van dat monster op je scherm?'

'Bonnie... Het is niet wat je denkt.' Ik sta op, maar ze deinst al achteruit, schudt haar hoofd. Haar lange oorbellen deinen rond haar magere gezicht.

'Je hebt het beloofd. Je zei dat we veilig zouden zijn.'

'En dat zullen we zijn,' zeg ik, maar het is te laat.

Ze is al weg.

Terug naar de schuilplaats van haar bed, haar pillen, haar hersenloze reality-tv.

Terug naar waar de kinderen en ik haar nooit kunnen bereiken.

Ik zak terug in mijn stoel en rol mijn hoofd van links naar rechts om het ergste van de kwellende spanning los te laten terwijl ik de map weer tevoorschijn haal. De naam in de map staart me aan, elke letter daagt me uit en wakkert het bittere vuur van de woede aan.

Peter Sokolov.

Ik ben de laatste die nog op zijn lijst staat. De enige die hij nog niet heeft vermoord voor wat er in dat klotedorp in Dagestan is gebeurd. Eén fout, één onzorgvuldig gegeven bevel, en dit is het resultaat. Jarenlang heeft hij op mij en mijn familie gejaagd, onze vrienden en geliefden gemarteld in een poging mij te pakken te krijgen, de hoofdrol gespeeld in de nachtmerries van mijn kinderen, ons leven op alle mogelijke manieren verwoest.

En nu, dankzij de invloed van zijn maatje Esguerra op onze regering, mag hij vrij rondlopen. Is hij getrouwd met zijn mooie dokter met het kastanjekleurige haar en kan hij in de Verenigde Staten leven alsof alles vergeven en vergeten is.

Alsof ik zijn belofte om me niet te vermoorden kan vertrouwen.

Mijn blik valt op de rest van de namen in de map.

Julian Esguerra.

Lucas Kent.

Yan en Ilya Ivanov.

Anton Rezov.

Sokolovs bondgenoten. Monsters, stuk voor stuk.

Ze moeten boeten voor wat ze gedaan hebben.

Net als Sokolov moeten ze geneutraliseerd worden.

Dan, en alleen dan, zullen we echt veilig zijn.

ara

Ik word wakker met het schokkende besef dat ik getrouwd ben.

Getrouwd met Peter Garin, a.k.a. Sokolov.

De man die George Cobakis, mijn eerste echtgenoot, vermoordde nadat hij in mijn huis had ingebroken en me had gemarteld.

Mijn stalker.

Mijn ontvoerder.

De liefde van mijn leven.

Mijn gedachten gaan terug naar gisteravond en mijn lichaam wordt warm van schaamte en opwinding. Hij strafte me gisteren. Hij strafte me omdat ik hem bijna voor het altaar liet staan.

Hij nam me bruut en zette me ondertussen ook nog

onder druk om het toe te geven.

Ik moest van hem bekennen dat ik van hem hou – alles van hem, de duistere delen inbegrepen.

Dat ik die duisternis nodig heb... het nodig heb dat die op mij gericht is, zodat ik de schaamte en schuld kan overwinnen van het feit dat ik voor een monster gevallen ben.

Als ik mijn ogen opendoe, staar ik naar het saaie witte plafond. We zijn nog steeds in mijn kleine appartement, maar ik denk dat we snel zullen verhuizen. En dan? Kinderen? Wandelingen in het park en etentjes met mijn ouders?

Ga ik echt een leven opbouwen met de man die dreigde iedereen op onze bruiloft te vermoorden als ik niet kwam opdagen?

Hij is vast ontbijt aan het maken, want ik ruik heerlijke geuren uit de keuken komen. Het is iets zoets en hartigs en mijn maag knort terwijl ik rechtop ga zitten, huiverend van de pijn in mijn hamstrings.

Als we veel in exotische posities gaan neuken, moet ik misschien aan yoga gaan doen.

Hoofdschuddend bij die belachelijke gedachte ga ik douchen en poets mijn tanden, en tegen de tijd dat ik gehuld in een badjas naar buiten kom, hoor ik Peters diepe stem met zijn zachte accent mij roepen.

Of beter gezegd, hij roept zijn 'ptichka'.

'Ik ben hier,' zeg ik, terwijl ik de keuken in loop, waar ik in ongelooflijk sterke armen word genomen en zo hevig word gekust dat ik buiten adem raak.

'Jazeker,' mompelt mijn man als hij me eindelijk

weer neerzet. 'Je bent hier, en je gaat nergens heen.' Zijn grote handen rusten bezitterig op mijn middel, zijn grijze ogen glanzen als zilver in zijn met stoppels bedekte gezicht. Hoewel hij gekleed is in een T-shirt en spijkerbroek, moet hij zich nog niet geschoren hebben, want die stoppels zien er heerlijk ruw en kriebelig uit, waardoor ik me afvraag hoe het zou zijn als hij ze over mijn huid zou wrijven.

Impulsief gaat mijn hand naar zijn gebeeldhouwde kaaklijn. Hij is net zo ruw als ik me had voorgesteld en ik grijns als hij zijn ogen sluit en met zijn gezicht tegen mijn handpalm wrijft, als een grote kater die zijn territorium afbakent.

'Het is zondag,' zeg ik, terwijl ik mijn hand laat zakken als hij zijn ogen opent. 'Dus ja, ik ga inderdaad nergens heen. Wat eten we als ontbijt?'

Hij grijnst, doet een stap terug en laat me los. 'Ricottapannenkoekjes. Heb je honger?'

'Ik zou zeker wel wat lusten,' zeg ik, en ik zie zijn metalen ogen oplichten van plezier.

Ik ga zitten terwijl hij borden voor ons pakt en ze op tafel zet. Hoewel hij pas afgelopen dinsdag is teruggekomen, voelt hij zich al helemaal thuis in mijn piepkleine keuken. Zijn bewegingen zijn soepel en zelfverzekerd alsof hij hier al maanden woont.

Als ik naar hem kijk, krijg ik weer het verontrustende gevoel dat een gevaarlijk roofdier mijn kleine appartement is binnengedrongen. Gedeeltelijk komt dat door zijn formaat – hij is minstens een kop groter dan ik, zijn schouders zijn onmogelijk breed, zijn soldatenlichaam zit vol met harde spieren. Maar het is ook iets aan hemzelf, iets wat meer doet dan de tatoeages die zijn linkerarm sieren of het vage litteken dat zijn wenkbrauw doorsnijdt.

Het is iets intrinsieks, een soort meedogenloosheid die er zelfs nog is als hij lacht.

'Hoe voel je je, ptichka?' vraagt hij terwijl hij bij me aan tafel komt zitten, en ik kijk omlaag naar mijn bord, want ik weet waarom hij bezorgd is.

'Goed.' Ik wil niet denken aan gisteren, aan hoe agent Rysons bezoek me letterlijk misselijk maakte. Ik was al ongerust over de bruiloft, maar pas toen de FBI-agent me met Peters misdaden confronteerde, verloor ik mijn maaginhoud en liet ik Peter bijna aan het altaar staan.

'Geen nadelige gevolgen van gisteravond?' verduidelijkt hij, en ik kijk op, mijn wangen rood en verhit als ik me realiseer dat hij het over de seks heeft.

'Nee.' Mijn stem is verstikt. 'Helemaal in orde.'

'Goed,' mompelt hij.

Zijn blik is warm en donker en ik verberg mijn blos door een ricottapannenkoekje te pakken.

'Hier, mijn liefste.' Hij schotelt me vakkundig twee pannenkoekjes voor en schuift een fles ahornsiroop in mijn richting. 'Wil je nog iets anders? Misschien wat fruit?'

'Zeker,' zeg ik en ik kijk toe terwijl hij naar de koelkast loopt om er bessen uit te halen en af te spoelen.

Mijn gedomesticeerde moordenaar. Is dit hoe ons leven samen altijd zal zijn?

'Wat wil je vandaag gaan doen?' vraag ik als hij weer aan tafel zit, en hij haalt zijn schouders op.

Zijn mooie lippen vormen een glimlach. 'Het is aan jou, ptichka. Ik dacht dat we misschien naar buiten konden gaan, genieten van de mooie dag.'

'Dus… wandelen in het park? Echt?'

Hij fronst. 'Waarom niet?'

'Inderdaad, waarom niet. Ik doe mee.' Ik concentreer me op mijn pannenkoekjes zodat ik niet hysterisch begin te giechelen.

Hij zou het niet begrijpen.

WE ETEN SNEL – IK HEB HONGER EN DE ricottapannenkoekjes (*sirniki*, noemt hij ze) zijn om te smullen – en dan gaan we op weg naar het park. Peter rijdt, en als we halverwege zijn, zie ik dat een zwarte SUV ons volgt.

'Is dat Danny weer?' vraag ik met een blik achterom.

Sinds Peter terug is, heeft de FBI ons met rust gelaten, en Peter is rustig over de achtervolging, dus het moet haast wel de bodyguard-chauffeur zijn die hij heeft ingehuurd.

Tot mijn verbazing schudt Peter zijn hoofd. 'Danny heeft vandaag vrij. Het zijn een paar andere jongens.'

Ah. Ik draai me om in mijn stoel om de SUV te

bestuderen. De ramen zijn getint, dus ik kan niet naar binnen kijken. Fronsend kijk ik terug naar Peter. 'Denk je dat we nog steeds al die beveiliging nodig hebben?'

Hij haalt zijn schouders op. 'Ik hoop van niet. Maar ik kies het zekere voor het onzekere.'

'En deze auto?' Ik kijk rond in de luxe Mercedes sedan die Peter vorige week heeft gekocht. 'Is deze op een of andere manier extra beveiligd?' Ik tik met mijn knokkels tegen de ruit. 'Dit lijkt me echt dik glas.'

Zijn uitdrukking verandert niet. 'Ja. Het glas is kogelvrij.'

'O. Wauw.'

Hij kijkt me aan, een flauwe glimlach verschijnt op zijn lippen. 'Maak je geen zorgen, ptichka. Ik verwacht niet dat we beschoten zullen worden. Dit is gewoon een voorzorgsmaatregel, meer niet.'

'Juist.' Gewoon een voorzorgsmaatregel, zoals de wapens die hij in zijn jasje had op ons huwelijk. Of de bodyguard-chauffeur die me ophaalt van mijn werk als Peter niet kan. Alsof normale stellen altijd bodyguards en kogelvrije auto's hebben.

'Vertel me eens wat over de huizen die je gevonden hebt,' zeg ik, terwijl ik het onbehagen dat de gedachte aan al die veiligheidsmaatregelen oproept, terzijde schuif. Gezien zijn vroegere beroep en het soort vijanden dat hij heeft gemaakt, is Peters paranoia volkomen logisch, en ik ben niet van plan bezwaar te maken tegen de voorzorgsmaatregelen die hij nodig acht.

Zoals hij zei: beter het zekere voor het onzekere.

'Ik zal je zo de lijstjes laten zien,' zegt hij, en ik besef dat we al op onze bestemming zijn.

Hij parkeert de auto vakkundig en loopt om me heen om het portier voor me te openen. Ik leg mijn hand in de zijne en laat hem me helpen, en ik ben niet in het minst verbaasd als hij van de gelegenheid gebruikmaakt om me naar zich toe te trekken voor een kus.

Zijn lippen zijn zacht en teder als ze de mijne raken, zijn adem heeft de smaak van ahornsiroop. Er is geen urgentie in deze kus, geen duisternis – alleen tederheid en verlangen. Maar als hij zijn hoofd weer opheft, is mijn hartslag net zo snel als wanneer hij me zou hebben verkracht. Mijn huid is warm en tintelt waar zijn handpalm mijn wang omsluit.

'Ik hou van je,' mompelt hij, terwijl hij op me neerkijkt, en ik straal, mijn onbehagen vervangen door een licht, opwindend gevoel.

'Ik hou ook van jou.' De woorden komen vandaag nog makkelijker over mijn lippen, omdat ze waar zijn. Ik hou echt van Peter.

Ik hou van hem, ook al beangstigt hij me nog steeds.

Hij grijnst en leidt me naar een bankje. 'Hier.' Hij trekt me naar beneden om te zitten en haalt zijn telefoon tevoorschijn, veegt een paar keer over het scherm voordat hij het aan mij geeft. 'Dit zijn de advertenties die ik heb gevonden,' zegt hij, terwijl hij me met een warme, zilverkleurige blik aankijkt. 'Laat me weten welke huizen je leuk vindt, dan kunnen we ze gaan bekijken.'

Ik blader door de foto's terwijl het opgewekte gevoel sterker wordt.

Is dit hoe echt geluk aanvoelt?

'Laten we wandelen en praten,' zeg ik als ik klaar ben met het bekijken van de foto's, en hij stemt graag toe. Terwijl hij mijn hand stevig vasthoudt en we door het park wandelen, bespreken we de voors en tegens van de verschillende huizen.

'Vind je vier slaapkamers niet wat te klein?' vraagt hij met een glimlach, en ik schud mijn hoofd.

'Waarom zou dat te klein zijn?'

'Nou...' Hij stopt en kijkt me aan. 'Heb je nagedacht over hoeveel kinderen je zou willen?'

Mijn maag maakt een buiteling. Hier is het dan: het onderwerp dat we hebben vermeden sinds Cyprus, toen Peter toegaf dat hij me zwanger wilde maken en ik een auto-ongeluk kreeg toen ik probeerde te ontsnappen. Ik verwachtte wel dat het ooit weer ter sprake zou komen – we gebruiken geen condooms meer sinds Peters terugkeer en hij heeft mijn ouders ronduit gezegd dat hij graag zou willen dat we snel een gezin stichten. Toch bonst mijn hart in mijn borstkas, en mijn handpalm wordt zweterig in Peters greep als ik me probeer voor te stellen hoe het zou zijn om met hem een kind te krijgen.

Met de genadeloze moordenaar die obsessief van me houdt.

Ik haal diep adem en raap mijn moed bij elkaar. Peter is niet langer een crimineel, niet langer een voortvluchtige, en ik ben zijn vrouw, niet zijn gevangene. Hij gaf zijn wraak op zodat wij dit konden hebben: een echt leven samen.

Wandelingen in het park, kinderen, de hele rataplan.

'Ik heb me er altijd drie voorgesteld,' zeg ik vastberaden, terwijl ik zijn blik vasthoud. 'Maar ik denk dat ik ook gelukkig zou kunnen zijn met één. Hoe zit het met jou?'

Een tedere glimlach verschijnt op zijn donkere, knappe gezicht. 'Minstens twee, als alles goed gaat met de eerste.' Hij legt zijn grote handpalm op mijn buik. 'Denk je dat er een kans is…?'

Ik lach en doe een stap weg. 'Grapjas. Het is veel te vroeg om dat te zeggen. Je bent minder dan een week geleden teruggekomen. Als ik wist dat ik zwanger was, zou dat problematisch zijn.'

'Heel goed,' beaamt hij, terwijl hij mijn hand vastpakt en er bezitterig in knijpt. We lopen verder en hij werpt me een zijdelingse blik toe. 'Ik neem aan dat je het hiermee eens bent?'

'Met een baby nu, bedoel je?'

Hij knikt, en ik haal diep adem en kijk voor me uit naar een groepje skateboardende tieners. 'Ik denk het. Ik zou nog wel een tijdje willen wachten, maar ik weet dat dit veel voor je betekent.'

Hij antwoordt niet, en als ik hem aankijk, zie ik dat zijn uitdrukking donkerder is geworden, zijn kaak strak terwijl hij recht voor zich uit staart. Het opgewekte gevoel vervliegt als ik me realiseer dat ik hem onbedoeld heb herinnerd aan de tragedie in zijn verleden.

'Het spijt me.' Ik til onze in elkaar geklemde handen op om zijn vuist tegen mijn borst te drukken. 'Ik wilde je niet aan je familie herinneren.'

Zijn blik ontmoet de mijne, en een deel van de rauwe kwelling trekt weg. 'Het is al goed, ptichka.' Zijn stem is hees als hij onze handen omhoogtilt om een tedere kus op mijn knokkels te geven. 'Je hoeft niet op eieren te lopen bij mij. Pasja en Tamila zullen altijd in mijn herinnering voortleven, maar jij bent nu mijn familie.'

Mijn hart knijpt samen tot een pijnlijke bal. Hij heeft gelijk. Ik ben zijn familie en hij is de mijne. Omdat de bruiloft zo snel ging, heb ik niet de kans gehad om daar echt over na te denken, om die realiteit in mijn gedachten te verwoorden.

We zijn getrouwd.

Echt getrouwd.

Ik kan George niet meer als mijn echtgenoot beschouwen nu Peter die titel draagt, net zoals hij Tamila niet meer als zijn echtgenote kan beschouwen.

'En je hebt gelijk,' gaat hij verder terwijl ik dat besef verwerk. 'Familie is belangrijk voor me. Ik wil dat we een kind krijgen, en ik wil het snel. Maar…' Hij aarzelt en zegt dan rustig: 'Als je wilt wachten, zal ik je niet dwingen.'

Ik blijf stilstaan en staar hem aan. 'Echt? Waarom niet?'

Een snelle glimlach flitst over zijn gezicht. 'Wil je dat ik dat doe?'

'Nee! Ik wilde…' Ik schud mijn hoofd en trek mijn hand uit zijn greep. 'Ik begrijp het niet. Ik dacht dat dat de volgende stap was, je weet wel, trouwen en zo. Jij hebt de bruiloft geforceerd, dus…'

Alle humor verdwijnt uit zijn blik. 'Je was bijna dood, mijn liefste. Op Cyprus, toen je dacht dat ik je een kind zou opdringen, probeerde je te ontsnappen en stierf je bijna.'

Ik bijt op mijn lip. 'Dat was anders. Wíj waren toen anders.'

'Ja. Maar een bevalling in het algemeen kan gevaarlijk zijn. Zelfs met alle medische vooruitgang van vandaag, riskeert een vrouw haar gezondheid, zo niet haar leven. En als jou iets zou overkomen omdat ik erop stond…' Hij stopt, zijn kaak verkrampt terwijl hij wegkijkt.

Ik staar hem aan, mijn hart klopt zwaar in mijn borst. De kans dat mij iets ernstigs overkomt tijdens de bevalling is erg klein, en mijn eerste ingeving als arts is om hem dat te vertellen, om hem gerust te stellen. Maar op het laatste moment bedenk ik me.

'Dus je zou wel willen wachten?' Ik vraag het voorzichtig.

Peter draait zich met een sombere blik naar me toe. 'Wil je wachten, mijn liefste?'

Nu is het mijn beurt om weg te kijken. Wil ik dat? Tot op dit moment nam ik aan dat Peters terugkeer en de gehaaste bruiloft betekenden dat er een kind in onze nabije toekomst lag. Ik had me erbij neergelegd, had het op een bepaalde manier zelfs omarmd.

In ieder geval zouden mijn ouders de kleinkinderen kunnen krijgen die ze zo graag willen – iets waar ik tot ons etentje laatst nog niet aan gedacht had.

'Sara?' vraagt Peter, en ik kijk op om zijn blik te ontmoeten.

Dit is het.

Mijn kans om het uit te stellen.

Om het juiste te doen, het wijze.

Om een kind te krijgen zodra ik zeker weet dat we het aankunnen, zeker weet dat Peter dit leven kan leiden.

Ik hoef alleen maar ja te zeggen, de keuze te gebruiken die hij me heeft gegeven, maar mijn mond weigert het woord te vormen. In plaats daarvan, als ik zijn blik vasthoud, en de spanning daar zie, hoor ik mezelf zeggen: 'Nee.'

'Nee?'

'Nee, ik wil niet wachten,' verduidelijk ik, de rationele stem uitschakelend die in mijn hoofd schreeuwt, terwijl ik toekijk hoe een heldere, vreugdevolle glimlach om zijn lippen krult.

Misschien is dit de verkeerde beslissing, maar op dit moment voelt het niet zo. Peter had gelijk toen hij zei dat het leven kort is. Het is kort en onzeker en zit vol valkuilen. Ik heb altijd voorzichtig geleefd, de toekomst gepland in de veronderstelling dat er een toekomst zou zijn, maar als er iets is wat ik de afgelopen jaren heb geleerd, is het dat er geen garanties zijn.

Er is alleen vandaag, alleen nu.

Alleen wij, samen en verliefd.

WE BRENGEN NOG EEN UURTJE IN HET PARK DOOR EN gaan dan samen boodschappen doen om eten voor de week in te slaan. Peter koopt genoeg om tien mensen te voeden, en als ik hem daarnaar vraag, vertelt hij dat hij van plan is mijn ouders uit te nodigen om aanstaande vrijdag bij ons te komen eten – en om voor mij lunchpakketten te maken om elke dag mee naar het werk te nemen.

Als we thuiskomen, verdwijnt hij in de keuken en ga ik op mijn computer de mailfelicitaties en cadeaubonnen afhandelen – een populaire keuze voor de meerderheid van de gasten op onze bruiloft, aangezien niemand tijd had om voor een echt cadeau te gaan shoppen. Ik print alle cadeaubonnen uit, sorteer ze in categorieën, pas de codes toe op specifieke winkeliers als dat nodig is, en mail de bedankjes terug. Het hele proces duurt minder dan veertig minuten – nog een voordeel van onze eenvoudige, snelle bruiloft.

Toen met George hebben we twee weekenden achter elkaar aan deze taak gewerkt.

Ik sta op het punt de computer af te sluiten wanneer ik een andere e-mail in mijn inbox zie. Deze is van een onbekende afzender, maar ook met als onderwerp 'Gefeliciteerd'.

Ik open hem, verwacht een andere cadeaubon, maar er zit alleen een kort bericht in.

Gefeliciteerd met een prachtige bruiloft. Als je ons ooit wilt bereiken, kun je dit mailadres gebruiken.

Met de beste wensen,
Yan

Ik knipper met mijn ogen en staar naar de e-mail. Ik heb geen idee hoe Peters voormalige teamgenoot aan mijn mailadres is gekomen, of waarom hij heeft besloten mij te schrijven, maar ik voeg zijn mailadres toe aan mijn contacten voor het geval dat.

Klaar met de geschenken volg ik de heerlijke geuren naar de keuken, waar Peter de lunch klaarmaakt.

Misschien is het te vroeg om te zeggen, maar ik ben optimistisch.

Dit huwelijk gaat werken.

Wij tweeën zullen ervoor zorgen dat het werkt.

eter

TIJDENS DE LUNCH PROEF IK NAUWELIJKS IETS VAN MIJN ETEN. Al mijn aandacht is op Sara gericht terwijl ze me vertelt over de trouwcadeaus en Yans vreemde e-mail. Haar hazelnootkleurige ogen lijken bijna groen als ze geanimeerd met haar vork gebaart, haar huid als bleke room in het felle zonlicht dat door het keukenraam stroomt. In een nonchalante blauwe zonnejurk, met haar kastanjebruine haar in losse golven rond haar slanke schouders, is ze de verwezenlijking van al mijn dromen, en mijn borstkas verstrakt bij de herinnering aan hoe het was om al die maanden zonder haar te zijn.

Ik laat haar nooit meer gaan.

Ze is van mij, tot de dood ons scheidt.

'Waarom denk je dat hij me benaderd heeft? Denk je dat hij gewoon contact wil houden?' vraagt ze, terwijl ze een stukje komkommer in haar huzarensalade dipt, en ik dwing mezelf om me op het gesprek te concentreren in plaats van op hoe graag ik haar over de tafel zou spreiden en me tegoed zou willen doen aan haar in plaats van aan het eten dat ik heb klaargemaakt.

'Ik heb geen idee,' antwoord ik naar waarheid. Yan Ivanov nam onze moordzaken over nadat ik weg was, dus ik kan me niet voorstellen dat hij me terug zou willen. Maanden daarvoor waren er spanningen tussen ons en ik vermoed dat als ik niet vrijwillig was afgetreden als teamleider, hij zijn best zou hebben gedaan om mijn plaats in te nemen.

Aan de andere kant denkt hij niet dat het burgerleven iets voor mij is; dat zei hij ook op ons huwelijk. Dus misschien verwacht hij dat ik terugkom en houdt hij de situatie in de gaten voor het geval dat.

Met Yan weet je het nooit.

'Nou, ik hoop dat ze ons komen opzoeken,' zegt Sara. 'De jongens, bedoel ik. Ik heb de kans niet gekregen om met ze te praten op de bruiloft en daar voel ik me rot over.'

Ik trek mijn wenkbrauwen op. 'Echt? Dát is waar je je rot over voelt?'

Ze laat haar blik op haar salade vallen. 'En ook dat ik je bijna had laten staan, natuurlijk.'

De metalen randen van het heft van de vork snijden in mijn handpalm en ik realiseer me dat ik te hard knijp. Ik ben niet langer boos op mijn ptichka, hoewel een deel van de pijn nog steeds blijft hangen. Ik begrijp hoe moeilijk het voor haar was om toe te geven dat ze van me houdt, om me volledig te omarmen na alles wat ik heb gedaan. Ze had het nodig dat ik haar geen keus zou laten, en dat heb ik bewerkstelligd door haar vrienden te bedreigen om haar op onze bruiloft te laten verschijnen.

Nee, ik ben niet boos op Sara, maar wel op de man die haar probeerde te manipuleren om niet op onze bruiloft te komen.

Agent Ryson.

Het feit dat hij dat durfde te doen vervult me met zinderende woede. Ik laat Henderson met rust, zij laten mij en Sara met rust – dat was de afspraak. Geen FBI-bewaking meer, geen gedonder, gewoon een schone lei zodat we een vredig leven kunnen leiden.

Hij heeft Sara ook bedreigd. Hij beschuldigde haar van samenzwering met mij om haar man te vermoorden. Ik heb geen idee wat hij precies tegen haar zei, maar het moet indrukwekkend zijn geweest om zo'n sterke reactie van haar teweeg te brengen.

Onder alle andere omstandigheden zou hij al onder de zoden hebben gelegen, maar ik word nu verondersteld een gezagsgetrouwe burger te zijn. Ik kan geen FBI-agenten gaan vermoorden, niet zonder het leven op te geven waar ik voor gevochten heb, het burgerleven dat Sara nodig heeft. Dus hoe verleidelijk het ook is, Ryson blijft leven, voorlopig althans. Later, als er genoeg tijd verstreken is, kan hij een noodlottig ongeval krijgen of worden aangevallen door iemand die zomaar ineens door het lint gaat, zoals de stiefvader van Sara's patiënt... maar dat is voor later.

Vandaag heb ik Sara helemaal voor mezelf, en ik ben van plan ervan te genieten.

'Maak je geen zorgen, liefste,' zeg ik als mijn vrouw rustig verder eet, mijn blik ontwijkend. 'Dat is gebeurd. Het ligt achter ons – net als alle andere fouten die we hebben gemaakt. Laten we ons concentreren op het nu en de toekomst... ons leven leiden zonder altijd achterom te kijken.'

Ze kijkt op, haar ogen onzeker. 'Denk je echt dat we dat kunnen?'

'Ja,' zeg ik vastberaden, en ik breng haar hand naar mijn lippen voor een tedere kus.

NA DE LUNCH GAAN WE DE HUIZEN BEKIJKEN DIE IK HAAR HEB LATEN ZIEN, en Sara wordt verliefd op een victoriaanse woning met vijf slaapkamers die in de jaren tachtig is gebouwd maar vorig jaar volledig is gerenoveerd. Het huis heeft een grote achtertuin voor de hond en de kinderen, zegt ze vrolijk, en een prachtige open haard in de woonkamer. Ik vind het niet geweldig dat de buren zo dichtbij zijn en dat de tuin helemaal open is, maar ik denk dat als we wat bomen planten en een schutting neerzetten, we voldoende privacy hebben.

Het is sowieso beter dan wonen in Sara's huidige

huurhuis.

Voordat we vertrekken, doe ik een bod boven de vraagprijs zonder voorbehoud van financiering, en de makelaar belt een paar minuten later om ons te vertellen dat het bod is geaccepteerd.

'Geregeld,' zeg ik tegen Sara als ik ophang. 'De overdracht is volgende week.'

Haar ogen worden groot. 'Echt? Zomaar?'

'Waarom niet?'

Ze lacht. 'O, ik weet het niet. Ik denk omdat de meeste mensen niet zo makkelijk huizen kopen als schoenen.'

Ik glimlach en pak haar hand. 'De meeste mensen zijn ons niet.'

'Nee,' beaamt ze wrang, terwijl ze naar me opkijkt. 'Dat zijn ze niet.'

We komen thuis en ik maak ons avondeten – gegrilde sint-jakobsschelpen met zoete-aardappelpuree en gestoomde broccoli. Terwijl we eten, brengt Sara de verhuislogistiek ter sprake, en ik zeg dat ik voor alles zal zorgen, net zoals ik dat met de bruiloft heb gedaan.

'Het enige wat je hoeft te doen is opdagen op de nieuwe plek,' zeg ik, terwijl ik een glas pinot grigio voor haar inschenk. Dan herinner ik me ineens haar onverklaarbare ontsteltenis over de verkoop van haar Toyota en voeg ik eraan toe: 'Tenzij er iets is waar je samen over wilt beslissen? Misschien wil je nieuwe meubels of accessoires kiezen?'

Ze glimlacht berouwvol. 'Nee, ik denk dat het wel goed komt. Ik ben niet overdreven kieskeurig als het om inrichting gaat. Als jij ermee aan de slag wilt, vind ik dat prima.'

'Op ons nieuwe huis, dan.' Ik hef mijn wijnglas en tik het zachtjes tegen het hare. 'En een nieuw leven.'

'Op ons nieuwe leven,' echoot ze zachtjes, en terwijl ze van haar glas nipt, kan ik het niet helpen dat ik terugdenk aan toen ze mijn wijn probeerde te vergiftigen, in het begin van onze relatie. Ze was toen zo opstandig, er zo van overtuigd dat ze me haatte.

Is dat nog steeds zo? Een klein beetje?

Mijn stemming wordt duisterder. Ik zet mijn wijn neer, sta op, loop om de tafel heen en trek Sara overeind.

'Wat doe je...' begint ze, maar ik ben haar al aan het kussen, de wijn op haar lippen aan het proeven.

Haar zijdezachte lippen die me al de hele dag ongelooflijk afleiden.

Ik heb mijn best gedaan om me als een goede echtgenoot te gedragen, om alle normale dingen met haar te doen in plaats van haar aan mijn bed vast te ketenen en haar de hele dag te neuken zoals mijn instincten willen. Ik ben kalm en geduldig geweest om haar te laten herstellen van gisteravond, maar ik kan niet langer beschaafd doen.

Ik heb haar nodig.

Hier.

Nu.

Ze slaat haar armen om mijn nek, haar slanke lichaam kromt zich tegen me aan. Ik krijg geen genoeg van haar smaak en geur, van het gevoel van haar delicate tong die langs mijn tong strijkt. Ze is verrukkelijk, en mijn pik wordt hard, mijn hart bonst hevig in mijn ribbenkast terwijl ik de tafel afruim met één zwaai van mijn arm, niet lettend op de rommel die ik maak.

We moeten toch nieuw servies kopen.

Ze hijgt als ik haar uitstrek op de tafel en haar jurkje omhoogdoe, zodat haar bleke dijen en een mooie blauwe string met kanten randje zichtbaar worden. Ik kan me niet bedwingen, ruk het stukje zijde los en begraaf mijn hoofd tussen haar dijen. Mijn tong duikt hongerig tussen haar plooien, mijn lippen sluiten zich rond haar clitoris met een harde, gulzige zuigbeweging terwijl ik haar benen over mijn schouders leg.

'Peter... O god, Peter...' Haar heupen komen van de tafel los, haar handen verstrengelen zich in mijn haar, en ik heb het gevoel dat mijn pik zal ontploffen in mijn jeans bij haar smaak, bij de warme, vrouwelijke geur en het gevoel van haar zijdezachte vlees onder mijn tong. Ik hou van alles: de manier waarop haar scherpe nageltjes in mijn schedel krassen en haar gespierde dijen in mijn oren knijpen, de hijgende geluiden die uit haar keel komen en de manier waarop haar sappige kutje siddert en samentrekt onder mijn tong.

Dit is het paradijs, de hemel, en ik kan niet geloven dat ik het zonder haar negen maanden lang heb uitgehouden.

Terwijl ik me verder tegoed doe aan haar clitoris, laat ik een vinger naar binnen glijden. Ik voel hoe haar kutje zich om het binnendringen heen klemt, terwijl haar heupen omhooggaan en schokken, woordeloos smekend om meer.

'Bijna klaar... nog een klein beetje,' grom ik in haar plooien, terwijl ik haar van binnenuit streel, en als ik het stukje sponsachtig weefsel vind waar haar G-spot is, kromt haar hele lichaam zich en komt ze met een langgerekte kreet klaar, haar handen krampachtig in mijn haar terwijl haar kutje om mijn vinger pulseert.

Mijn pik dreigt nu te exploderen in mijn broek, dus ik trek mijn vinger terug en draai haar om op haar buik. Dan trek ik haar naar me toe tot ze over de tafel gebogen zit, haar jurkje om haar middel geknoopt, de stevige witte bollingen van haar kont blootgelegd en een kutje dat glinstert van haar nattigheid en mijn speeksel. Ik kan geen seconde langer wachten, rits mijn spijkerbroek los en duw hem samen met mijn slip naar beneden, zodat mijn getergde pik vrijkomt.

'Klaar?' zeg ik schor, terwijl ik over haar heen leun en mezelf naar haar ingang breng, en haar adem stokt hoorbaar als ik zonder op een antwoord te wachten naar binnen duw.

Binnenin is ze fluweelzacht en glad. Haar tedere vlees grijpt me stevig vast, omhult me zo perfect dat mijn ballen tegen mijn lichaam trekken en er een lage kreun uit mijn keel ontsnapt als mijn vingers zich in haar heupen begraven.

Dit is waanzin, totale waanzin. Na ons gesprek

gisteravond hebben we nog twee keer seks gehad voordat we in slaap vielen, en ik zou me niet zo moeten voelen, zo wanhopig verlangend naar haar dat ik op het punt sta de controle te verliezen. Maar het verlangen is zo sterk. Ik krijg geen genoeg van Sara, alsof ik al dagen in de woestijn loop en zij mijn waterbron is. De behoefte om haar te bezitten klauwt aan mijn botten, de donkere lust gaat op en neer langs mijn ruggengraat. Ik voel het branden in mijn aderen, ik verbrand van binnenuit.

Ik ben verslaafd aan haar, en ik kan er geen genoeg van krijgen.

Ik laat haar heupen los, reik voorover en pak haar ellebogen vast, trek eraan zodat ze haar rug kromt voordat ik harder in haar stoot, voel hoe haar binnenste spieren zich om me heen klemmen als ik haar serieus begin te neuken.

Ze schreeuwt het uit bij elke afstraffende stoot, haar bovenlichaam wordt van de tafel getild door mijn greep op haar ellebogen, en ik voel het orgasme in me opborrelen, het genot komt op als een vloedgolf. Kreunend gooi ik mijn hoofd achterover en beuk sneller in haar, en haar kreten worden heviger, haar kutje verstrakt om me heen terwijl haar hele lichaam stijf wordt. Ik voel haar samentrekkingen beginnen en dan ben ik er; mijn lul schokt bevrijdend en haar natte kutje pulseert om me heen, melkt me, knijpt me leeg tot er niets meer over is.

Tot ik me over haar heen buig, haar tegen de tafel

druk en zwaar ademhaal, waarbij ik de bedwelmende geur van seks en zweet en Sara inadem.

Mijn Sara. Mijn vrouw.

Mijn obsessie.

We zouden een eeuwigheid samen kunnen zijn, en dat zou nog steeds niet genoeg zijn.

enderson

Ik lig in bed, te staren naar het plafond. Voor de tweede achtereenvolgende nacht kan ik niet slapen. Donkere gedachten kruipen door mijn hoofd en mijn nek gaat steeds op slot.

Het plan dat ik formuleer is extreem, monsterlijk zelfs, maar ik zie geen andere keus. Ik kan Sokolov niet rechtstreeks aanvallen – hij en zijn bruid worden te goed bewaakt. Als ik mis, zou het me alles kunnen kosten.

Trouwens, Sokolov is niet de enige die ik geëlimineerd wil zien.

Zijn bondgenoten zijn net zo gevaarlijk… voor mij, mijn familie, en de wereld in het algemeen.

Dit is echt de enige manier.
Hij en de anderen moeten boeten.

ara

Ik word wakker van het piepen van mijn wekker. Ik zet hem uit, rol me op mijn rug en rek me uit. Ik voel me zowel gepijnigd als voldaan. Nadat we de keuken hadden opgeruimd en gedoucht, nam Peter me nog een keer voordat we in slaap vielen, en daarna nog een keer midden in de nacht.

Iemand moet het libido van die man bottelen en verkopen. Het zou een fortuin opleveren.

Grijnzend bij die gedachte spring ik uit bed en onder de douche. Ik ruik al wat voor lekkers Peter in de keuken aan het koken is, en mijn maag is meer dan klaar om de dag te beginnen.

'Goedemorgen, ptichka,' begroet hij me als ik de keuken binnenstap na snel gedoucht en aangekleed te hebben voor het werk. Op de tafel staan twee borden met avocadotoast en ei, en op het aanrecht staat een lunchzakje – ik neem aan dat ik dat meeneem naar mijn werk.

'Hoi.' Mijn hartslag versnelt als ik hem in me opneem. Hij heeft vandaag geen shirt aan, zijn donkere jeans hangt laag op zijn heupen en de tatoeages op zijn arm glanzen in het ochtendlicht. Zijn lichaam is een kunstwerk, met perfect gedefinieerde spieren en brede schouders die uitlopen in een smalle taille. Zelfs de littekens op zijn torso hebben een soort gewelddadige, gevaarlijke schoonheid – net als de man zelf.

'Heb je tijd om te eten?' vraagt hij, en ik knik, vechtend tegen de drang om mijn lippen af te likken terwijl zijn buikspieren zich voor me spannen.

Misschien is Peter niet de enige met een krankzinnig libido.

De aandoening kan besmettelijk zijn.

'Ik heb een kwartiertje,' zeg ik hees, terwijl ik mezelf dwing om naar de tafel te lopen in plaats van naar hem toe. Als ik hem nu een goedemorgenkus geef, belanden we zo weer in bed.

'Goed. Ik breng je vanmorgen naar je werk,' zegt hij, terwijl hij bij me aan tafel komt zitten. Hij pakt zijn toast en neemt een hap, en ik doe hetzelfde met de mijne, genietend van de pittige limoensmaak in combinatie met het hartige spiegelei en het knapperige roggebrood.

'Is dit een drukke week voor je?' vraagt hij als ik

bijna klaar ben met mijn toast, en ik knik, terwijl ik met een servetje mijn lippen dep.

'Ja, eigenlijk wel. Ik heb het erg druk. Wendy en Bill – je weet wel, mijn bazen – zijn net op vakantie, dus ik zie een paar van hun patiënten naast mijn eigen. O, en ik moet morgenmiddag een van mijn patiënten induceren, dus ik zal waarschijnlijk laat thuis zijn. Plus ik heb een aantal diensten in de kliniek in de tweede helft van de week. '

'Aha.' Peters uitdrukking is neutraal, maar ik voel een subtiele verduistering van zijn stemming. Hij is hier niet blij mee, en ik kan het hem niet kwalijk nemen.

Ik breng ook liever tijd met hem door dan dat ik naar mijn werk ga.

'Ben je vanavond thuis voor het eten?' vraagt hij, en ik glimlach, blij dat ik hem wat goed nieuws kan brengen op dit front.

'Ik verwacht van wel. Als er geen noodgevallen zijn.'

'Goed.' Hij staat op. 'Ik trek even een shirt aan en dan breng ik je naar kantoor.'

'Dank je, en bedankt voor het heerlijke ontbijt,' roep ik, maar hij is al naar de slaapkamer.

eter

SARA'S KANTOOR IS OP LOOPAFSTAND VAN HAAR APPARTEMENT, dus de rit duurt maar een paar minuten. Maar al te snel rijd ik naar de stoeprand en overhandig Sara haar lunch, terwijl ik het gevoel heb dat ik nog liever mijn arm afknaag dan haar uit de auto te laten stappen.

Ik haat het dat ik haar de hele dag niet zal zien, dat ik haar niet zal kunnen aanraken of met haar praten tot ik haar 's avonds weer zie. Het is nog moeilijker dan vorige week omdat we deze zondag samen hebben doorgebracht en ik nu weet hoe het paradijs voelt.

Het is wat we hadden in Japan, alleen zonder de bittere vijandigheid – zonder dat Sara me kwalijk neemt dat ik haar weghoud van haar carrière en iedereen van wie ze houdt.

Het kost me al mijn kracht om te blijven zitten en kalm te blijven als ze mijn wang kust en voor ze uit de auto springt fluistert: 'Hou van je. Tot gauw.'

Ik zie haar slanke gestalte verdwijnen in haar kantoorgebouw, en dan stuur ik een bericht naar de crew om hun Sara-bewaakinstructies voor vandaag door te geven.

Als ik niet bij haar kan zijn, weet ik tenminste waar ze is en wat ze doet.

Dan weet ik tenminste zeker dat ze veilig is.

IK BRENG DE OCHTEND DOOR MET HET OVERMAKEN VAN het geld voor het sluiten van het huis aanstaande donderdag en het organiseren van de aanstaande verhuizing. Ik ben van plan om ons volgende week in het nieuwe huis te hebben, wat betekent dat er veel werk te doen is. Hoewel het huis net gerenoveerd is en geen grote upgrades nodig heeft, moet ik toch de nodige veiligheidsmaatregelen nemen.

Voorstad of niet, ons huis zal een vesting zijn, en niemand – en zeker agent Ryson niet – zal Sara weer thuis kunnen lastigvallen.

Het is halverwege de middag en ik ben groenten aan het wassen voor het avondeten als mijn telefoon trilt op het aanrecht. Met een half droge vinger druk ik op het scherm en blader door Sara's tekst.

Het spijt me zo. Ik kreeg net een telefoontje van de kliniek. Ze zijn helemaal overspoeld, en ze smeken me om vanavond te komen. Het is maar tot tien uur of zo. Nogmaals, het spijt me zo.

De courgette die ik aan het wassen was breekt in tweeën, en ik schuif de telefoon weg met mijn elleboog om te voorkomen dat hij hetzelfde lot ondergaat.

Ik had het verdomme moeten weten. 'Als er geen noodgevallen zijn' is code voor 'er zal zeker een noodgeval zijn'. Zo was het al voor Japan, en ook al is Sara's huidige baan minder gericht op de verloskundige kant van de gynaecologie, haar denkwijze is niet veranderd.

Werk komt nog steeds op de eerste plaats voor haar, zelfs vrijwilligerswerk in de kliniek.

Het kost me een stevige twintig minuten om te kalmeren en rationeel te denken. Sara's carrière is een van de redenen waarom ik al die moeite met Novak en Esguerra heb gedaan, waarom ik ermee instemde mijn wraak op Henderson op te geven. Dokter zijn – patiënten helpen – is belangrijk voor haar; ze heeft haar carrière net zo hard nodig als de nabijheid van haar familie en vrienden. Ik wist dit toen ik haar ontvoerde, maar het deed er toen niet toe voor mij.

Het enige wat telde was haar te houden.

Nu ik haar heb en zij gelukkig is, kan ik niet terugvallen in die manier van denken, kan ik niet vergeten hoe het was toen ik de bron van haar ellende was, toen ik elke keer als ze naar me keek, de kwelling in haar ogen zag.

Het is nu anders. Wat haar bedenkingen ook zijn, ze heeft eindelijk toegegeven dat ze van me houdt, genoeg om mijn kind te krijgen.

Een dochter of een zoon... zoals Pasha.

Even doet het pijn om weer te ademen, maar dan gaat de pijn weg, en laat een bitterzoet gevoel achter. Ik kan de laatste maanden steeds vaker zo aan Pasha denken, zonder dat de woede de herinneringen vergiftigt. En ik weet dat het allemaal aan haar te danken is.

Mijn kleine zangvogel die ik zo graag weer in een kooitje wil.

Ik haal diep adem, adem langzaam uit en concentreer me op de rustgevende taak van het eten maken.

Als Sara vanavond niet thuis kan komen, moet ik maar naar haar toe komen.

ara

Ik verwacht iemand van Peters team, maar Peter zelf staat me op te wachten bij de stoeprand.

Ik grijns, een deel van mijn vermoeidheid verdwijnt als zijn ogen over mijn lichaam glijden voordat ze zich hongerig op mijn gezicht vestigen.

'Hi.' Ik loop recht in zijn omhelzing en inhaleer diep als zijn sterke armen zich om me heen sluiten en me stevig tegen zijn borst drukken. Hij ruikt warm, schoon en mannelijk – een vertrouwde Peter-geur die ik nu associeer met troost.

Hij houdt me een paar lange momenten vast en trekt zich dan terug om me aan te staren. 'Hoe was je dag, mijn liefste?' vraagt hij zacht, terwijl hij mijn haar uit mijn gezicht veegt.

Ik lach naar hem. 'Gekkenwerk, maar alles is nu beter.' Ik ben belachelijk blij dat hij zelf is gekomen.

Hij grijnst terug naar mij. 'Heb je me gemist?'

'Ja,' geef ik toe als hij de autodeur opent en me naar binnen helpt. 'Ja, echt.'

Zijn antwoordende glimlach doet me smelten in de stoel. 'En ik heb jou gemist, ptichka.'

'Het spijt me dat ik dit moet doen,' zeg ik als we wegrijden van de stoeprand. De auto ruikt naar iets heerlijk pittigs en mijn maag rommelt als ik zeg: 'Ik had me echt verheugd op een lekker etentje thuis.'

Peter kijkt me aan. 'Ik heb eten voor je meegebracht. Het staat op de achterbank.'

'Echt waar?' Ik draai me om en zie de bron van de heerlijke geur: nog een lunchzakje. 'Wow, dank je. Dat had niet gehoeven, maar ik waardeer het echt.' Terwijl ik me uitrek, pak ik de tas en zet hem op mijn schoot.

Ik was van plan pretzels te kopen uit een automaat in de kliniek, maar dit is oneindig veel beter.

'Waarom moet je dit doen?' vraagt Peter, terwijl hij stopt voor een rood licht. Zijn toon is nonchalant, maar ik laat me niet misleiden.

Hij keek er ook naar uit om samen te eten.

'Het spijt me echt,' zeg ik, en ik meen het. Toen Lydia, de receptioniste van de kliniek, me tijdens de lunch belde, wilde ik haar smeekbeden bijna afslaan, maar uiteindelijk won de wetenschap dat een paar dozijn vrouwen hun kankeronderzoek en prenatale zorg zouden mislopen als ik niet zou komen het. 'Ze hebben een tekort aan vrijwilligers vandaag, en ik kon ze niet in de steek laten.'

Hij werpt me een zijdelingse blik toe. 'Zou jij dat niet kunnen?'

Ik pauzeer midden in het openen van het lunchzakje. 'Nee,' zeg ik gelijkmatig. 'Ik zou het niet kunnen.'

Hier is het dan, waar ik al de hele tijd bang voor was. Ik vermoedde dat het slechts een kwestie van tijd was voor mijn werktijden Peter zouden gaan storen, en het lijkt erop dat ik gelijk had.

Gespannen bereid ik me voor op een ultimatum, maar Peter geeft gewoon gas en accelereert soepel.

'Eet, mijn liefste,' zegt hij op dezelfde nonchalante toon. 'Je hebt niet veel tijd.'

Ik volg zijn suggestie op en verorber het eten – groenten met couscous en geroosterde kip. De kruiden doen me denken aan de heerlijke lamskebab die Peter voor ons maakte in Japan, en ik eet alles in een paar minuten op.

'Dank je,' zeg ik, terwijl ik mijn mond afveeg met een servetje dat hij er zo attent bij heeft gedaan. 'Dat was heerlijk.'

'Graag gedaan.' Hij draait de straat in waar de kliniek is en parkeert vlak voor het gebouw. 'Kom, ik loop met je mee naar binnen.'

'O, je hoeft niet…' Ik stop omdat hij al om de auto heen loopt.

Hij opent de deur voor me, helpt me naar buiten en

begeleidt me naar het gebouw, alsof ik zou kunnen afdwalen als hij niet een hand op mijn rug houdt.

Ik verwacht dat hij stopt als we bij de deur zijn, maar hij gaat met me mee naar binnen.

Verward blijf ik stilstaan en ik kijk naar hem op. 'Wat ben je aan het doen?'

'Daar ben je!' Lydia haast zich naar me toe, haar brede gezicht opgelucht. 'Godzijdank. Ik dacht dat je niet van plan was om… O, hoi.' Ze bloost en staart naar Peter, met een blik die ik alleen maar kan typeren als verliefd

'Peter wilde net…' begin ik, maar hij glimlacht en stapt naar voren.

'Peter Garin. We hebben elkaar ontmoet op onze bruiloft,' zegt hij, terwijl hij zijn hand uitsteekt.

De ogen van de receptioniste gaan wijd open, ze grijpt zijn hand en schudt hem krachtig. 'Lydia,' zegt ze ademloos. 'Nogmaals gefeliciteerd. Het was een mooie dag.'

'Dank je.' Hij grijnst naar haar, en ik kan haar bijna voelen zwijmelen vanbinnen. 'Weet je, Sara vertelde me net dat je een tekort aan vrijwilligers hebt vandaag. Ik ben natuurlijk geen dokter, maar misschien is er iets wat ik kan doen om hier vanavond te helpen? Misschien heb je wat dossiers die gesorteerd moeten worden, of iets wat gerepareerd moet worden? We hebben nu maar één auto, en ik rij liever niet heen en weer om Sara op te halen.'

'O, natuurlijk.' Lydia's opwindingsniveau verviervoudigt zichtbaar. 'Alsjeblieft, er is zoveel werk.

En zei je dat je handig bent? Weet je toevallig ook iets van computers? Want er is zo'n eigenwijs softwareprogramma…'

Ze leidt hem weg, babbelend, en ik staar het tweetal vol ongeloof na als mijn moordenaar-echtgenoot om de hoek verdwijnt zonder ook maar een blik achterom te werpen.

8

———

eter

IK HELP LYDIA MET HAAR SOFTWAREPROBLEEM, REPAREER
een lekkende kraan en hang wat versieringen op in de
wachtruimte, terwijl twee dozijn vrouwen – van wie er
veel zichtbaar zwanger zijn – gefascineerd naar me
kijken.

Als enige dokter hier vanavond heeft Sara een
onophoudelijke stroom van patiënten, dus ik val haar
niet lastig. Het is voldoende om te weten dat ze maar
een paar kamers verder is, en dat ik haar in een minuut
kan bereiken als dat nodig is.

Als alle basistaken gedaan zijn, ga ik aan de slag met
het in elkaar zetten van een echoapparaat dat een
plaatselijk ziekenhuis geschonken heeft. Ik heb nog

nooit met medische apparatuur gewerkt, maar ik ben altijd goed geweest in het in elkaar zetten van dingen – wapens, explosieven, communicatieapparatuur – dus het duurt niet lang voor ik weet wat waar moet komen en hoe ik het moet testen om er zeker van te zijn dat het werkt.

'O mijn god, je bent een redder in nood, net als je vrouw,' roept Lydia uit als ik het haar laat zien. 'We wachten al maanden op een technicus die langskomt, en o, dit gaat zo nuttig zijn! Sara is nu bij haar laatste patiënt. Denk je dat je misschien tijd hebt om dit ene kastje ook op te knappen? Het hangt al en...'

'Geen probleem.' Ik volg haar naar een van de onderzoekskamers en voeg een paar schroeven toe om ervoor te zorgen dat de kast in kwestie niet op iemands hoofd valt.

'Je bent hier zo goed in,' zegt de receptioniste als ik klaar ben. 'Heb je ooit in de bouw gewerkt, toevallig? Je lijkt zo geoefend met die boor en zo...'

'Ik heb als tiener aan een aantal bouwprojecten gewerkt,' zeg ik zonder verder uit te weiden. Deze vrouw hoeft niet te weten dat de 'projecten' dwangarbeid waren in een jeugdversie van een Siberische goelag.

'O, dat dacht ik al.' Ze glimlacht naar me. 'Laat me even kijken of Sara klaar is.'

'Alsjeblieft.' Ik glimlach terug naar haar. 'Ik zou graag mijn vrouw mee naar huis nemen.'

De receptioniste haast zich weg, en ik strek mijn

armen, de stijfheid in mijn spieren loslatend. Het is nog maar een paar dagen geleden, maar ik word rusteloos, wil graag bewegen en iets lichamelijks doen. Na het eten heb ik een eind hardgelopen in het park en ben ik bij een boksschool geweest om wat stoom af te blazen, maar ik heb meer nodig.

Ik heb een soort uitdaging nodig.

Voor de eerste keer denk ik er serieus over na wat ik met de rest van mijn leven ga doen. Dankzij de Esguerra-Novak-dubbelslag heb ik genoeg geld voor mij, Sara, en een dozijn kinderen en kleinkinderen, vooral als we er geen gewoonte van maken om privévliegtuigen, speciale wapens of andere dure rekwisieten te kopen. Ik hoef niet te werken om ons te onderhouden, en ik heb geen andere plannen gemaakt dan Sara te veroveren en haar aan mij te binden – deels omdat ik altijd heb genoten van de vrije tijd tussen twee banen.

Nu begin ik te beseffen dat dat was omdat ik wist dat de vrije tijd tijdelijk was, dat er een andere uitdagende, adrenalinerijke missie in mijn toekomst lag. Nu is er niets meer – alleen een reeks rustige, vredige dagen die zich tot in het oneindige uitstrekken.

Dagen waarop ik alleen maar aan Sara denk en wacht tot ze thuiskomt.

'Peter?' Sara steekt haar hoofd de kamer in, en een grote glimlach verschijnt op haar gezicht als ze me aankijkt. 'Ik ben klaar om naar huis te gaan als jij dat ook bent.'

'Laten we gaan,' zeg ik, en ik schuif het probleem opzij voor een andere dag.

Ik zal er later over nadenken wat ik met mijn tijd ga doen.

Voor nu heb ik mijn ptichka, en zij is alles wat ik nodig heb.

ara

DE VOLGENDE TWEE DAGEN VLIEGEN VOORBIJ IN EEN WAAS VAN WERK. Op dinsdag blijf ik tot laat in het ziekenhuis voor een bevalling, en woensdag heb ik weer een dienst in de kliniek, waar ik weer de enige arts ben die alle patiënten ziet.

Het is vermoeiend, maar ik vind het niet erg omdat Peter een manier vindt om beide avonden dicht bij mij te zijn: op dinsdag door wat e-mails in te halen in het café bij het ziekenhuis, zodat ik even bij hem langs kan gaan terwijl ik wacht tot mijn patiënt klaar is voor de bevalling, en op woensdag door weer samen met mij vrijwilligerswerk te doen in de kliniek.

'Waarom doe je dit?' vraag ik hem terwijl we naar de kliniek rijden. 'Begrijp me niet verkeerd, ik ben heel blij dat je dit doet, en Lydia is in de wolken, dat is zeker. Maar is dit echt wat je wilt?'

Hij kijkt naar me, zijn ogen glanzen zilver. 'Wat ik wil is jou, 24/7 in mijn bed. Of te allen tijde aan mij vast geboeid. Maar omdat ik weet hoeveel je carrière voor je betekent, neem ik genoegen met het op één na beste.'

Ik staar hem aan, weet niet hoe te reageren. Bij elke andere man zou ik ervan overtuigd zijn dat het een grap is, maar bij Peter is dat geen veilige veronderstelling. Vooral omdat ik begrijp hoe hij zich voelt.

Ik mis hem ook heel erg als we niet bij elkaar zijn.

Een minuut later komen we aan in de kliniek, en ik ga me voorbereiden op een vloed van patiënten terwijl Lydia Peter haalt om wat meubels te verplaatsen. Van zeven tot tien zie ik vrouwen met kleine en grote problemen, en dan verschijnt er een bekende naam op mijn kaart.

Monica Jackson.

Mijn borstkas wordt pijnlijk gespannen. Het achttienjarige meisje kwam vorige week binnen na een tweede brute aanval door haar stiefvader, die door een technische fout uit de gevangenis is gekomen in plaats van zijn straf van zeven jaar uit te zitten voor de verkrachting van Monica toen ze zeventien was. Ik had haar die keer geholpen door haar wat geld te geven om haar alcoholische moeder minder afhankelijk te maken van de klootzak, maar vorige week kon ik niets doen. Monica was doodsbang dat haar stiefvader de voogdij over haar broertje zou vragen en zou winnen, of dat het kind in een pleeggezin terecht zou komen.

Haar hopeloze situatie had me zo geschokt dat ik een uur lang gehuild had.

Ik haal diep adem, zet mijn kalmste gezicht op en sta op als het meisje de kamer binnenkomt. 'Monica. Hoe gaat het met je?'

'Hallo, dokter Cobakis.' Haar kleine gezicht is zo stralend dat ik haar bijna niet herken. Zelfs de half geheelde blauwe plekken die nog zichtbaar zijn op haar huid doen niets af aan haar glans. 'Ik ben klaar voor mijn spiraaltje.'

Ik knipper met mijn ogen bij haar enthousiasme. 'Geweldig. Ik neem aan dat je je beter voelt?'

Ze knikt en springt op de onderzoekstafel. 'Ja, veel beter. En raad eens?'

'Wat?'

Ze grijnst. 'Hij kan me niet meer lastigvallen. Nooit meer. Vorige week ging hij 's avonds naar zijn werk, en werd hij overvallen in een steegje. Ze sneden zijn keel door, kan je dat geloven?'

'Ze... wat?' Ik zak achterover in mijn stoel terwijl ik mijn benen onder me vouw.

Haar grijns verdwijnt en ze kijkt me schuldbewust aan. 'Het spijt me. Dat klonk gemeen, nietwaar?'

'Eh, nee. Dat is...' Ik schud mijn hoofd in een vergeefse poging om het helder te krijgen. 'Zei je dat iemand zijn keel heeft doorgesneden?'

'Ja, de overvallers of overvaller. De politie weet niet

hoeveel het er waren. Zijn portemonnee is wel meegenomen, dus ze waren zeker uit op zijn geld.'

'Ik begrijp het.' Ik klink verstikt, maar ik kan het niet helpen. De herinnering aan de twee methheads die Peter vermoordde om mij te beschermen komt zo levendig in me op dat ik de koperkleurige stank van de dood ruik en de lappenpopachtige manier zie waarop ze ineenkrompen, met de donkere plassen bloed die zich onder hun voorovergebogen lichamen verspreidden...

Zoveel bloed dat hun kelen doorgesneden moesten zijn.

'Dokter Cobakis? Gaat het?'

Het meisje klinkt bezorgd. Ik moet bleek geworden zijn.

Met moeite verman ik me en ik glimlach geruststellend. 'Ja, sorry. Gewoon wat slechte associaties, dat is alles.'

'O, het spijt me. Ik wilde u niet laten schrikken. En begrijp alstublieft: ik zeg niet dat ik blij ben dat hij dood is. Het is gewoon dat...'

'Je bent blij dat hij uit je leven is. Ik snap het.' Ik sta weer op en overhandig Monica zo rustig mogelijk een in plastic verpakt papieren hemd. 'Ga je alsjeblieft omkleden. Ik kom zo bij je.'

Ik laat het meisje alleen en loop weg, mijn benen wankel en mijn longen vechtend om adem.

Vorige week, nadat ik hoorde van Monica's tweede aanval, huilde ik niet alleen.

Ik heb Peter ook in vertrouwen genomen en hem precies verteld wat er gebeurd is.

Als dit geen macaber toeval is, dan had agent Ryson gelijk.

Ik ben net zo'n monster als Peter. Ik heb Monica's stiefvader vermoord door het dodelijkste wapen dat ik ken op hem te richten.

Mijn kersverse echtgenoot.

ara

IK KRIJG NOG STEEDS GEEN ADEM TEGEN DE TIJD DAT IK BIJ PETER IN DE AUTO STAP. Het gewicht van Monica's onthullingen ligt als een ijsberg op mijn borst.

'Wat is er, ptichka?' vraagt hij als we beginnen te rijden. 'Is alles goed met je?'

Ik wil hysterisch lachen. Gaat alles goed? Zou het goed moeten zijn?

Is er een welzijnsbarometer voor wanneer je onbedoeld opdracht hebt gegeven voor een moord?

'Sara?' vraagt Peter, terwijl hij een blik op me werpt, en hoewel zijn toon mild nieuwsgierig is, is er een donkere glinstering in zijn blik.

Hij moet Monica opgemerkt hebben in de kliniek.

De hoop die ik koesterde dat dit een vreselijk toeval

was, verdwijnt, en een groeiende verschrikking blijft achter.

Peter heeft deze moord voor mij gepleegd.

Het bloed van zijn slachtoffer kleeft aan mijn handen.

Het heeft geen zin het te vragen, maar ik kan het niet helpen. Ik moet de woorden hardop horen. 'Heb jij het gedaan?'

Ik verwacht dat hij tijd rekt of ontkent, maar hij antwoordt zonder aarzeling, zijn blik gericht op de weg voor me. 'Ja.'

Ja.

Dat is het dan. Geen misverstand, geen verwarring.

Hij doodde een man voor mij.

Heeft zijn keel doorgesneden, net zoals hij met die methheads heeft gedaan.

'Had je liever gehad dat ik het meisje in zijn klauwen had gelaten?' Zijn stem is kalm en vast terwijl hij weer een blik op me werpt. 'Ik deed het zodat jij je geen zorgen hoefde te maken en zodat je patiënt een normaal en gelukkig leven kon leiden.'

Ik slik dik en kijk weg, blindelings uit het raam starend. Wat moet ik daarop zeggen?

Hoe kon je?

Dank je?

Ik dwing mezelf om terug te kijken naar Peter. 'Ik dacht...' Mijn keel sluit zich, en ik moet opnieuw beginnen. 'Ik dacht dat je je aan de wet zou houden. Is dat niet een van de voorwaarden van je deal met de autoriteiten?'

Peter knikt en houdt zijn ogen op de weg. 'Dat klopt, en ik bén gezagsgetrouw. Ik beschouw wat ik heb gedaan als het helpen van de wet, de wet die meisjes zoals Monica moet beschermen tegen mannen zoals haar stiefvader.'

Ik kijk weer weg, mijn ogen branden terwijl het koude gewicht op mijn borst toeneemt.

Hij ziet wat hij heeft gedaan niet eens als verkeerd. En waarom zou hij? Dit is wat hij is, wat hij doet.

Doden is voor hem net zo normaal als een baby ter wereld brengen voor mij.

'Sara.' Zijn diepe stemgeluid bereikt me en ik realiseer me dat we al geparkeerd staan. Ik moet de rest van de rit weggezonken zijn.

Ik herpak me en draai me naar hem toe.

Hij strekt zijn arm naar me uit om mijn hand te pakken. 'Ptichka...' Zijn stem is zacht, zijn grote, warme hand omsluit mijn ijskoude vingers. 'Waarom heb je me dit verteld als je mijn hulp niet wilde? Had je echt verwacht dat ik zou toekijken hoe je huilde om die *ublyudok* en niets zou doen?'

Ik deins terug. Ik kan het niet helpen.

Dit, precies hier, is de kern van de zaak. Dit is exact de reden waarom Monica's onthulling zo verpletterend is.

Want diep vanbinnen verwachtte ik níét dat hij werkeloos zou toekijken. Op een bepaald niveau wist ik wat hij zou doen, zelfs voordat hij beloofde dat het 'goed' zou komen met mijn patiënt.

Ik wist het en ik deed alsof ik het niet wist.

Want stiekem wílde ik dat dit gebeurde.

Ik wees Peter op het probleem en hij zorgde voor een oplossing.

Zomaar.

'Sara...' Hij brengt zijn hand omhoog en omhult mijn wang, zijn blik donker maar warm in het zwak verlichte interieur van de auto. 'Doe dit niet, ptichka. Sla jezelf niet voor je kop. Hij verdiende het; je weet dat hij het verdiende. Denk je echt dat Monica het enige meisje is dat hij ooit pijn heeft gedaan? Jouw rechtssysteem had een kans om de situatie recht te zetten, om hem voorgoed op te sluiten, en ze lieten hem gaan. Je hebt de wereld een plezier gedaan door mij over hem te vertellen.'

Ik sluit mijn ogen, wil in zijn handpalm leunen, zijn diepe, kalmerende stem de verschrikking en het schuldgevoel laten wegjagen dat me vanbinnen bevriest.

Ik hou nu niet alleen van een moordenaar, maar ik ben er zelf ook een geworden.

'Doe dit niet, mijn liefste. Hij is het niet waard.' Zijn adem verwarmt mijn gezicht, en dan voel ik zijn lippen tegen de mijne in een zachte, smekende kus.

Een rilling gaat door me heen als antwoord, een flits van warmte ontbrandt onder de kilte die me omhult, en plotseling is zachtheid niet genoeg meer.

Ik wil niet gekalmeerd worden, ik wil in de vergetelheid geneukt worden.

Ik open mijn ogen, steek mijn vingers in zijn haar, grijp zijn hoofd vast en draai mijn gezicht om de kus te verdiepen. Mijn tong dringt zijn mond binnen en mijn nagels graven in zijn schedel terwijl ik me tegen hem aan druk, leunend over de middenconsole tussen onze stoelen. Zijn adem stokt, zijn handen glijden in mijn haar om het stevig vast te pakken, en een lage grom rommelt diep in zijn borst als hij reageert met zijn eigen agressie; zijn tanden snijden in mijn onderlip als hij me terug kust, harder en dieper, en hij duwt me terug in de richting van mijn stoel.

Ja, precies zo. Mijn hoofd tolt, de hitte binnen in me intensiveert tot een vuurzee. Hij smaakt naar geweld en mannelijke honger, naar straf en liefde door elkaar. Ik kan niet denken onder zijn sensuele aanval, en dat wil ik ook niet.

Ik wil dit.

Ik wil hem.

Op de een of andere manier schuift de stoel naar achteren, en dan zit Peter boven op me, de auto schuddend terwijl hij aan mijn kleren rukt, een hand onder mijn blouse gravend terwijl de andere de rits van mijn broek zoekt. Zijn eeltige handpalm is gloeiend heet en ruw als hij over mijn blote buik glijdt, en mijn ogen gaan lang genoeg open om te zien dat de autoruiten beslaan. Het is bijna genoeg om me helder te krijgen, om me te laten herinneren waar we zijn, maar dan gaat zijn hand lager, zijn kus wordt nog agressiever, en de maalstroom van behoefte trekt me weer weg.

Ik weet niet wanneer of hoe hij mijn broek en ondergoed naar beneden krijgt, of op welk moment ik de knoop van zijn spijkerbroek losscheur. Het enige wat ik weet is dat hij plotseling in me is, zo hard en dik dat het pijn doet. Ik schreeuw het uit, hijgend als hij me serieus begint te neuken, maar hij stopt niet, vertraagt niet – en ik wil ook niet dat hij dat doet. We gaan er als beesten in op, zonder terughoudendheid of finesse, en als ik klaarkom, me aan hem vastklamp en het uitschreeuw, is hij bij me, in de waanzin die onze verbinding is.

In de duisternis die onze liefde is.

eter

IK BEN ER BIJNA ZEKER VAN DAT EEN PAAR BUREN HEBBEN gezien wat er in onze auto op de parkeerplaats is gebeurd – en ik weet zeker dat mijn crew dat heeft gezien – maar het kan me geen reet schelen als ik een trillende Sara naar de lift leid. Ze is verfomfaaider dan ik haar ooit heb gezien, haar blouse scheef dichtgeknoopt en haar haar een puinhoop rond haar blozende gezicht. Ik weet zeker dat ik er net zo uitzie, en ik kan het niet helpen te grijnzen als we in de entreehal een bekakt stel passeren dat een kinderwagen voortduwt. Ze werpen ons een blik toe die er schande van spreekt en Sara draait zich om, haar wangen knalrood.

Het is zo schattig. Mijn arme ptichka schaamt zich

voor onze semipublieke seks... terwijl zij degene is die ermee begon.

'Maak je geen zorgen. We verhuizen later deze week,' herinner ik haar terwijl we de lift in stappen, en ze drukt haar voorhoofd tegen de spiegel, haar ogen stijf dichtgeknepen terwijl ze met een kleine vuist op het glas slaat.

'Ik kan niet geloven dat we dat gedaan hebben. Ik... o god, dit is echt te erg.'

Ze klinkt zo gekrenkt dat ik haar wil omhelzen. Dus dat doe ik, en ik negeer haar pogingen om me weg te duwen terwijl ik haar vasthoud. Na een ogenblik ontspant ze en ik streel haar warrige haar tot de lift onze verdieping bereikt.

Dan buk ik me en til haar in mijn armen om haar naar het appartement te dragen.

Ze maakt geen bezwaar, maar verbergt haar gezicht in mijn nek als we een andere buur in de gang passeren. De jongen – nauwelijks een volwassene – grijnst en steekt zijn middelvinger op als hij langsloopt.

Als dat joch het hele verhaal eens kende.

Als we bij de deur aankomen, zet ik Sara neer om de sleutels te pakken, en ze rent het appartement in zodra ik opendoe. Ik ben nog bezig mijn schoenen uit te trekken als ik hoor dat de douche aangaat, en tegen de tijd dat ik me bij Sara voeg, stapt ze al uit het bad, nog steeds schattig blozend en beschaamd kijkend.

Ik ben blij haar zo te zien.

Het is beter dan hoe ze keek in de auto nadat ze hoorde over de dood van Monica's stiefvader.

'Denk je dat iemand ons gezien heeft?' vraagt ze angstig, terwijl ze een handdoek om zich heen slaat, en ik verbijt nog een grijns terwijl ik me begin uit te kleden.

'Wat denk je, ptichka?'

'Nou, het is laat, en de parkeerplaats is een beetje donker, en... O, hou je mond!' Ze slaat me op de arm als ik mijn shirt in de wasmand laat vallen en begin te lachen, niet in staat mezelf ervan te weerhouden.

Als niemand in dit hele appartementencomplex de geparkeerde auto heeft zien schommelen als een schip in een orkaan, eet ik mijn schoen op.

Ze kreunt en verbergt haar gezicht in haar handen, maar dan kijkt ze op, plotseling bleek. 'Je denkt toch niet dat we gearresteerd zullen worden, of wel? Voor openbare zedenschennis of zoiets?'

Ik stop met lachen. 'Nee, mijn liefste.' Ik zie de angst en het schuldgevoel op haar gezicht, en ik weet dat het niet komt door onze streken op de parkeerplaats.

Ze herinnert zich wat eraan voorafging, en ze is bezorgd over de gevolgen.

'Sara...' Ik neem haar handen in de mijne. Haar handpalmen zijn weer koud, ondanks de stoom van de warme douche die de kleine badkamer nog vult. 'Ptichka, er gaat niets gebeuren, met geen van ons beiden. Er is niets wat mij verbindt aan de dood van die man, noch iemand die er echt onderzoek naar doet. Ik weet het. Ik heb de hackers het laten controleren. Voor zover iedereen weet, werd een ex-gevangene beroofd in een slechte buurt. Dat is alles. Geen agent gaat zijn tijd verspillen met dieper graven, maar zelfs als ze dat deden, zouden ze niets ontdekken. Ik ben goed in wat ik doe... of deed.'

'Dat weet ik. En dat is...' Haar slanke keel gaat op en neer als ze slikt. 'Dat is angstaanjagend.'

'Waarom?' vraag ik zachtjes, terwijl ik met mijn duimen over haar handpalmen wrijf. 'Ik heb je gezegd dat dat deel van mijn leven in het verleden ligt. We kijken vooruit, naar de toekomst, weet je nog? En nu kan je patiënt hetzelfde doen. Ze is vrij om haar leven te leiden zonder angst. Is dat niet wat je voor haar wilde?'

'Natuurlijk is dat zo.' Ze trekt haar handen weg en slaat haar armen om zichzelf heen, terwijl ze er zo verloren uitziet dat ik er bijna spijt van krijg dat ik dit voor haar doe.

Misschien was het beter geweest als ik een andere manier had gevonden om Monica's probleem op te lossen, of als ik tenminste het lichaam had opgeruimd.

Maar ik wilde Sara's patiënt laten weten dat haar aanvaller niet langer een bedreiging vormt. Met een onverklaarbare verdwijning zou ik dat niet bereikt hebben. Het arme meisje zou altijd op haar hoede zijn gebleven, bang voor de terugkeer van de klootzak.

Dit is het beste, daar ben ik zeker van. Nu moet ik alleen Sara nog overtuigen.

'Ptichka...'

'Peter...' begint ze tegelijk, dus ik stop, en laat haar uitpraten.

Ze houdt haar adem vast en laat hem langzaam

weer los. 'Peter, als we dit echt willen doen, als we samen een normaal leven willen opbouwen, dan moet je me iets beloven.'

'Wat dan, mijn liefste?' vraag ik, hoewel ik het kan raden.

'Je moet me beloven dat je dit nooit meer zult doen.' Haar hazelnootkleurige ogen zijn strak op mijn gezicht gericht. 'Ik moet ervan op aan kunnen dat als iemand me van streek maakt, hij niet in een steegje eindigt met een doorgesneden keel. Dat als onze kinderen een moeilijke leraar hebben op school, of gepest worden door een klasgenoot, of als iemand ons uitscheldt als we voorbijrijden, dat moord níét op tafel ligt als oplossing.'

Ik knipper langzaam met mijn ogen. 'Ik begrijp het.'

'Kun je me dat beloven?' dringt ze aan, terwijl ze de randen van haar handdoek vasthoudt. 'Ik moet weten dat de mensen om me heen veilig zijn, dat ik door bij jou te zijn niet iemand anders ter dood veroordeel.'

Het is mijn beurt om diep, kalmerend adem te halen. 'Mijn liefste... ik kan niet beloven dat ik je niet zal beschermen. Als iemand probeert jou of onze kinderen iets aan te doen...'

'Dan gaan we naar de politie, net als iedereen.' Haar kin gaat koppig omhoog. 'Daar is de politie voor. En hoe dan ook, ik heb het niet over een duidelijk geval van zelfverdediging. Het is duidelijk dat als we op straat lopen en iemand trekt een pistool, dat een andere zaak is, hoewel ontwapenen of verwonden nog steeds de beste oplossing zou moeten zijn. Ik heb het over moord als een manier om met mensen om te gaan die geen dodelijke bedreiging vormen. Je snapt het verschil, of niet?

Nee, niet echt. Ik ben niet van plan om willekeurige eikels te doden die naar ons toeteren of wat Sara zich ook voorstelt, maar ik ga niet staan toekijken hoe een *ublyudok* haar aan het huilen maakt alsof haar hart breekt.

Maar ze kijkt me verwachtingsvol aan, en ik weet dat ze dit niet zal laten vallen. 'Oké,' zeg ik na een moment van zelfberaad. 'Als dat is wat je wilt, beloof ik dat ik niemand zal doden die geen bedreiging vormt voor ons of voor iemand om wie we geven.'

'En je zult ze niet martelen of in elkaar slaan of op welke manier dan ook pijn doen, toch?'

Ik zucht. 'Goed. Geen lichamelijk letsel, dat beloof ik.' Ik kan nog steeds een aantal middelen inzetten als het erop aankomt – omkoping, chantage, financiële druk – dus ik voel me oké bij het maken van deze belofte. Trouwens, wat een 'dreigement' is, is wat mij betreft voor interpretatie vatbaar.

Als een pestkop ons kind op school aanvalt, zal hij – of zijn ouders – er niet ongeschonden vanaf komen.

Sara lijkt niet tevreden met mijn zeer specifieke belofte, dus ik grijp naar haar handdoek en trek hem uit op hetzelfde moment dat ik mijn jeans openrits.

'Wacht...' begint ze, maar ik duw haar al terug in de douche, waar ik ervoor zorg dat alle hypothetische toekomstige klootzakken waar ik mee te maken zou kunnen krijgen ver, heel ver uit haar gedachten zijn.

eter

DE VOLGENDE OCHTEND IS SARA STIL EN EEN BEETJE
AFSTANDELIJK, ongetwijfeld nog steeds vanwege mijn
oplossing voor het probleem van haar patiënt. Dat leidt
waarschijnlijk niet tot iets goeds, dus probeer ik haar af
te leiden door over haar nieuwe hobby te beginnen:
zingen met de band.

'Wanneer is je volgende optreden?' vraag ik het
tijdens het ontbijt. 'Ik heb video's van je op het podium
gezien, maar ik zou het graag live zien.'

Ze kijkt op van haar omelet, knippert alsof ze zich
net weer op mij focust. 'O, dat wilde ik je net vertellen.
Onze gitarist, Phil, stuurde me gisteravond laat een
berichtje. Hij heeft een optreden voor ons geregeld
voor morgenavond, maar alleen als iedereen op korte

termijn kan komen. Denk je dat we het etentje met mijn ouders naar zaterdag kunnen verplaatsen?'

Mijn eerste impuls is om nee te zeggen. Ik rekende erop dat ik haar na het diner voor mezelf zou hebben en dat het etentje waarschijnlijk twee of drie uurtjes zou duren, maximaal. Dit optreden zou onze hele vrijdagavond in beslag nemen, en dan moeten we nog met haar ouders afspreken in het weekend – en dat is ook de tijd dat we gaan settelen in ons nieuwe huis.

Maar aan de andere kant wil ik mijn kleine zangvogel zo graag op het podium zien. En dit is belangrijk voor haar, dus is het belangrijk voor mij.

'Natuurlijk,' zeg ik kalm en ik sta op om op te ruimen. 'We kunnen zaterdag met je ouders uit eten gaan. Of nog beter, we nodigen ze uit voor een zaterdagse brunch.'

Ik heb altijd geweten dat een leven met Sara betekent dat ik haar tijd en aandacht moet delen, en ik mag dit niet verpesten doordat ik door haar geobsedeerd ben.

Ik kan dit wel aan.

Het is gewoon iets waar ik aan moet wennen.

Ik ruim af terwijl Sara zich aankleedt, en dan breng ik haar naar haar werk.

'De overdracht is vandaag om zes uur, weet je nog,' zeg ik haar als we voor haar kantoor stoppen. 'Ik haal je op om halfzes, oké?'

Ze knikt, maar kijkt me niet rechtstreeks aan terwijl ze naar de deurklink grijpt.

'Sara.' Ik pak haar pols als ze de deur opent. 'Kijk me aan.'

Met tegenzin gehoorzaamt ze, en ik strijk met mijn andere hand een verdwaalde lok glanzend, kastanjebruin haar achter haar oor. 'Zeg het, ptichka. Ik wil de woorden horen.'

Ze staart me aan en ik voel de snelle hartslag in de slanke pols die ik vasthoud. Ze vecht weer tegen zichzelf, tegen haar gevoelens voor mij, en ik sta het niet toe.

'Zeg het,' beveel ik. Mijn greep verstrakt, en ik zie het precieze moment waarop ze de strijd opgeeft.

Ze sluit haar ogen, ademt diep in en opent ze dan. 'Ik hou van je.' Haar stem is zacht maar vast terwijl ze in mijn ogen kijkt. 'Ik hou van je, Peter... wat er ook gebeurt.'

Iets diep in mij – een knoop van spanning waarvan ik niet eens wist dat hij er was – ontspant zich, en ik breng haar hand naar mijn lippen en kus de zachte huid op elke knokkel. 'Ik hou ook van jou. Ik zie je om halfzes, oké?'

'Oké,' mompelt ze, en ik dwing mezelf haar los te laten.

Om haar vrij te laten vliegen, al was het maar tot vanavond.

ara

PETER HOUDT WOORD, HIJ HAALT ME OM HALFZES PRECIES
op, en we rijden naar het kantoor van het bedrijf om de
papieren te tekenen.

'Heb je het huis op mijn naam gezet?' Ik werp Peter
een geschrokken blik toe als ik op de documenten
ruimte zie voor alleen mijn handtekening.

Hij knikt, zijn lippen krullen in een glimlach. 'Dat is
het beste, mijn liefste. Voor het geval dat.'

Een rilling trekt over mijn ruggengraat. 'Voor het
geval dat' kan naar van alles verwijzen, maar als je man
vroeger werd opgejaagd door wetshandhavers over de
hele wereld en nog steeds banden heeft met de
criminele onderwereld, krijgen de woorden een
bijzonder sinistere betekenis.

Ik wil dieper graven, maar de notaris – een mooie, elegante vrouw van in de dertig – bekijkt ons met onverholen nieuwsgierigheid, dus ik teken gewoon bij elk kruisje en probeer niet te denken aan de angstaanjagende mogelijkheden.

Zoals, laten we zeggen, een SWAT-team dat midden in de nacht onze deur inbeukt omdat ze Peters rol in de dood van Monica's stiefvader hebben ontdekt.

'Helemaal in orde,' zegt de vrouw stralend als ik haar de laatste papieren overhandig. 'Gefeliciteerd met jullie nieuwe huis.'

'Dank u.' Ik sta op en schud haar de hand. 'We zijn erg opgewonden.'

Peter schudt haar de hand en het valt me op hoe ze naar hem kijkt, als een kat die naar een schoteltje room kijkt. Hij lijkt zich niet bewust van haar belangstelling, maar toch voel ik een lelijke jaloezie opkomen.

Misschien moet ik Peter vertellen dat ze me van streek heeft gemaakt?

Ik maak korte metten met de duistere grap zodra hij in me opkomt, maar het is te laat. Ik denk weer aan alles wat er is gebeurd en voel me misselijk. De hele dag probeer ik mezelf ervan te overtuigen dat het eenmalig was en dat Peter zich aan zijn belofte zal houden om niemand anders pijn te doen, maar elke keer als ik mezelf bijna geloof, herinner ik me wat hij dreigde te doen op onze bruiloft als ik hem zou laten zitten.

Moord, of dreigen met moord, zal altijd deel uitmaken van zijn arsenaal, en niemand in mijn buurt is echt veilig. Ik kan net zo goed met een granaat rondlopen.

Peter begeleidt me naar buiten en we rijden naar huis, waar de tafel al gedekt is met kaarsen en een fles champagne staat te koelen in een emmer ijs, terwijl heerlijke geuren uit de oven komen.

'Op ons nieuwe thuis,' proost hij nadat hij ons elk een glas heeft ingeschonken, en ik sla het bruisende drankje achterover, terwijl ik probeer niet te denken aan poppenlichamen in donkere steegjes en uitgesmeerde plassen bloed.

Aan de levende granaat die altijd aan mijn zijde is.

eter

DE VERHUIZERS KOMEN PAS TEGEN DE MIDDAG, DUS nadat ik Sara vrijdag op het werk heb afgezet, ga ik een eind hardlopen met een verzwaarde rugzak om de training na te bootsen die ik vroeger met mijn jongens deed. Ik heb de zware oefening nodig om wat van de rusteloosheid die ik voel kwijt te raken – en om mijn gedachten af te leiden van hoe erg ik mijn hardwerkende vrouw mis.

Ik eindig mijn loopje in een stil, bijna leeg park, trek mijn met zweet doordrenkte T-shirt uit en begin aan een reeks oefeningen, waarbij ik de rugzak van veertig kilo gebruik om de opdrukoefeningen met één arm en pull-ups aan een nabijgelegen boom moeilijker te maken.

Ik ben bijna klaar als ik een tiener naar me toe zie rennen, zijn T-shirt wapperend om zijn magere lijf. Eén hartveroverend moment lang lijkt hij precies op mijn vriend Andrey, degene die me al mijn tatoeages in Camp Larko heeft gegeven.

De illusie verdwijnt als de loper dichterbij komt, maar ik kan nog steeds niet wegkijken.

De jongen sprint alsof de honden van de hel hem achtervolgen, zijn ogen wild en zijn armen wanhopig pompend aan zijn zijden. Een paar seconden later zie ik waarom.

Vier oudere, grotere jongens – jonge mannen, eigenlijk – rennen achter hem aan en schreeuwen hem beledigingen toe.

Het gaat me verdomme niets aan, maar ik kan het niet helpen.

Zodra de Andrey-lookalike me voorbij sprint, maak ik mijn rugzak los en gooi hem nonchalant op de grond. Dan, net als zijn achtervolgers op het punt staan langs me heen te rennen, stap ik op hun pad en strek mijn armen aan beide kanten uit.

Ze komen gierend tot stilstand, kunnen nog net voorkomen dat ze tegen me opbotsen.

'Wat de fuck, man?' snauwt de grootste. 'Opzij!'

Hij probeert me opzij te duwen – een grote fout van zijn kant. Mijn instincten werken en even later ligt hij kreunend op zijn kont, terwijl zijn drie kameraden zich terugtrekken met verdedigend opgeheven handen.

'Wegwezen,' zeg ik, en dat doen ze, alleen even

pauzerend om hun gevallen vriend te grijpen en weg te slepen.

Ik buk me om mijn rugzak te pakken als ik beweging zie vanuit mijn ooghoek.

Het is de jongen die ik hielp. Zijn magere borstkas gaat op en neer terwijl hij me aanstaart. 'Hoe hebt u dat gedaan?' Er klinkt ontzag en afgunst in zijn stem.

'Wat?' Ik pak mijn rugzak en stop mijn T-shirt erin.

'Hem zo tegen de grond werken.'

Ik haal mijn schouders op, doe de rugzak om en maak de riemen rond mijn middel vast. 'Gewoon wat basiszelfverdediging.'

'Nee, man.' De blauwe ogen van het kind zijn groot en griezelig zoals die van Andrey. 'Dit was wel iets anders. Zat u in het leger? En doet u daar een work-out mee?' Hij wijst naar mijn rugzak.

'Zoiets, en ja.' Ik draai me om, maar de jongen is nog niet klaar met me.

'Kunt u het me leren? Hoe ik moet vechten, bedoel ik?'

Ik doe alsof ik het niet hoor en begin te joggen.

Hij laat zich niet afschrikken. Hij haalt me in en jogt met me mee. 'Kunt u het me leren? Alstublieft?'

Ik verhoog mijn tempo. 'Ik train geen kinderen.'

'Ik zal u betalen.' Hij is buiten adem van het rennen, maar op een of andere manier slaagt hij erin me bij te houden. 'Hier.' Hij steekt zijn hand in zijn zak en haalt een paar briefjes van twintig tevoorschijn. 'Ze zouden het toch hebben gejat, dus ik kan het net zo goed aan u geven.'

Ik sta op het punt te weigeren als ik op een idee kom. Ik stop naast een bankje en kijk de jongen schattend aan. 'Wil je het leren? Echt?'

'Ja.' Hij stuitert van opwinding. 'Ik wil weten hoe ik mezelf moet verdedigen. Ik bedoel, ik heb een beetje karate gedaan toen ik jonger was, maar het was niet echt...'

'Hoe oud ben je?' onderbreek ik hem.

'Zestien. Nou ja, bijna. Ik ben volgende maand jarig.'

'En wie waren die gasten die je achtervolgden?'

De jongen bloost. 'Vrienden van mijn oudere broer. Ze zijn allemaal lid van een broederschap, en het is een soort ritueel voor hen. Je weet wel, geld afpakken van een nerd.'

Ik rol bijna met mijn ogen om de belachelijkheid van dit alles. Overweeg ik dit echt?

'Alstublieft, meneer.' De jongen verplaatst zijn gewicht van de ene voet naar de andere. 'Mijn vader zegt altijd dat ik voor mezelf moet opkomen, maar ik weet niet hoe. En de manier waarop u ze tegenhield... Ik zou een moord doen om dat te kunnen.'

De jongen heeft geen idee wat hij zegt, maar om de een of andere reden – misschien omdat ik nog steeds aan Andrey denk en hoe hij altijd gepest werd in ons helse kamp voordat de sadistische bewaker hem levend kookte – steek ik mijn hand uit en zeg: 'Geef me je telefoon.'

De jongen haalt gretig zijn telefoon tevoorschijn en

geeft hem aan mij. Ik toets mijn nummer in en geef hem terug.

'Bel me dit weekend, dan spreken we een tijd af. Hoe heet je trouwens?'

'Aiden, meneer. Aiden Walt.' Hij aarzelt en besluit dan dapper te zijn. 'En u bent?'

'Peter Garin,' zeg ik en ik loop verder, de tiener bij het bankje achterlatend.

ara

ZOALS DE HELE WEEK AL ZIJN GEWOONTE IS, HAALT
Peter me na het werk op, maar in plaats van naar huis
of naar de kliniek te gaan, rijden we naar de bar waar
mijn band vanavond optreedt.

'Heel erg bedankt hiervoor,' zeg ik tussen twee
happen van de pasta met kip door die hij voor me heeft
meegebracht om in de auto op te eten. 'Serieus, dit is
heerlijk.'

'Graag gedaan.' Zijn zilverkleurige blik is warm als
hij me aankijkt voordat hij zijn aandacht weer op de
weg richt. 'Ik ben blij dat je het leuk vindt.'

'Ik kan niet geloven dat je tijd had om te koken
vandaag. Moesten de verhuizers niet komen?'

Hij grijnst. 'O, heb ik je dat niet verteld? Ze zijn geweest en vannacht slapen we in ons nieuwe huis.'

'Wat?' Ik verslik me bijna in mijn pasta. 'Meen je dat?'

Hij knikt. 'Ik heb vier jongens ingehuurd, en ze hebben alles in recordtijd ingepakt en verhuisd. Ik heb alle benodigdheden al uitgepakt, inclusief alles voor de keuken en de slaapkamer, dus het is alleen een kwestie van nog een paar dozen afhandelen in het weekend. En wat nieuwe dingen kopen, natuurlijk, maar ik dacht dat we dat samen konden doen.'

'Je bent geweldig,' zeg ik, en ik meen het. Zijn onophoudelijke, obsessieve drang – dat bijna bovenmenselijke vermogen om onoverkomelijke kansen te overwinnen bij het nastreven van zijn doel – maakte me vroeger bang, maar nu ik niet langer vecht om aan hem te ontsnappen, heb ik er veel waardering voor.

Dezelfde formidabele wilskracht die Peter gebruikte om mij verliefd op hem te laten worden, strijkt nu alle kleine hobbels in ons vredige leven in de suburbs glad – een leven dat alleen mogelijk is omdat Peter een wonder heeft verricht en zichzelf van de Most Wanted-lijsten heeft gehaald.

Als ik niet beter wist, zou ik denken dat hij een tovenaar is, die het lot en de realiteit naar zijn hand zet.

'Ik heb besloten een trainingsstudio te openen,' zegt hij terloops terwijl ik verder eet. 'Ik begin volgende week met zoeken naar een plek.'

Ik pauzeer halverwege een hap en staar hem vol ongeloof aan. 'Echt waar?'

'Ja. Ik kwam vandaag een jongen tegen in het park, en hij smeekte me om wat vechtlessen. Dus dat bracht me op het idee, en hoe meer ik erover nadenk, hoe leuker ik het vind. Ik denk aan zelfverdedigingslessen voor vrouwen en tieners, bootcampprogramma's voor hardcore atleten, wapentraining voor lijfwachten, enzovoort. Ik heb wat ervaring met het trainen van anderen, omdat ik dat met mijn jongens heb gedaan toen ik het team aan het samenstellen was, dus het kan leuk worden.'

'Dat is een uitstekend idee.' Ik kan de opwinding in mijn stem niet verbergen. 'Dat zou echt perfect voor je zijn om te doen.'

Hij werpt me een wrange blik toe. 'Beter dan moordaanslagen?'

Ik lach omdat hij mijn gedachten heeft gelezen. 'Ja, veel beter.' Ik heb me zorgen gemaakt over wat hij hier zou doen, of hij zijn adrenalinerijke vroegere beroep zou missen, en dit stelt me een heel stuk gerust.

Met de trainingsstudio om zijn dagen te vullen en een nieuwe uitdaging te bieden, zou mijn huurmoordenaar echt kunnen wennen aan ons rustige, burgerlijke leven.

Ik voel me lichter dan sinds Monica's bezoek het geval is geweest en eet mijn pasta op als we naar de bar rijden waar ik vanavond zal optreden.

HET LICHTE GEVOEL VERVLIEGT ZODRA WE BINNENSTAPPEN. De bar is groot, luid en druk, en de meeste klanten zijn al dronken. Ik voel Peters groeiende spanning terwijl we ons een weg banen naar het backstagegedeelte, waar de andere bandleden zich klaarmaken.

'Hé, daar zijn ze, het pasgetrouwde stel! Zo blij dat jullie er zijn.' Phil trekt me in een dikke knuffel en het gezicht van mijn man verandert in steen, zijn hand begint zich tot een vuist te ballen.

Shit. Ik was Peters extreme bezitterigheid vergeten.

Ik duw mijn bandlid van me af en grijp snel Peters arm. De stalen spier buigt onder mijn vingers, en ik weet dat ik me niet voor niets zorgen heb gemaakt.

Mijn granaat staat op het punt te ontploffen.

'Waar zijn Simon en Rory?' vraag ik, terwijl ik met mijn handen over Peters biceps wrijf, alsof ik geniet van het aanraken van al die dodelijke spieren – wat ik ook zou doen als ik niet zo bezorgd was om Phil. 'Zijn ze er klaar voor?'

'Ze zijn zich daar aan het omkleden.' Phil knikt naar rechts. 'Jij moet je ook gaan omkleden. We hebben je kleren al klaar. En maak je geen zorgen, ik geef hem aan je terug als je klaar bent.' Hij grijnst naar Peter, die er nog steeds uitziet alsof hij spijkers in Phil wil slaan. Langzaam.

'Oké. Ik zal opschieten.' Ik geef Peter een waarschuwend kneepje in zijn biceps en ga met tegenzin naar de kleedkamer.

Onze gitarist kan maar beter ongedeerd zijn als ik terugkom.

eter

'Zo,' zegt Phil. Zijn goedmoedige uitdrukking verdampt zodra Sara uit het zicht is verdwenen. 'Jaloerse klootzak, nietwaar?'

Ik staar hem aan, zonder te knipperen. 'Je hebt geen idee.'

Als hij Sara ooit nog omhelst, zal dat het laatste zijn wat hij doet. Deze plek maakt me al nerveus – met al die dronkaards bij elkaar is het de perfecte plek voor een huurmoordenaar om toe te slaan – en alleen al de gedachte dat deze bierbuikige klootzak met zijn poten aan Sara zit laat mijn vingers jeuken om zijn mollige nek te breken.

Hij staart me aan en barst dan in lachen uit. 'O,

man, je zou die blik op je gezicht moeten zien. Ik wist niet dat die dodelijke blik echt bestond.'

Ik dwing mezelf met mijn ogen te knipperen om de 'dodelijke blik' te verzachten terwijl hij doorgaat, zich gelukkig niet bewust van hoe waar zijn opmerking was. 'Sorry, man. Het was niet mijn bedoeling om op jouw terrein te komen. We kennen Sara allemaal al een tijdje, en ze is als een zus voor ons. Nou ja, niet echt, want we zijn geen familie en ze is bloedmooi, maar je begrijpt wat ik bedoel. En eerlijk gezegd wisten we niet eens dat ze op mannen viel. Niet dat we dachten dat ze op vrouwen viel, maar ze datete niet, omdat ze weduwe is en zo. Hoewel ik denk dat ze stiekem met jou datete en...' Hij schudt zijn hoofd. 'Verdomme, ik kan niet geloven dat we het niet wisten.'

'Ja, nou, nu wel.' Ik zou waarschijnlijk wat hoffelijker moeten zijn, gezien zijn doorzichtige poging om een mannelijke band te smeden, maar ik kan me nog steeds nauwelijks inhouden om hem niet te vermoorden voor die knuffel en alle andere keren dat hij ongetwijfeld mijn 'bloedmooie' vrouw heeft versierd.

Ze was toen nog niet mijn vrouw, maar ze was wel van mij.

Gelukkig verschijnt Sara weer voordat mijn geduld nog meer op de proef wordt gesteld. Ze draagt een witte jurk met haltertopje die me doet denken aan Marilyn Monroe in de beroemde scène waarin haar rok omhoog wordt geblazen. Bij een andere vrouw zou het er misschien gewoon flirterig hebben uitgezien, maar bij Sara, met haar dansereshouding, is het even elegant als sexy.

'Ik dacht dat het wel leuk was,' zegt Phil terwijl ik haar aankijk. Het water loopt me in de mond van de drang om te knabbelen aan de zachte huid die blootligt door de open halslijn van de jurk. 'Je weet wel, omdat ze pasgetrouwd is en zo.'

Ik scheur mijn ogen weg van haar delicate sleutelbeenderen. 'Wat?'

'De witte jurk,' zegt de gitarist grijnzend. 'Die heb ik gekozen. Als een voortzetting van je bruiloft.'

'Ah.' Ik draai me terug om weer naar Sara te kijken, die praat met hun drummer, Simon.

Hoe erg zou het zijn als ik haar nu zou wegvoeren? Haar oppakken en wegdragen en haar dan in mijn bed houden tot we niet meer konden lopen?

Ik wil dat ze voor mij zingt, en alleen voor mij, in deze jurk.

En in elke andere jurk, trouwens.

'Man, je hebt het zwaar te pakken,' zegt Phil, en ik kijk hem geïrriteerd aan. De idioot schudt zijn hoofd en grijnst, alsof hij niet kan zien dat ik op het punt sta om letterlijk zijn nek te breken.

'Phil, héy!' Een blonde vrouw komt de hoek om en ik realiseer me dat het Sara's vriendin uit het ziekenhuis is, Marsha.

Als ze me ziet, bevriest ze even en komt dan aarzelend naar ons toe.

'Hoi, Marsha.' Ik glimlach naar haar zo zacht als ik kan. Het is niet nodig om haar nog meer te laten schrikken; ze heeft al allerlei vermoedens over mij. 'Ik wist niet dat je hier zou zijn.'

'Ja, nou...' Haar blik dwaalt af naar Phil. 'Kan ik even met je praten?'

'Natuurlijk.' Hij kijkt terug naar mij. 'Excuseer me.'

Ik richt mijn aandacht weer op Sara terwijl Marsha de gitarist meesleurt. Mijn ptichka praat nu met de roodharige jongen, Rory, en ik hou niet van de manier waarop die gespierde pauw naar haar kijkt.

Ik begin erheen te lopen, maar Sara beëindigt het gesprek en steekt haar hoofd uit naar het podium. 'Ze zijn klaar voor ons,' schreeuwt ze over haar schouder, en ik verlaat stilletjes het backstagegedeelte om me bij de menigte in de bar te voegen.

De voorstelling van mijn ptichka gaat beginnen, en ik wil het niet missen.

TOT MIJN VERBAZING WORDT HET RUMOERIGE PUBLIEK STIL ZODRA SARA HET PODIUM OP KOMT. En wanneer ze haar mond opendoet, zie ik waarom. Ze is net zo fenomenaal als elke andere popster, haar stem sterk en zuiver als ze de teksten die ze heeft gecomponeerd zingt. Ik heb haar dit in Japan horen oefenen, maar ik luister net zo aandachtig als iedereen in de bar.

Het is onmogelijk om dat niet te doen.

Het nummer is zowel gevoelig als upbeat, een ongewone mix van country, R&B en recente pophits – alles gecombineerd met Sara's unieke touch.

Ze is meer dan goed.

Ze is geweldig.

Onze ogen ontmoeten elkaar en mijn hart groeit uit in mijn borstkas, tot het voelt alsof het niet meer te bevatten is. Het is onwerkelijk hoe hard ik haar nodig heb, hoe ik naar haar verlang met elke cel van mijn lichaam. Het primitieve instinct ontwaakt weer in me, de drang om haar over mijn schouder te gooien en mee te slepen naar mijn schuilplaats.

Ik wil haar ver weg van iedereen, zodat ik haar in mijn eentje kan verslinden.

Eén liedje, drie, vijf, vijftien, voor ik het weet is het twee uur geweest. Ze blijven haar terugroepen, eisen een toegift, en ze blijft toegeven, totdat het eindelijk voorbij is.

Ik vang haar op als ze van het podium stapt. Ik pak haar letterlijk vast en til haar op, druk haar tegen mijn borst.

'Privilege van de kersverse echtgenoot,' grom ik naar haar rabiate fans, en terwijl zij blozend en lachend haar gezicht verbergt, doe ik wat ik al de hele avond dolgraag wilde doen.

Ik draag haar weg om in mijn eentje van haar te genieten.

eter

IK HOU ME LANG GENOEG IN OM ONS THUIS TE KRIJGEN, hoewel ik elke keer als Sara in haar stoel schuift en ik een glimp opvang van haar blote dijen onder dat flirterige witte rokje, in de verleiding kom om van de weg af te gaan.

Het enige wat me tegenhoudt is dat ik niet nog een vluggertje in de auto wil. Ik wil haar in mijn bed, waar ik me de hele nacht tegoed kan doen aan haar heerlijke lichaam. Waar ik haar kan laten zien dat ze altijd van mij zal zijn, hoeveel mannen er ook naar haar watertanden.

Het helpt dat ze non-stop praat, nog steeds high van haar optreden. Ze vertelt me hoe Phils gitaar op het laatste moment afgesteld moest worden en hoe Simon het bijna niet haalde omdat hij een deadline voor een artikel heeft. Mijn aandacht voor haar woorden weerhoudt me ervan onder haar rok te glijden en mijn hand langs haar gladde, welgevormde dij te laten gaan, voordat ik onder de kanten string duik die ze vanochtend heeft aangetrokken en haar zachte, zijdezachte…

'Kun je geloven dat Marsha nu met Phil datet?' zegt Sara, en ik realiseer me dat ik gestopt was met luisteren, verloren in de verhitte fantasie.

'O ja?' Ik doe mijn best om me weer op haar woorden te concentreren. 'Wanneer is dat gebeurd?'

'Rory vertelde me dat ze op de avond van ons huwelijk iets hebben gekregen. Is dat niet grappig? Marsha was blijkbaar te dronken om te rijden na de ceremonie, en Phil bood aan om haar thuis te brengen. En de rest, zoals ze zeggen, is geschiedenis.'

'Dat is geweldig,' zeg ik, mezelf dwingend om mijn ogen op de weg te houden in plaats van Sara met mijn blik te verslinden. 'Fijn voor hen.'

En ik meen het ook. Misschien zal de flamboyante verpleegster de gitarist bezighouden, en zal hij stoppen met kwijlen over Sara. En misschien houdt hij op zijn beurt Marsha afgeleid genoeg om zich niet met onze zaken te bemoeien.

Sara heeft haar iets te veel verteld tijdens mijn afwezigheid, en hoewel Marsha niet zeker weet dat ik de man ben die Sara heeft gestalkt en haar eerste man heeft vermoord, vermoedt ze het sterk.

'Ja, ik hoop dat het goed voor ze uitpakt,' zegt Sara. 'Ze verdienen allebei een goede partner.'

Ik knik vrijblijvend en waag nog een blik op Sara. Ze kijkt me glimlachend aan, en dan vermoordt ze me door terloops haar hand op mijn dij te leggen.

Mijn pik, al half stijf van de X-rated beelden in mijn hoofd, schiet in volle paraatheid. De aanraking van haar slanke vingers verwarmt mijn huid, zelfs door het dikke materiaal van mijn spijkerbroek heen. Het is alsof er een stroomdraad op mijn dij ligt, die stroomstoten rechtstreeks naar mijn liezen stuurt. Mijn hartslag schiet omhoog en mijn kaken klemmen zich op elkaar terwijl de weg voor me voor een gevaarlijke seconde vervaagt.

'Sara.' Ik grom bijna haar naam terwijl mijn handen zich krampachtig om het stuur klemmen. 'Ptichka, als je nu je hand niet weghaalt...'

Haar adem stokt hoorbaar en ze trekt haar hand weg, eindelijk beseffend wat ze doet. Maar het helpt niet. Ik kan haar aanraking nog steeds voelen. Mijn huid is gebrandmerkt, mijn geest... mijn hart. Misschien zal het op een dag niet meer zo voelen, dat haar toevallige affectie me elke keer overvalt, maar voor nu zijn we nog te nieuw, te vers. Nog niet zo lang geleden was ze bang voor me en haatte ze me. Ik was een monster in haar ogen. En misschien ben ik dat nog steeds, maar nu houdt ze van me.

Ze weet dat ze me nodig heeft, inclusief mijn duistere kanten.

Als we voor ons nieuwe huis stoppen, kijk ik of

niets mijn goed ontwikkelde gevoel voor gevaar in de war brengt. Dat is niet het geval, en het zou ook niet moeten. Het huis is nu zo goed mogelijk beveiligd, met geavanceerde technologie die alles bewaakt en mijn mensen op strategische plaatsen in de buurt.

Ik wil niet dat vijanden uit mijn verleden ons vredige heden verstoren.

'Wow,' roept Sara uit terwijl ik haar uit de auto help. Haar hoofd gaat van links naar rechts, haar ogen zijn wijd open van verbazing. 'Waar komen al die bomen vandaan? En dat hek? Wanneer heb je tijd gehad om dit allemaal te doen?'

Ik kijk even waar ze het over heeft. Ik heb inderdaad een hoge omheining laten plaatsen en bomen geplant rond het terrein om privacy te bieden en het zicht van mogelijke sluipschutters te belemmeren.

'Gisteren,' zeg ik, terwijl ik een hand op haar onderrug leg om haar naar de ingang te leiden.

Ze kan zich morgen over ons nieuwe huis verbazen; vanavond is ze van mij.

We zijn nog maar net door de deuropening of mijn zelfbeheersing breekt als een twijgje in een hagelbui.

Ik sluit de deur met mijn voet, doe het licht in de gang aan en duw haar tegen de muur. Mijn handen gaan naar de onderkant van haar jurk. Terwijl ik haar rok optil, voel ik haar vochtige kanten string en haar gladde en zachte kutje eronder.

Verdomme, ja. Het optreden moet haar op meer dan een manier opgewonden hebben.

'Peter.' Haar ogen worden groot en ze grijpt naar mijn biceps. 'Wacht, laten we eerst – ahh...' Haar woorden eindigen op een kreun als ik haar penetreer met twee vingers, genietend van de glibberige, zijdeachtige strakheid.

'Zeg me dat je dit wilt,' zeg ik, terwijl ik mijn vingers in en uit haar pomp, het ruwe topje van mijn duim bij elke beweging over haar clitoris laat glijden. 'Zeg me dat je míj wilt.'

Haar ogen zien er steeds glaziger uit, haar pupillen worden elke seconde groter. 'Je weet het. Je weet dat ik je wil.' Ze klinkt ademloos, haar innerlijke spieren spannen zich aan en haar heupen golven in een ritme dat me vertelt dat ze op het randje balanceert. 'Alsjeblieft, Peter...'

Ik trek mijn vingers eruit en breng mijn hand naar haar gezicht. 'Zuig eraan.' Ik duw de vingers tussen haar volle lippen. 'Maak ze lekker nat, oké?'

Haar ogen worden weer groot, maar ze gehoorzaamt, haar behendige tong wervelt rond mijn vingers als ik ze in haar mond duw. Het voelt geweldig, ik stel me die tong op mijn pik voor. Ik wil meer, duw mijn vingers dieper en voel haar keel stuiptrekken in een kokhalsreflex, waardoor mijn vingers bedekt worden met nog meer speeksel.

Neuken. Als ik niet in haar kom, ontplof ik.

Met mijn vrije hand rits ik mijn spijkerbroek open, trek mijn vingers uit haar mond en duw ze terug in haar kutje, laat haar sappigheid zich vermengen met het speeksel terwijl ik verderga met vingeren; ik wil die glazige blik in haar ogen terug.

Het duurt niet lang – binnen dertig seconden begint ze snel te ademen. Haar bleke gezicht is heerlijk rood en haar blik is nog steeds op de mijne gericht, maar haar ogen worden wazig en ondoorzichtig, haar mond opent zich als haar nagels zich in mijn biceps begraven en haar dijspieren trillen als een snaar.

Ik wacht tot ik zeker weet dat ze klaarkomt, en dan trek ik mijn vingers weer terug – alleen om haar bij haar gespierde dijen op te tillen en haar te doorboren met mijn gepijnigde pik. Haar woordloze O verandert in een luide hijg, haar benen klemmen zich stevig om mijn heupen als ik haar helemaal penetreer in één meedogenloze stoot. Ik voel haar innerlijke spieren pulseren en samentrekken terwijl ik me diep in haar nestel, en het kost me al mijn wilskracht om niet toe te geven aan de krachtige drang om klaar te komen.

Ze komt er niet zo makkelijk vanaf.

Vanavond niet.

Op de een of andere manier kan ik volhouden tot haar spasmen afnemen en haar lichaam verslapt tegen het mijne. Haar oogleden vallen dicht als een gelukzalige gloed op haar gezicht verschijnt. Ik laat mijn hoofd zakken, kus haar geopende lippen en ga met de hand waarmee ik haar gevingerd heb van haar dij naar de verleidelijke spleet tussen haar billen.

Ze is zo ontspannen en gevangen in mijn kus dat er minimale weerstand is als ik een gladde vinger tegen haar strakke kontje druk en hem voorzichtig naar binnen werk. Ik zit al tot de eerste knokkel in haar als haar ogen openvliegen en haar lichaam verstijft. Haar spieren klemmen zich om mijn pik en vinger terwijl haar benen zich om mijn heupen spannen.

'Laat me binnen, ptichka,' mompel ik tegen haar lippen. 'Je weet dat je dit wilt.'

Niet dat ze veel keus heeft. Ik hou haar omhoog met mijn vrije hand en het gewicht van mijn lichaam. Met haar benen rond mijn heupen en mijn pik diep in haar, is er geen manier waarop ze kan ontsnappen of de diepte van de penetratie van een van haar openingen kan controleren.

Ze is volledig aan mij overgeleverd, en dat is precies wat ik wil.

Ik heb haar kont niet meer genomen sinds onze huwelijksnacht, maar ik denk er nog steeds aan – aan hoe die perfecte ronde bollen tegen mijn ballen gedrukt voelden en de blik van extatische pijn op haar gezicht. Ik had haar pijn gedaan, ik weet het, en iets daaraan was op een perverse manier goed, het was uniek bevredigend.

Hoezeer ik haar ook aanbid, ik wil haar soms toch straffen, wil in haar mooie ogen de angst zien strijden met de opwinding.

Als ik mijn hoofd ophef, zie ik dat haar ogen precies dat uitstralen als ze naar me opkijkt. 'Ik...' Haar ademhaling versnelt weer. 'Ik weet niet of...'

Ik slik haar volgende woorden in met nog een kus en werk mijn vinger verder in haar nauw opening terwijl ik haar met mijn vrije hand hoger optil, haar op mijn pik bewegend. Ze jankt tegen mijn lippen, en ik voel mijn pik tegen de vinger wrijven door de dunne wand die haar twee openingen scheidt.

Mijn ademhaling versnelt, mijn ballen trekken strakker, en elke terughoudendheid die ik nog had verdwijnt. Ik verdiep de kus, ga dieper in haar en duw tegelijkertijd een tweede vinger in haar kont. Ze verstijft, haar nagels graven zich harder in mijn armen en haar innerlijke spieren spannen zich tegen me in, maar het is zinloos. Ik zit al in haar, zo diep dat ze me er nooit meer uit krijgt.

Er is geen ontsnappen aan voor haar.

Nu niet. Nooit niet.

Alles in mij schreeuwt om haar te neuken, om keer op keer in haar te stoten tot ik tot een uitbarsting kom en de ondraaglijke spanning verdwijnt, maar er is nog iets anders wat ik ook wil. Zwaar ademend til ik mijn hoofd op en vang haar blik terwijl ze versuft naar me opkijkt, haar gezicht blozend en haar oogleden zwaar van opwinding.

'Zeg me wat je nodig hebt,' beveel ik met een dikke stem, en haar adem sist tussen haar tanden als ik mijn vingers dieper in haar kont duw, hem uitrekkend, hem voorbereidend. 'Ik wil het je horen zeggen.'

'Ik wil niet...' Ze kreunt, haar ogen dichtknijpend als ik mijn vingers uit elkaar duw, haar verder uitrek. 'Ik weet het niet.'

'Jawel. Kijk naar me.'

Haar ogen fladderen gehoorzaam open en haar

delicate tong komt tevoorschijn om haar onderlip te bevochtigen.

'Zeg het, Sara. Vertel me wat je echt nodig hebt.'

'Ik...' Haar ademhaling versnelt verder als ik in haar begin te draaien, waarbij ik bij elke beweging op haar clit druk. 'Het is... dit. Peter, ik heb dit nodig. Ik heb je in me nodig. Ik wil dat je...' Ze hijgt als ik dieper in haar stoot. '... me neemt en...'

'En wat dan?' vraag ik, en mijn ruggengraat tintelt als ik voel hoe haar binnenste spieren zich aanspannen.

'Dat je me neukt.' Ze hijgt nu, haar blik wordt wazig en ongericht. 'Dat je... dat je me pijn doet.'

'Ja.' Mijn stem komt er schor uit. 'Dat klopt. En jij bent van mij. Ik kan je neuken, ik kan je pijn doen, ik kan alles met je doen wat ik wil. Of niet soms, mijn liefste?'

Ze knikt en richt haar ogen weer op de mijne. 'Ja. Altijd.'

Altijd. Het woord doorboort mijn borst en brengt een mengeling van warme tederheid en hevige voldoening met zich mee. Ik ben dolblij dat ze het nu begrijpt. Het toegeeft.

We zijn voor elkaar bestemd. Ik heb het vanaf het begin geweten en nu weet zij het ook.

Ik dompel mijn hoofd onder en neem haar lippen terug, de kus zacht en teder, terwijl ik mijn vingers uit haar haal en beide handen onder haar dijen haak, haar benen wijder spreid terwijl ik haar hoger optil. Mijn lul glijdt uit haar kutje en drukt tegen haar achteringang.

Ze hapt naar adem, maar ik laat haar al op mijn

stijve pik zakken, gebruikmakend van de zwaartekracht en de smering van haar natuurlijke glijmiddel om mijn penetratie te bevorderen. Als ik haar niet met mijn vingers had opgerekt, zou het onmogelijk zijn geweest, maar zoals het nu is, geeft de spierring toe aan de onverzettelijke druk en glijd ik in haar nauwe kanaal, terwijl ik voel hoe haar binnenste samenknijpt in een verwoede poging om de invasie te weerstaan.

'Peter…' Ze beeft als ik mijn hoofd optil en haar blik weer ontmoet. 'Peter, alsjeblieft…'

'Ja,' beloof ik hees. 'Ik zal je behagen, ptichka. Ik zal je geven wat je nodig hebt… alles wat je nodig hebt.'

En terwijl ik haar blik vasthoud, begin ik te bewegen, neem haar mee naar waar pijn overgaat in genot en liefde en haat botsen.

Naar die mooie plek waar ze van mij is en van mij alleen.

enderson

IK BESTUDEER DE NIEUWE FOTO'S OP MIJN SCHERM terwijl ik over mijn nek wrijf in een poging mijn groeiende hoofdpijn te negeren.

De FBI benaderen werkte, en er was ook niet veel voor nodig. Agent Ryson was maar al te blij om zijn onderzoek naar Sokolov voor mij te hervatten.

Ik hoop niet dat hij iets ontdekt, maar daar gaat het ook niet om. Ik wil gewoon dat er een onderzoek komt, ook al is het meer een persoonlijke vendetta van een ontevreden agent.

Ik open de dossiermap op mijn bureau en bestudeer de blauwdrukken. Het plan begint vorm te krijgen, langzaam maar zeker. Nu moet ik alleen nog de juiste mensen vinden om het uit te voeren.

Het geluid van automatische schoten bereikt mijn oren en verergert het pijnlijke kloppen in mijn slapen. Ik schuif de map opzij, sta op en loop naar de woonkamer.

'Jimmy.'

Mijn vijftienjarige zoon reageert niet.

Ik herhaal zijn naam luider.

'Wat?' snauwt hij zonder zijn blik van het scherm af te wenden.

'Zet dat klotespel zachter,' zeg ik zo kalm als ik kan.

Hij wuift me weg.

Mijn hoofdpijn verandert in een brandende migraine, mijn nek verkrampt van nieuwe pijn terwijl ijzige woede zich door mijn aderen verspreidt.

Uiterlijk kalm loop ik naar de bank en ik gris de controller uit de handen van mijn zoon.

'Hé!' Hij springt op, probeert het ding terug te pakken, en de rug van mijn hand botst tegen zijn gezicht, waardoor hij valt.

'Ik zei dat je dat verdomde spel moest uitzetten,' zeg ik terwijl hij naar me opkijkt en over zijn kaak wrijft.

En ik gooi de controller op de grond en loop terug naar mijn kantoor.

ara

IK WORD ZATERDAGMORGEN WAKKER IN DE WETENSCHAP
DAT PETER EN IK EEN WEEK GETROUWD ZIJN – en dat we
net de eerste nacht in ons nieuwe huis hebben
doorgebracht.

Ik heb gisteravond niet alles kunnen bekijken, dus
ik neem nu de slaapkamer in me op. Hij is licht en
ruim, de muren zijn geschilderd in een rustgevend licht
blauwgrijs en het verzonken plafond is minstens drie
meter hoog boven ons kingsize eikenhouten bed.

Het is mooi en modern, en ik heb een plotselinge
vrouwelijke drang om planten te kopen om in elke
hoek te zetten.

Grijnzend rek ik me uit, en huiver dan van de
inwendige pijn. Na de brute manier waarop hij me

claimde in de gang, droeg Peter me naar boven en nam me nog een keer onder de douche, en daarna nog een keer in dit bed.

Een dezer dagen moeten we praten over wat een normale, gezonde hoeveelheid seks is. Mannen worden niet verondersteld hun vrouw elke nacht te neuken alsof ze net uit de gevangenis komen.

Ik zie die discussie voor me en schud mijn hoofd. Wie hou ik voor de gek? Pijnlijk of niet, ik vind zijn verlangen naar mij helemaal niet erg. Peters intense seksualiteit is een deel van hem, net zo onverbloemd als zijn liefde voor mij. Het accepteert geen grenzen, houdt zich niet aan beperkingen. En zo wil ik hem: woest maar teder, dodelijk maar pervers lief.

Ik ben klaar met doen alsof ik niet gek op hem ben, hoe verkeerd dat ook is.

De heerlijke ontbijtgeuren sijpelen al onder de gesloten deur door naar binnen, dus ik neem snel een douche in onze nieuwe, luxe badkamer, trek een T-shirt en een yogabroek aan, en haast me naar beneden, met een rammelende maag.

Mijn man staat bij het roestvrijstalen fornuis van restaurantkwaliteit pannenkoeken te bakken, en ik blijf staan. Het water loopt me in de mond bij dit schouwspel. Hij is gekleed in een versleten spijkerbroek en verder niets, en hij heeft brede schouders en slanke, harde spieren. De tatoeages op zijn linkerarm worden nog uitgesprokener bij elke beweging van zijn krachtige biceps. Zijn dikke, donkere haar is heerlijk in de war, alsof het mijn vingers uitnodigt het aan te raken, en zijn gebruinde huid glanst in het heldere ochtendlicht.

Hij draait zich om en kijkt me aan met een sensuele glimlach. 'Daar is ze, mijn kleine zangvogel. Hoe voel je je?'

Ik lik langs mijn lippen en kan mijn ogen niet van zijn brede borstkas afhouden. 'Ik heb honger.'

'Uh-huh, dacht ik al.' Hij grijnst. 'Helaas, ptichka, heb je zo lang geslapen dat het nu brunchtijd is. Je ouders zijn hier over twintig minuten, dus je zult moeten wachten.'

Ik kijk op de klok en besef dat hij gelijk heeft. 'Dit is allemaal jouw schuld,' zeg ik, terwijl ik mijn armen over mijn borst kruis. 'Je hebt me tot heel laat wakker gehouden.'

'Ik weet het. Arme schat. Kom hier.' Hij komt naar me toe, zijn ogen glimmend donker, en ik deins achteruit.

'Nee, nee. We hebben geen tijd.'

'We hebben altijd tijd.'

'De pannenkoeken...'

Zijn warme lippen sluiten zich over de mijne, zijn tong dringt mijn mond binnen, en mijn vingers vinden hun weg in zijn zijdezachte haar als mijn hoofd achterover valt in de kom van zijn handpalmen. Zijn adem smaakt naar honing – hij moet die pannenkoeken geproefd hebben – en ik kan het niet helpen met mijn ogen te knipperen als hij eindelijk zijn hoofd opheft en zonder een zweem van speelsheid op me neerkijkt.

'Ik kan verdomme niet wachten tot we weer alleen zijn,' mompelt hij. Dan buigt hij zijn hoofd en eist mijn mond op met een fellere, hardere kus, een die geen twijfel laat over zijn uiteindelijke bedoeling.

Hij gaat me weer nemen.

Zodra mijn ouders weg zijn, lig ik weer in zijn bed.

De deurbel gaat net als hij weer bijkomt. 'Fuck.' Hij ademt hard uit en laat me los. 'Ze zijn weer vroeg.'

Ik strijk mijn haar glad met een wiebelige hand, me pijnlijk bewust van mijn gezwollen lippen. 'Kleed je maar aan. Ik ga opendoen.'

'Wacht even.' Hij loopt naar het fornuis en gooit de pannenkoeken uit de pan op een serveerschaal. 'Zodat ze niet verbranden,' licht hij toe voor hij de keuken uit loopt.

Ik kijk stiekem in de spiegel op weg naar de deur. Ik zie eruit alsof ik net verkracht ben, maar er is niets aan te doen.

Ik strijk mijn haar glad en open de deur om mijn ouders te begroeten.

ZE WILLEN EERST EEN RONDLEIDING DOOR HET HUIS, DUS gaan we van kamer naar kamer terwijl Peter de tafel dekt. Terwijl ik alles aan mijn ouders laat zien, ben ik weer verbaasd over wat mijn man gisteren allemaal heeft gedaan. Hoewel er nog steeds een paar dozen onopvallend in sommige hoeken staan en het meubilair op zijn best minimaal is, is alles georganiseerd en netjes... bijna onnatuurlijk.

'Ik kan niet geloven dat je al zo gesetteld bent,' zegt mam, mijn gedachten verwoordend. 'Ik dacht dat je overdracht donderdag was?'

'Klopt,' zeg ik. 'Maar Peter heeft een manier om dingen gedaan te krijgen.'

'Je meent het,' mompelt mijn vader, die een linnenkast opent en de handdoeken al in de kast ziet liggen, netjes opgevouwen. 'Hij is een machine, die man van je.'

Ik knijp even in mijn vaders verweerde onderarm. 'Ja, en dat is maar goed ook.'

Mijn ouders zijn het nog niet helemaal eens met onze relatie, maar ik hoop dat als ze meer tijd met Peter doorbrengen, ze wel bijdraaien. Ons eerste etentje samen ging vorige week relatief goed, grotendeels dankzij Peter die verrassend open was over zijn verleden en zijn gevoelens voor mij. Het hielp ook dat hij hun ronduit vertelde dat hij een gezin wil stichten, en mijn ouders prikkelde met de belofte van kleinkinderen waarop ze de hoop al hadden opgegeven.

Nu mijn vader achtentachtig is geworden en mijn moeder maar negen jaar jonger, tikt hun grootouderlijke biologische klok steeds luider.

Hoewel mijn vaders artritis weer opspeelt en hij vandaag een rollator gebruikt, staat hij erop de trappen te trotseren om het hele huis te zien. We eindigen de rondleiding in onze slaapkamer, waar ik verbaasd ben dat het bed opgemaakt is. Peter moet het gedaan hebben toen hij zich boven ging aankleden.

Nadat ze de kamer hebben bekeken, gaat pap naar het toilet terwijl mam onze inloopkast bekijkt.

'Wat vind je ervan?' vraag ik als ze naar buiten komt.

Ze kijkt me ernstig aan. 'Het is een mooi huis, schat.'

'Maar?' vraag ik als ze niet verdergaat.

Ze zucht en gaat op het bed zitten. 'Je vader en ik zijn nog steeds bezorgd om je, dat is alles.'

'Mam...' begin ik op geërgerde toon, maar ze houdt haar hand op en klopt op het bed naast haar.

Ik loop naar haar toe om naast haar te gaan zitten, en ze zegt met een lage stem: 'Agent Ryson kwam gisterochtend naar je vader toe in het park. Ik weet niet wat hij hem verteld heeft, maar de bloeddruk van je vader was de hele dag alarmerend hoog. Ik heb geprobeerd te vissen, maar hij wilde me niets anders vertellen dan dat hij bezorgd om je is.'

Ik staar haar aan, een ijzige bankschroef knijpt mijn hart dicht. Waarom was die FBI-agent daar? Wat heeft hij mijn vader verteld? Als het ook maar enigszins lijkt op wat Ryson me op mijn trouwdag heeft verteld, is het een wonder dat pa toen niet meteen weer een hartaanval kreeg.

Zou de FBI iets weten over Monica's stiefvader?

Mijn longen stoppen met werken als de gedachte door mijn hoofd flitst. Ik moet ook zichtbaar verbleekt zijn, want mam fronst en pakt mijn hand. 'Gaat het, schat?'

'Ja, ik...' Ik dwing mezelf om weer te gaan ademen. 'Geen zorgen.' Mijn stem is een beetje te hoog, dus ik gooi er een glimlach tegenaan om het overtuigender te maken. 'Sorry, ik ben gewoon bezorgd om papa. Hoe is zijn bloeddruk vandaag?'

Mam zucht en laat mijn hand los. 'Beter. Niet perfect, maar beter. Ik wou wel dat hij me vertelde wat agent Ryson zei.'

'Juist.' Ik slaag erin om bijna normaal te klinken. 'Ik zal het papa vandaag vragen.'

'Ik denk dat het beter is als je dat niet doet.' Terwijl ze naar de badkamerdeur kijkt, verlaagt ze haar stem nog meer. 'Wat het ook was, het was duidelijk stressvol, en ik wil niet dat hij erbij stil blijft staan.'

'Komt in orde, mam,' zeg ik en ik sta op om naar pap te glimlachen als hij uit de badkamer komt. 'Laten we nu die pannenkoeken gaan proeven.'

Terwijl we eten, observeer ik hoe Peter met mijn ouders omgaat. Hoewel ik weet dat hij veel liever alleen met mij zou zijn, is hij opnieuw beleefd en respectvol... ronduit vriendelijk in zijn manier van doen. De trap op en af lopen lijkt mijn vaders artritis te hebben verergerd, dus helpt Peter hem met zijn rollator – en dat doet hij zo nonchalant en behendig dat mijn vader vergeet er aanstoot aan te nemen.

In het begin zijn mijn ouders op hun hoede en terughoudend, maar naarmate de maaltijd vordert, lijken ze Peter te mogen, zelfs mijn vader, ondanks wat Ryson hem verteld moet hebben. Het helpt dat Peter de leiding neemt in het gesprek en mijn ouders bestookt met vragen over hoe ze elkaar ontmoet hebben en hoe ik als kind was, in plaats van te wachten tot ze zich in zijn duistere verleden verdiepen.

'Sara was zo'n perfecte baby, je zou het niet geloven,' zegt mam tegen Peter, terwijl ze naar me lacht. 'Ze sliep de hele nacht door, at wanneer het moest, huilde bijna nooit. En ze werd ook nooit ziek, hoewel ze klein geboren was – net geen zes pond. We waren zo bang – vanwege onze leeftijd, weet je – maar ze maakte snel een einde aan al onze angsten. Het was alsof ze wist dat we niet de typische jonge ouders waren die de druk aankonden, en ze zorgde ervoor dat alles volgens het boekje verliep. Dat is natuurlijk stom, ze was nog maar een baby, maar dat is de indruk die iedereen had.'

'Dat zou ik kunnen geloven,' zegt Peter, die me met zoveel warmte aankijkt dat ik bloos en de andere kant op moet kijken.

Peter leidt het gesprek niet alleen naar de favoriete onderwerpen van mijn ouders, maar toont zijn zorgzaamheid ook op allerlei kleine manieren. Mam krijgt haar kamillethee zonder te vragen en mijn vaders pannenkoeken worden geserveerd met een vers schaaltje fruit en slagroom naast de zelfgemaakte aardbeienjam. Ik weet niet hoe Peter van deze specifieke voorkeur van mijn vader weet, maar mijn ouders stellen het duidelijk op prijs.

'Je bent een uitstekende kok,' zegt mam tegen hem, en hij schenkt haar een grote, warme glimlach. Zijn ogen stralen van oprecht plezier.

Als ik hem zo zie, begin ik me af te vragen of Peter dit alleen voor mij doet. Is het mogelijk dat een deel van hem hier ook naar hunkert? Dat omdat hij zelf nooit ouders heeft gehad, hij het leuk vindt om deel uit te maken van ons gezin? Want als hij doet alsof, doet hij het geweldig.

Ik ben ervan overtuigd dat hij mijn ouders aardig begint te vinden en dat zij hem, ondanks alles, uiteindelijk ook aardig zullen vinden.

Terwijl we de maaltijd afronden, beginnen mijn ouders ons eindelijk te ondervragen… over werk en allerlei typische ouderzaken.

'Heb je al besloten wat je gaat doen?' vraagt mam aan Peter, en hij knikt en vertelt hun alles over de trainingsstudio die hij van plan is te beginnen.

'Ik vind dat een goed idee,' zegt pap. 'Lijkt me goed passen, met jouw achtergrond en zo.'

Peter glimlacht bij zijn goedkeuring. 'Dat dacht ik al. In ieder geval is het iets om te doen voor nu, als Sara aan het werk is.'

Er is geen spoor van wrok in zijn stem, maar ik kan het niet helpen dat ik me ongemakkelijk voel als hij opstaat en de tafel begint af te ruimen. Hij heeft last van mijn werktijden, dat kan ik zien. Na al die maanden apart van elkaar zijn de avonden en weekends die we samen kunnen doorbrengen voor geen van ons genoeg.

Misschien zal de nieuwe trainingsstudio dingen iets beter maken, als hij iets heeft om zich op te concentreren in plaats van op mij, en als we ons in ons huwelijksleven nestelen, zullen we elkaar niet meer zo intens missen. Zo niet, dan zal er vroeg of laat iets moeten veranderen, en dat zal aan mijn kant moeten zijn.

Peter heeft alles opgeofferd om mij gelukkig te maken, en ik kan niet minder voor hem doen.

Als mijn ouders weggaan, denk ik erover om Peter te vertellen over Rysons bezoek aan mijn vader, maar ik besluit het niet te doen. Hij was al overstuur toen hij hoorde dat de FBI-agent zich had bemoeid met ons huwelijk. Als hij wist dat Ryson mijn familie blijft lastigvallen, zou hij er misschien iets aan doen, en dat is het laatste wat ik wil.

Beloofd of niet, Peter zal alles doen om me te beschermen, en ik hoef de dood van een andere man niet op mijn geweten te hebben.

DEEL II

ara

IN DE DAAROPVOLGENDE MAAND SETTELEN WE IN ONS
nieuwe huis en gaan we verder met de routine die we
in de eerste week van ons huwelijk hebben
opgebouwd. Hoewel Danny en de rest van Peters
beveiligingsteam altijd in de buurt zijn, rijdt Peter me
zelf van en naar het werk en is hij samen met mij
vrijwilliger in de kliniek. Tussendoor werkt hij aan het
opzetten van zijn nieuwe bedrijf en het werven van
klanten – iets waar hij veel succes mee heeft.

Op een middag, als ik een paar afspraken heb
afgezegd, sluip ik mijn kantoor uit en laat me door
Danny naar het park brengen dat Peter heeft
uitgekozen als zijn oefenterrein. En dan kijk ik
grijnzend toe hoe hij vijf tieners op de proef stelt door

ze te laten sprinten, over banken te laten springen, in bomen te laten klimmen en te laten proberen hem in het gezicht te slaan.

Geen van hen slaagt erin, natuurlijk, maar het ziet eruit alsof ze plezier hebben in het proberen.

Ik weet hoe ze zich voelen, want ik heb hem gevraagd me afgelopen zondag een paar bewegingen te leren, en we hebben de ochtend in zijn sportzaal doorgebracht met het oefenen van wat basiszelfverdediging. Het was alsof ik tegen een berg vocht, en de enige beweging die ik onder de knie kreeg was het optillen van mijn benen om een dood gewicht te worden als hij me van achteren vastpakte om mijn aanvaller uit balans te brengen, zogezegd. Onnodig te zeggen dat al dat fysieke geharrewar eindigde in seks op het moment dat we thuiskwamen, en ik ben nog lang niet in staat mezelf te verdedigen – niet dat ik dat hoef, met Peter en de lijfwachten altijd in de buurt.

Een minuut later ziet hij me, en een stralende glimlach verschijnt op zijn gezicht voor hij zich omdraait en de volgende reeks instructies naar de jongens blaft. Dan komt hij naar me toe en laat zijn leerlingen grommend en hijgend achter terwijl ze proberen zich aan een boom op te trekken.

Het is een warme augustusdag en hij draagt geen shirt, alleen een camouflagebroek en gevechtslaarzen. Ik kijk met droge mond toe hoe hij op me af komt, met zijn gespierde torso dat een zweem van transpiratie uitstraalt.

'Wat doe jij hier, ptichka?' vraagt hij als hij voor me

staat, en ik spring op hem af en sla mijn armen om zijn nek. Hij vangt me op en draait me rond terwijl ik hem ongegeneerd kus, en tegen de tijd dat hij me neerzet, ademen we allebei zwaar terwijl zijn leerlingen op de achtergrond toeteren en fluiten.

'Terug naar af,' schreeuwt hij over zijn schouder, zijn handen nog steeds om mijn middel, en ze gehoorzamen onmiddellijk en hervatten hun pogingen tot optrekken.

'Een echte *drill sergeant*, hè?' Ik grijns naar hem en reik omhoog om zijn dikke haar glad te strijken. Het wordt lang aan de zijkanten en ook aan de bovenkant, en moeilijker in toom te houden. Ik hou van de rommelige look, dus ik zeg niets, maar waarschijnlijk moet hij binnenkort naar de kapper.

'Reken maar,' mompelt hij, terwijl hij zijn hoofd buigt om me weer te kussen, en ik lach en duw hem weg voordat we echt beginnen te zoenen. Het is al veel te vaak in het openbaar gebeurd; Peter kent geen gêne als het op mij aankomt.

Gedeeltelijk komt dat doordat we steeds het gevoel hebben dat we niet genoeg tijd voor elkaar hebben. Mijn huidige baan heeft regelmatigere tijden, maar ik heb nog steeds een paar zwangere patiënten en mijn bazen hebben hun vakantie verlengd, dus ik heb deze maand ook al hun patiënten gezien.

Ze vroegen me voor hen in te vallen en ik kon geen nee zeggen.

'Ja, dat zou kunnen,' zei Peter toen ik uitlegde dat ik weer een weekenddienst moest doen omdat Wendy's patiënt op het punt staat te bevallen. 'Je zou zeker nee kunnen zeggen. Wat is het ergste wat er kan gebeuren? Dat ze je ontslaan?'

'Nou, ja,' begon ik, maar stopte toen met een zucht. 'Ik weet het, ik weet het. We hebben geld, ik hoef technisch gezien niet te werken.'

'Dat klopt.' Zijn blik was gericht op mijn gezicht en ik keek weg, nog niet klaar voor dit gesprek. Logisch gezien weet ik dat hij gelijk heeft – we zijn multimiljonairs dankzij zijn recente avonturen – maar ik heb te hard gewerkt om arts te worden om het zomaar op te geven.

'Je kunt nog steeds vrijwilligerswerk doen in de kliniek,' zei hij, en weer had hij een punt. Ik heb daar al meermaals over nagedacht, over hoe fijn het zou zijn als ik elke ochtend met hem kon knuffelen in plaats van de wekker te moeten zetten en naar mijn werk te racen. Hoe frustrerend mijn gevangenschap in Japan ook was, we waren daar altijd samen – iets wat ik toen niet waardeerde, gezien mijn woede op Peter, maar waar ik nu met pervers verlangen aan terugdenk.

'Het is niet hetzelfde,' zei ik tegen hem. 'Ik zou geen baby's ter wereld kunnen brengen.'

Dat was waar, en hij liet het vallen, maar ik weet dat we er nog op terug zullen komen.

Het is onvermijdelijk, gezien onze wederzijdse obsessie.

En het ís een obsessie. Dat kan ik niet ontkennen. Ik dacht dat ik van George hield, althans in het begin, maar mijn gevoelens voor hem waren niets bij wat ik voel voor zijn moordenaar. Ik heb George nooit zo gemist toen we uit elkaar waren, nooit verlangde ik er zo intens naar bij hem thuis te komen. Onze levens waren min of meer gescheiden, en ik dacht dat het zo hoorde, dat alle huwelijken – alle relaties – zo waren.

Er is geen gescheidenheid van welke aard dan ook met Peter. Zelfs niet bijna. Het is alsof een onzichtbare draad ons verbindt, zelfs als we fysiek uit elkaar zijn. Hij is constant in mijn gedachten, en ik betrap mezelf er vaak op dat ik fysiek naar hem verlang, alsof mijn lichaam verslaafd is aan zijn aanraking.

Het helpt ook niet dat als we samen zijn, hij me overlaadt met aandacht en me vertroetelt tot ik me een verwend huisdier voel. Massages, mijn haar borstelen, hij doet het allemaal als we tijd hebben. En dan tel ik de seks nog niet eens mee.

O god, de seks.

Sinds onze huwelijksnacht, toen ik aan Peter en aan mezelf toegaf dat ik een zekere mate van kracht van hem nodig heb om met onze niet-traditionele relatie om te kunnen gaan, heeft hij er geen enkele moeite mee om zijn innerlijke monster in de slaapkamer los te laten. Hoewel er genoeg momenten zijn dat hij lief en teder is, neemt hij me meestal met ongebreidelde honger, waardoor ik 's morgens wakker word met een rauwe pijn. Geen enkel deel van mijn lichaam is verboden terrein voor hem, en vaak zit ik vastgebonden op mijn knieën, met mijn mond vol pik en mijn kont brandend van zijn ruwe aanpak.

ANNA ZAIRES

Hij mag dan nu mijn man zijn, maar hij is nog steeds mijn kwelgeest.

Het sleutelwoord is hierin wel 'mijn'. Tot mijn opluchting is seks met mij de plek waar Peter zijn donkere impulsen loslaat. Voor zover ik weet heeft hij woord gehouden en niemand anders meer pijn gedaan, en naarmate de weken vorderen, merk ik dat ik me minder zorgen maak als we in de buurt zijn van mijn familie en vrienden. Mijn ouders beginnen langzaam aan hem te wennen, en mijn bandleden lijken hem aardig te vinden – wat me verbaast, aangezien Marsha nu serieus met Phil aan het daten is en zij geen fan van Peter is.

Tenminste, ik neem aan dat ik haar daarom nauwelijks heb gezien sinds de bruiloft.

'Marsha lijkt de laatste tijd nooit meer met ons uit te gaan,' zeg ik tegen Phil als we met z'n allen iets gaan drinken na een vrijdagavondoptreden. 'Jullie zijn nog steeds samen, toch?'

Hij bloost, duidelijk ongemakkelijk. 'Ja, maar ze heeft het… erg druk gehad.'

Ik knik en pak mijn drankje. 'Ah, oké.'

Het is belachelijk dat ik me gekwetst voel omdat mijn vriendin me in de steek heeft gelaten. Tenslotte heb ik haar een tijdje gemeden nadat ik hoorde dat ze de FBI hielp mij in de gaten te houden. En ik kan het haar niet kwalijk nemen dat ze voorzichtig is. Ieder weldenkend mens zou uit de buurt willen blijven van een man die ze ervan verdenkt een gewetenloze

116

moordenaar te zijn, die ooit haar vriendin martelde en haar man vermoordde.

'Waar is ze mee bezig?' vraagt Peter, die achter me komt staan om mijn schouders te kneden. Zijn toon is licht en nonchalant, maar ik voel de spanning in zijn sterke vingers als hij mijn verknoopte spieren masseert. 'Werkt ze meer diensten?'

'Zoiets,' mompelt Phil, en hij gebaart naar de barman. 'Een rondje tequila, man. De beste die je hebt.'

De tequila brandt in mijn keel als we de shots achteroverslaan, en de lichte ongemakkelijkheid verdwijnt als Rory en Simon een geanimeerde discussie beginnen over de voors en tegens van natuurlijke blondines. Phil doet ook mee, maar Peter blijft stil, observeert hen met een vaag geamuseerde uitdrukking, en als ik me excuseer om naar het toilet te gaan, hoor ik hem een rondje wodka bestellen.

'Geen voor mij?' vraag ik, als ik bij terugkomst slechts vier borrelglaasjes zie, en mijn man grijnst naar me.

'Ik ben bang van niet, ptichka. Ik heb je vannacht wakker en bij bewustzijn in mijn bed nodig.'

De woorden gaan vergezeld van een kneepje in mijn knie, en de jongens gniffelen terwijl ik vecht tegen een blos. Peter is volstrekt onverbloemd over zijn verlangen naar mij en pakt elke gelegenheid die hij krijgt om me aan te raken en anderszins aanspraak op me te maken – privé of in het openbaar. Mijn bandleden zijn ervan overtuigd dat we de hele tijd neuken als konijnen, en ze hebben gelijk.

Mijn man heeft het uithoudingsvermogen van een tiener aan de viagra.

Nog steeds lachend drinken de jongens de wodka op, en Peter bestelt meteen nog een rondje. Ik kijk hem wat verward aan – ik heb hem nog nooit zo zwaar zien drinken – maar ik denk dat hij gewoon wat stoom aan het afblazen is na een lange week.

Maar na nog twee rondjes wodka besef ik dat er iets anders aan de hand is. Ten eerste ben ik er vrij zeker van dat Peter zijn laatste shot op de vloer heeft gemorst. Mijn bandleden waren te dronken om het op te merken, maar ik ben maar lichtjes dronken en ik zag hem het glas opzij kantelen net voor hij het shotje met hen nam.

Het is alsof Peter opzettelijk probeert om ze bezopen te krijgen.

Na nog een halfuur en drie rondes shots, is mijn vermoeden bevestigd. Rory en Simon zijn compleet starnakel; Rory zingt een Ierse ballade en Simon zingt vals mee, terwijl Phil diep in een filosofische verhandeling zit over de willekeur van het leven en de terugkeer naar het gemiddelde. Peter doet alsof hij even dronken is en helemaal meegaat in Phils gebazel, maar voor mij is duidelijk dat mijn man het gesprek manipuleert – maar met welk doel, dat weet ik niet.

'Een directeur van een filmstudio kan denken dat hij een gouden greep heeft gedaan met een kaskraker, maar in werkelijkheid heeft hij gewoon mazzel,' zegt Phil, en Peter knikt, alsof het allemaal logisch is. 'Je denkt dat je het gemaakt hebt, maar het is gewoon geluk, man. Gewoon verdomd geluk. En dan bam! De slinger zwaait de andere kant op. Omdat het allemaal willekeurig is en teruggaat naar het gemiddelde. Dat snappen we niet als mensen. We denken dat we controle hebben omdat we een patroon zien, maar het is allemaal onzin. Het leven is als een verroeste slinger in een aardbeving. Het slingert heen en weer, soms blijft het steken in een opwaartse beweging. En soms, soms zit je hele leven in een opwaartse spiraal, totdat een beving die roest losschudt.' Hij schudt treurig zijn hoofd en ik besluit dat hij echt genoeg heeft gedronken.

Ik weet niet wat Peter van plan is, maar alcoholvergiftiging is geen grapje.

Ik leun voorover, raak de hand van mijn man aan en zeg zachtjes: 'Laten we naar huis gaan. Ik begin moe te worden.'

Hij draait zijn handpalm omhoog en knijpt zachtjes in mijn hand, zijn ogen volkomen nuchter, zelfs als zijn lippen zich in een schijnbaar aangeschoten glimlach plooien. 'Nog even, liefste. Phil hier heeft een punt.'

Ik frons verward. 'Is dat zo?'

'O, ja,' slijmt Phil. 'Je ziet het gewoon niet omdat je het niet kunt zien. Je kunt het je niet eens voorstellen. Geen mens kan dat, omdat onze hersenen niet in staat zijn echt willekeurige patronen te bedenken. En als algoritmes het voor ons doen, geloven we niet dat ze willekeurig zijn. Zoals de willekeurige shuffle op je muziekspeler? Niet willekeurig. Als dat zo was, zou je soms twee, drie, vier keer achter elkaar hetzelfde liedje krijgen, en dat lijkt ons niet willekeurig. Dat lijkt alsof een liedje opzettelijk wordt gekozen, alsof er een doel achter zit, maar dat is niet waar. Het is gewoon wiskunde, gewoon programmeren. En dus…'

'Dus hebben ze het algoritme aangepast en de echte willekeurigheid weggenomen om het willekeuriger te laten lijken,' zegt Peter, die serieus dronken klinkt terwijl hij met mijn vingers speelt. 'Ik snap het, man. Het is gek.'

Phil buigt zijn hoofd. 'Echt hè. Ik vertel Marsha dit de hele tijd, maar ze gelooft het niet. Ze snapt niet dat toeval soms gewoon toeval is, dat iets gewoon willekeurig kan zijn. Zoals jij en Sara. Er was een slechte man die Peter heette in haar verleden en Marsha denkt dat jij het bent, ook al heeft de FBI haar verteld – ze hebben het haar ronduit verteld! – dat het niet zo is. Wat is logischer: dat jij een gezochte moordenaar bent die om een of andere reden vrij mag rondlopen, of dat er misschien twee Peters in Sara's leven zijn geweest? Het is net een liedje dat twee keer opduikt. Moeilijk te geloven, maar echt willekeurig. Ik bedoel, er is die ene FBI-kerel die nog steeds met haar praat, maar ik ben er vrij zeker van dat hij haar gewoon probeert te versieren, de klootzak.'

Ik verstijf, mijn hand verstrakt in Peters greep als mijn man grinnikt en zijn hoofd schudt, alles behalve mannelijke sympathie uitstralend. 'Wow. Klootzak inderdaad. Hoe heet die man?'

'Tyson of zoiets.' Phil hikt en geeuwt luid.

Shit. Mijn hart bonst in mijn keel als Peter naar me

kijkt, zijn blik hard en onleesbaar. Heeft hij dit al die tijd vermoed? Heeft hij daarom Phil en, bij gebrek aan beter, Rory en Simon, de hele avond met alcohol volgegooid?

Is hij er op een of andere manier achter gekomen dat de agent mijn vader heeft benaderd?

Ik heb geprobeerd dat te vergeten, me geen zorgen meer te maken dat de FBI Monica's stiefvader ontdekt, maar zo nu en dan word ik wakker in het koude zweet van een nachtmerrie waarin SWAT-agenten door onze slaapkamerdeur stormen. Officieel is er een deal, maar Ryson is duidelijk op zijn eigen missie.

Wat heeft hij Marsha verteld? Wat heeft zij hém verteld? Mijn gedachten tollen als Peter nog een laatste rondje bestelt, zich dan excuseert bij de jongens en hen alleen achterlaat om de drankjes naar binnen te werken terwijl hij me de bar uit jaagt en naar Danny's auto begeleidt.

Mijn ex-moordenaar is gezagsgetrouw genoeg, of slim genoeg, om niet met alcohol op te rijden.

Ik wacht tot we thuis zijn voor ik begin over wat Phil ons vertelde. 'Peter, over de...'

'Waarom heb je me niet verteld dat Ryson nog steeds in beeld was?' onderbreekt mijn man me, terwijl hij naar me toe stapt. Ik ruik slechts een flauw vleugje alcohol op zijn adem als hij naar me toe leunt en me met zijn krachtige lichaam tegen de rugleuning van de bank klemzet.

Of hij heeft nog minder gedronken dan ik dacht, of zijn metabolisme is buiten alle proporties.

Mijn keel wordt droog en mijn ademhaling versnelt als ik de ijzige hardheid in zijn metalen ogen zie. Dit is de Peter die me altijd doodsbang maakte, de man die in mijn huis inbrak en me zo meedogenloos ondervroeg om George te vinden.

De moordenaar die nooit wroeging heeft gekend.

'Ik wist niet dat hij met Marsha praatte,' zeg ik wanneer ik in staat ben half kalm te klinken. Ik weet dat Peter me geen pijn zal doen buiten onze slaapkamerspelletjes, maar het is moeilijk om niet geïntimideerd te raken als hij zo boven me uittorent, de warmte van zijn gespierde lichaam om me heen, zijn nabijheid zowel een verleiding als een bedreiging.

Hij zal mij misschien geen pijn doen, maar anderen wel.

Agent Rysons leven staat op het spel, en mogelijk ook dat van Marsha.

'Nee?' Zijn ogen vernauwen zich. 'Hoe zit het met je ouders? Wist je niet dat hij ook bij hen rondgesnuffeld heeft?'

'Nee, ik...' Ik stop voordat ik de situatie erger maak door te liegen. 'Oké, ik wist dat hij een paar maanden geleden met mijn vader had gepraat, maar ik dacht dat het bij die ene keer was gebleven. Zeg je nu dat hij ze weer opgezocht heeft?' Ik ratel, maar ik kan het niet helpen.

Ik ben doodsbang, zowel voor de agent als voor wat hij zou kunnen ontdekken.

Peter staart naar me, doet dan eindelijk een stap terug, laat me een volle teug adem nemen.

'Eerder vandaag,' zegt hij grimmig, en het kost me een seconde om te beseffen dat hij antwoord geeft op mijn vraag. 'Mijn crew zag hem naar je moeder toe lopen toen ze met Agnes Levinson in een winkelcentrum was. Een van de jongens volgde hem toen hij wegging, en weet je waar die klootzak heen ging?'

Ik slik. 'Waar?'

'Naar het ziekenhuis. Waar jij werkte en je vriend nog steeds werkt.'

Natuurlijk. Zo kwam hij dus op het idee om Phil vanavond te ondervragen.

'Denk je dat hij het weet? Over Moni...' Ik stop als tot me doordringt dat het misschien niet veilig is om zo openlijk te spreken.

Als de FBI ons doorheeft, kan het huis afgeluisterd worden.

'Het is goed zo. Ik doe dagelijkse controles,' zegt Peter, die mijn bezorgdheid begrijpt. 'Niemand luistert.'

Dagelijkse controles? Je hebt paranoia en je hebt... wat dit ook is. Ik weet dat ons huis de beveiliging heeft van een militaire basis, ik heb de futuristische technologie gezien... maar ik wist niet dat mijn man zó paranoïde was.

'En nee,' gaat hij verder terwijl ik mijn gedachten op een rijtje zet. 'Ik denk niet dat hij iets weet. Mijn hackers houden de bestanden met betrekking tot Sonny Pearson in de gaten, en niemand heeft er in weken toegang toe gehad.'

Sonny Pearson? Heet Monica's stiefvader zo? Mijn maag verkrampt terwijl ik naar Peter staar. Beelden van donkere steegjes en plassen bloed dansen voor mijn ogen. Ik heb die moord grotendeels uit mijn hoofd gezet, net als alle andere vreselijke dingen die Peter heeft gedaan, maar nu ik de naam van de man weet, zijn de gruwel en het schuldgevoel weer vers.

'Stop ermee, ptichka.' Peters toon wordt zachter en ik realiseer me dat mijn gezicht mijn gedachten moet weerspiegelen. Hij neemt mijn beide handen in zijn grote handen. 'Denk er niet meer aan. Het is voorbij.'

Hij trekt me naar zich toe en neemt me in een rustgevende omhelzing. Ik sla mijn armen om zijn middel en inhaleer zijn vertrouwde geur terwijl mijn wang tegen zijn gespierde schouder drukt. Het is pervers om me zo door hem te laten troosten, maar ik kan niet anders dan dit van hem accepteren.

Het is de enige manier waarop ik kan omgaan met het houden van iemand die zo meedogenloos is.

Terwijl hij me vasthoudt en geduldig door mijn haar strijkt, voel ik een groeiende hardheid in mijn maag drukken, en ik weet dat hij over enkele ogenblikken niet meer tevreden zal zijn met me alleen maar vasthouden.

Het is verleidelijk om daarin mee te gaan, om mijn toevlucht te zoeken in het geestverruimende plezier dat hij me altijd geeft, maar ik moet eerst iets zeker weten.

'Peter…' Ik trek me terug en kijk naar hem op. 'Je gaat Marsha of agent Ryson toch niets aandoen, hè?'

Hij staart naar me en zijn handen verstrakken. 'Definieer "niets".'

'Peter, alsjeblieft.'

Zijn lippen vormen een dunne streep en hij laat me los. 'Goed. Je vriendin is veilig. Ik zal niet bij haar in de buurt komen. Zelfs als ze ons niet zou mijden als de pest, weet je nu wel beter dan haar te vertrouwen.'

'Ik laat niets los tegenover haar, dat beloof ik. En jij komt ook niet in de buurt van Ryson. Toch?' vraag ik als Peter dat bevestigt noch ontkent.

Een spiertje trilt in zijn gebeeldhouwde kaak. 'Hij vormt een bedreiging. Dat weet je, Sara. Het is niet langer gewoon een opdracht voor hem. Hij wil ons ten val brengen; hij is erdoor geobsedeerd.'

'Ja, maar we doen niets verkeerd, we leven gewoon ons leven. En als we dat blijven doen, zal hij niet in staat zijn ons iets aan te doen. Echter, als je in zijn val trapt...'

Peter mompelt een vloek en draait zich om om bij het raam te gaan staan. Ik volg hem, wetende dat als ik hem deze belofte niet kan laten doen, de dagen van de FBI-agent geteld zijn.

'Je weet dat dit precies is waar hij op hoopt,' zeg ik als Peter zich naar me omdraait met een harde gezichtsuitdrukking. 'Hij wil dat je de voorwaarden van je deal schendt. Het doet hem pijn dat je hier bij mij bent, en dat we gelukkig zijn. Dit' – ik steek mijn hand uit om Peters hand te pakken – 'is de beste wraak die je kunt nemen. Laat hem maar rondrennen, snuffelend op onze hielen. Hij zal niets vinden omdat er niets te vinden zal zijn.'

Terwijl ik praat, verstrakken Peters vingers zich tot een vuist in mijn greep voordat ik ze langzaam ontspan, en zijn ogen krijgen een eigenaardige glans. 'Oké,' zegt hij hees terwijl hij mijn polsen vastpakt en ze naar beneden brengt. 'Ik begrijp wat je bedoelt.' Hij drukt mijn handen tegen zijn kruis, waar ik een groeiende bobbel voel.

Ik lik langs mijn lippen als een antwoordende warmte in mijn binnenste ontbrandt. 'Dus ik heb je woord?' Ik masseer zachtjes zijn erectie door zijn jeans heen voordat ik op mijn knieën voor hem zak. 'Je zult Ryson op geen enkele manier iets aandoen?'

Hij sluit zijn ogen en pakt mijn schouders vast terwijl ik zijn rits openmaak. 'Ja, je hebt mijn woord. Hij is veilig.' Zijn stem is gespannen van verlangen, maar ik hoor de donkere noot eronder als hij eraan toevoegt: 'Zolang hij niet nog verder gaat.'

enderson

I<small>K DRAAI EEN STEEGJE IN EN RIL BIJ DE BIJTENDE</small>
W<small>INDVLAAG.</small> Het is deze week ongebruikelijk koud in
Boedapest; het doet me denken aan mijn korte verblijf
in Vladivostok in het begin van de jaren negentig.

Man, ik mis die eenvoudige tijd.

Ze wacht op me bij de achterdeur, zoals
afgesproken, haar kleine, jongensachtige gestalte
gehuld in een dikke jas en haar korte, platinablonde
haar opgestoken in pieken rond haar elfengezicht.

Als ik niet wist wat ze werkelijk was, zou het
makkelijk zijn om haar dekmantel als serveerster in
een trendy bar te geloven.

'Mink?' zeg ik als ik dichterbij kom, en ze knikt.

'Hier.' Ik overhandig haar een dikke envelop.

'Amerikaans paspoort en de helft van de afgesproken betaling.'

Ze neemt de envelop aan en stopt hem in haar jas. Als ze haar hand uitsteekt, zie ik dat ze een map vasthoudt. 'Dit zijn de mannen die je zoekt,' zegt ze, terwijl ze hem aan mij overhandigt. Haar Engels klinkt net zo Amerikaans als het mijne, zonder ook maar een zweem van een Oost-Europees accent. 'Ze zijn de beste, en ze doen alles.'

Ik open de map en blader door de dossiers. Elk van de kandidaten heeft een strafblad zo lang als dat van mijn doelwitten, en ze zijn allemaal ex-militairen.

Het mooiste is dat ik er vier zie die er met pruiken en make-up goed uit kunnen zien.

'Alles goed?' vraagt ze, en ik knik, terwijl ik de map sluit.

Dit waren de laatste puzzelstukjes die ik miste.

'Weet je zeker dat je niet wilt dat ik hem zelf mee uit neem?' vraagt ze terwijl ik de map in mijn eigen jas stop. 'Ik zou het kunnen doen, weet je.'

'Nee, dat kun je niet,' zeg ik. 'Hij wordt te goed bewaakt. En zelfs als het je zou lukken, dat is niet het plan. Jouw taak is ervoor te zorgen dat hij niet levend wordt meegenomen, begrepen?'

Ze geeft me een spottend saluut. 'Aye, aye, generaal. Komt voor elkaar.'

Dan draait ze zich om op haar Doc Martens, opent de deur en verdwijnt in de bar.

eter

IK DACHT NIET DAT HET MOGELIJK WAS OM MEER VAN
SARA TE HOUDEN, maar naarmate de weken verstrijken
en we onze draai vinden als getrouwd stel, worden
mijn gevoelens voor haar zowel intenser als dieper. Ik
realiseer me nu dat ik veel niet wist over de vrouw die
mijn obsessie is – onze relatie was zo gespannen dat ze
zich nooit echt op haar gemak voelde bij mij. Nu krijg
ik echter een andere kant van haar te zien, en ik ben
dol op elke nieuwe eigenschap en gril die ik ontdek.

Mijn ptichka heeft een hekel aan politiek, maar is
gefascineerd door natuurrampen. Ze verslindt religieus
alle nieuwsberichten voordat ze een gulle donatie doet.
Ze beweert dat ze meer van honden dan van katten
houdt, maar ze is verslaafd aan kattenvideo's op

YouTube. Ze vindt *The Big Bang Theory* de grappigste serie aller tijden en laat me er in het weekend samen met haar naar kijken. En het beste van alles is dat ze zingt als ze in een goede bui is – soms zachtjes, soms luidkeels.

'Dat moet je in je volgende optreden opnemen,' zeg ik tegen haar als ik haar op een zaterdagochtend in de keuken betrap op neuriën. 'Wat een lekkere melodie. Heel suggestief.'

Ze grijnst naar me. 'Echt? Ik heb het net gecomponeerd. Ik moet de songtekst er nog voor verzinnen.'

'Dat komt vast goed.' Ik druk een kus op haar gladde voorhoofd. 'Dat komt het altijd.'

Haar muziek evolueert, net als onze relatie. Ze heeft meer vertrouwen in haar keuzes, en dat zie je terug in de gigs van de band, die nu optreedt met origineel materiaal dat door haar is gecomponeerd – en steeds grotere groepen trekt. Een maand geleden maakte Simon een YouTube-kanaal voor hun band en het heeft nu al vijftigduizend abonnees.

'Het is slechts een kwestie van tijd voordat we echt groot worden,' zegt Rory als een grote openluchtzaal volledig is uitverkocht voor hun vrijdagavondconcert. 'We staan op het punt om door te breken, ik weet het gewoon.'

Phil en Simon zijn net zo opgewonden en willen het gaan vieren, maar Sara weigert en zegt dat ze moe is. Bezorgd neem ik haar meteen mee naar huis, zodat ik haar in bed kan stoppen voor het geval ze ziek wordt.

'Het gaat wel, echt,' zegt ze geërgerd als ik haar optil om haar van de auto naar het huis te dragen. 'Ik ben moe, maar ik kan lopen. Serieus, het is gewoon een lange week geweest.'

Ik negeer haar protesten, draag haar het huis in en zet haar pas neer als ik boven in de badkamer ben. Eenmaal daar laat ik een heet bad vollopen en zorg ervoor dat ze comfortabel zit voordat ik naar de keuken ga om wat echinaceathee voor haar te maken.

Als ik terugkom met de thee, ligt ze al in te dommelen in het bad. Ze ziet er zo schattig slaperig uit dat ik haar in bed leg zodra ik haar heb afgedroogd, de voorspelbare honger negerend die haar naakte lichaam in mijn armen opwekt.

Ik moet nu voor haar zorgen, niet met haar neuken.

Ze valt meteen in slaap, zonder ook maar een slokje van de thee te nemen, ook al is het pas tien uur 's avonds en gaan we normaal pas om elf uur op z'n vroegst naar bed. Ik voel aan haar voorhoofd om er zeker van te zijn dat ze geen koorts heeft, pak dan mijn laptop en nestel me in een loungestoel naast het bed, zodat ik wat werk kan doen terwijl ik haar in de gaten houd. Er komt verrassend veel papierwerk kijken bij het runnen van een legitiem bedrijf als mijn trainingsstudio en het beheren van een fortuin in het algemeen.

Daar ben ik blij om. Niet het papierwerk – daar

houdt niemand van – maar dat ik bezig kan blijven. Burgers de basisbeginselen van zelfverdediging bijbrengen is heel wat anders dan de adrenalinemissies uit mijn verleden, maar het helpt mijn dagen te vullen en haalt de scherpe kantjes van mijn constante verlangen naar Sara af. Hoewel haar bazen nu terug zijn, werkt ze nog steeds te veel, en het kost me al mijn wilskracht om haar niet onder druk te zetten om minder te gaan werken en meer tijd met mij door te brengen.

Buiten het werk doen we alles samen, van boodschappen tot vrijwilligerswerk in de vrouwenkliniek en tijd doorbrengen met haar familie en vrienden. Als ze een afspraak moet afzeggen, komt ze langs in mijn trainingsstudio om een paar zelfverdedigingsbewegingen te oefenen die ik haar heb geleerd, en ik kom vaak langs haar kantoor rond de lunch, voor het geval ze tijd heeft om een hapje met me te eten. Ik heb zelfs een afspraak gemaakt voor een gebitscontrole bij dezelfde tandarts op hetzelfde tijdstip, zodat we tijdens de rit samen kunnen zijn.

Het lijkt misschien te veel voor de meeste mensen, maar het is nauwelijks genoeg voor mij.

Na een uur ga ik bij Sara kijken. Nog steeds geen koorts, en ze slaapt vredig, zij het een beetje te diep. Misschien is ze gewoon echt moe.

Gapend leg ik mijn laptop weg en neem een snelle douche voor ik ook in bed stap. Ik trek haar naar me toe en inhaleer diep, haar zoete geur opsnuivend, en dan laat ik me wegdrijven, genietend van het gevoel van haar in mijn omhelzing.

23

ara

IK BEN NOG STEEDS VREEMD MOE ALS IK DE VOLGENDE OCHTEND WAKKER WORD, en de ontbijtgeuren die uit de keuken beneden komen, maken me misselijk in plaats van mijn eetlust op te wekken zoals gewoonlijk. Wazig strompel ik naar de badkamer, en terwijl ik mijn tanden poets, dringt tot me door dat het vandaag zaterdag is.

Als in: vier dagen nadat mijn menstruatie zou beginnen.

De adrenalinestoot verjaagt alle overgebleven slaperigheid. Mijn hart gaat tekeer, ik haast me terug naar de slaapkamer en haal mijn telefoon tevoorschijn, tel verwoed de dagen om er zeker van te zijn dat ik me niet vergis.

Nope.

Ik ben zeker overtijd, en deze keer kan ik het niet aan de stress wijten.

Ik heb een voorraad zwangerschapstesten ingeslagen sinds onze discussie over kinderen, dus ik haast me terug naar de badkamer om er een te halen. Maar ik heb al geplast en ik kan er niet eens een druppel urine uitpersen.

Zwijgend vervloek ik mijn gebrek aan vooruitziendheid en ik stop de volledig droge test terug in het doosje, leg hem terug in de lade en ga me aankleden.

Ik zal moeten wachten tot na het ontbijt om de test te doen.

'Je ouders zijn er bijna,' informeert Peter me als ik beneden kom, en ik herinner me met een schok dat ze vandaag komen brunchen.

'Heb ik me weer verslapen?' Ik kijk op de klok. 'O, wow, ja.'

Het is 11:27 uur, precies drie minuten voordat mijn ouders komen.

'Je moet wel erg afgemat zijn geweest,' zegt Peter, terwijl hij een luchtig uitziende quiche garneert met een takje peterselie. 'Hoe voel je je deze morgen, ptichka?'

Ik aarzel, en schenk hem dan een stralende

glimlach. 'Prima. Ik moest gewoon wat slaap inhalen, dat is alles.'

Gezien hoe graag mijn man een baby wil, is het beter dat ik het zeker weet voor ik het hem vertel. Als dit vals alarm is, wil ik niet dat hij teleurgesteld is.

Hij ziet er niet uit alsof hij me helemaal gelooft, maar de deurbel gaat voordat hij iets kan zeggen. Ik haast me naar de deur om mijn ouders te begroeten, en tegen de tijd dat we in de eetkamer aankomen, heeft Peter de tafel al gedekt.

'Wauw,' zegt mam als ze een hap van de quiche neemt. 'Peter, ik moet zeggen, ik ben in vijfsterrenrestaurants geweest die niet zo geweldig waren als wat jij op tafel tovert.'

Hij glimlacht warm naar haar en mijn vader gromt goedkeurend terwijl hij op zijn eigen portie aanvalt. Mijn ouders staan nog steeds een beetje huiverig tegenover Peter, maar hij wint ze langzaam voor zich door een modelschoonzoon te zijn. Als George en ik het druk hadden, zagen we mijn ouders soms een maand of langer niet, maar Peter zorgt ervoor dat we ze minstens een keer per week zien. Hij maait ook hun gras en doet technische en klusjesmanachtige klusjes rond hun huis, terwijl hij mijn ouders het gevoel geeft dat ze het allemaal zelf doen en hij alleen maar af en toe een handje helpt.

'Je hebt hier een echte gave voor,' zei ik een paar weken geleden tegen hem. 'Is het overtuigen van vijandige schoonfamilie iets wat ze je leren op de huurmoordenaarsschool?'

Peter knikte rustig. 'Schoonfamilie, explosieven, hoog-kaliber wapens, alles moet met zorg behandeld worden. Trouwens, ik mag je ouders graag. Zij hebben jou gemaakt.'

Ik grijnsde naar hem en voelde me gloeiend gelukkig. Ik weet niet wat ik me had voorgesteld toen ik me ons leven als getrouwd stel voorstelde, maar tot nu toe heeft alles mijn verwachtingen overtroffen. De duisternis van ons gedeelde verleden zweeft nog steeds op de achtergrond, maar de toekomst ziet er nu zo rooskleurig uit dat het er bijna niet toe doet.

We hebben het onmogelijke bereikt: een normaal, gelukkig leven samen.

Nadat we klaar zijn met de brunch – die ik ondanks een hardnekkige misselijkheid verslind – neem ik mam mee naar boven om haar een stijlvolle jas te laten zien die ik online heb gekocht. Pap blijft beneden en gaat in de woonkamer naar het nieuws kijken op onze grote tv, terwijl Peter de afwas doet.

Mam keurt de jas onmiddellijk goed – ze houdt van modieuze dingen – en ik sta op het punt me te verontschuldigen om eindelijk de test te doen, wanneer de gespannen stem van pap ons roept.

'Lorna, Sara, kom eens. Jullie moeten hier even naar kijken.'

Mijn telefoon trilt op hetzelfde moment, en die van mijn moeder ook.

Met een bezorgde blik halen we tegelijkertijd onze telefoons tevoorschijn.

Op mijn scherm staat een melding van CNN.

Vermoedelijke terreurdaad bij FBI-kantoor in Chicago, staat er. *Slachtoffers onbekend.*

2 4

---

ara

MIJN HART BONST EN DE QUICHE LIGT ALS EEN STEEN OP
MIJN MAAG TEGEN DE TIJD DAT WE BENEDEN ZIJN. Peter
en mijn vader zitten in de woonkamer en staren naar
het tv-scherm, waarop een groot gebouw in vlammen
opgaat.

Hetzelfde gebouw waar Ryson me zo vaak heeft
ondervraagd.

Mijn moeder bedekt haar mond, haar gezicht is
lijkbleek terwijl we toekijken hoe helikopters rond het
brandende gebouw cirkelen. Beneden zijn
brandweerlieden en verplegers druk bezig om
overlevenden te redden en gewonden op brancards te
leggen.

Het lijkt op een scène uit een film, behalve dat het nu gebeurt, op minder dan een uur rijden van hier.

'Hoewel de autoriteiten nog geen officiële verklaringen hebben afgelegd, wijzen de eerste aanwijzingen erop dat een geavanceerd, krachtig explosief in het gebouw is afgegaan,' zegt de vrouwelijke nieuwslezer op ernstige toon. 'Vanaf nu zijn alle luchthavens en overheidsgebouwen in het hele land in hoogste staat van paraatheid, en het vliegverkeer in de regio Chicago wordt aan de grond gehouden.'

Het beeld op tv toont SWAT-achtige figuren die O'Hare binnenvallen met bomzoekende honden en de doodsbange reizigers op hun weg neermaaien.

'Inwoners van Chicago wordt geadviseerd van de weg te blijven om de weg vrij te maken voor hulpvoertuigen,' vervolgt de nieuwslezer. 'Iedereen met informatie over deze vreselijke gebeurtenis kan het onderstaande nummer bellen.' Een telefoonnummer verschijnt in een vet lettertype aan de onderkant van het scherm. 'Op dit moment zijn er drie doden en vijftien gewonden bevestigd. We houden u op de hoogte als we meer weten.' Ze pauzeert, hand aan haar oor, en zegt dan: 'Een update: tot nu toe zijn er zeven doden vastgesteld en de explosie lijkt te zijn ontstaan op de derde verdieping van het gebouw. '

Derde verdieping?

Dat is waar Rysons kantoor is.

Zou hij daar geweest kunnen zijn?

Is hij omgekomen?

Ik ben me er niet helemaal van bewust dat ik op mijn voeten sta te tollen, maar dat moet wel, want plotseling staat Peter naast me en slaat hij een krachtige arm om mijn rug. 'Hier, ga zitten, ptichka,' mompelt hij, terwijl hij me naar de bank begeleidt. 'Je ziet eruit alsof je gaat flauwvallen.'

Ik kijk hoe rustig hij naast me zit. Behalve wat spanning in zijn kaak, suggereert niets aan Peters uitdrukking dat er iets ongewoons aan de hand is. Maar aan de andere kant: ik weet zeker dat hij erger heeft gezien.

Misschien zelfs erger gedáán.

Een vreselijke gedachte knaagt in mijn achterhoofd, maar ik duw hem weg, want ik wil geen woorden geven aan die gedachte.

Ik weiger het te overwegen, zelfs nog geen seconde.

'Ik kan dit niet geloven,' zegt mijn vader met trillende stem, en ik draai me om en zie hem naast me zitten en naar de tv staren. Zijn gezicht is net zo bleek als dat van mijn moeder. 'Het FBI-gebouw nota bene. Hoe zijn ze langs al die beveiliging gekomen?'

Hoe dan?

De duistere gedachte komt weer tot leven, maar ik verdrijf hem vastberaden. Deze vreselijke tragedie heeft niets te maken met mij of Peter.

'Gaat het, pap?' vraag ik, terwijl ik zijn arm aanraak.

Dit kan niet goed zijn voor zijn defecte hart.

Hij knikt, zijn ogen nog steeds op het scherm gericht. 'Godzijdank is het zaterdag. Kun je je voorstellen hoeveel mensen er gestorven zouden zijn als het een doordeweekse dag was?'

Ik kijk achterom naar de tv, waar brandweerlieden de vlammen bestrijden en slachtoffers op brancards worden weggedragen – veel minder slachtoffers dan ik had verwacht bij een explosie van deze omvang. Natuurlijk kunnen er mensen zijn opgeblazen en moeten hun stoffelijke overschotten nog worden ontdekt, maar ik vermoed dat papa gelijk heeft en dat er minder mensen waren omdat het weekend is.

'Misschien is de bom te laat afgegaan. Of vroeg,' zegt mam onvast terwijl ze wegzakt in een gevulde stoel naast de bank. 'Ik weet zeker dat de schoften die dit gedaan hebben er zoveel mogelijk wilden doden.'

'Daar ben ik niet zo zeker van,' zegt Peter, en ik kijk hem nadenkend aan over het scherm. 'Degene die hierachter zit wist duidelijk waar hij mee bezig was.'

Ik slik een paar keer, mijn maag begint te kolken rond het gewicht van de quiche binnenin. Ik wil niet denken aan de mensen die dit gedaan hebben, want dan komen die donkere, vreselijke gedachten, die ik niet eens wil erkennen.

'Excuseer me,' mompel ik, terwijl ik opsta. De misselijkheid die me al de hele ochtend kwelt, wordt met de seconde erger. 'Ik ben zo terug.'

Natuurlijk komt Peter achter me aan, en hij is bij me net voordat ik de badkamer beneden bereik.

'Gaat het, liefste?'

Ik knik en slik. Het speeksel hoopt zich onaangenaam op in mijn mond en mijn maag kolkt

141

met een snelheid van een wasmachine. 'Ik moet naar het toilet,' weet ik te zeggen, en terwijl ik om hem heen loop, duik ik naar de open deur.

Ik heb nauwelijks tijd om hem dicht te slaan en voor het toilet te knielen voor ik mijn maaginhoud verlies.

Natuurlijk was het te veel gevraagd om te hopen dat Peter het kokhalzen zou horen en weg zou glippen zoals de meeste normale echtgenoten zouden doen. Ik ben nog steeds aan het kokhalzen in de pot als ik zijn sterke handen mijn haar uit de buurt van mijn gezicht voel houden, en zodra ik mijn hoofd optil, helpt hij me overeind en geeft me een glas water om mijn mond te spoelen.

Ik ben pathetisch dankbaar voor zijn steun als ik me over de wasbak buig en met trillende vingers een tandenborstel pak. Mijn benen voelen als pudding en mijn T-shirt plakt aan mijn bezwete rug.

Ik poets twee keer mijn tanden en was dan mijn gezicht, waarna ik het toilet doortrek en het deksel met een papieren handdoekje afveeg.

'Kom, mijn liefste, laten we naar bed gaan,' zegt hij als ik klaar ben. 'Je bent duidelijk niet in orde.'

'Ik voel me nu goed,' protesteer ik terwijl hij me optilt om me tegen zijn borst te houden. 'Echt, ik voel me beter.'

'Uh-huh.' Hij draagt me de badkamer uit en langs mijn ouders in de woonkamer, die ons met grote ogen aanstaren. 'Je bent of ernstig overstuur of ziek, en je moet rusten.'

'Wat is er gebeurd?' Mam haast zich achter ons aan terwijl Peter naar de trap loopt. 'Is Sara ziek?'

Peter knikt grimmig. 'Ja, ze…'

'Misschien zwanger,' flap ik eruit, en dan vervloek ik mezelf als zowel Peter als mijn moeder verstijft met een identieke blik van shock op hun gezicht.

Dit is niet hoe ik het nieuws wilde delen.

Nou, mogelijk nieuws. Ik heb die verdomde test nog steeds niet gedaan.

Mam herstelt als eerste. 'Zwanger? O, Sara!'

'Ik weet het nog niet zeker,' zeg ik snel als er tranen – vermoedelijk van blijdschap – in haar ogen verschijnen. 'Het is alleen dat mijn menstruatie een paar dagen overtijd is en…'

'Ben je zwanger?' Peters stem klinkt gespannen, en als ik opkijk, zie ik de vreemdste uitdrukking op zijn gezicht.

Verbijstering vermengd met iets wat erg op paniek lijkt.

Is hij hier echt van geschrokken?

Is dit niet wat hij altijd al wilde?

'Het zou kunnen,' zeg ik voorzichtig. 'Als je me neerzet, ga ik op een staafje plassen en laat ik het je weten.'

Mijn man kijkt nog steeds geschokt en laat me langzaam op mijn voeten zakken.

'Oké, goed.' Ik bevrijd me uit zijn greep en stap achteruit, dankbaar dat mijn benen hersteld lijken te zijn. 'Geef me nu een paar minuten.'

'Chuck!' Mam schreeuwt en snelt naar de

woonkamer terwijl ik naar boven ga, met Peter op mijn hielen. 'Heb je dit gehoord? Onze Sara is misschien zwanger!'

Ik krimp ineen en vervloek mezelf nog eens dat ik dit zo impulsief en slecht getimed zeg. Ik hoor nog steeds de tv met de laatste ontwikkelingen van de dodelijke aanslag, en wat doe ik? Ik leid iedereen af met zoiets alledaags als een mogelijke baby.

Mijn en Peters baby.

Mijn hart slaat een slag over als mijn man me naar de badkamer boven volgt en het doosje met de zwangerschapstest uit de la haalt. 'Alsjeblieft, liefje,' zegt hij en hij overhandigt het aan mij. Zijn stem is nog steeds ruw, maar hij lijkt te herstellen van de shock. 'Doe je ding.'

Ik loop naar het toilet en blijf dan staan, terwijl ik hem verwachtingsvol aankijk.

'Een beetje privacy, alsjeblieft?' zeg ik wrang als hij geen teken van beweging vertoont.

Hij staart me aan, zonder te knipperen, en draait zich dan om. 'Ga je gang. Ik ga niet kijken.'

Ik rol met mijn ogen maar besluit dat het niet de moeite is om ruzie te maken. Grenzen respecteren is al nooit Peters sterkste kant, en op dit moment is hij waarschijnlijk bang dat ik zou flauwvallen als ik plas.

Ik doe mijn ding op het staafje, leg het dan op schoon stukje toiletpapier op de wasbak en was mijn handen terwijl Peter naar de test staart alsof hij hem probeert te hypnotiseren.

'Het ziet eruit als een plus,' zegt hij met een

verstikte stem terwijl ik mijn handen aan de handdoek afveeg. 'Wacht... nee, het is zeker een plus. Sara, betekent dat...?'

Mijn hart maakt een duikvlucht in mijn borstkas als ik naar de test kijk, waar een klein maar onmiskenbaar plusteken nu te zien is. 'Ik denk het.' Ik richt mijn blik op Peters gezicht. 'Ik zal een bloedtest doen op mijn werk om zeker te zijn, maar...'

'Je bent zwanger.'

Het is een vaststelling, geen vraag, maar ik knik toch, instinctief wetend dat hij de bevestiging nodig heeft. 'Ongeveer vijf weken als mijn berekening klopt.'

Heel even reageert mijn man niet, zijn metalen blik blijft gesloten terwijl hij me aanstaart. Maar net als ik me zorgen begin te maken dat hij van gedachten is veranderd over zijn kinderwens, stapt hij naar voren en grijpt me in een enorme omhelzing.

'Een baby,' mompelt hij tegen mijn haar, zijn krachtige lichaam bijna trillend als hij me tegen zich aan houdt, zijn omhelzing strak genoeg om de lucht uit mijn longen te persen. 'We krijgen een baby.'

'Echt waar?' De stem van mijn moeder is schril van opwinding en Peter laat me los, zodat ik mijn negenenzeventigjarige ouder in de deuropening kan zien staan stuiteren als een overijverig kind.

Ze moet net een seconde geleden naar boven zijn gekomen.

Ik begin te antwoorden, maar voor ik iets kan zeggen, rent mam de badkamer uit, en schreeuwt ze uit volle borst: 'Chuck, het is positief! De test is positief! Ze krijgen een baby!'

Haar opwinding moet besmettelijk zijn, want ik zie mezelf grijnzen terwijl ik opkijk naar Peter, die me met alweer een eigenaardige uitdrukking aanstaart.

'Is alles goed?' vraag ik, terwijl ik zijn stoppelige kaak streel. 'Je bent hier blij mee, toch?'

Hij pakt mijn hand en drukt die tegen zijn wang. 'Ben jij er blij mee?' Zijn stem is laag en hees, zijn blik onverklaarbaar bezorgd. 'Ben je tevreden, mijn liefste? Is dit wat je wilt?'

'Ik… ja.' Ik haal diep adem. 'Ja, absoluut.'

En het is waar. Ik wil deze baby. Ik had het niet eerder aan mezelf toegegeven, maar toen ik de afgelopen drie maanden zoals gewoonlijk ongesteld werd, voelde ik meer dan een klein gevoel van teleurstelling.

Ergens op onze verwrongen reis is deze baby van mijn ergste nachtmerrie veranderd in mijn vurigste wens.

'Dus geen spijt?' vraagt Peter nog eens. 'Geen angst of aarzeling?'

'Nee.' Ik houd zijn blik vast zonder een spier te vertrekken. 'Geen enkele.'

En als een trage glimlach zijn knappe gezicht openbreekt, ga ik op mijn tenen staan en kus hem, overmand door een golf van liefde voor deze donkere, gecompliceerde man.

Voor de vader van mijn kind.

eter

TEGEN DE TIJD DAT WE BENEDEN KOMEN, HEBBEN SARA'S ouders de fles Cristal al gevonden die ik voor een speciale gelegenheid in de koelkast heb staan.

'Hier, laat mij maar,' zeg ik, als ik zie dat Chuck moeite heeft om hem open te krijgen. Ik neem de fles van hem over, ontkurk hem en schenk drie glazen in – een voor iedereen behalve Sara. Voor haar pak ik een fles Perrier en schenk wat bruiswater in een champagneglas.

Mijn ptichka mag geen alcohol tijdens haar zwangerschap en zolang ze borstvoeding geeft.

Borstvoeding voor onze baby.

Mijn ribbenkast verkrampt weer en mijn hartslag

schiet omhoog. Ik kan nog steeds niet geloven dat dit echt is, dat wat ik al zo lang wilde, eindelijk gebeurt.

Sara die vrijwillig mijn kind krijgt.

Wij tweeën als een echt gezin.

Mijn geluk is zo volkomen dat het beangstigend is. Ik kan me niet herinneren dat ik me ooit eerder zo gevoeld heb: dolgelukkig en diep ongemakkelijk tegelijk. Het enige wat ik wil is Sara grijpen en haar opsluiten in een fort, of anders haar in een gewatteerd veiligheidspak wikkelen en haar overal mee naartoe nemen, zodat zij en de baby niet gewond kunnen raken.

'Op ons eerste kleinkind,' zegt Lorna, terwijl ze haar champagneglas heft, en ik dwing mezelf te glimlachen terwijl ik mijn glas tegen dat van haar klink, dan tegen dat van Chuck, en dan tegen dat van Sara. Ze grijnzen en lachen alle drie, helemaal opgaand in de vreugde van de gelegenheid. Ik zou ook blij moeten zijn, maar om de een of andere reden kan ik de zorgen die als een kwaadaardige wolk boven me hangen niet loslaten.

Iets voelt niet goed, maar ik weet niet precies wat het is.

Iemands telefoon trilt met een melding en Chuck zet zijn champagne neer voordat hij in zijn zak steekt om op het scherm te kijken. 'Twaalf doden nu.' Hij kijkt op, de glimlach van zijn gezicht verdwenen. 'Wat jammer dat we het nieuws over onze kleinzoon op zo'n donkere dag moesten vernemen.'

'Zou ook een kleindochter kunnen zijn,' zegt Lorna, maar ze klinkt ook somber.

Misschien is dit het. Misschien is dit het wat me dwarszit.

Het is een donkere dag. Voor Ryson en zijn collega's, tenminste. Voor mij is het potentieel een reden om te vieren. Als Ryson in stukken is geblazen, is hij voorgoed uit onze buurt. Het baart me wel zorgen dat Sara en haar ouders overstuur zijn.

Stress is niet goed voor de zwangerschap.

'Kom, ptichka. Ga zitten.' Ik stuur haar voorzichtig naar een stoel bij de keukentafel en ga dan naar de woonkamer, waar de nieuwslezer luidkeels speculeert over welke terroristische organisatie achter de aanslag kan hebben gezeten. Ik kijk even naar de beelden van het brandende gebouw en zet dan de tv uit.

Ik wil niet dat Sara hiernaar luistert in haar toestand.

Ik kom terug en tref Sara's ouders in de hal, klaar om te gaan. 'Kom je morgen ook?' vraagt Lorna aan Sara terwijl ze haar tas pakt. 'Ik dacht dat we samen thee konden drinken terwijl Peter je vader helpt met de nieuwe ontvanger.'

'Ja, natuurlijk,' zegt Sara, grijnzend. 'Ik zal er zijn, mam.'

'Goed.' Ze aait Sara's wang. 'Rust nu maar wat uit, schat, oké?'

'Zal ik doen,' zegt Sara plichtsgetrouw, en ik knik glimlachend als Lorna mijn blik gericht opvangt. Ze gelooft haar dochter voor geen meter, maar ze kent me goed genoeg om te beseffen dat ik ervoor zal zorgen dat het genoemde rusten gebeurt.

'Zie je morgen,' zegt Chuck nors tegen me, en tot mijn verbazing klopt hij op mijn schouder terwijl hij naar de uitgang schuifelt.

'Rij voorzichtig,' zeg ik, en dan ben ik weer verbijsterd als Sara's moeder me een korte maar warme knuffel geeft voor ze haar man naar buiten volgt.

Ik wacht tot de deur achter hen dichtgaat voordat ik me tot Sara wend. 'Hebben ze nu...'

'Je officieel geaccepteerd als deel van onze familie?' Ze lacht naar me. 'Ja, ik geloof van wel. Gefeliciteerd, papsie.'

Mijn hart knijpt samen tot een klein puntje voordat het uitzet om mijn hele borstholte te vullen. 'Ik hou van je,' zeg ik, terwijl ik haar naar me toe trek. 'Je kunt je niet eens voorstellen hoeveel.'

En terwijl zij haar slanke armen om mijn hals slaat, kus ik haar, proef de zachtheid van haar lippen en de liefde die zij nu voluit teruggeeft.

ara

Nadat mijn ouders weg zijn, rijden Peter en ik naar mijn kantoor, waar ik een buisje bloed afneem. Een paar minuten later hebben we de officiële bevestiging.

Ik ben vijf weken zwanger.

Ik ben ook uitgehongerd, omdat ik het enige voedsel dat ik vandaag heb gegeten weer heb uitgekotst. 'Ik denk niet dat ik kan wachten tot we thuis zijn,' zeg ik tegen Peter, dus stopt hij onderweg bij een kleine pizzeria.

Ik ben hier nog nooit geweest en ik ben blij dat, hoewel we nu de enige klanten zijn, hun pizza's echt zijn, net zo lekker als alles wat ik in chiquere zaken heb gegeten. Het enige minpuntje is dat de tv aanstaat en de nasleep van de aanslag laat zien, en de eigenaar – een mollige man van middelbare leeftijd die met een sterk Italiaans accent spreekt – blijft er met ons over praten terwijl we aan de bar eten.

'Zo'n vreselijke, vreselijke gebeurtenis,' zegt hij somber, terwijl hij een bal deeg kneedt. 'Waar gaat het heen met de wereld? Eerst 9/11, dan de marathon van Boston, en nu dit. Ze hebben het deze keer tenminste op de FBI gemunt, en niet op onschuldige burgers, weet je? Niet dat die agenten schuldig zijn, maar je weet wat ik bedoel. Als je iets tegen Amerika hebt, is het veel logischer om hen of de CIA of iets anders wat met de regering te maken heeft, aan te vallen.'

Ik knik wat terwijl ik me volprop met de heerlijke pizza, en dat is alle aanmoediging die de man nodig heeft om door te gaan.

'Ze zeggen dat het explosief iets ongewoons was, iets heel geavanceerds,' zegt hij, terwijl hij het deeg met geoefende bewegingen rolt. 'Ik vraag me af wat het is en hoe die terroristen het in handen hebben gekregen. Klinkt meer als iets wat Rusland of China zou hebben, of zelfs ons eigen leger. Ik durf te wedden dat alle samenzweringstheoretici massaal naar buiten zullen komen en zullen beweren dat het een inside job is of wat dan ook.'

Ik bijt in een nieuw stuk en laat de man doorpraten terwijl ik stiekem een blik op Peter werp. Ik verwacht dat hij ook rustig eet, maar tot mijn verbazing fronst hij, zijn slice onaangeroerd voor zich, terwijl hij aandachtig naar de tv staart.

'Wat is er?' vraag ik rustig als de eigenaar zich omdraait om meer meel te halen. 'Is er iets aan de hand?'

Hij wendt zijn blik af van de tv en schenkt me een glimlach. 'Niet echt. Gewoon oude instincten die aan me knagen, dat is alles.'

Ik wil hem nog meer vragen stellen, maar de eigenaar rolt is weer voor onze neus met de deegroller in de weer en speculeert over wie er achter de explosie zou kunnen zitten.

'Dank u wel. Dit was heerlijk,' zeg ik tegen de man als ik geen hap meer kan eten, en Peter betaalt snel onze rekening en sleurt me mee naar buiten. Ondanks zijn ontkenningen maakt mijn man zich duidelijk ergens zorgen over – ik zie het aan de gespannen manier waarop hij het stuur vasthoudt als we naar huis rijden – en de donkere kern van achterdocht die ik had onderdrukt keert terug, waardoor mijn maag zich opnieuw omdraait.

Zou dat kunnen?

Hoe groot is de kans dat dit allemaal een vreselijk toeval is?

Ik vecht zolang als ik kan tegen de twijfel, maar uiteindelijk kan ik er niet meer tegen.

Op het moment dat we binnen zijn, draai ik me om naar mijn man. 'Peter... Ik moet je iets vragen.'

Zelfs in mijn eigen oren klinkt mijn stem vreemd.

Hij geeft me onmiddellijk zijn volledige aandacht. 'Wat is er, ptichka?' Hij omklemt mijn schouders. 'Voel je je wel goed?'

Ik knik, en slik terwijl ik naar hem opkijk. Mijn hart klopt in mijn borstkas en ik begin me weer misselijk te voelen.

Misschien was die pizza een vergissing.

Misschien is dit naar voren brengen een grotere fout.

'Wat is er, mijn liefste?' Zachtjes leidt hij me naar een loveseat bij de ingang. 'Hier, ga zitten. Je ziet bleek.'

'Nee, het gaat wel,' zeg ik, maar ik ga toch zitten, want het is makkelijker om me erbij neer te leggen dan om ruzie te maken. Hij komt naast me zitten en pakt mijn handen in de zijne, masseert mijn handpalmen met zijn duimen alsof ik gekalmeerd moet worden.

En misschien is dat ook wel zo.

Het hangt allemaal af van hoe hij mijn volgende vraag beantwoordt.

'Peter...' Ik raap mijn moed bij elkaar. 'Ik moet het weten. Heb je...' Ik haal adem. 'Heb jij iets te maken met wat er vandaag gebeurd is? Met die... explosie?'

Hij verandert in een standbeeld, knippert niet en reageert ook niet de volgende momenten. Uiteindelijk zegt hij toonloos: 'Nee.' Hij laat mijn handen los, staat op en zonder nog een woord te zeggen loopt hij terug naar de deur om zijn schoenen uit te trekken.

Ik staar hem na, voel me zowel afschuwelijk als vreselijk opgelucht.

Ik geloof hem.

Hij heeft me nooit bedrogen, heeft nooit ontkend dat hij schuldig is aan een misdaad.

Mijn man mag dan een moordenaar zijn, maar hij is geen leugenaar.

'Het spijt me,' zeg ik als hij langsloopt zonder me aan te kijken. 'Peter, het spijt me echt, maar ik moest het vragen. De derde verdieping is waar Rysons kantoor is en...' Ik stop omdat hij in de keuken verdwijnt.

Ik haal even adem en loop dan naar de deur om mijn schoenen ook uit te trekken. Ik voel me vreselijk dat ik het gevraagd heb, dat ik überhaupt op het idee gekomen ben. Niet alleen is deze aanval een afschuwelijke daad, maar het is ook iets wat ons leven samen in gevaar zou hebben gebracht – iets waar Peter hard voor heeft gevochten.

Iets waarvoor hij zijn wraak heeft opgegeven.

Ik ben helemaal klaar om door het stof te gaan als ik de keuken binnenkom, maar Peter is nergens te vinden. Ik loop het huis door, op zoek naar hem, en pas als ik in de inloopkast van de logeerkamer kijk, vind ik hem.

Hij zit gehurkt over een laptop, zijn vingers vliegen in recordtempo over het toetsenbord.

Fronsend kniel ik naast hem neer en tuur naar het scherm. Hij is een e-mail aan het typen, maar het is in het Russisch en de interface van het programma dat hij gebruikt is anders dan alles wat ik ooit heb gezien.

'Wat ben je aan het doen?' vraag ik voorzichtig. 'Peter... waarom ben je hier?'

'Wacht even,' zegt hij zonder op te kijken. 'Laat me dit afmaken.'

Ik zwijg en kijk hoe hij typt. Hij doet er nog een paar minuten over, dan sluit hij de laptop en tikt tegen de muur in de kast.

Die schuift opzij en onthult nog een kastruimte.

Een ruimte die tot de nok toe gevuld is met militaire wapens, waaronder verschillende raketwerpers en granaten… en reservelaptops.

Sprakeloos kijk ik toe hoe Peter zijn laptop op een plank zet en tegen een andere muur tikt, waardoor de oorspronkelijke muur weer op zijn plaats schuift en de opening afdekt.

Eindelijk heb ik mijn spraakvermogen terug. 'Is dat…'

'Een verborgen wapenkastje? Ja.' Hij staat op en steekt een hand uit om me overeind te helpen. 'Maar maak je geen zorgen, mijn liefste.' Zijn ogen glanzen van kil amusement als ik zijn hand vastpak en opsta. 'Ik ben niet van plan die wapens te gebruiken om terroristische daden te plegen.'

Ik huiver en laat zijn hand los. 'Ik weet het. Het spijt me. Ik had niet…'

'Nee, dat had je moeten doen.' Hij strijkt mijn haar terug uit mijn gezicht, het gebaar even teder als altijd, hoewel zijn blik die van een vreemde blijft. 'Ik wil altijd dat je naar me toe komt als je twijfels hebt. Trouwens, jij en die pizzeria-eigenaar hebben me geholpen iets te beseffen.'

Ik kijk hem aan. 'Wat dan?'

'Dat ik moet uitzoeken wat er gebeurd is. Iets aan dit zaakje stinkt.'

'Wat bedoel je?'

'Ik weet het nog niet.' Hij laat zijn hand vallen en doet een stap achteruit. 'Ik heb net contact opgenomen met onze hackers, dus ik zal wel snel meer informatie hebben.'

Hij draait zich om en stapt de kast uit. Ik haast me achter hem aan en haal hem in net voordat hij de logeerkamer verlaat.

'Dus je bent niet boos?' vraag ik ademloos, terwijl ik voor hem ga staan om de deuropening te blokkeren. 'Dat ik het je gevraagd heb?'

'Boos? Nee, ptichka. Waarom zou ik dat zijn?'

'Nou, omdat je onschuldig bent, en ik je zo'n beetje beschuldigd heb. Het spijt me echt, ik had me dat niet eens moeten afvragen.'

'Waarom niet?' Hij houdt zijn hoofd scheef. 'Het zou niet het ergste zijn wat ik ooit gedaan heb.'

Mijn maag verkrampt. 'Ik weet het, maar…'

'Het was een logische veronderstelling van jouw kant. Een geavanceerd explosief, een lastig doelwit en een motief van mijn kant. In feite ben ik verbaasd dat je me gelooft.'

Ik ben er vrij zeker van dat hij me nu voor de gek houdt, maar dat heb ik verdiend. 'Wat kan ik doen om het goed te maken met je?' vraag ik in plaats van me weer te verontschuldigen.

Zijn wenkbrauwen gaan omhoog en zijn ogen glinsteren. 'Wat had je in gedachten?'

Mijn hartslag versnelt en een warme blos verspreidt zich over mijn lichaam als hij me een verhitte blik toewerpt. Seks was niet wat ik in gedachten had, maar als dat is wat hij wil, ben ik meer dan bereid om het te doen.

'Dit,' mompel ik, en terwijl ik zijn blik vasthoud, begin ik me uit te kleden.

eter

Nadat we gevreeën hebben, valt Sara in slaap in de logeerkamer, en ik laat haar daar slapen. Ik heb mijn best gedaan om zachtaardig te zijn tijdens de seks, maar ik moet haar toch uitgeput hebben.

Dat, of ze heeft gewoon extra rust nodig en ik moet er de komende acht maanden voor zorgen dat ze het rustig aan doet.

De angstige vreugde vult mijn borstkas weer en verdringt de overblijfselen van pijn. Het heeft geen zin om boos te zijn om Sara's vraag; ik zou blij moeten zijn dat ze me genoeg vertrouwt om het te vragen in plaats van zulke verdenkingen te laten broeien.

Ik kan het haar ook niet kwalijk nemen dat ze die verdenkingen had. Ik zou nooit zoiets opzichtigs doen als het FBI-gebouw opblazen, maar ik heb stilletjes op een plan gebroed om Ryson te elimineren – die is blijven rondsnuffelen nadat ik mijn belofte aan Sara had gedaan.

Als hij ons met rust had gelaten, was hij veilig geweest, maar dat heeft hij niet en ik voelde me volkomen in mijn recht staan in wat ik met hem van plan was.

Nog steeds van plan ben, als hij het overleeft.

Mijn ongerustheid neemt weer toe, maar deze keer is de zorg concreter. Ik geloof niet in toevalligheden, en dit alles voelt te toevallig. Ik heb het Sara niet verteld, maar ik heb al een lijst van doden en gewonden, en Ryson is in kritieke toestand naar het ziekenhuis is gebracht.

Als ik niet beter wist, zou ik denken dat iemand me hielp.

Na een halfuur ga ik bij Sara kijken. Ze slaapt nog, dus ik ga terug naar de kast in de logeerkamer en haal er een paar wapens uit. Ik berg ze strategisch op in het huis en draag er een paar naar de garage, waar ik ze verberg in een speciaal compartiment in onze kogelvrije auto.

Voor het geval dat.

Nu mijn paranoia gesust is, open ik mijn laptop en begin e-mails van mijn stagiairs te beantwoorden terwijl ik wacht tot mijn ptichka wakker wordt.

$\sim$

'O mijn god,' zegt Sara de volgende ochtend, haar blik op de tv gericht. 'Peter, Ryson was daar. Ze hebben net de slachtoffers van de explosie geïdentificeerd en hij is in kritieke toestand. Kun je dat geloven?'

Ik knik vrijblijvend. 'Ik heb het gehoord. Echt jammer voor hem.'

Volgens mijn bronnen, heeft hij derde- en vierdegraads brandwonden over het grootste deel van zijn lichaam. Ik heb bijna medelijden met die klootzak. Ik zou hem op een veel humanere manier gedood hebben, waarschijnlijk door een hartaanval, zodat het zou lijken alsof hij een natuurlijke dood stierf.

'Wat een vreselijke tragedie,' zegt Sara, haar blik nog steeds op het scherm gericht. 'Ik hoop dat hij herstelt.'

'Hm-mm.' Het is niet nodig om haar van streek te maken door het er niet mee eens te zijn. 'Wil je iets eten, of voel je je nog steeds misselijk, mijn liefste?' Het enige wat ze tot nu toe heeft gehad vanmorgen is een stuk droge toast, hoewel ik haar favoriete omelet en pannenkoeken heb gemaakt.

Ze draait zich naar mij om. 'Het gaat wel, dank je. De misselijkheid is bijna weg, maar ik denk dat ik maar bij mijn ouders ga eten terwijl jij je ding doet met papa's ontvanger.'

'Oké, natuurlijk. Klaar om te gaan dan?'

Ze staat op en komt hierheen. 'Yep. Laten we gaan.'

161

Iᴋ ɴᴇᴇᴍ ᴇᴇɴ ᴀɴᴅᴇʀᴇ ʀᴏᴜᴛᴇ ɴᴀᴀʀ ʜᴇᴛ ʜᴜɪs ᴠᴀɴ ᴍɪᴊɴ schoonouders en zorg ervoor dat mijn mannen het gebied uitkammen voor onze aankomst. De hackers zijn de explosie nog aan het onderzoeken, maar mijn gevarenmeter tikt non-stop.

Misschien moeten Sara en ik nu de stad uit, op huwelijksreis gaan, in plaats van rond de feestdagen zoals we oorspronkelijk gepland hadden. Het zou een vervroegde babymoon kunnen zijn, of hoe die dingen ook heten.

Sara's ouders begroeten ons hartelijk en haar moeder gaat in haar gebruikelijke gastvrouwmodus en biedt ons thee, koekjes, fruit en wat al niet meer aan. Ik wijs het beleefd af – ik heb al uitgebreid ontbeten – maar Sara stort zich op het eten van haar moeder terwijl ik Chucks nieuwe ontvanger installeer.

'Je moet dat hier inpluggen,' zegt hij, wijzend op de audiodraad, en ik knik, hem dankend alsof ik dat nog niet wist.

Sara's vader wil dat dit een teamproject wordt en ik ben blij dat ik kan helpen.

Ik ben bijna klaar met het testen van de surround sound als mijn telefoon trilt in mijn zak. Ik haal hem eruit, werp een blik op het scherm, en ijs dringt mijn aderen binnen. Het is een bericht van mijn team.

SWAT is onderweg. Nog drie minuten.

ara

Ik hoor het net voordat Peter de keuken
binnenstormt, waar mam en ik mogelijke
kinderkamerinrichtingen aan het bespreken zijn.

Het onmiskenbare gebrul van een helikopter.

'Laten we gaan.' Hij pakt me op voordat ik met mijn
ogen kan knipperen. 'Excuseer ons,' zegt hij tegen mijn
verbijsterde moeder, en terwijl hij me stevig tegen zijn
borst houdt, loopt hij om haar heen, op weg naar de
deur.

Ik pak spastisch zijn shirt vast. 'Peter, wat...'

'Geen tijd.' Hij rukt de deur open en gaat naar
buiten, terwijl hij mij vasthoudt – maar hij bevriest in
zijn beweging als een enorme zwarte bestelwagen onze
straat in giert en figuren in SWAT-uitrusting naar

buiten komen, gezichtsschilden omlaag en aanvalsgeweren op ons gericht.

Mijn hersenen voelen aan alsof ze plots in modder veranderd zijn.

Ik kan dit niet verwerken.

Nog niet eens een klein beetje.

Langzaam en zeer weloverwogen laat Peter me op mijn voeten zakken en hij gaat voor me staan, me beschermend met zijn lichaam. 'Niet schieten.' Zijn toon is vreemd kalm terwijl hij zijn handen boven zijn hoofd houdt. 'Er is geen reden voor geweld. Ik ga mee.'

Mijn tong ontwart zich op een of andere manier. 'Wacht!' Ik sta wankel op mijn benen. 'Er was een afspraak. Jullie kunnen niet…'

'Achteruit, mevrouw!' blaft de voorste agent, en ik verstijf als verschillende wapens in mijn richting zwaaien.

'Ik zei dat dit niet nodig is.' Peters stem wordt scherper als hij opstaat en me weer achter hem zet. 'Ik verzet me niet. Niemand hoeft gewond te raken, oké?'

'Wat is hier aan de hand?' hoor ik mijn vaders stem achter me, en ik realiseer me met een vlaag van paniek dat mijn ouders het huis uit zijn gekomen.

'Ga terug naar binnen.' Mijn stem trilt als ik een blik achter me werp. 'Pap, alsjeblieft, breng mam terug naar binnen.'

De helikopter is nu bijna recht boven me, het gebrul overstemt mijn woorden.

'Op je knieën!' roept iemand, en ik kijk achterom

om mijn man te zien gehoorzamen, zijn bewegingen nog even langzaam en bedachtzaam als eerst.

Hij wil ze niet nerveus maken, realiseer ik me met misselijkmakende angst. Ze weten waartoe hij in staat is, en ook al is hij ongewapend, ze zijn doodsbang om hem te confronteren.

'Peter Garin, u wordt hierbij aangeklaagd voor moord op een medewerker van de federale dienst, vernieling van overheidseigendommen, gebruik van explosieven en samenzwering tot moord,' schreeuwt de agent die eerder al het woord nam over het lawaai van de helikopter heen. Hij loopt met handboeien naar Peter terwijl zijn collega's hun geweren op het gezicht van mijn man gericht houden. 'U hebt het recht om...'

Zijn helm explodeert voor hij het volgende woord kan zeggen, en de hel breekt los.

29

 eter

IK KOM AL IN BEWEGING VOOR IK DE KNAL VAN HET
SLUIPSCHUTTERSGEWEER VOLLEDIG REGISTREER.

Het is instinctief, puur automatisch.

Ik heb maar één doel.

Lang genoeg overleven om Sara en de baby te beschermen.

Zoals altijd in zulke situaties, zijn mijn gedachten helder en scherp.

Sluipschutter op vijf uur, identiteit onbekend.

Eén agent neer. De rest staat op het punt het vuur te openen.

Negen tegenstanders voor me. Sara en haar ouders achter me.

Ik grijp de M4 van de agent die dood voor me ligt

en werp mezelf opzij terwijl ik zijn collega's met kogels besproei, mikkend op waar ik weet dat de gaten in hun pantser waarschijnlijk zitten.

Ik moet hun vuur van Sara afleiden, zodat ze zich op mij concentreren als de enige bedreiging.

Vanuit mijn ooghoek zie ik Sara's ouders haar het huis binnenslepen. Ze schreeuwt iets, maar het is onmogelijk te horen boven het helikopterlawaai en het *rat-tat-tat* van automatisch geweervuur.

De grond naast me wordt doorboord met kogels, maar ik blijf bewegen, blijf de trekker overhalen. Hun pantser beschermt hen, maar het vertraagt hen ook, wat mij kostbare seconden oplevert. Zelfs als ik ze niet dood, slaan mijn kogels ze neer en buiten westen.

Nog vijf vijanden over.

Alle wapens die ik had voorbereid liggen in onze auto, ik heb alleen een Glock vastgebonden aan mijn been, dus als mijn geleende pistool leeg is, gooi ik het opzij en duik achter twee gevallen agenten, waarbij ik onderweg het wapen van een van hen grijp.

Er wordt op mijn linkerarm geschoten, maar ik negeer het.

Ik kan het pistool nog vasthouden, dus de wond kan niet zo erg zijn.

Het SWAT-busje staat nu op een paar meter afstand, dus ik gooi mezelf ernaartoe, zowel voor dekking als omdat dat het verst van het huis is dat ik kan komen. Als ik de grond raak, vuur ik nog een paar kogels af en ik heb geluk met mijn hoek: ik raak twee agenten onder hun gezichtsscherm.

Het vuur bijt in mijn rechterkuit, maar de adrenaline houdt me in beweging.

Meer kogels bestoken de grond om me heen, hoewel ik nu achter de auto zit.

De helikopter.

Ik spring op mijn rug en vuur een schot in die richting. Een rotorblad explodeert, waardoor de helikopter scherp in de lucht kantelt. Ik vuur nog eens, en hij zwenkt weg en verdwijnt achter de bomen een paar huizenblokken verder.

Zonder te pauzeren rol ik onder het busje door en kom er aan de andere kant uit, tegenover de drie overgebleven agenten.

Alleen staan er maar twee.

De derde rent naar het huis.

ara

ALLES GEBEURT IN EEN FLITS. HET ENE MOMENT STA IK
achter Peter als de agent hem in de boeien wil slaan, en
het volgende moment is er een daverende knal en
explodeert de helm van de man. Bloed en hersenen
spuiten alle kanten op als Peter in actie komt en het
pistool van de dode grijpt.

'Sara, stap in!' Mam grijpt mijn arm en trekt me
naar achteren terwijl oorverdovend geweervuur
losbarst, vermengd met het gebrul van de helikopter.

'Nee, jij gaat naar binnen!' schreeuw ik en ik draai
me uit haar greep. Ik kan Peter hier niet achterlaten.
'Ga naar binnen, nu!'

'Je baby!' Pa schreeuwt boven het lawaai uit en

grijpt mijn pols als ik op het punt sta naar voren te springen. 'Je bent zwanger, weet je nog?'

De herinnering is als een emmer ijswater die in mijn gezicht wordt gegooid.

Ik was het kleine leven in mij vergeten, het kind dat Peter zo graag wil.

'Ga naar binnen, Sara. Nu!' Mam trekt aan mijn andere pols, en deze keer gehoorzaam ik, strompel het huis binnen terwijl de straat in een oorlogszone verandert.

'We moeten... weg... van de ramen,' hijgt pa, voorovergebogen in de foyer. 'De kogels, ze...'

'Het is goed, pap. Haal gewoon adem.' Ik pak zijn elleboog als hij in elkaar begint te zakken, maar hij is te zwaar voor me om vast te houden en het lukt me nog net om zijn val te verzachten.

'Waar zijn je pillen?' Mijn stem verheft zich in paniek als zijn gezicht blauw begint te worden. 'Mam, waar zijn zijn medicijnen?'

'De k-keuken.' Ze klinkt alsof ze in shock raakt. 'B-bovenkast aan de rechterkant.'

'Oké, ik ben zo terug.' Het raam van de woonkamer ontploft als ik erlangs sprint, maar ik zie nauwelijks de glassplinters die op mijn huid belanden.

Ik moet papa's medicijnen halen.

Ik kan nu niet aan Peter denken. Ik kan me niet concentreren op de giftige terreur die op mijn borst drukt.

Hij redt het wel.

Hij moet wel.

Ik open de kast, pak pa's nitroglycerinepillen en een fles aspirine, en ren dan terug als het geluid van de helikopter wegebt en het schieten ophoudt.

Mama knielt over papa's bewusteloze lichaam, haar gezicht is een masker van angst als ze me aankijkt. 'Hij ademt niet. Sara, hij ademt niet meer.'

Ik zit al op mijn knieën, druk op papa's borst terwijl ik in stilte tel, en dan vooroverbuig om in zijn mond te ademen.

Zijn borstkas gaat omhoog met de lucht die ik hem geef, daalt dan weer en blijft onbeweeglijk.

Vechtend tegen mijn groeiende paniek begin ik weer met de hartmassage.

Een, twee, drie, vier…

De deur vliegt open en twee worstelende mannen tuimelen naar binnen.

Het zijn een SWAT-agent en een met bloed besmeurde Peter.

 eter

I<small>K VUUR VOORDAT DE AGENTEN DAT DOEN EN SCHIET</small>
twee kogels af die hen recht onder hun
gezichtsschilden raken. Gevoed door adrenaline spring
ik overeind, me slechts vaag bewust van de brandende
pijn in mijn arm en kuit.

Ik moet de vluchtende agent stoppen.

Ik kan hem niet bij Sara en haar familie
binnenlaten.

Met een flinke vaart haal ik hem in bij de ingang en
tackle hem als hij zich omdraait, klaar om te vuren. Het
wapen klettert over de veranda en we botsen tegen de
deur, die we met kracht openduwen.

Ik heb maar een fractie van een seconde om het

tafereel binnen in me op te nemen, maar het is genoeg om naar rechts af te buigen en te voorkomen dat ik tegen een knielende Sara en haar ouders aan val.

In plaats daarvan botsen we tegen de bank en rollen samen over de vloer, worstelend om de Glock die in zijn riem verstopt zit. Ik land boven op hem en ruk het wapen eruit, maar hij ramt zijn elleboog tegen mijn gewonde arm, waardoor het wapen uit mijn hand wordt geslagen.

De pijn negerend grijp ik zijn mes en ik steek het in de opening tussen zijn pantser. Hij hijgt als een vis op het droge en ik steek hem nog een keer, en dan nog twee keer.

Zijn lichaam verslapt.

'Peter!' Sara's stem dringt door het gebrul van mijn hartslag heen en ik kijk op, terwijl ik haar witte, betraande gezicht zie. Ze drukt op de borst van haar vader in het ritme dat alleen kan duiden reanimatie, haar moeder zit geknield naast haar.

Ik kruip van de dode man af en duw mezelf overeind. De kamer draait in een misselijkmakende cirkel om me heen, en als ik naar beneden kijk, zie ik dat mijn rechterbeen onder het bloed zit en dat er nog meer bloed langs mijn linkerarm naar beneden druipt.

Natuurlijk. De schotwonden.

De groeiende duizeligheid wegduwend loop ik naar Sara en haar ouders toe. 'Wat is er gebeurd? Is hij neergeschoten?' Ik zie geen bloed op Chuck, maar…

Sara schudt haar hoofd. 'Hartstilstand.' Ze buigt

voorover, knijpt zijn neus dicht en blaast in zijn mond, waarna ze weer op zijn borst gaat duwen.

Kut. Ik kijk naar de ongeopende pillenflesjes en mijn borst verkrampt.

Dit is Sara's ergste nachtmerrie, en ik heb dit onheil over haar uitgestort.

'Jullie twee moeten gaan.' Lorna's hese stem klinkt als die van een spook, en als ik haar aankijk, zie ik dat ze ook op een spook lijkt, haar gezicht als gebleekt perkamentpapier. 'Voordat ze de...'

Een kogel verbrijzelt de muur boven ons en ik spring instinctief voor Sara en haar moeder, hen afschermend met mijn lichaam.

Mijn linkerzij explodeert van de pijn, de enorme kracht van de klap gooit me voorover terwijl ik ze allebei achter de bank duw. Het wordt zwart voor mijn ogen en de pijn giert door mijn zenuwuiteinden als een andere kogel langs mijn oor jankt.

Nee. Verdomme, nee.

Met mijn laatste restje kracht gooi ik mezelf opzij, het vuur van de schutter wegtrekkend van Sara en haar moeder. Een andere kogel komt neer op de vloer naast mijn knie, waardoor houtsplinters alle kanten op vliegen, en door mijn wazige zicht heen zie ik een in harnas gehulde figuur in de deuropening zwaaien, een pistool in zijn hand.

Het is een van de SWAT-agenten die ik heb neergeschoten.

Verdwaasd en gewond, maar in leven.

Zijn gezichtsbescherming ontbreekt, waardoor zijn gevlekte huid en verwilderde ogen zichtbaar worden. 'Sterf, klootzak,' sist hij, en hij mikt op mijn hoofd en haalt de trekker over.

ara

IK LAND PIJNLIJK OP MIJN ZIJ, MET MIJN HOOFD TEGEN de zijkant van de bank, als er nog een schot klinkt en een warme, metaalachtige nevel mijn gezicht en nek raakt.

'Peter!' Ik sta doodsangsten voor hem uit en val op mijn knieën, veeg het bloed uit mijn ogen, en dan zie ik het.

Mam lag languit op de vloer, haar gezicht besmeurd met bloed.

Of liever: het grootste deel van haar gezicht.

Een deel van haar wang en schedel is weggeblazen. Een bloederig gat is achtergebleven waar vroeger een jukbeen zat.

Mijn geest sluit zich af, een muur van

gevoelloosheid schuift ervoor in de plaats als een derde schot weerklinkt.

Ik kijk naar mijn man, die op zijn rug ligt en bloedt, en dan naar de agent in de deuropening, zijn gezicht verwrongen van haat terwijl hij op Peters hoofd mikt.

Mijn blik valt op het pistool dat Peter liet vallen toen hij met de andere agent aan het worstelen was.

Het ligt binnen mijn bereik.

Ik strek mijn arm en raap het op. Het is koud en zwaar in mijn hand, wat past bij de ijzige gevoelloosheid in mijn hart.

Mijn ouders zijn dood.

Peter staat op het punt vermoord te worden.

Ik richt en haal de trekker over een fractie van een seconde voordat de agent vuurt.

Mijn kogel mist, maar hij schrikt van het schot, waardoor hij door het lint gaat.

Hij draait naar me toe en ik schiet opnieuw.

Het raakt hem midden op zijn kogelvrije vest en gooit hem achterover.

Zonder enige aarzeling loop ik naar hem toe en hef mijn pistool weer op.

'Niet doen…' zegt hij met verstikte stem. Hij snakt naar adem, en ik haal de trekker over.

Zijn gezicht ontploft in stukjes bloed en botten. Het is als een hyperrealistisch videospel, compleet met geur, smaak en surround sound. Gefascineerd laat ik het wapen vallen en kijk of het net zo echt aanvoelt…

'Sara.' Peters gespannen stem bereikt me als door water. 'Kijk me aan.'

Met mijn ogen knipperend kijk ik naar zijn lichaam, en een deel van mijn gevoelloosheid verdwijnt als ik de hoeveelheid bloed zie zich in een plasje naast hem verzamelt.

Hij is gewond.

Hij is er slecht aan toe.

Een golf van angst verdrijft de resterende waas uit mijn hersenen en ik zak op mijn knieën, verwoed trekkend aan zijn shirt. Ik moet de bloedstroom stelpen om te zien of de kogel...

'Ptichka, stop.' Hij grijpt mijn pols met verbazingwekkende kracht, zijn ogen boren zich in de mijne. 'Er is geen tijd. Je moet me het pistool geven. Leg het in mijn hand. Jij hebt dit niet gedaan, begrijp je dat? En dan moet je weglopen. Ga zo ver mogelijk bij me vandaan.'

'Nee.' Ik draai me uit zijn greep. 'Ik ga niet bij je weg.'

Hij heeft een ziekenhuis nodig, maar er is geen schijn van kans dat de agenten hem daarheen brengen na dit bloedbad. Ze zullen hem ter plekke doden omdat hij zoveel van hun eigen mensen heeft gedood.

Onschuldig of niet, het kan ze niet schelen.

'Ptichka, je moet...'

'Sta op.' Ik spring overeind, grijp zijn arm en trek er met al mijn kracht aan. 'We moeten gaan, nu.'

Ik kan hem niet verliezen.

Ik zal hem niet verliezen.

Een grimas trekt aan Peters gezicht als hij probeert

te gaan zitten en daar niet in slaagt. 'Mijn liefste, je moet…'

'Nu!' blaf ik, en ik ruk aan zijn arm. Iets in mijn toon lijkt door te dringen.

Met opeengeklemde kaken wurmt hij zich in een zittende positie, en ik hurk om mijn arm om zijn torso te slaan. Hij is onmogelijk zwaar, zijn grote lichaam bestaat uit harde, stevige spieren. Mijn rug en benen schreeuwen het uit van protest, maar het lukt me op de een of andere manier om op te staan en het grootste deel van zijn gewicht te dragen.

'De auto,' gromt hij schor. 'We moeten naar de auto.'

De auto.

Net buiten, geparkeerd aan de kant van de weg.

We kunnen het doen.

We moeten het doen.

Ik zet een stap in de richting van de deur, en plotseling is het grootste deel van Peters gewicht verdwenen. Als ik omkijk, zie ik dat hij op de een of andere manier zelf staat, hoewel zijn gezicht grauw is onder de bloed- en smeervlekken zit.

'De auto. Kom op,' dring ik aan als we naar buiten stappen. 'We zijn er bijna. Nog een klein stukje.'

In de verte hoor ik het loeien van sirenes en het gebrul van een andere helikopter.

Ze komen voor ons.

Ze komen Peter van me afnemen, net zoals ze mijn ouders van me afnamen.

'De sleutels. Die zitten in mijn zak,' mompelt Peter,

en ik dank de hemel voor de kleine zegeningen als ik me herinner dat onze Mercedes genoeg heeft aan sleutels in de buurt om te ontgrendelen en starten.

Ik open de passagiersdeur, prop Peter bijna naar binnen en ren dan naar de bestuurderskant. Mijn hart bonst in een misselijkmakend ritme en mijn handen trillen als ik de auto start, de straat op rijd en het gas intrap.

'Waar moet ik heen?' vraag ik verwoed als we de hoek om gaan op de hoofdweg. Het geluid van de helikopter en de sirenes wordt steeds luider; het is slechts een kwestie van tijd voordat ze doorhebben dat we vermist zijn en een achtervolging inzetten.

Geen antwoord.

Ik waag een blik op Peter. Hij zit half onderuitgezakt in zijn stoel, zijn gezicht kleurloos en zijn ogen gesloten, terwijl hij een paar met bloed doordrenkte papieren handdoekjes tegen zijn zij houdt.

O nee. O, alsjeblieft, nee.

'Peter.' Ik schud aan zijn knie.

Nog steeds niets.

'Peter, alsjeblieft. Ik wil dat je me vertelt waar ik heen moet.'

Hij kreunt als ik hem harder door elkaar schud, en zijn ogen gaan wazig open. 'Er is een hut bij Horicon Marsh. Neem de I-294 richting 94, neem dan de 41 en 33, sla rechtsaf bij Palmatory en dan nog zesenhalve kilometer. Zandweg aan de linkerkant.'

O, godzijdank.

Ik ga scherp naar rechts, naar de snelweg, en geef gas als hij weer wegzakt. Hij verliest te veel bloed, maar ik kan niets doen tot ik hem in veiligheid heb gebracht.

Hij is zo goed als dood als ze ons pakken.

Mijn gedachten draaien als een tol met ADHD als ik over de snelweg scheur. Ik kan niet aan mijn ouders denken of aan wat er net gebeurd is, dus concentreer ik me op het waarom.

Waarom waren ze daar?

Waarom heeft iemand die agent neergeschoten toen Peter op het punt stond zich over te geven?

Ik geloofde mijn man toen hij zei dat hij niets te maken had met de aanslag op de FBI, maar is het mogelijk dat hij tegen me loog? Zouden ze hem zo zijn komen arresteren als er geen bewijs was dat hem in verband bracht met de bomaanslag?

Mijn logica zegt nee, maar ik kan mezelf er niet toe brengen het te geloven. Peter heeft verschrikkelijke dingen gedaan, maar hij is geen terrorist.

De moraal terzijde, als hij doodt, doet hij dat precies en discreet.

Dus waarom? Waarom zouden ze denken dat hij erbij betrokken is? En wie schoot er op die agent? Is iemand van Peters bemanning zo stom geweest? Als dat zo is, waarom hebben ze ons dan niet verder geholpen?

Als ze bereid waren een SWAT-agent te doden, waarom lieten ze Peter dan in zijn eentje met de rest van hen afrekenen?

Niets van dit alles slaat ergens op, maar erover

nadenken weerhoudt me ervan te hyperventileren achter het stuur. Ik kan niet denken aan onze minieme overlevingskansen, of aan het feit dat Peter misschien doodbloedt.

Of aan het feit dat het kleine leven in mij nu twee voortvluchtigen als ouders heeft.

'Rustig aan.' Peters schorre gefluister bereikt me als ik om een Toyota heen rijd die 100 gaat op de linkerbaan. 'Trek de aandacht niet door te hard te rijden. Waar is je telefoon?'

Mijn hartslag springt op van vreugde als ik mijn voet van het gaspedaal haal.

Praten is goed.

Praten is erg goed.

'Geen telefoon,' antwoord ik. Een deel van mijn opluchting vervaagt als ik omkijk en zie dat hij bij bewustzijn is, maar nog bleker. 'Ik ben mijn tas vergeten.'

'Mooi zo. Dat betekent dat ze ons niet op die manier kunnen volgen.'

Shit. Dat was niet eens in me opgekomen.

'Hoe zit het met je telefoon?'

Hij grimast, verschuift in zijn stoel en reikt naar meer papieren handdoeken van een rol die aan de zijkant van de deur is weggestopt. 'Niet te traceren.'

'Oké.' Mijn gedachten gaan tekeer. 'Wat nog meer? Moeten we de auto dumpen? Is er iemand die we kunnen bellen voor hulp? Je team? Kunnen zij...'

'Nee.' Hij sluit zijn ogen weer en drukt de schone

handdoekjes tegen zijn zij. 'Te high-profile voor hen. Zij nemen het niet op tegen de FBI.'

Dat klopt. Dat is logisch. Peters nieuwe bemanning zijn geen criminelen, ze worden betaald om ons te beschermen tegen de gevaarlijke mensen uit Peters verleden, niet om ons te helpen ontsnappen aan de autoriteiten.

Wat betekent dat ze niet achter dat schot kunnen gezeten hebben.

'Peter…' Ik kijk om, maar hij is weer buiten westen, zijn hoofd schuin.

IJs bedekt mijn binnenste. 'Peter, word wakker. Je moet me vertellen wat ik nu moet doen.'

Geen reactie, alleen het bonzen van mijn hartslag in mijn oren.

Ik reik hem de hand om zijn knie te schudden, maar hij reageert niet, en ik zie dat hij de papieren handdoekjes niet meer vasthoudt. Zijn hand hangt slap langs zijn zij.

Mijn ribbenkast voelt aan alsof hij gekrompen is tot de grootte van een kind, alle organen binnenin verpletterend.

Dit kan niet waar zijn.

Het kan zo niet eindigen.

'Peter.' Mijn stem kraakt. 'Peter, alsjeblieft… Ik heb je nodig. Je mag me dit niet aandoen.'

Hij mag niet sterven en me in de steek laten. Niet nadat hij zo hard voor ons gevochten heeft.

Niet nadat hij me van hem liet houden.

'Wakker worden, Peter.' Ik schud harder aan zijn knie. 'Word alsjeblieft wakker.'

Maar dat doet hij niet.

Hij is te ver heen.

3 3

ara

IK HEB HET GEVOEL DAT DE AUTOWANDEN OP ME AF KOMEN. Ik grijp zijn pols en zoek naar een hartslag.

Die is er.

Zwak en onregelmatig, maar hij is er.

Een snik van opluchting barst uit mijn keel en de weg voor me vervaagt.

Hij leeft nog.

Hij is bewusteloos, maar hij leeft.

Met een enorme krachtsinspanning verman ik mezelf. Ik kan niet instorten, niet zolang er nog een sprankje hoop is.

Eerst het belangrijkste. Ik moet Peters wond behandelen. Dat kan niet langer wachten. Dan de auto. Ik moet aannemen dat ze ernaar zoeken, en het is slechts een kwestie van tijd voordat we gezien worden op de weg. Dat betekent dat ik een andere auto voor ons moet vinden.

De vraag is hoe.

Als Peter bij bewustzijn was, kon hij er waarschijnlijk een voor ons stelen, maar dat kan ik niet. Ik moet met een andere oplossing komen, iets wat ons niet te veel vertraagt.

Er doemt een afslag op en ik realiseer me dat we bijna bij het Advocate Lutheran-ziekenhuis zijn.

Mijn hart slaat een slag over en gaat dan sneller. Misschien moet ik hem binnenbrengen. Nu meteen, voordat de autoriteiten weten dat we hier zijn.

Voordat er meer SWAT-agenten opduiken en hem doodschieten voor het doden van zoveel van hun soortgenoten, terwijl ze claimen dat ze uit noodweer handelden.

Ze moeten hem op de Spoedeisende Hulp behandelen als ik hem daarheen breng. Ze zouden hem moeten redden. En als de politie komt, kunnen ze hem niet doden met al die getuigen in de buurt. Ze moeten hem eerst laten herstellen voordat ze hem wegbrengen.

Voordat ze hem de rest van zijn leven opsluiten in Guantánamo of een ander donker hol.

Zelfs als hij onschuldig wordt bevonden aan de bomaanslag, zullen ze hem nooit vrijlaten – en vroeg of laat zullen ze wraak nemen.

Als ik Peter binnenbreng, zal ik hem nooit meer zien. Maar als ik het niet doe, bloedt hij dood.

Zelfs nu kan het te laat zijn. Ik zou hem kunnen verliezen zoals ik net mijn ouders heb verloren.

Ik bedwing de verstikkende angst, draai de uitvoegstrook op en rij van de snelweg af, in de richting van het ziekenhuis. Daar aangekomen vind ik een parkeerplaats onder een boom, tussen een SUV en een bestelwagen.

'We zouden hier goed verborgen moeten zijn.' Mijn stem trilt als ik me tot Peter wend. 'Nu ga ik naar je wonden kijken, oké?'

Hij reageert niet, maar dat verwacht ik ook niet.

Ik buig me over hem heen en laat zijn stoel in een liggende positie zakken. Dan til ik zijn shirt op en onderzoek de schotwond in zijn zij.

Er is een uitgangsgat, en gezien de locatie is er een goede kans dat de kogel geen vitale organen heeft geraakt. Als ik de wond ontsmet en het bloeden stop, redt hij het misschien zonder ziekenhuis.

Ik hou mijn adem in en onderzoek snel de rest van hem. Ik zie een pistool bij zijn linkerenkel, maar hij is daar niet verwond, dus ik negeer het. Dan ontdek ik dat een kogel zijn linkerarm heeft geschampt en een andere door zijn rechterkuit is gegaan.

Beide wonden bloeden nog, maar geen van beide lijkt levensbedreigend te zijn.

Ik adem uit, bevend als ik opgelucht in zijn slappe hand knijp.

Ik weet wat ik nu moet doen.

Ik heb alleen een beetje geluk nodig.

Ik leun over hem heen en strijk zijn met bloed

besmeurde haar glad. 'Hou vol, schat, alsjeblieft. Ik ben zo terug, dat beloof ik. Hou vol voor mij.'

Ik kan dit.

Ik moet dit doen.

Ik trek me terug, ga rechtop zitten en klap de spiegel naar beneden om mezelf te bekijken. Zoals verwacht ben ik net zo'n puinhoop als Peter, mijn gezicht bleek en met tranen besmeurd, met bloedvlekken en stukjes viezigheid over mijn hele huid en kleding.

Maar goed dat het personeel op de Spoedeisende Hulp weleens erger heeft gezien.

'Ik ben zo terug,' fluister ik. Ik knijp nog een laatste keer in zijn hand, spring uit de auto en ren over het parkeerterrein naar de ingang van de Spoedeisende Hulp.

Niemand besteedt aandacht aan mij als ik binnenkom, en ik houd mijn hoofd naar beneden, weg van de camera's in de hoeken. Voor zover ik weet is mijn foto nog niet op het nieuws te zien, maar het is beter geen risico te nemen.

Binnen tref ik de gebruikelijke SEH-heksenketel, met een aantal nieuwkomers die de verpleegster lastigvallen en eisen dat ze nú meteen een arts willen, en een half dozijn verpleegsters en dokters rond twee patiënten die op brancards liggen, waarbij de ene schreeuwt over de bloederige puinhoop die zijn been is, en de andere midden in een zware aanval lijkt te zitten.

Aan de achterkant is een alleen voor personeel

toegankelijke ingang. De verpleegsters rijden de schreeuwende patiënt daarheen en ik volg hen naar binnen, terwijl ik doe alsof ik bij hem hoor. Een verpleegster probeert me weg te jagen, maar iemand schreeuwt naar haar en ze verdwijnt door de hal, mij helemaal vergetend.

Ik volg de brancard zonder dat iemand me opmerkt, en als we langs een voorraadkast komen, stap ik naar binnen en sluit de deur achter me.

Achterin liggen opgevouwen operatiekleding, beddengoed, verband, medicijnmonsters en eerstehulpbenodigdheden. Ik trek snel mijn kleren uit en trek verpleegsterskleding aan, veeg zoveel mogelijk bloed van mijn gezicht met een kussensloop en stop alles wat ik nuttig acht in een tas die ik uit een laken maak. Dan bedek ik mijn buit met nog meer gebundeld linnengoed en ga naar buiten, terwijl ik doe alsof ik vuile lakens draag die gewassen moeten worden.

Niemand zegt iets als ik de receptie van de Spoedeisende Hulp weer binnenkom en naar de uitgang loop, ervoor zorgend dat het bundeltje in mijn armen mijn gezicht afschermt voor de camera's die in de hoeken knipperen.

Terug bij de auto is Peter nog steeds bewusteloos.

'Het is goed, ik ben er nu,' zeg ik terwijl ik de bundel met benodigdheden aan zijn voeten leg. 'Alles komt goed.'

Hij kan me niet horen, maar dat geeft niet.

Ik probeer vooral mezelf te overtuigen.

Hij is te zwaar om me fatsoenlijk uit te kleden, dus

189

ik duw zijn mouw omhoog en knip de pijp van zijn spijkerbroek open om bij die wonden te komen. Onder mijn gestolen voorraden bevinden zich milde zeep en een zoutoplossing, en ik meng ze met water om al het bloed en vuil bij zijn wonden weg te spoelen. In tegenstelling tot wat algemeen wordt aangenomen, is het een slecht idee om sterke ontsmettingsmiddelen te gebruiken om wonden schoon te maken; alcohol en dergelijke zullen waarschijnlijk het weefsel beschadigen en het genezingsproces vertragen.

Als ik zeker weet dat de wonden schoon genoeg zijn en er geen kogelfragmenten meer in zitten, hecht en verbind ik ze, te beginnen met de wond in zijn zij. Terwijl ik bezig ben, bedank ik de goden voor mijn tijd op de Spoedeisende Hulp en alle slachtoffers van schotwonden die ik daar heb behandeld.

Toch trillen mijn handen tegen de tijd dat ik klaar ben, en ik besef dat de adrenaline begint af te nemen.

Dat is niet goed.

Er moet nog veel gedaan worden voor ik instort.

'Ik moet nog een paar minuten weg, oké? Dus hou nog even vol, schat,' fluister ik, terwijl ik Peters gezicht streel. Ik leun voorover, druk een zachte kus op zijn harde kaak en trek me terug, terwijl ik tegen mezelf zeg dat ik nu alleen nog een beetje geluk nodig heb.

Een beetje geluk en een hoop ballen.

Ik sta wankel op mijn benen als ik weer richting de Spoedeisende Hulp ga. Dit is het minst zekere deel van mijn plan, een deel dat van te veel externe factoren afhangt. Onze foto's zouden nu op het nieuws kunnen komen, de klopjacht zou in volle gang zijn. Er is maar één nieuwsgierige vreemdeling voor nodig en een zwerm politie en FBI zal op ons neerdalen.

Misschien is dit een vergissing.

Misschien moet ik gewoon terug in de auto stappen en rijden, biddend dat als door een wonder niemand een opsporingsbericht heeft uitgevaardigd voor ons voertuig.

Ik sta op het punt om te keren en precies dat te doen, wanneer een oude, blauwe Toyota de parkeerplaats op giert en vlak bij de ingang tot stilstand komt. 'Help!' roept een oudere vrouw die het portier opent, en ik haast me naar haar toe om haar te helpen haar half bewusteloze man eruit te halen.

Zo te zien heeft hij net een beroerte gehad.

Twee verpleegsters rennen de SEH uit om te helpen, en ik stap onopvallend opzij zodat ze de patiënt en zijn verwarde vrouw naar binnen kunnen begeleiden. De auto is onbeheerd achtergelaten, de bestuurdersdeur staat open, en als ik naar binnen gluur, zie ik de sleutels in het contact zitten.

Bingo.

Het personeel van de SEH stuurt gewoonlijk iemand om het voertuig in dergelijke situaties te verplaatsen, maar als zij naar buiten komen en zien dat de auto er niet meer staat, zullen ze er waarschijnlijk van uitgaan dat het al door iemand verplaatst is.

Het komt niet bij hen op om aangifte te doen van diefstal totdat de vrouw van de patiënt terugkomt en hem niet kan vinden.

Ik voel me vreselijk als ik achter het stuur kruip en de Toyota naar onze auto rijd. Ik kan me alleen maar voorstellen hoe gestrest de arme vrouw zal zijn als ze te maken krijgt met een gestolen auto boven op de beroerte van haar man. Maar er is geen keus – niet nu Peters leven op het spel staat.

Ik parkeer de Toyota recht tegenover onze Mercedes, spring eruit en haast me naar onze auto. Ik open de passagiersdeur en kijk mijn man aan, me afvragend hoe ik een bewusteloze man van negentig kilo van de ene auto in de andere ga krijgen.

Oké, daar gaat-ie dan.

Ik grijp zijn enkels en trek met al mijn kracht.

Hij beweegt een centimeter. Misschien.

Fuck.

Ik gooi al mijn gewicht in de strijd, duw mijn hielen tegen het asfalt.

Nog eens drie centimeter.

Misschien moet ik dit stomme idee vergeten en gewoon met onze auto rijden. De vrouw van het slachtoffer zal blij zijn als ze haar Toyota op de parkeerplaats aantreft en…

Mijn man laat een lage kreun horen.

Mijn hart begint sneller te kloppen. 'Peter.' Ik klauter in de auto en leun over hem heen. 'Peter, schat, word alsjeblieft wakker.'

Hij mompelt iets onsamenhangends, zijn hoofd draait opzij.

'Alsjeblieft, ik heb je nodig.' Ik schud hem zachtjes. 'Word alsjeblieft wakker.'

Zijn ogen gaan open, maar staan onscherp.

'Goed zo, schat.' Mijn adem stokt van opluchting. 'Je kunt het. Kijk me aan.'

Hij knippert met zijn ogen en richt zijn blik langzaam op mij. 'Sara? Wat…'

'We zijn op een ziekenhuisparkeerplaats,' zeg ik snel. 'Ik heb een auto voor ons geregeld, maar ik kan je niet verplaatsen zonder je hulp. Kun je daar voor me heen lopen?'

Zijn kaak verstrakt, maar hij knikt.

'Goed, laten we het doen. Kom op.' Ik zet de stoel in zithouding en help hem uit de auto. Hij staat wankel op zijn benen en leunt zwaar op mijn schouders, maar op de een of andere manier halen we het.

Zijn gezicht is groenachtig wit tegen de tijd dat ik hem in de auto help, maar hij klampt zich vast aan het bewustzijn met elk greintje van zijn ijzeren wil. 'De wapens,' briest hij, terwijl hij zwaar op de passagiersstoel ploft. 'Onder de achterbank. Pak ze.'

Hebben we wapens?

Ik ben lang niet zo verbaasd als ik zou moeten zijn.

Ik laat Peter achter in de Toyota, sprint terug en probeer de achterbank van de Mercedes omhoog te krijgen. Het vergt wat vindingrijkheid, maar ik krijg hem eindelijk open en vergaap me aan het arsenaal binnenin.

Naast handwapens en aanvalsgeweren zijn er granaten en wat lijkt op een raketwerper.

Ik kan dit onmogelijk allemaal over de

parkeerplaats dragen zonder dat iemand me ziet en alarm slaat.

Dan komt er een idee in me op.

Ik grijp de spullen van de SEH, ren terug en leg ze op de achterbank van de Toyota, ruk dan de lakens eronder vandaan en haast me terug naar de Mercedes. De wapens zijn zwaar, dus ik moet drie keer heen en weer, maar ik krijg alles in lakens gewikkeld in de Toyota.

'Klaar,' zeg ik tegen Peter terwijl ik achter het stuur kruip, hijgend van de inspanning, maar er komt geen antwoord.

Hij is weer buiten bewustzijn.

Ik leun voorover en maak zijn stoel weer plat, zowel zodat hij kan rusten als zodat hij niet zichtbaar zal zijn in de ramen.

Dan haal ik diep adem, verlaat ik de parkeerplaats en ga ik op weg naar de hut.

Sara

MET PETERS WAARSCHUWING OVER TE HARD RIJDEN IN
mijn achterhoofd rij ik voorzichtig en hou ik me aan
alle verkeersregels en snelheidslimieten. Peters
telefoon is vergrendeld en ik kan hem niet wakker
maken, dus gebruik ik een combinatie van
verkeersborden en mijn eigen vage kennis van het
gebied om ons naar de onverharde weg te brengen die
hij noemde.

Ik denk niet aan mijn ouders of de man die ik zo
meedogenloos heb vermoord. Ik kan het niet, niet
terwijl ik verantwoordelijk ben om ons op de
bestemming te krijgen. In plaats daarvan concentreer
ik me op doorrijden zonder te stoppen. Tegen de tijd
dat we het bos in gaan, staat mijn blaas op ontploffen,

dus ik zet de auto even aan de kant en hurk achter een boom. De oudere dame had een klein flesje desinfectiemiddel in de auto en ik gebruik het voordat ik verder rijd, terwijl ik probeer niet te denken aan wat er zal gebeuren als we eenmaal bij de hut zijn.

Ondanks mijn inspanningen blijven er gevaarlijke vragen in mijn hoofd rondspoken.

Wat doen we als Peters wonden geïnfecteerd raken?

Is er eten en water in de hut?

En het belangrijkste van alles: hoelang tot we gevonden worden?

Want we zullen gevonden worden. Ik kan mezelf niet wijsmaken dat ik iets anders geloof. We hebben tot nu toe geluk gehad, maar we zijn geen partij voor de FBI. Of in ieder geval ben ík geen partij. Peter heeft jarenlang aan gevangenneming weten te ontkomen met de hulp van zijn onderwereldconnecties.

Ik heb het nooit spijtig gevonden dat ik geen criminelen in mijn sociale kring had, maar nu wel. Geen van mijn vrienden of kennissen kan ons helpen, niet zonder zelf in de problemen te komen met de wet. Buiten mijn man zijn de enige mensen die ik ken met de juiste vaardigheden en contacten zijn Russische ex-teamgenoten, en die zijn niet in de buurt van...

Wacht eens even.

Ik heb Yans e-mailadres.

Hij feliciteerde me per mail met ons huwelijk.

Mijn hartslag schiet weer omhoog, de opwinding giert door mijn aderen voor ik me een belangrijk feit herinner.

Ik heb geen andere manier om een e-mail te versturen dan met Peters telefoon, en daarvoor moet mijn man weer bij bewustzijn komen en zijn wachtwoord invoeren.

Ik kijk naar hem, mijn borst verkrampt bij de grijze bleekheid van zijn gezicht. Hij zou in een ziekenhuis moeten zijn, met een infuus om antibiotica te geven en vocht aan te vullen, niet rondgereden worden op een weg vol gaten.

Als hij doodgaat, is het mijn schuld.

Omdat ik ervoor koos hem te verbergen voor de autoriteiten in plaats van hem naar het ziekenhuis te brengen.

Voor ons doemt een bord 'privé-eigendom' op, met aan weerszijden een hek en een houten poort die de weg verspert. Dit moet onze bestemming zijn, tenzij ik eerder een verkeerde afslag heb genomen.

Ik stop en stap uit om het hek te openen. Alleen een ketting met een slot houdt het op zijn plaats. Ik ruk aan het roestige slot. Niet te geloven dat na alles wat we hebben meegemaakt, we gedwarsboomd kunnen worden door zoiets stoms.

In een poging mijn frustratie te bedwingen, ga ik terug naar de auto en probeer Peter wakker te schudden. Misschien heeft hij ergens een sleutel verstopt waar ik niets van weet.

Hij reageert niet, hoe ik hem ook smeek en smeek, en als ik aan zijn voorhoofd voel, voelt het heet en klam aan.

Mijn maag trekt pijnlijk samen.

Koorts voorspelt niet veel goeds.

Met trillende handen fouilleer ik hem in de hoop dat hij een sleutel in een van zijn zakken verstopt heeft. Maar er is niets anders dan zijn telefoon en het pistool dat aan zijn enkel is vastgebonden.

Uitgeput zak ik op de grond bij de passagierskant van de auto.

Het is hopeloos.

Ik weet niet hoe ik dit moet doen.

Wat dacht ik wel, spelen dat ik een voortvluchtige was? Peter is degene met de kennis en de vaardigheden, niet ik. Ik kan niet eens door een stom hek. Als hij hier stond, zou hij waarschijnlijk het slot openbreken of het eraf schieten of het opblazen of...

Natuurlijk, dat is het.

Ik moet out-of-the-box denken.

Ik spring op, doe Peter een gordel om en sprint terug naar de bestuurdersplaats.

Ik ga achter het stuur zitten, rijd de auto naar voren tot we zo'n vijftig meter van de poort zijn, en dan geef ik vol gas.

De Toyota scheurt naar voren.

We raken het hek met zestig kilometer per uur en slaan het verouderde hout uit de scharnieren.

De voorruit barst van een stuk van het hek dat ertegenaan knalt, maar geen van de airbags wordt geactiveerd, en ik trap op de rem, triomfantelijk grijnzend als we de weg vervolgen met een gematigder snelheid.

Sara 1 – stom hek 0.

Ik kijk even om naar Peter, en mijn opgetogenheid verdwijnt als ik een verse bloedvlek zie die zich verspreidt over zijn shirt.

Zijn hechtingen moeten gescheurd zijn, door de aanraking met het hek of door de ruwe rit in het algemeen.

Ik moet ons naar die hut zien te krijgen zodat ik hem pronto kan behandelen.

De rit erheen lijkt een eeuwigheid te duren, hoewel ik realistisch gezien weet dat het niet veel meer dan een kilometer kan zijn, hooguit anderhalf.

Eindelijk zie ik hem.

Een houten hut omringd door bomen.

Trillend van opluchting rijd ik naar de voorkant en ren erheen.

Verrassing, verrassing.

De deur is op slot.

Deze keer ben ik echter voorbereid. Ik pak een grote steen, loop naar een raam en sla er zo hard als ik kan tegenaan. Het versplintert, glasscherven vliegen overal heen, en ik gebruik de steen om de scherpste randen van het overgebleven glas weg te halen. Dan klim ik naar binnen, het bloed dat langs mijn armen sijpelt negerend.

Ik zal mijn eigen verwondingen later behandelen. Op dit moment is Peter mijn prioriteit.

Ik loop naar de voordeur, ontgrendel hem en stap naar buiten, terwijl ik mijn hersens pijnig over hoe ik hem naar binnen ga krijgen. Het zou geweldig zijn als hij weer wakker zou worden en die onmogelijke wilskracht zou gebruiken om naar binnen te lopen, maar ik hou mijn adem niet in gezien zijn eerdere gebrek aan reactievermogen. Misschien kan ik hem op het laken rollen en dan naar binnen trekken, of-

Mijn blik valt op een oude kruiwagen. Hij staat tegen het huis geleund, naast een roestige bijl.

Moet daar zijn om gehakt hout te vervoeren.

Ik loop erheen en pak de handvatten op, dan test ik de kruiwagen door hem heen en weer te rollen. De wielen kraken maar lijken functioneel.

Ik duw hem naar de auto en draai hem zo dat de handgrepen aan de binnenkant van de open deur, op de vloer liggen. Dan grijp ik Peters enkels en druk mijn hielen in de grond, en trek met al mijn kracht.

Hij beweegt een paar centimeter.

Knarsetandend trek ik weer.

Dan weer.

En opnieuw.

Als hij halverwege de kruiwagen is, draai ik me om naar de bestuurderskant en duw hem er verder op, mijn hart doet pijn als hij kreunt van de pijn. 'Nog een klein beetje, schat,' beloof ik zachtjes, en met een laatste duw rol ik hem in de kruiwagen.

Stap één volbracht.

Nu moet ik hem het huis in rijden en hem op een bed leggen.

eter

MIJN WERELD BESTAAT UIT VUUR EN PIJN, VERMENGD met een zachte stem en kalmerende handen. De kwelling is onverbiddelijk, maar als die stem dichtbij is en die koele, tedere vingers mijn brandende voorhoofd strelen, kan ik alles vergeten.

Ik kan me gewoon op haar concentreren.

En zij is het. Sara, mijn ptichka. Ik weet het, zelfs in het diepst van mijn delirium. Wat er ook met me gebeurt, ze is er, raakt me aan, spreekt tegen me, geeft me slokjes water. Vaak vraagt ze me dingen, haar melodieuze stem vol wanhoop en smeekbede, maar ik kan haar geen antwoord geven, ik kan niets anders doen dan mijn hoofd naar die stem draaien en de vluchtige troost aanvaarden die haar aanraking biedt.

Na een tijdje geeft ze het op, haar toon verandert in een van berusting, en dat bevalt me beter, hoewel niet zo goed als wanneer ze voor me jubelt, haar stem zo zacht en teder als de kussen die ze op mijn gebarsten en brandende lippen drukt.

Ze geven me een goed gevoel, die kussen – tenminste totdat ik wegzak in de duisternis en de demonen komen, hun tentakels om mijn borst wikkelen, me steken met hun brandende poken. Mijn zij, mijn arm, mijn kuit – ze zijn meedogenloos als ze me verwonden, branden mijn vlees tot op het bot.

Pasja is er ook, zijn schedel half ontbrekend, zijn hersenen grotesk onder de glanzende golven van zijn donkere haar. 'Papa!' schreeuwt hij, stuitert op me, drijft de hete poken dieper, steekt me door tot in het hart.

'Alsjeblieft, Peter, blijf bij me,' smeekt Sara's stem, en ik hou me eraan vast, vechtend tegen de demonen in de duisternis, vechtend tegen hun greep.

Er komen meer kussen. Haar lippen zijn koel en nat, vreemd zout. Zoals tranen. Al die tranen die ik haar heb laten vergieten. Maar waarom huilt ze weer? Dat wil ik niet. Ik wil haar zorgzaamheid in me opnemen, haar liefde, niet haar tranen. Ze heeft tegen me gevochten, maar nu is ze van mij. Van mij om voor te zorgen en te beschermen. Maar ik kan niets anders dan branden, het vuur vreet aan me, verteerd me, bedekkend mijn geest met pijn.

'Alsjeblieft, mijn lieveling. Vertel me het wachtwoord. Ik moet je telefoon ontgrendelen.'

De woorden zouden logisch moeten zijn, maar dat zijn ze niet, de klanken weerkaatsen tegen mijn hersenen als zonlicht tegen een meer.

'Papa, wil je mijn truck zien?' Pasha springt weer op me, met zijn kleine voeten als een sloopkogel die tegen mijn zij slaat. 'Wil je dat, papa? Wil je dat?'

Ik doe mijn mond open om te antwoorden, maar de demonen tentakels wikkelen zich rond mijn nek en verstikken me met een lasso van vuur.

'Alsjeblieft, lieveling…' Tedere handen strijken over mijn gezicht en keel, koelen het branderige gevoel van binnen af. 'Alsjeblieft, ik wil dat je me het wachtwoord geeft, zodat ik hulp kan halen.'

'Papa. Papa. Speel met me.'

'Het wachtwoord, Peter, alsjeblieft. Het is onze enige kans.'

'Ga niet weg, Papa.'

'Alsjeblieft, schat. Ik heb je nodig. *Onze baby* heeft je nodig.'

'Alsjeblieft, Papa. Ik zou braaf zijn. Ik beloof het, papa. Ik zal braaf zijn.'

De kwelling is ondraaglijk. Het voelt alsof ik in tweeën breek, de brandende tentakels veranderen in zwepen terwijl ik dieper in de duisternis val.

'Blijf bij me, Peter. Alsjeblieft, lieveling…' De zilte nattigheid is terug op mijn lippen, de stem trekt me omhoog, beschermt me tegen de demonen. 'Ik hou van je, en ik kan dit niet zonder jou. Alsjeblieft… ik kan jou ook niet verliezen.'

Iets danst op het puntje van mijn tong, iets

belangrijks dat ik moet onthouden. Iets dat mijn ptichka nodig heeft.

Vier nummers zweven op in mijn bewustzijn, en ik grijp ze met moeite.

Het is een verjaardag.

Mijn vriend Andrey's verjaardag.

We vierden het altijd in dat vreselijke kamp.

'Nul zes een vijf,' fluister ik – of ik probeer het. Mijn tong wil niet gehoorzamen. Ik probeer het opnieuw, met de laatste van mijn krachten. 'Nol' shest' ahdeen pyat'. Ptichka, passvord den' rozhden'ye Andreya.'

ara

TRILLEND STA IK OP TERWIJL PETER IN KOORTSIG
RUSSISCH VERVALT EN ONBEKENDE WOORDEN MOMPELT,
afgewisseld met de naam van zijn zoon, zoals hij al
uren doet. Ondanks al mijn inspanningen gaat zijn
toestand snel achteruit, en ik weet dat hij het niet zal
halen als ik geen sterkere antibiotica in zijn systeem
krijg.

De penicilline die ik van het ziekenhuis heb
gestolen kan maar zoveel doen.

De houten muren deinen om me heen terwijl ik
naar de wastafel loop en terugkom met een koele, natte
handdoek – het enige dat hem lijkt te helpen. Zittend
op de rand van het bed strijk ik het over zijn gezicht,
hals en borst, het plakkerige zweet wegvegend. Mijn

arm trilt van uitputting, mijn ogen branden van de tranen, maar ik stop niet.

Ik kan het niet, niet zolang er nog een sprankje hoop is.

Mijn hele lichaam doet pijn, mijn rug verkrampt van de inspanning om Peter van de kruiwagen op dit bed te krijgen. Het is al na middernacht, en het enige wat ik heb gegeten is een blikje kippennoedelsoep dat ik een uur geleden in een kast vond. Ik probeerde het hem te voeren, maar hij slikte maar twee slokjes. Dus heb ik de rest maar doorgeslikt. Niet voor mezelf, maar voor de baby.

Peter's kind heeft de voedingsstoffen nodig.

De soep bevatte niet veel calorieën, maar het gaf me een beetje energie – genoeg om Peter weer over te halen mij het wachtwoord te geven.

Ik faalde, net als de vorige twintig keer, maar Peter leek me tenminste te begrijpen bij deze poging. Hij mompelde 'ptichka' en zei iets over een wachtwoord met een dik Russisch accent. Of misschien zei hij het zelfs in het Russisch. Voor zover ik weet, is het hetzelfde woord in beide talen.

Mijn zicht vervaagt weer door de tranen. Het was een vergissing om hier te komen. Ik had dit risico niet moeten nemen. Zelfs in een steriele ziekenhuisomgeving zijn schotwonden vatbaar voor complicaties, en gezien de hoeveelheid bloed die Peter verloren heeft en de plaats waar ik hem moest behandelen, was infectie zo goed als onvermijdelijk.

Als ik hem naar het ziekenhuis had gebracht, was

hij zijn vrijheid kwijt geweest, maar hij had kunnen blijven leven.

'Het spijt me,' fluister ik, terwijl ik mijn lippen op zijn brandende voorhoofd druk. Zijn lichaam vecht tegen de infectie en doodt zichzelf in het proces. 'Het spijt me zo voor dit. Voor alles.'

En dat heb ik. Het spijt me dat ik mijn liefde voor hem niet eerder heb toegegeven, dat ik zijn liefde zo lang heb weerstaan. Het leek toen belangrijk om niet toe te geven aan mijn gevoelens voor George's moordenaar. Het leek moreel en juist. Maar nu zie ik mijn weerstand voor wat het was.

Lafheid.

Ik was bang om voor Peter te vallen, doodsbang om toe te geven en van hem te houden. Versteend dat als ik hem in mijn hart zou laten, ik hem zou verliezen.

Alsof ik George aan de fles verloren heb.

Zoals ik wist dat ik onvermijdelijk mijn ouders zou verliezen.

Meer tranen stromen over mijn gezicht en verbranden mijn keel onderweg. Dat is een zorg die ik niet langer hoef te hebben.

Ze zijn dood.

Het ergste is gebeurd.

Ik kan nog steeds niet bevatten wat er gebeurd is, ik kan de gruwel niet verwerken van het zien dat mama's hersenen voor mijn ogen eruit geschoten werden en dan zelf de trekker overhalen. Ik voelde geen aarzeling, geen spijt toen ik de agent doodde die mam had neergeschoten, alleen die vreselijke gevoelloosheid. Het was alsof iemand mijn lichaam had overgenomen, iemand meedogenloos en koud... en krachtig.

God, het had zo krachtig gevoeld.

Is dat hoe het voor Peter is? Als hij doodt, schakelt hij dan het deel van zichzelf uit dat hem menselijk maakt en omarmt hij die kick van macht? Ik heb me altijd afgevraagd hoe iemand met zo'n diep vermogen tot liefde en zorg een leven kon stelen zonder wroeging, maar nu begrijp ik het.

We zijn allemaal monsters onder de oppervlakte. Sommigen van ons krijgen alleen nooit de kans om het te ontdekken.

Zijn gebarsten lippen bewegen, en ik pak een kom water. Ik doop er een schone handdoek in en sprenkel de vloeistof over zijn mond, waarbij ik het druppel voor druppel uitknijp zodat hij niet stikt. De koorts die door zijn lichaam raast droogt hem uit, doodt hem voor mijn ogen, en er is niets dat ik kan doen.

Zelfs als ik hem naar het ziekenhuis zou willen brengen, zou hij de terugreis over die hobbelige zandweg niet overleven – en zonder toegang tot zijn telefoon kan ik van hieruit niet om hulp bellen of e-mailen. Noch kan ik ergens heen rijden om dat te doen.

Ik kan Peter niet uren alleen laten als hij zo ziek is.

Hij mompelt weer, zijn hoofd schudt heen en weer van opwinding terwijl hij een zin in het Russisch herhaalt. Het klinkt als wat hij eerder zei, toen ik dacht dat hij me misschien begreep.

'Nol' shest' ahdeen pyat'. Den' rozhden'ye Andreya,

ptichka.' Zijn hese stem is nauwelijks hoorbaar. 'Nol' shest' ahdeen pyat'.'

Ik leun over hem heen en druk mijn voorhoofd tegen het zijne. 'Wat betekent dat, schat?' fluister ik, terwijl ik mijn ogen dichtknijp tegen een nieuwe stroom tranen. 'Wat probeer je me te vertellen?'

Er is iets vaag bekend over die zin, of op zijn minst de afzonderlijke woorden. Ken ik ze? Ik probeer me te herinneren wat Peter's teamgenoten me in Japan hebben geleerd. *Spasibo-dat* is 'dank u' in het Russisch. *Vkusno-dat* betekent 'heerlijk.' Ilya vertelde me ook hoe ik de namen van bepaalde voedingsmiddelen moest zeggen, en Anton begon me het alfabet te leren en tot tien te tellen-

Ik zit recht, geëlektrocuteerd. Dat is het! Dat is waarom sommige van die woorden bekend lijken.

Het zijn nummers in het Russisch.

'Peter, schat, is dat het wachtwoord?' Mijn stem trilt als ik weer over hem heen leun en zijn met zweet bevochtigde haar gladstrijk. 'Vertel je me hoe ik je telefoon in het Russisch kan ontgrendelen?'

Hij lijkt me niet te horen, zijn onrust neemt af naarmate hij dieper wegzakt in bewusteloosheid. Ik haal rustig adem en probeer me de specifieke woorden die hij zei te herinneren en hoe het tellen tot tien in het Russisch gaat. Er zit een bijna muzikaal ritme in, als ik het me goed herinner. *Ahdeen, dva, boom,* iets, iets, iets…

Oké, dan. Dus *ahdeen* is één, en ik ben er vrij zeker van dat Peter dat zei.

Het was het derde woord na iets dat klonk als 'null' en 'jest'.

Ik pijnig mijn hersenen, proberen te herinneren hoe Anton de rest van de nummers uitsprak. *Ahdeen, dva, tree...* was het *chet-something? pet-something?...*

Nee, vijf was *pyat'*- wat Peter als laatste woord zei.

Ik probeer mijn opwinding te onderdrukken, maar mijn hart gaat ongecontroleerd tekeer. Twee van de nummers ken ik nog niet, maar naar een ervan kan ik wel raden.

Sommige Russische woorden lijken op het Engels, wat betekent dat het woord dat klinkt als 'null' ook 'nul' kan betekenen.

Oké, dan. Nul, onbekend, één, vijf... dat zijn er drie van de vier. Ik kan het onbekende nummer brute-force raden... als Peter's telefoon me niet buitensluit voor te veel foute pogingen, tenminste.

Ik spring op, pak de telefoon, en als ik de nul begin in te voeren, komen alle tien nummers bij me op.

Ahdeen, dva, boom, chetyre, pyat', shest', sem', vosem', devyat', desyat'.

Ik kan bijna Anton's stem horen die ze aan mij voordraagt.

Ik hou mijn adem in en volg de nul met zes, één en vijf.

37

enderson

IK HAAL MIJN HAND TEVOORSCHIJN EN STOOT DE
PORSELEINEN PAARDJES VAN DE PLANK AF – Bonnie's
idiote verzamelobjecten die ze altijd met ons meesleept
over de hele wereld. Ze versplinteren met een
bevredigende klap, maar het is niet genoeg om de
woede die in me brand te onderdrukken.

Nog niet gelokaliseerd.

De woorden op mijn computerscherm beschimpen
me, wrijven me rauw van binnen.

*De klopjacht is aan de gang, maar de voortvluchtige is
nog niet gelokaliseerd,* zegt de e-mail van mijn CIA-
contact.

Hoe is dat verdomme mogelijk?

Hoe konden ze ontkomen?

Volgens de SWAT-agenten die het vuurgevecht overleefden, was Sokolov minstens twee keer neergeschoten – en er zijn beelden waarop te zien is dat zijn vrouw voorraden steelt uit een ziekenhuis, dus hij moet zwaar genoeg gewond zijn geweest om het risico te lopen daar te stoppen. Toch is er nergens een spoor van hen beiden – ook niet van de auto die ze in datzelfde ziekenhuis gestolen heeft, hoewel de politie denkt dat ze die binnenkort wel kunnen traceren.

Incompetente klootzakken. Het was niet de bedoeling dat het zo zou gaan. Sokolov had gedood moeten worden tijdens de arrestatie.

Die sluipschutter teef, Mink, werd goed betaald om ervoor te zorgen.

Als Sokolov het land uit komt, is het slechts een kwestie van tijd voordat hij erachter komt wat er gebeurd is en achter mij en mijn familie aangaat – en dat kan ik niet laten gebeuren.

Hij moet gedood worden tijdens de gevangenneming, maar daarvoor moet hij eerst gevonden worden.

Terwijl ik mijn nek van links naar rechts rol om de knellende pijn te verlichten, stel ik een antwoordmail aan mijn contactpersoon op.

Het wordt tijd dat ze het net uitbreiden door Interpol en de rest erbij te halen.

ara

Ik loop rond de hut op wankele benen, kijk om de vijf seconden uit het gebroken raam. Het is pikdonker buiten, de stilte wordt alleen onderbroken door de gebruikelijke bosgeluiden.

Toch blijf ik zoeken, blijf luisteren naar politie helikopters.

Het is nu bijna zestien uur geleden dat ik de auto uit het ziekenhuis heb gestolen. De eigenaar zou hem nu als vermist hebben opgegeven bij de politie. Als ze onze Mercedes op de parkeerplaats hebben gevonden – en ik zou geschokt zijn als dat niet zo was – is elke agent in de buurt nu op zoek naar de blauwe Toyota en de voortvluchtigen erin.

Het is slechts een kwestie van tijd voordat ze onze hut vinden.

Als Yan hier niet snel is, is het allemaal voor niets geweest.

Ik kijk weer naar de telefoon en herlees zijn e-mail voor de vijftiende keer. Ik zou de batterij moeten sparen, maar ik kan het niet laten. De drie kleine woordjes op het scherm zijn het enige dat me op de been houdt.

We zijn op weg.

Dat is alles wat Yan had geantwoord toen ik hem een e-mail stuurde waarin ik de situatie en onze locatie uiteenzette. Hij weet duidelijk wat er aan de hand is, want hij had in minder dan een minuut geantwoord.

We zijn op weg. Dat is alles. Geen bijzonderheden, niet eens een geschatte aankomsttijd. Ik heb geen idee of hij hier zal zijn in minuten, uren of dagen.

Voor zover ik weet, kijken we naar weken.

Het was een andere kwellende keuze geweest toen ik de telefoon had ontgrendeld: 911 bellen om Peter de medische hulp te geven die hij zo hard nodig had, of Yan bellen en doorgaan met deze vluchtende waanzin. Uiteindelijk ging ik op mijn instinct af – en toen ik naar de browser van de telefoon keek nadat ik Yan's antwoord had gekregen, was ik blij dat ik dat had gedaan.

Onze gezichten zijn nu overal op het nieuws, zowel die van mij als die van Peter. Elke mediaketen, klein en groot, ontleedt ons leven online, de artikelen worden voortdurend bijgewerkt met nieuwe details over ons huwelijk en speculaties over onze relatie. In sommige word ik gezien als een gehersenspoeld slachtoffer, in andere ben ik vanaf het begin medeplichtig. Maar als het op Peter aankomt, is er geen dubbelzinnigheid.

In elk verhaal is hij de slechterik.

'Ze vertelde me dat hij haar eerste man heeft vermoord,' zegt Marsha in *de Chicago Tribune*. 'Dat hij haar gemarteld en gestalkt heeft voordat hij haar ontvoerde. Ze was maanden weg, en toen ze terugkwam, was ze helemaal in de war. Hij moet haar goed te pakken hebben gehad, haar op een of andere manier gehersenspoeld hebben. Want toen hij weer opdook, trouwde ze met hem. Binnen een paar dagen. Ze ontkende dat hij het was, hij veranderde zijn achternaam, maar mij konden ze niet voor de gek houden. Ik heb altijd de waarheid vermoed.'

Mijn bandleden waren ook geïnterviewd. 'Hij dook zomaar op uit het niets,' citeert *The New York Times* Phil als hij zegt. 'Maandenlang kenden we haar als een verlegen, gereserveerde weduwe, en plotseling trouwt ze met een mysterieuze Rus. Ze zei dat ze in het geheim een relatie hadden, maar ik heb altijd gedacht dat er meer achter zat. En hij was zo bezitterig over haar. Zoals, gevaarlijk bezitterig. Je kon zien dat hij iedereen zou vermoorden die haar een moment te lang aankeek. Hij had gewoon een dodelijk aura over zich.'

Ik heb deze artikelen doorgelezen, op zoek naar specifiek bewijs dat Peter in verband brengt met de bomaanslag, maar er is niets – en ook niets over zijn echte achtergrond en beweegredenen.

Sommige nieuwszenders beweren dat hij een Russische spion is, en dat de bomaanslag Poetin's officieuze reactie was op de sancties. Anderen speculeren dat Peter een huurmoordenaar is voor de Russische maffia, en dat de bomaanslag te maken had met een lopend onderzoek. George wordt ook genoemd, als een dappere journalist wiens verhaal over de Russische maffia resulteerde in zijn moord.

Er is niets over het kleine dorpje Daryevo of Peters familie, geen enkel woord over de verschrikkelijke vergissing die tot hun dood leidde.

Een paar artikelen gaan over de dood van mijn ouders en de reacties van hun buren op de schietpartij, maar ik kan het niet opbrengen die te lezen. Telkens als ik het probeer, slaat mijn keel dicht en begint mijn hart in een onregelmatig ritme te slaan. De gruwel en het verdriet zijn te krachtig, te vers – net als het maagkrampende schuldgevoel.

Ik heb gefaald mijn ouders te beschermen tegen de duisternis die ik in hun leven heb gebracht, en ik kan dat nog niet onder ogen zien, net zo min als ik me een wereld zonder hen kan voorstellen.

Het is gemakkelijker om alles weg te drukken, het op te sluiten en me te concentreren op overleven van moment tot moment – me zorgen te maken over de ene persoon van wie ik hou die nog leeft.

Ik stop met ijsberen, ga op de rand van Peters bed zitten en voel aan zijn voorhoofd. Hij is nog steeds gloeiend heet, zijn lichaam vecht tegen de infectie waardoor de wond in zijn zij er rood en ontstoken uitziet.

Ik verwissel zijn verband, vermaal dan de volgende dosis penicilline tot poeder en geef het hem voorzichtig met lepels water. Hij reageert bijna niet, maar ik krijg het grootste deel van het medicijn door zijn keel. Het is niet genoeg, hij heeft veel sterker spul nodig, maar het is het beste wat ik voor nu kan doen.

'Hou vol, schat,' fluister ik, terwijl ik met een vochtige handdoek over zijn gezicht ga om hem af te koelen. 'Er komt hulp. Gewoon volhouden, en alles komt goed.'

Dat moet het zijn.

Ik kan niet anders denken.

Ik dut in naast Peter als de voordeur met een luid gekraak opengaat.

De adrenalinestoot is zo sterk dat ik al op mijn voeten sta voor ik het geluid kan verwerken. 'Wa...'

'Wij zijn het maar,' zegt Ilya, terwijl hij met Yan door de deuropening stapt. 'We moeten gaan. Nu.'

Ik besef dat ik hijg, een hand tegen mijn wild bonzende hart gedrukt. 'Je bent hier. Je bent gekomen.'

Yan staat al over Peter heen. 'Help me,' beveelt hij zijn tweelingbroer, en Ilja haast zich naar hem toe. Samen tillen ze Peter van het bed en dragen hem snel de cabine uit.

Mijn hersenen gaan laat aan, en ik pak de eerste
hulp spullen, en ren achter ze aan.

Buiten staat een donkerkleurige SUV waarvan de
koplampen uit zijn, maar de motor draait. 'Ga achterin
bij hem zitten,' zegt Yan terwijl hij en Ilya Peter op de
achterbank zetten en dan naar de voorkant gaan.

Ik krabbel op om te gehoorzamen. 'Er liggen
wapens in de Toyota,' zeg ik ademloos als Yan achter
het stuur kruipt. 'Moeten we ze pakken of-'

'Geen tijd,' zegt Ilya terwijl Yan het gas intrapt, en
de auto scheurt voorwaarts. 'Als we niet voor acht uur
's morgens uit het Amerikaanse luchtruim zijn,
schieten ze ons vliegtuig neer.'

Ik haal scherp adem en zwijg, terwijl ik me
concentreer op het beschermen van Peter tegen de
ergste schokken. Hij ligt op de achterbank met zijn
hoofd op mijn schoot, en bij elke kuil die we in volle
vaart raken, ben ik doodsbang dat hij van de zitting
vliegt en zijn hechtingen scheurt.

Eerst heb ik geen idee hoe Yan goed genoeg kan
zien om zonder koplampen te rijden, maar na een paar
minuten passen mijn ogen zich aan en begin ik de
vormen van bomen en struiken te zien in het vage licht
van de maansikkel die door de wolken flikkert.

'Waar is het vliegtuig?' vraag ik als we eindelijk een
verharde weg opdraaien en de tandenknarsende
marteling ophoudt. 'Hoe ver is het van hier?'

'Niet ver,' zegt Ilya, terwijl hij een blik op me werpt
terwijl Yan de koplampen aanzet – waarschijnlijk om

beter op te vallen tussen de weinige auto's die er op dit tijdstip zijn. 'Nog een beetje langer, dat is alles.'

'Oké, goed.' Peter mompelt koortsachtig weer iets, en het zou me niet verbazen als tenminste een paar van zijn hechtingen zijn gescheurd. 'Denk je dat we in staat zullen zijn om...'

'Stilte.' Yan's bevel is messcherp. 'Ik kan deze beurt niet missen.'

Ik zwijg weer en laat hem zich concentreren om ons naar onze bestemming te brengen. We slaan al snel af op een andere onverharde weg en Yan doet de koplampen uit en we beginnen aan een nieuw huiveringwekkend avontuur.

Ik hou Peter zo stil mogelijk terwijl ik over zijn bezwete haar aai. Het lijkt hem te kalmeren, en het helpt mij ook kalm te blijven. Hoe opgelucht ik ook ben dat we niet langer alleen zijn, ik weet dat we nog niet uit de problemen zijn – letterlijk en figuurlijk. De spanning in de auto is voelbaar, de adrenaline zit dik in de lucht.

'*Zdes*'', zegt Ilya plotseling, en Yan maakt een scherpe bocht naar rechts, waardoor ik bijna vlieg. Ik slaag erin Peters schouders op te vangen, maar hij kreunt nog steeds van de pijn als zijn gewonde been de stoel voorin raakt.

'Is hij in orde?' vraagt Ilya nors, terwijl hij achterom kijkt. De lucht begint lichter te worden met de eerste tekenen van de dageraad, en zijn kaalgeschoren schedel schittert in de schemerige duisternis, de bleke gladheid alleen ontsierd door het ingewikkelde patroon van zijn tatoeages.

'Hangt van je definitie af,' antwoord ik. Ik wil Yan niet weer afleiden. 'Hij heeft een ziekenhuis nodig. Heel hard.'

'En jij?' Ilya's diepe stem wordt zachter. 'Ik hoorde wat er met je gebeurd is...'

'Het gaat goed met me.' Mijn toon is harder dan ik bedoelde, maar ik kan het nu niet, kan niet porren in die donkere put van verdriet en wanhoop. Ik voel het borrelen onder de oppervlakte, maar zolang ik het niet aanraak, het niet open, kan ik voorkomen dat ik erin verdrink.

Ilya bekijkt me nog even en draait zich dan om naar het raam aan de voorkant. Ik hoop dat hij niet beledigd is, maar zelfs als hij dat wel is, kan ik niet de energie opbrengen om het me aan te trekken. Nu ik niet langer de leiding heb om ons in veiligheid te brengen, voel ik dat ik begin te ontrafelen, draad voor draad, en het kost me al mijn wilskracht om de rafelende uiteinden bij elkaar te houden.

Ik moet sterk blijven.

Is het niet voor mezelf, dan wel voor Peter en onze baby.

We hobbelen nog tien minuten door voordat we een andere verharde weg inslaan en ik op een tiental meters afstand een behoorlijk groot vliegtuig zie staan.

'Is dit het vliegveld?' Ik kijk om me heen en neem het bos in me op dat de smalle strook asfalt omringt en niet al te ver in de verte lijkt te eindigen.

'Meer een illegale landingsbaan,' zegt Yan, terwijl hij uit de auto springt. 'Ilya, help me hem eruit te halen.'

Ik ga uit de weg als ze Peter uit de auto tillen en het vliegtuig in dragen. Ik grijp de eerstehulpspullen en haast me achter hen aan, in de verwachting dat ik Anton, Peters vriend en hun teamgenoot, binnen zal zien.

Tot mijn verbazing zie ik in plaats van Antons bebaarde gezicht de harde gelaatstrekken van Lucas Kent – de wapenhandelaar in wiens huis ik in Cyprus verbleef. Hij staat in de luxe cabine, zijn armen over elkaar geslagen voor zijn brede borst.

'Hallo,' zeg ik op mijn hoede, en hij knikt naar me, zijn vierkante kaak strakgespannen. Hij moet nog steeds boos op me zijn omdat ik zijn vrouw, Yulia, heb overgehaald om me te helpen ontsnappen.

Dat, of hij maakt zich gewoon zorgen over deze operatie.

'We hebben minder dan twee uur voordat de dienst van mijn mannetje erop zit,' zegt hij tegen de tweeling, waarmee hij bevestigt dat het in ieder geval gedeeltelijk het laatste is. 'Zet hem hier neer' – hij knikt naar een crèmekleurige leren bank – 'en we gaan.'

De tweeling doet wat Kent zegt, en hij verdwijnt in de cockpit. Een minuut later starten de motoren met een brul, en ik ga naast Peter op de bank zitten terwijl het vliegtuig in beweging komt. Yan en Ilya nemen elk voorin plaats, en ik kijk uit het raam, mijn adem inhoudend als het vliegtuig versnelt.

Met zo'n korte landingsbaan is er een piloot nodig om de bomen te ontwijken als we opstijgen.

Kent is blijkbaar een geweldige piloot, want we vliegen zonder problemen langs die bomen. Ik hoor de krachtige motoren draaien als we onder een steile hoek klimmen, en een golf van opluchting rolt over me heen als ik besef dat we in de lucht zijn.

Nog niet over de grens, maar in ieder geval in de lucht.

Zodra het vliegtuig op kruishoogte is, inspecteer ik Peters wonden. Er is een nieuwe bloeding rond zijn kuit, maar de hechtingen in zijn zij en arm hebben gehouden, hoewel de zij er nog steeds ontstoken uitziet. Ik geef hem nog een dosis vermalen penicilline met water en doe er vers verband om.

Misschien verbeeld ik het me, maar hij voelt iets koeler aan tegen de tijd dat ik klaar ben, en zijn gezicht ziet er meer ontspannen uit. Het is meer alsof hij slaapt dan dat hij gek wordt van de koorts.

Ik veeg een vochtige handdoek over zijn gezicht en hals om hem meer af te koelen, kus dan zijn stoppelige wang en loop naar de plaats waar de tweeling zit.

'Hoe gaat het met hem?' vraagt Ilya terwijl hij opstaat. 'Zal hij het halen tot we in het ziekenhuis zijn?'

Ik slik een brok in mijn keel weg. 'Ik denk het wel. Ik bedoel… ja.' Ik heb mezelf niet toegestaan te denken dat hij het níét zou kunnen halen, niet echt, maar de vreselijke mogelijkheid was er, knagend aan mijn borst en een gat brandend in mijn maag.

'Hij is een taaie,' zegt Yan. Zijn groene ogen glanzen

en hij hangt in zijn stoel hangt als een gehaaide zakenman in zijn perfect op maat gemaakte pantalon en gestreepte overhemd. 'Er zijn meer dan een paar kogels nodig om hem te doden.'

Ik lach trillerig en voel dan vocht op mijn gezicht.

Ben ik aan het huilen?

Ik veeg de tranen weg en draai me beschaamd om, net als een grote hand zich op mijn schouder nestelt en er lichtjes in knijpt.

'Het is in orde,' zegt Ilya nors als ik me weer naar hem omdraai. 'Je hebt het goed gedaan, *kroshka*. Hij redt het wel, dankzij jou.'

'En jullie,' zeg ik zachtjes. Ik heb geen idee hoe hij me net noemde, maar het klonk meer vertederend dan beledigend. 'Als jullie niet waren gekomen...'

'Ja, dan zou het gedaan zijn geweest,' zegt Yan nuchter. 'Ze zijn echt de jacht aan het opvoeren op jullie twee.'

Ik knik en onderdruk een huivering. 'Dat dacht ik al toen ik het nieuws zag. Ik weet niet hoe ik jullie kan bedanken voor...'

'Doe dat dan niet.' Yan staat op. 'We hebben je dank niet nodig.'

Ik glimlach, terwijl ik me een beetje ongemakkelijk voel. 'Dat is erg aardig van je, maar ik waardeer het toch echt. Ik weet wat een enorm risico dit is...'

Yan grijnst sardonisch. 'Is dat zo? Ben je nu een expert in het leven op de vlucht?'

'Nee, maar ik leer er elke dag meer over,' zeg ik gelijkmatig. 'Dus dank je wel. Ik ben dankbaar dat je gekomen bent, en ik weet zeker dat als Peter wakker wordt, hij dat ook zal zijn.' Ik heb geen idee wat Yan van plan is, maar ik heb een knagend vermoeden dat hij met me speelt, als een kat met een muis.

Ik duw dat verontrustende beeld weg en wend me tot Ilya. 'Waar is Anton?' vraag ik. 'Is hij in orde?'

'Hij is in Hongkong voor zaken,' antwoordt Ilya. 'Hij zou hier niet op tijd zijn gekomen. We hadden geluk dat Kent bij ons in Mexico was, en dat hij een vliegtuig had. Anders…' Hij haalt zijn massieve schouders op.

'Juist.' Ik bijt op de binnenkant van mijn wang. 'Ik moet hem ook bedanken.'

'Dat zou ik niet doen,' zegt Yan droogjes. 'Hij is niet je grootste fan.'

'O.' Dus de wapenhandelaar koestert wrok over mijn ontsnapping, of in ieder geval over de betrokkenheid van zijn vrouw erbij. 'Ik denk dat ik me eerst bij hem moet verontschuldigen.'

'Waarom?' Yan kijkt koel geamuseerd terwijl hij tegen de zijkant van zijn stoel leunt. 'Omdat je een kans zag en die greep? Hij zou hetzelfde gedaan hebben in jouw plaats.'

'Ja, nou, toch.' Ik draai me naar de cockpit, maar Ilya gaat voor me staan en verspert me de weg.

'Je hoeft dit niet te doen,' zegt hij met een vriendelijke blik. 'Dit is iets tussen hem en Peter.'

'Oké…' Ik wist niet dat er een specifiek protocol was voor deze dingen. 'Ik denk dat ik het maar aan hen overlaat, dan.'

Ik draai me om om terug te gaan naar Peter, maar

dan herinner ik me iets belangrijks. 'Waar gaan we precies heen?' vraag ik, terwijl ik de tweeling weer aankijk.

'Naar de kliniek in Zwitserland,' zegt Yan. 'Om deze' – hij knikt naar Peter – 'op de been te krijgen. En daarna… wie weet.' Hij glimlacht duister. 'De hele wereld is nu jouw thuis, Sara Sokolov. Welkom in ons soort leven.'

DEEL III

eter

IK WORD WAKKER MET EEN GEVOEL VAN WELBEHAGEN DAT HET TREKKENDE ONGEMAK AAN MIJN ZIJ VERBERGT. Zachte handen strelen door mijn haar en een zoete stem zingt een rustgevende melodie, waardoor ik me warm en ontspannen voel.

Als ik mijn ogen open, zie ik Sara's geschrokken blik. Ze zit op de rand van mijn bed en houdt een kam vast die ze vast op het punt stond bij mij te gebruiken.

'Je bent wakker.' Haar gezicht licht op als ze overeind springt en zich over me heen buigt, de kam op het nachtkastje leggend. 'Hoe voel je je?'

'Goed.' Mijn stem klinkt schor, alsof ik hem al een tijdje niet gebruikt heb. Mijn mond is ook droog, net als mijn keel. Ik bevochtig mijn gebarsten lippen en vraag schor: 'Wat is er gebeurd? Waar zijn we?'

Stralend reikt Sara naar een glas water dat naast het bed staat. 'De kliniek in Zwitserland. De Ivanov-tweeling heeft ons gered.'

Er is veel uit te pakken, dus ik zuig water door een rietje terwijl ik mijn herinneringen doorzoek. Ik herinner me de kogel die door mijn zij scheurde en Sara die me naar onze auto begeleidde, maar daarna wordt het wazig, meer een wirwar van indrukken. We moeten op een gegeven moment van auto verwisseld zijn, want ik heb een vage herinnering dat ik in een blauwe Toyota ben gestapt, maar daarna is het vrijwel blanco. En voor de schietpartij…

'De baby.' Ik pak haar pols vast, mijn pols gaat tekeer. 'Ptichka, zijn jij en de baby…'

'Het gaat goed met ons.' Ze zet de beker water neer en glimlacht stralend. 'Ze hebben me nagekeken en we zijn allebei perfect in orde.'

Ik adem opgelucht uit, maar dan herinner ik me iets anders. 'Je ouders.' Mijn hart breekt in tweeën als haar glimlach verdwijnt. 'Mijn liefste, het spijt me zo…'

'Niet doen.' Ze trekt zich terug. 'Ik wil er niet over praten.'

Ik kijk, met pijn in mijn borst, hoe ze zich omdraait, zichzelf zichtbaar kalmeert. Ik herinner me nu meer, inclusief de agent die ze van dichtbij neerschoot.

Mijn kleine zangvogel, die haar leven gewijd heeft aan genezing, heeft een man vermoord.

Om mij te beschermen... en om haar moeder te wreken.

Ze haalde de trekker niet één, maar drie keer over.

Ik kan me alleen maar voorstellen wat er nu door haar hoofd gaat, nu haar ouders dood zijn en haar oude leven onherroepelijk verloren is. Om nog maar te zwijgen over het trauma van de schietpartij en de ontsnapping die daarop volgde.

Hoe heeft ze ons daar in haar eentje weg gekregen? Ik weet zeker dat Yan niet met een vliegtuig voor het huis van haar ouders stond te wachten.

'Sara...' Ik duw me op tot een zittende positie, een rilling onderdrukkend als mijn zij protesteert van de pijn. 'Mijn liefste, kom hier.'

Ze komt er meteen aan. 'Wat doe je? Ga liggen. Het is nog te vroeg om te bewegen.'

'Ik ben in orde,' zeg ik, maar ik laat haar me weer plat op het bed duwen. Ik vind het fijn dat ze zo bezorgd over me is, haar mooie gezichtje bezield met zorgen.

Het is beter dan onderdrukt verdriet.

'Vertel me wat er gebeurd is nadat ik bewusteloos raakte,' zeg ik nadat ze mijn verband heeft gecontroleerd om er zeker van te zijn dat ik geen schade heb aangericht. 'Hoelang zijn we hier geweest? Hoe hebben we kunnen ontsnappen?'

Ze haalt diep adem. 'Het is een lang verhaal. Maar in wezen heb ik ons naar de hut gebracht waar je me over vertelde, en toen heb ik Yan gemaild met je telefoon. Hij betrok Kent erbij, en ze kwamen ons halen met een vliegtuig – de tweeling en Kent als piloot.' Ze haalt nog een keer adem. 'Dat was twee dagen geleden.'

Twee dagen geleden? Ik moet op het randje van de dood hebben gebalanceerd om zo lang buiten westen te zijn.

Ik duw de implicaties van Kents betrokkenheid weg en concentreer me op alle feiten. 'Oké, vertel me nu het lange verhaal,' zeg ik, en dan luister ik met stomheid geslagen hoe mijn burgervrouw vertelt over haar undercoveravontuur in het ziekenhuis en de slimme manier waarop ze ons aan een auto heeft geholpen.

'Dus ja,' concludeert ze, 'nadat ik doorhad wat je in het Russisch zei en je telefoon had ontgrendeld, heb ik Yan gemaild, en de tweeling kwam een paar uur later. Yan zei dat ze in Mexico waren toen het gebeurde, ze werkten met Kent aan een deal, dus het was gewoon een kwestie van Kents vliegtuig pakken en erheen gaan. En Kents luchtverkeersleider omkopen met anderhalf miljoen dollar. Yan zei dat je hem dat geld schuldig bent.'

Ik ben Yan veel meer dan geld schuldig, en dat weet hij. Kent, ook.

Manipulatieve klootzakken. Op een dag moet ik ze serieuze gunsten verlenen.

Ik zie mijn telefoon op het nachtkastje liggen, pak hem op en blader door mijn e-mails om te zien of de hackers informatie over de bomaanslag hebben gevonden. Ik moet uitzoeken hoe deze clusterfuck tot stand is gekomen.

Helaas, er is nog steeds niets, dus leg ik de telefoon opzij en vraag Sara: 'Waar zijn de tweeling en Kent? Zijn ze er nog?'

'De tweeling is gisteren naar Genève gegaan voor een zakenbespreking, en Kent is naar huis gevlogen,' zegt Sara. 'Anton vliegt morgen vanuit Hongkong hierheen, dus ik weet zeker dat je hem en de tweeling dan zult zien.'

Dat is goed, ik zal hun hulp nodig hebben om deze puinhoop te ontwarren als ik erachter kom wat die veroorzaakt heeft. Maar eerst is er iets belangrijks wat ik moet weten.

'Ptichka...' Ik leg mijn hand op haar slanke knie. 'Waarom heb je dit gedaan, mijn liefste? Je had kunnen wachten tot de autoriteiten er waren en mij de schuld van die agent op me kunnen laten nemen. Niemand zou er wijzer van zijn geworden, en jij had door kunnen gaan met je leven, je baan kunnen behouden en...'

'En wat dan?' Ze springt op en staart me aan. 'Toekijken hoe je gearresteerd wordt terwijl je doodbloedt? Je overleveren aan de genade van mensen die er niet alleen van overtuigd zijn dat je een terrorist bent, maar die je ook de schuld geven van de dood van hun collega's? Hoe kun je denken dat ik dat zou doen?' Ze balt haar handen tot vuisten langs haar zij, haar hele lichaam staat stijf van verontwaardiging. 'Je bent mijn man, de man van wie ik hou...'

'Ook de man die je gemarteld en ontvoerd heeft,' herinner ik haar wrang, ook al vult tedere warmte mijn borst. Ik heb niet getwijfeld aan Sara's liefde, niet echt, maar een deel van mij moet nog steeds gedacht hebben dat ze de kans om zichzelf te bevrijden zou omarmen – dat als het op een keuze zou aankomen tussen mij en haar gewone leven, ze het laatste zou willen.

Haar wenkbrauwen knijpen samen. 'Echt? Wil je het hier nu over hebben?'

'Nee, mijn liefste.' Ik onderdruk een verrukte grijns en klop op het bed naast me. Ik zou haar verontwaardiging niet zo schattig moeten vinden, maar ik kan het niet helpen. 'Kom hier.'

Ze beweegt niet, ze staart me alleen maar aan met haar armen over elkaar.

'Oké, dan sta ik op en kom naar je toe.' Ik beweeg me alsof ik weer rechtop wil gaan zitten, en met een gefrustreerde snuif ploft ze naast me op het bed neer.

'Lig stil,' snauwt ze, terwijl ze me naar beneden duwt. 'Je gaat die hechtingen scheuren. Alwéér.' Ondanks haar scherpe toon zijn haar handen zacht als ze over me heen leunt om mijn verband te inspecteren, en als ik haar zoete, warme geur inadem, beweegt mijn lichaam, reageert het op haar nabijheid zoals altijd.

'Ptichka.' Er is een hese toon in mijn stem als ik haar slanke pols omklem. 'Mijn liefste, kijk me aan.'

Haar hazelnootkleurige ogen ontmoeten de mijne, en ik zie haar pupillen verwijden als ik haar schedel van achteren vastpak en haar gezicht naar me toe trek.

'Wacht, je bent nog niet…'

Ik slik haar ademloze protest in met een kus. Haar zachte lippen gaan van elkaar en ik dring haar mond binnen, me tegoed doend aan haar verslavende smaak en gevoel. Het is niet de juiste plaats of het juiste moment, maar ik kan mezelf niet tegenhouden, de honger die door mijn aderen stroomt verwarmt mijn huid tot het kookpunt.

Ze houdt van me.

Ze koos mij.

Ze gaf haar leven op om mij te redden.

Het voelt alsof de koorts me weer overvalt, alleen is er geen pijn aan verbonden. Ik brand van verlangen om haar te hebben, om die zachte handen op mijn huid te voelen. Ze is van mij, nu zonder voorbehoud, en als ik haar hand onder de lakens leid, vallen de laatste ketenen van ons duistere verleden weg en worden we verenigd in het heden.

Samen, wat er ook gebeurt.

enderson

Ik glimlach als ik de e-mail lees die net in mijn inbox is binnengekomen.

Sokolovs onfortuinlijke ontsnapping daargelaten, heeft mijn plan gewerkt zoals het bedoeld was, vooral met betrekking tot zijn bondgenoten. Het gebruik van een door Esguerra vervaardigd explosief in de terroristische aanslag heeft iedereen de ogen geopend voor het gevaar van het illegale imperium van de wapenhandelaar, en de speciale bescherming die Esguerra genoot dank zij zijn quid-pro-quo-relatie met de Amerikaanse regering is verdwenen. Hij en al zijn medewerkers zijn nu vrij spel, en een team is al op weg naar de woning van Lucas Kent in Cyprus.

Beter nog, Interpol heeft gereageerd, precies zoals

ik hoopte dat ze zouden doen. De Ivanov-broers zijn gesignaleerd in Genève, wat betekent dat Sokolov misschien niet ver weg is. Mijn contact is een gerucht aan het natrekken over een geheime kliniek in de Zwitserse Alpen die gespecialiseerd is in patiënten die aan de verkeerde kant van de wet staan.

Als alles goed gaat, zullen de meeste van mijn problemen snel voorbij zijn.

Over een paar uur zijn Kent, Sokolov en twee van Sokolovs Russische huurmoordenaars dood, en de autoriteiten krijgen de overgebleven huurmoordenaar, Anton Rezov, te pakken. Dan is het alleen nog een kwestie van Esguerra's organisatie ontmantelen en de crimineel zelf pakken.

Als dat gebeurd is, is het schrikbewind van deze monsters voorbij en zijn mijn familie en ik echt veilig.

41

Sara

GLIMLACHEND LOOP IK DOOR DE GANG, MIJN LIPPEN gezwollen en tintelend van de pijpbeurt die ik Peter net heb gegeven. Ik denk dat ik zoiets had moeten verwachten, gezien het bovenmenselijke libido van mijn man, maar hij overviel me toch.

Volgens mij gaan bedlegerige patiënten en seks niet samen.

Niet dat Peter een typische patiënt is. Vanaf het moment dat we hem binnenbrachten en aan het infuus legden, heeft hij alle verwachtingen overtroffen – die van mij en het personeel van de kliniek. Het is alsof al zijn ijzeren wil is gespitst op genezing. Binnen een paar uur na onze aankomst was zijn koorts gezakt, en als de dokters hem niet verdoofd hadden om rust en herstel te bevorderen, zou hij toen weer bij bewustzijn gekomen zijn.

Een verpleegster die me in de gang passeert, lacht en zegt hallo, en ik antwoord met hetzelfde.

Ik hou van het personeel hier. Ze zijn aardig, ook al zijn hun patiënten de ergste criminelen die de mensheid kent. Niet dat ik veel ruimte heb om te oordelen.

Ik ben nu zelf een crimineel.

Ik heb een man in koelen bloede neergeschoten.

Ik heb dat nog niet kunnen verwerken, net zoals ik nog niet aan mijn ouders heb kunnen denken, of wat het betekent dat we voortvluchtig zijn, onze gezichten overal in het nieuws. In plaats daarvan concentreer ik me op het positieve. Ik ben blij dat we er allebei zijn, levend en vrij.

Dat ik Peter en onze baby nog heb.

Het helpt om in het moment te leven, om van de ene taak naar de andere te gaan. Als ik bezig blijf, merk ik niet dat die gevaarlijke randen rafelen, of dat de druk van het verdriet toeneemt. Ik ben zelfs in staat om te glimlachen, hoewel een deel van mij vanbinnen gevoelloos blijft.

Het is bijna alsof toen ik die trekker overhaalde, ik iets in mijzelf doodde.

Door een leven te nemen, verloor ik een stuk van mezelf.

'Hallo, dokter Sokolov,' zegt dokter Jart als ik zijn kantoor binnenloop. 'Hoe gaat het met uw man?'

'Beter.' Ik glimlach naar de oudere man. 'Veel beter.'

Zijn borstelige grijze wenkbrauwen gaan omhoog. 'O? Is hij wakker?'

'Zeker weten. Hoewel ik hem misschien… uitgeput heb. Toen ik wegging, sliep hij weer.'

'Hij zal dat veel doen,' zegt dokter Jart. 'Zijn lichaam heeft slaap nodig voor genezing.' Hij staat op en loopt om zijn bureau heen. 'Maar dat weet u vast wel.'

Ik stem in, terwijl hij een groot boek uit zijn boekenkast pakt. Met zijn norse uiterlijk doet hij me een beetje aan mijn baas Bill denken, al is dokter Jart qua persoonlijkheid veel vriendelijker.

Ik had de dokter vorig jaar kort ontmoet, toen ik hier twee weken was na het auto-ongeluk. Toen hij onlangs binnenkwam om Peters wonden te controleren, herkende hij me en raakten we aan de praat. Toen hij hoorde dat ik verloskundige ben, nodigde hij me uit om te assisteren bij een patiënt die aan het bevallen was – wat ik graag deed, nadat ik er zeker van was dat Peter stabiel was en rustte.

Alles om mijn gedachten af te leiden van de gebeurtenissen van de afgelopen dagen.

'Hoe gaat het met Maria?' vraag ik, verwijzend naar de patiënt, de tienerminnares van een Mexicaanse drugsbaron die gisteren bevallen is van een tweeling. 'Is ze al naar huis?'

'Ze herstelt goed, maar nee.' Dokter Jart zucht. 'Gomez wil dat ze hier minstens een week blijft, en aangezien hij betaalt…' Hij haalt zijn schouders op en loopt terug naar zijn bureau.

'Ik begrijp het.' In tegenstelling tot een traditioneel

ziekenhuis dat afhankelijk is van verzekeringsgelden en zich houdt aan strikte richtlijnen met betrekking tot de verblijfsduur, richt deze kliniek zich op de ultrarijken van de onderwereld, en het zijn de patiënten – of de rijke misdadiger met wie de patiënten verbonden zijn – die bepalen wanneer ze voldoende genezen zijn.

'Dus, dokter Sokolov...' De dokter gaat zitten en kijkt me aan met doordringende donkere ogen. 'De reden dat ik u vroeg langs te komen is dat ik iets met u wilde bespreken.'

'Zeker. Wat is er?' vraag ik, terwijl ik tegenover de dokter ga zitten. Ik hoop dat ze nog een patiënt hebben bij wie ik kan helpen terwijl Peter slaapt.

Ik moet bezig blijven om mijn gedachten af te leiden.

'Wilt u overwegen hier bij ons te komen werken?' vraagt dokter Jart. 'Ik weet niet wat uw plannen zijn met de heer Sokolov, gezien de' – hij schraapt zijn keel – 'omstandigheden, maar we zouden echt een vrouwelijke arts met uw specialisme kunnen gebruiken in ons team. Zoals u weet, is onze verloskundig arts – dokter Ludwig – uitstekend, maar hij is een man, en sommige van onze patiënten, vooral die uit meer traditionele culturen, voelen zich daar een beetje... ongemakkelijk bij.'

'O.' Ik staar naar de dokter. 'Dank u. Ik... weet niet wat ik moet zeggen.'

Een baanaanbod, vooral een dat grotendeels gebaseerd is op mijn geslacht, was zeker niet wat ik verwachtte. Maar ja, waarom zou ik verrast zijn? Er is geen politieke correctheid in deze nieuwe, wetteloze wereld van mij, waar geweld deel uitmaakt van het bedrijfsleven en vrouwen worden gezien als verlengstukken van de machtige mannen waartoe zij behoren.

'Ik neem aan dat u met de heer Sokolov moet overleggen,' zegt dokter Jart als ik verder niets zeg. 'Als dit iets is wat u interesseert, natuurlijk.'

'Juist.' Ik onderdruk mijn innerlijke feminist en concentreer me op de mogelijkheid, die inderdaad interessant lijkt. Het verlies van mijn carrière is een onderwerp dat ik nog niet heb overdacht, maar ik weet dat ik dat niet eeuwig voor me uit zal kunnen schuiven. Op deze manier kan ik nog steeds dokter zijn, ervan uitgaande dat Peter het goed vindt dat we in deze omgeving blijven.

Voor zover ik weet, is hij van plan om ons weer in Azië te laten onderduiken.

'Denk er maar even over na,' zegt dokter Jart. 'U hoeft ons niet meteen een antwoord te geven, of zelfs niet op korte termijn. We begrijpen dat de situatie' – hij schraapt zijn keel opnieuw – 'momenteel niet stabiel is, dus neem zolang als u nodig hebt om te beslissen.'

'Dank u.' Ik sta op en schud zijn hand. 'Dat waardeer ik.' Ik vraag me af hoe vaak hij werk aanbiedt aan verdachte terroristen die op de vlucht zijn voor de wet. Hij lijkt zich niet helemaal op zijn gemak te voelen met 'de situatie', maar hij laat zich er ook niet door afschrikken.

Personeelsdossiers op deze plek moeten interessante lectuur zijn.

Na het gesprek met dokter Jart ga ik naar het café beneden om iets te eten. Tegen de tijd dat ik terugga naar Peters kamer, is hij wakker en op zoek naar mij.

'Waar was je?' vraagt hij, terwijl hij zich opricht tot een zittende positie – met merkbaar minder moeite deze keer. Zijn genezingssnelheid is opmerkelijk – dat, of zijn pijntolerantie is ongekend. Hij huiverde niet eens, hoewel de beweging wel aan de hechtingen in zijn zij moet hebben getrokken.

Ik ben geneigd hem aan te sporen om toch maar weer te gaan liggen, maar ik zie ervan af. Hij lijkt nu veel alerter, zijn grijze ogen zijn scherp terwijl hij me aankijkt, en ik weet dat het niet lang zal duren voor hij weer de oude is.

'Ik sprak met een van de dokters,' vertel ik hem, terwijl ik op de rand van zijn bed ga zitten. 'Hij bood me een baan aan.'

Peters wenkbrauwen trekken samen. 'Hier? Op deze plek?'

'Ja. Blijkbaar hebben ze een vrouwelijke verloskundige nodig.' Ik pak zijn hand en wrijf met mijn duim over het eelt op zijn brede handpalm. 'Wat denk je ervan? We moeten natuurlijk in het gebied blijven, en ik weet niet hoe veilig het is.'

Geen enkele baan is het waard om onze vrijheid in gevaar te brengen.

Peter is even stil en denkt erover na. 'Het is niet het slechtste idee,' zegt hij uiteindelijk. 'Maar eerst moeten we uitzoeken hoe dit precies gebeurd is.'

'Je bedoelt waarom ze denken dat jij verantwoordelijk bent voor de bomaanslag?'

Hij knikt grimmig, en ik haal adem om de beklemming op mijn borst te bestrijden. Ik heb er zelf ook over nagedacht, en als Peter onschuldig is – wat ik geloof – is er maar één logische conclusie.

'Iemand moet je erin geluisd hebben,' zeg ik. 'Misschien zelfs iemand binnen de FBI.'

'Ja.' Zijn uitdrukking verandert niet. Hij moet dit zelf al bedacht hebben. 'De vraag is wie en waarom.' Hij grijpt naar zijn telefoon, zoals hij eerder al deed, en ik zie hoe hij in een snel tempo door zijn e-mails scrolt.

'Misschien heeft de FBI geen echte verdachten, dus hebben ze besloten jou als zondebok te gebruiken,' opper ik terwijl hij een e-mail opent. 'Waarschijnlijk zat er een terroristische organisatie achter de explosie, maar ze hebben besloten jou de schuld te geven. Iemand anders dan Ryson kon boos zijn over de deal die je had gemaakt, dus toen de gelegenheid zich voordeed...' Ik stop omdat Peters gezicht in graniet verandert.

'Wat is er?' vraag ik als hij blijft lezen zonder iets te zeggen, zijn lichaamshouding elke seconde meer gespannen. Mijn eigen nekspieren zijn gespannen, mijn hart gaat tekeer alsof ik op het punt sta een sprint in te zetten.

Wat er in die e-mail staat is niet goed. Ik kan het zien aan zijn gezicht.

Hij richt zijn ogen op om mijn blik te ontmoeten. 'Weet je nog dat ik je vertelde over de gepensioneerde generaal, degene die de leiding had over de Daryevo-operatie?' Zijn stem heeft een dodelijke zachtheid. 'Degene die ik beloofde met rust te laten in ruil voor amnestie en immuniteit?'

'Ja, natuurlijk,' zeg ik terwijl mijn maag zich samentrekt. 'Henderson, toch?'

'Juist.' Zijn neusvleugels wapperen. 'Verdomde Wally Henderson III.'

Ik hap naar adem. 'Is hij degene die hierachter zit?'

'Daar lijkt het wel op.' Een spier trekt in Peters kaak. 'Voordat ze me kwamen halen, heb ik onze hackers gevraagd de explosie te onderzoeken, omdat er iets niet helemaal zuiver was. En uiteindelijk kwamen ze met de resultaten.'

'Ze beweren dat Henderson je erin geluisd heeft? Maar hoe? Waarom? Hoe kon hij weten dat deze tragedie zou gebeuren?'

Ze kwamen minder dan vierentwintig uur na de aanval. Zelfs iemand met Hendersons connecties zou tijd nodig hebben om bewijs te verzamelen om een SWAT-team naar een rustige buitenwijk te sturen. Zelfs als Henderson aan de taak was begonnen zodra hij hoorde over de explosie, zou het dagen, zo niet weken duren om…

'Omdat hij het heeft gedaan.' Peters uitdrukking is woest. 'De klootzak is degene die de bom heeft geplaatst.'

Mijn mond valt open. 'Wat?'

'Een man die op mij lijkt is de dag voor de explosie het gebouw binnengedrongen als conciërge. 'Peters stem is hard genoeg om steen te breken. 'En mijn vingerafdrukken zijn gevonden op een van de overgebleven deurklinken van de derde verdieping, waar de bom was geplaatst. Wat het explosief zelf betreft, het was een heel uniek explosief, eentje dat zo goed als niet op te sporen is – zo kon mijn dubbelganger het door de beveiliging krijgen in een lunchtrommel. Weet je wie toegang heeft tot dat soort explosieven?'

Ik staar hem aan, verbijsterd. 'Ik... nee.'

'Het Amerikaanse leger. Ze kopen het rechtstreeks van de wapenhandelaar die het maakt – Julian Esguerra.'

Mijn hartslag schiet weer omhoog. 'Dezelfde die de deal voor je bemiddeld heeft? De man voor wie je die gunst hebt gedaan?'

'Precies dezelfde. Dus je begrijpt dat ze kunnen denken dat ik de verantwoordelijke ben, hè? Het Amerikaanse leger koopt elke partij van het explosief dat Esguerra maakt, en hij heeft een wachtlijst van een kilometer lang voor het geval ze ermee ophouden. Maar iemand die de wapenhandelaar persoonlijk kent, kan in theorie aan een pond of zo komen. Verdomme, je hebt waarschijnlijk niet eens zoveel nodig. Het is krachtig spul, zoals een kernbom, alleen niet radioactief.'

O god. Ik herinner me nu dat Peter hierover praatte met Kent toen we samen dineerden in Cyprus. Iets over Uncle Sam en productiebeperkingen voor een niet op te sporen explosief. Was dat het explosief in kwestie?

'Dus waarom...' Ik probeer mijn gedachten bij elkaar te rapen. 'Waarom denk je dat Henderson hierachter zit? Kan het iemand anders geweest zijn, zoals Esguerra zelf? Je zei dat hij je op een gegeven moment dood wilde hebben, en hij heeft de connecties om dit te laten gebeuren, toch? Of kan het een andere vijand van je geweest zijn?'

'Omdat dit allemaal naar de CIA ruikt,' zegt Peter grimmig. 'De conciërge die op mij lijkt, mijn vingerafdrukken op de plaats delict, mijn connectie met Ryson en de bom die op zijn verdieping is geplaatst – het is allemaal klassieke handelskunst. Ze doen dit soort dingen al sinds de Koude Oorlog. En raad eens wie er volgens de geruchten undercoveragent is geweest in zijn jeugd?'

'Juist, Henderson.' Ik herinner me dat Peter me dit op een gegeven moment vertelde. 'Maar heeft Esguerra niet ook CIA-connecties? Kan hij niet...'

'Nee.' Peters kaak staat strak. 'Afgezien van het feit dat hij me al op duizend verschillende manieren had kunnen doden als hij dat echt had gewild, had hij geen reden om een wederzijds voordelige relatie met de Amerikaanse regering te verpesten. Op dit moment denken de autoriteiten dat hij medeplichtig is aan de bomaanslag, en ze staan op het punt om ook achter hem aan te gaan.'

'O, dat is… dat is helemaal niet goed.' Zover ik weet, was Esguerra onaantastbaar.

'Nee, inderdaad,' zegt Peter. 'Daarom moet ik nu met Yan spreken. Want de andere leden van die conciërgeploeg… Hun beschrijvingen komen overeen met Anton, Yan, en Ilya, tot aan de tatoeages op iemands schedel toe.'

42

eter

IK HERLEES DE E-MAIL VAN DE HACKERS VOOR DE DERDE keer, terwijl ik dwangmatig op de klok van mijn telefoon kijk. Drie uur geleden belde ik Yan om te vertellen wat ik had ontdekt, maar hij nam niet op. Ik sprak zijn voicemail in om me terug te bellen, sms'te en e-mailde hem voor de zekerheid, alvorens hetzelfde te doen met zijn broer.

Geen van beiden heeft me al teruggebeld, en Anton ook niet.

Ik kijk nog eens op de klok. Het is 23.33 uur – slechts twee minuten later dan de laatste keer dat ik keek. Sara slaapt naast me, haar kastanjebruine golven liggen uitgespreid over mijn kussen, en hoe graag ik

249

haar ook wil vergezellen in een vredige slaap, ik kan het niet opbrengen om mijn ogen te sluiten.

Mijn instincten staan weer op scherp.

Voorzichtig om Sara niet wakker te maken, duw ik me op tot een zittende positie en zwaai mijn benen naar de vloer. Langzaam en voorzichtig sta ik op, de trekkende pijn in mijn zij en de pijn in mijn kuit negerend. De kamer draait om me heen als ik de eerste stap zet, maar mijn benen kunnen me dragen.

Top.

Ik kan het me niet veroorloven om plat op mijn rug te liggen als er iets gebeurt.

Op mijn verzoek zijn er een paar wapens in mijn kamer afgeleverd, dus ik loop naar de kast om ze te inspecteren. Het is niets bijzonders, alleen een M16 en een paar Glocks, maar het is beter dan niets.

Ik controleer elk wapen en laad het, haal dan een broek uit de kast en trek die aan onder mijn ziekenhuisgewaad, voorzichtig om het verband op mijn been niet los te maken. Mijn hart klopt te snel van de inspanning en ik zweet als een rund, maar ik gooi de ziekenhuisjas uit en trek een losse trui aan, gevolgd door een paar sokken en laarzen.

'Peter?' Sara's slaperige stem bereikt me terwijl ik een van de Glocks aan mijn linkerenkel vastmaak. 'Wat ben je aan het doen?'

Ik kijk op van waar ik gehurkt zit. 'Ik kleed me net aan, ptichka. Maak je geen zorgen.'

'Wat?' Sara staat op, en de slaperigheid in haar stem

verdampt als ze mijn verschijning in zich opneemt. 'Waarom ben je je aan het aankleden? Je moet in bed liggen, rusten, niet…'

'Ik denk dat we moeten gaan.' Ik sta langzaam op, de pijn verbijtend. 'Iets voelt niet goed.'

Sara verandert in een standbeeld op het bed. 'Denk je dat we hier niet veilig zijn?'

'Ik denk niet dat we nu ergens veilig zijn,' zeg ik terwijl ik de M16 over mijn schouder slinger en de andere Glock in mijn broeksband stop. 'Maar het baart me zorgen dat ik niets van Yan of de anderen heb gehoord.'

'Kun je ze niet bereiken?' Ze stapt met blote voeten door de kamer en blijft voor me staan met een gezicht zo bleek als haar slaapshirt. 'Zouden ze het gewoon druk hebben?'

'Zou kunnen.' Voor zover ik weet, zit de tweeling midden in een aanslag, en heeft Anton geen bereik in het vliegtuig. 'In onze situatie moeten we het zekere voor het onzekere nemen.'

'Maar waar gaan we heen? Drie dagen geleden was je nog ziek van de koorts. Je moet in een ziekenhuis zijn, herstellen…'

'Het gaat nu prima,' onderbreek ik haar. Ik neem haar delicate gezicht in mijn handpalm en zeg op een zachtere toon: 'Maak je geen zorgen, liefje. Jij hebt gedaan wat je kon, en nu is het tijd voor mij om te doen wat ík kan.'

En terwijl ze met grote, bange ogen naar me

opkijkt, laat ik een kus op haar verleidelijke lippen vallen en loop dan naar de kast om haar kleren eruit te halen.

43

ara

IK KLEED ME AAN TERWIJL IK ANTON EN DE TWEELING WEER PROBEER TE BEREIKEN. Mijn handen zijn koud van de stress, mijn vingers onhandig, en het kost me twee pogingen om de veters van mijn sneakers te strikken.

'Nog iets?' vraag ik als ik klaar ben, en Peter schudt zijn hoofd, zijn gezicht donker.

'Niets. Ik ga Kent proberen, kijken of hij iets gehoord heeft.'

'O, dat is een goed idee.' Ik bijt op mijn lip terwijl hij een nummer intoetst en wacht, de telefoon tegen zijn oor gedrukt.

'Met Peter,' zegt hij kortaf. 'Heb je... wacht, wat?'

Hij luistert in gespannen stilte als Kent hem inlicht

over wat er is gebeurd, en als hij de telefoon neerlegt, doe ik een stap achteruit bij de blik in zijn ogen.

'Interpol heeft invallen gedaan in Yulia's restaurants. Allemaal,' zegt hij boos. 'Lucas kon Yulia maar net bevrijden voordat ze naar zijn huis in Cyprus kwamen. Nu zijn ze op weg naar Esguerra's huis in Colombia – de enige plek die misschien nog enigszins veilig voor ze is.'

'O god.' Ik voel een plotselinge golf van misselijkheid. 'Denk je dat Yan en de anderen...?'

'Misschien zijn ze al meegenomen, ja. Hoe dan ook, we hebben geen minuut te verliezen.'

Hij pakt mijn hand en leidt me de kamer uit, zijn passen zo sterk en zeker dat niets nog doet vermoeden dat hij een paar dagen geleden op het randje van de dood balanceerde.

Ik moet joggen om het tempo bij te houden dat hij aangeeft als we ons door de gang haasten naar het trappenhuis. 'Geen lift?' vraag ik, hijgend terwijl we snel naar beneden gaan, en hij schudt zijn hoofd en verstevigt zijn greep op mijn hand.

'Te makkelijk om in de val te lopen.'

Ik wil hem aan zijn verwondingen herinneren en hem smeken het rustig aan te doen, maar het is nu niet het moment. Als de autoriteiten achter Kent, Esguerra's rechterhand en dus een onaantastbare aanzitten, heeft Peter gelijk dat de kliniek niet veilig is.

Alle gebruikelijke gevechtsregels zijn uit het raam.

'Waar gaan we heen?' vraag ik, vooral om mezelf af te leiden van de groeiende misselijkheid. De ochtendmisselijkheid slaat toe op willekeurige tijdstippen van de dag en de nacht, en al het geduw van de trap af helpt niet.

'Een veilig huis,' zegt Peter zonder me aan te kijken, en ik realiseer me dat zijn gezicht ongewoon bleek is, zijn slapen bedekt met zweetdruppels van de inspanning.

Hij is niet zo hersteld als hij doet voorkomen.

Ik moet al mijn wilskracht gebruiken om hem niet te vragen te stoppen en te rusten. In plaats daarvan versnel ik mijn pas, zodat hij geen moeite hoeft te doen om me mee te slepen. 'Ga je me niet vertellen waar het is?'

'Nee.' Zijn blik gaat naar de hoek van het plafond, en ik zie daar een vaag rood licht opgloeien.

Natuurlijk. Camera's.

Ik had beter moeten weten dan het te vragen.

We leggen de rest van de weg in stilte af naar beneden, en Peter stopt als we bij de deur naar de lobby zijn. Langzaam opent hij hem een stukje en wacht, gluurt door de kier.

'Alles veilig,' mompelt hij na een minuut, en ik adem trillerig uit als we naar buiten stappen.

'Meneer Sokolov,' zegt de blonde receptioniste verbaasd als we haar balie passeren. 'Gaat u al weg?'

'Ja. Ik zal de rekening later betalen.'

Ze begint iets anders te zeggen, maar we zijn het gebouw al uit, op een binnenplaats die dienstdoet als parkeerplaats. Het vriest, maar het is hier prachtig, met de witte gloed van het maanlicht dat de besneeuwde toppen van de Zwitserse Alpen om ons heen omlijnt. Ik merk er echter nauwelijks iets van, terwijl Peter me naar de parkeerplaats leidt.

Mijn maag is nu in volle opstand, en ik moet herhaaldelijk slikken om niet over te geven.

Plotseling stopt hij en hurkt tussen twee auto's in, mij met zich meesleurend.

'Er komt iemand aan,' fluistert hij, terwijl hij naar zijn M16 grijpt, en een seconde later komt een zwarte SUV gierend tot stilstand voor de kliniek.

eter

Ik verwacht dat er Interpol-agenten uit de auto zullen springen, maar in plaats daarvan zie ik een man helemaal in het zwart gekleed.

'Anton!' Ik sta op en zwaai, zodat hij me kan zien. Hij draait zich om, opluchting op zijn bebaarde gezicht.

'Stap in!' schreeuwt hij, terwijl hij met zijn duim naar de auto wijst. 'We moeten gaan.'

Sara staat al naast me, en ik pak haar hand terwijl ik half rennend, half strompelend naar Antons SUV loop. Mijn kuit brandt als de hel en ik heb het gevoel dat ik een paar hechtingen in mijn zij heb gescheurd, maar dat doet er allemaal niet toe.

Anton raakt niet snel in paniek, en hij lijkt meer dan een beetje gespannen.

Hij springt weer achter het stuur als we bij de auto zijn, en ik gooi me op de achterbank, met mijn tanden knarsend tegen een golf van pijn. Sara klimt naast me in de auto en we rijden de parkeerplaats af nog voor ze de deur dicht heeft gedaan.

'Yan en Ilya?' vraag ik als de ergste pijn wegtrekt en Anton me een grimmige blik in de achteruitkijkspiegel gunt.

'Interpol heeft hun vergadering in Genève verstoord. Ik heb sindsdien niets meer van ze gehoord.'

'Fuck.' Ik sluit mijn ogen en voel me kotsmisselijk worden. Mijn lichaam is nog steeds van slag, zwak en bibberig – zeker niet in staat om het op te nemen tegen een horde gewapende agenten als ze ons komen halen.

Als ik mijn ogen open, kijk ik naar Sara en zie dat ze langzaam en diep ademhaalt, haar delicate gezicht een groenige tint wit.

'Gaat het, ptichka?' mompel ik, en ze geeft een kort knikje.

'Ochtendmisselijkheid,' zegt ze in een nauwelijks hoorbare fluistering, en ik knijp in haar hand, mijn borstkas verstrakt door een mengeling van woede en schuldgevoel.

Mijn Sara is zwanger. Dit is de tijd in haar leven dat stress het meest giftig is. Ze zou moeten uitrusten in het comfort van ons huis, vertroeteld worden door mij en haar familie – niet vluchten voor de autoriteiten, die getuige zijn geweest van de dood van haar ouders.

Ik had er nooit mee moeten instemmen om Hendersons leven te sparen. Die *ublyudok* moest boeten en deze keer zal hij dat doen.

Ik ga hem verscheuren, ledemaat voor verdomd ledemaat.

Maar eerst moeten we hier levend uit zien te komen.

'Ik heb geprobeerd contact met je op te nemen,' zeg ik tegen Anton als hij de weg opdraait naar het privévliegveld dat gereserveerd is voor de patiënten van de kliniek. 'Heb je je telefoon weggegooid?'

Hij knikt. 'Ik was net geland en was aan het bellen met Yan toen Interpol hun ontmoetingsplaats bestormde. Dus heb ik hem vernietigd, voor het geval dat.'

'Goed.' Onze telefoons zijn onvindbaar, het signaal kaatst terug op satellieten over de hele wereld, maar het is beter om het niet te riskeren. 'Is er een kans dat ze ontsnapt zijn?'

'Alles is mogelijk,' zegt hij, maar het klinkt niet alsof hij het gelooft.

'Anton…' Sara's stem is gespannen. 'Het spijt me zo, maar kun je de auto stoppen?'

'Aan de kant,' zeg ik hem, en hij zwenkt van de weg en trapt op de rem. De auto rijdt nog steeds als Sara het portier opent en zwoegend naar buiten leunt. Ik sla mijn ene arm om haar slanke middel en pak haar haar in mijn andere hand, en houd het weg van haar gezicht terwijl ze overgeeft.

'Het spijt me zo,' mompelt ze als ze klaar is, en ik

geef haar een flesje water uit de kist op de grond.

'Niets om sorry voor te zeggen,' zeg ik als Anton weer op weg gaat. 'Dit is heel normaal.'

Ik houd mijn stem kalm, alsof het me niets kan schelen dat mijn vrouw aan de kant van de weg ligt moet kotsen terwijl wij vluchten voor ons leven. Alsof woede niet als zuur in mijn aderen brandt en mijn zicht een bloederige rode kleur geeft.

'Ben je misselijk, Sara?' vraagt Anton, en ik realiseer me dat hij het nog niet weet van de baby. En waarom zou hij? We zijn er net zelf achter gekomen.

'We zijn in verwachting,' zeg ik, en hoewel ik mijn uiterste best doe, klink ik gespannen.

Als er hierdoor iets met Sara of de baby gebeurt, vergeef ik het mezelf nooit.

'O.' Anton lijkt geen woorden te hebben. 'Dat is… Gefeliciteerd.'

'Bedankt,' mompel ik, en dan hoor ik het.

Een loeiend geluid van sirenes in de verte.

Fuck.

'Gas geven,' zeg ik tegen Anton, maar hij geeft al gas, zijn gezicht gespannen.

Ik draai me om naar Sara. 'Doe je gordel om.'

Ze krabbelt op om te gehoorzamen, haar hazelnootkleurige ogen donker in haar kleurloze gezicht terwijl ik mijn wapens controleer.

De sirenes komen van achter ons, uit de richting van de kliniek, wat betekent dat mijn intuïtie klopte.

Ze komen ons halen.

Het gebrul van een helikopter voegt zich snel bij de

sirenes, en Anton versnelt verder en neemt een steile bocht in de weg met een huiveringwekkende snelheid.

'Doe verdomme rustig aan,' blaf ik als Sara krampachtig naar mijn hand grijpt. 'We mogen niet verongelukken, begrijp je?'

Als het alleen Anton en ik waren, zou ik het riskeren, maar niet met Sara hier.

Niet nadat ze al bijna was omgekomen bij een ongeluk op een weg zoals deze.

Anton laat het gaspedaal iets vieren en ik breng Sara's hand naar mijn lippen. 'Het komt wel goed, ptichka,' mompel ik, terwijl ik haar knokkels kus. 'We hoeven alleen maar naar het vliegtuig te komen.'

'Misschien wachten ze daar al op ons,' zegt Anton. 'Als ze van de kliniek weten, weten ze misschien ook van de landingsbaan.'

'De kliniek staat op de kaart, maar de landingsbaan niet,' zeg ik, terwijl ik geruststellend in Sara's hand knijp als ik die in mijn greep voel verkrampen. 'Ze moeten de locatie van het personeel krijgen.'

Of dat hoop ik toch.

Omdat we in een hinderlaag kunnen lopen.

Anton reageert niet, hij geeft gewoon weer gas als we een recht stuk weg bereiken. We zijn nog maar een paar minuten van de landingsbaan, maar het gebrul van de helikopter wordt met de seconde luider en overstemt het adrenalinegedreven gehamer van mijn hartslag.

Eindelijk zie ik zijn koplampen achter ons opdoemen als we weer een scherpe bocht nemen.

'Ga liggen,' blaf ik tegen Sara, terwijl ik haar plat op de stoel duw, en dan open ik het raam en leun naar buiten, de scherpe, trekkende pijn in mijn zij negerend terwijl ik mijn M16 op de helikopter richt.

Hij zwenkt achter de bomen voor ik het vuur kan openen.

Ik wacht, ik wil mijn kogels niet verspillen.

Een seconde later duikt de helikopter weer op, en ik vuur een schot af.

Het vuurt terug en zwenkt dan weer weg.

Fuck. We zijn nu bijna bij de landingsbaan.

Ik wacht tot de helikopter weer verschijnt en open dan het vuur, terwijl ik de trekker overhaal tot mijn geweer leeg klikt en de helikopter terugvalt in een poging mijn kogels te ontwijken.

Ik duik weer in de auto, herlaad snel en leun dan weer uit het raam.

Deze keer, echter, hangt de helikopter achterover.

Dat is niet goed.

We kunnen niet opstijgen als die klootzakken op ons schieten.

De auto maakt een scherpe bocht, en als ik een blik op de voorkant werp, zie ik dat we al op de landingsbaan zijn, op volle snelheid naar het vliegtuig.

'RPG's zijn binnen,' schreeuwt Anton, terwijl hij op de rem trapt. 'Ik zet het op een lopen.'

We komen gierend tot stilstand op een tiental meter van het vliegtuig, en ik knars met mijn tanden als mijn zij tegen de scherpe metalen rand van de autoruit botst.

Als we dit overleven, zal Sara boos zijn dat ik mijn hechtingen heb verpest.

Anton springt uit de auto, sprint naar het vliegtuig, en ik zorg voor dekkingsvuur als de helikopter nadert. De sirenes worden ook luider; ze moeten ons op de hielen zitten.

'Stap in het vliegtuig, nu!' roep ik naar Sara, en uit mijn ooghoek zie ik haar klauteren om te gehoorzamen.

Mijn M16 klikt leeg, maar er is geen tijd om te herladen, dus ik grijp de Glock uit mijn broeksband als de helikopter wegdraait, dan terugkomt en de auto met kogels bestookt. Het glas om me heen explodeert, de scherven bijten in mijn gezicht en nek. Terwijl ik de Glock vastpak, duw ik mijn deur open en tuimel naar buiten, terwijl ik van de auto wegrol en terugschiet.

Ik wil dat ze zich op mij concentreren, niet op het vliegtuig of Sara.

Kogels raken de grond rondom mij, stukjes asfalt vliegen in mijn ogen. Ik ruik het buskruit, voel de verbranding van lood als het voorbijraast.

Dit is het.

Ik haal het niet.

Mijn pistool klikt leeg net als een zwart busje de landingsbaan op stormt en gierend tot stilstand komt naast onze auto.

Sara

Ik ben al bij het vliegtuig als ik het zwarte busje zie.

Interpol.

Ze hebben ons ingehaald.

'Anton!' roep ik over het geweervuur en het lawaai van de helikopter heen als hij weer in de deuropening van het vliegtuig verschijnt met een raketwerper op zijn schouder. 'Ze zijn...'

Boem!

De flits van de explosie brandt op mijn netvlies, het geluid is zo oorverdovend dat mijn trommelvliezen bijna ontploffen. De lucht lijkt te veranderen in een vuurbal, en brandende stukjes metaal regenen naar beneden.

Holy fuck.

Anton heeft de helikopter neergeschoten.

Mijn verbijsterde blik valt op het busje, en ik zie twee bekende figuren eruit springen.

'Yan! Ilya!' Ik ben nog nooit zo blij geweest hen te zien – vooral wanneer ze zich bukken om Peters armen over hun schouders te leggen en samen naar het vliegtuig sprinten.

'Schiet op!' Anton schreeuwt, en ik hoor de sirenes luider worden. 'We moeten nu gaan.'

Hij verdwijnt terug in het vliegtuig, en ik haast me achter hem aan, met de tweeling en Peter op mijn hielen.

De politieauto's verschijnen net als onze wielen van de grond loskomen.

'Dus ze achtervolgden jou, niet ons?' vraag ik Yan terwijl ik het vuil en bloed van Peters gezicht veeg en een paar glasscherven verwijder die in zijn huid zitten. Ik voel me bizar kalm, alsof ik een routinematig uitstrijkje doe in plaats van de verwondingen van mijn man te behandelen na een bloedstollende ontsnapping.

Ofwel raak ik gewend aan het leven op de vlucht, ofwel ben ik nog in shock en staat de adrenalinestoot op het punt me te raken.

'Ja, en we hebben het maar net gehaald,' zegt Yan vanaf de stoel naast de bank waar Peter languit ligt. 'De helikopter vloog vooruit om ons in de val te lokken, maar toen moet jij hun aandacht hebben getrokken.' Terwijl hij praat, houdt hij een spiegel omhoog om een antibiotische zalf aan te brengen op zijn oor, dat door een kogel is geschampt, een lelijke jaap achterlatend.

'Blij dat we konden dienen als je toevallige lokaas,' zegt Peter als ik zijn shirt optil om het verband aan zijn zijde te inspecteren. Zijn kleur is nog steeds niet goed, maar hij is bij bewustzijn en voelt zich blijkbaar goed genoeg voor sarcasme.

'Hé, het was een teamprestatie,' zegt Ilya, met een grijns op zijn brede gezicht terwijl hij in zijn stoel gaat zitten – op de een of andere manier volkomen ongedeerd. 'Het had niet beter kunnen gaan als we het gepland hadden.'

Ik schud mijn hoofd en probeer er niet aan te denken hoe het voelde om naar het vliegtuig te rennen terwijl Peter vastzat door het vuur van de helikopter. Het is een wonder dat hij het overleefd heeft – dat wij het allemaal overleefd hebben en weggekomen zijn.

Mijn handen beginnen te trillen terwijl ik Peters verband afwikkel, en ik realiseer me dat het me raakt.

Peter had weer neergeschoten kunnen worden.

Hij kon gedood zijn, zijn schedel vernietigd door een kogel net als...

Nee, stop.

'Waar gaan we nu heen?' vraag ik om mezelf af te leiden van de herinneringen die mijn geest dreigen binnen te dringen. Ik kan niet in die donkere put duiken, ik kan niet denken aan wat er met mijn ouders gebeurd is of met Peter gebeurd had kunnen zijn.

Ik ben nog niet klaar om dat onder ogen te zien.

'Dat is een goede vraag,' zegt Yan, terwijl hij de zalf neerlegt om zijn telefoon te pakken. 'Even kijken of ons Turkse contact is doorgekomen.' Hij swipet een paar keer over zijn scherm en grimast. 'Klote.'

'Wat?' Peter probeert rechtop te gaan zitten, maar ik duw hem terug.

'Lig stil,' zeg ik, terwijl ik hem aanstaar. 'Ik ben nog niet klaar.'

'Onze luchtverkeersleider zit in de gevangenis,' zegt Yan terwijl Peter gehoorzaamt en me zijn hechtingen laat schoonmaken. 'Iemand heeft zijn bijverdiensten opgespoord.'

'Dus Turkije is van de baan.' Peter klinkt niet verbaasd. 'En Letland?'

'Even kijken.' Yan toetst een nummer in en begint dan in het Russisch te praten.

Wat de persoon aan de andere lijn ook zegt, het kan niet goed zijn, want Yans frons wordt met de minuut dieper.

'Wat is er?' vraagt Ilya als Yan ophangt. 'Wat heeft die klootzak je verteld?'

'Blijkbaar is elke luchthaven in Europa op zoek naar ons vliegtuig,' zegt Yan. 'Dat geldt ook voor privévliegvelden. Interpol heeft een belachelijke prijs op ons hoofd gezet, en alle vier onze gezichten zijn overal in het nieuws als de verdachten achter de FBI-bomaanslag. Ik zou op dit moment niemand vertrouwen; ze geven ons net zo makkelijk aan als dat ze ons helpen.'

'Fuck.' Peter probeert weer rechtop te gaan zitten, en deze keer laat ik hem gaan. De door de shock veroorzaakte kalmte is volledig verdwenen, en ik ben me bewust van een vreselijke vermoeidheid gecombineerd met een borstkasverpletterende angst.

We zijn misschien ontsnapt, maar we zijn nog lang niet veilig.

'Als Europa uitgesloten is, is Venezuela onze beste optie,' zegt Peter terwijl ik op de automatische piloot een nieuw verband op zijn zij plak. 'Hebben we genoeg brandstof om daar te komen?'

'Ik ga even bij Anton kijken,' zegt Yan en hij staat op. Hij verdwijnt in de cockpit, om een minuut later weer te verschijnen. 'Ja, maar nauwelijks,' meldt hij. 'Als er iets misgaat, zijn we de klos.'

'Ik vind dat we ervoor moeten gaan,' zegt Ilya, krabbend aan zijn getatoeëerde schedel. 'Het zal daar tenminste warm zijn.'

'Geef me je telefoon,' zegt Peter tegen Yan. 'Ik neem contact op met Esteban. Zeg Anton dat hij koers moet zetten naar Venezuela. Hoe dan ook, we landen daar.'

eter

ESTEBAN, DE INHALIGE KLEINE KLOOTZAK, EIST NIET minder dan drie miljoen euro om de nodige regelingen te treffen, maar we hebben geen ruimte om te discussiëren.

Als we niet landen op zijn kleine vliegveld, zijn we de lul.

Eindelijk zijn alle logistieke zaken geregeld, en ik loop naar Sara's stoel. Hij is groot genoeg voor twee mannen en ze ziet er piepklein uit, opgekruld in de stoel met haar knieën tegen haar borst terwijl ze uit het raam van het vliegtuig staart.

'Ptichka.' Ik zak op mijn hurken voor haar neer, negeer de trekkende pijn in mijn kuit en zij terwijl ik mijn handen op haar enkels leg. 'Mijn liefste, ben je in orde?'

Ze richt zich op mij en knippert met haar ogen. 'Wat ben je aan het doen? Je zou moeten gaan liggen.'

'Niet nodig,' zeg ik, maar ze staat al op en trekt me omhoog naar de bank. Zuchtend laat ik haar begaan, want ik voel me echt klote.

'Kom bij me liggen,' zeg ik terwijl ik me uitrek op de bank. 'Ik wil je vasthouden.'

Ze fronst haar wenkbrauwen. 'Maar je zij…'

'Maak je er geen zorgen over.' Ik trek haar naar beneden tot ze geen andere keus heeft dan zich naast me uit te rekken. Ik rol me op mijn niet gewonde zij, omhels haar van achteren en snuif de delicate geur van haar haar op, terwijl Ilya en Yan zich nadrukkelijk omdraaien in hun stoelen, zodat we iets van privacy hebben.

Eerst is ze stijf, ongetwijfeld bezorgd om een van mijn verwondingen te raken, maar na een minuut verlaat een deel van de stijfheid haar spieren. En dat is wanneer ik het voel.

Een bijna onmerkbare trilling in haar lichaam.

Ze trilt helemaal.

Mijn borstkas knijpt samen van medelijden. Mijn kleine zangvogel is niet lichamelijk gewond – dat was het eerste waar ik me van verzekerde toen we in het vliegtuig stapten – maar dat betekent niet dat ze er ongeschonden vanaf is gekomen.

Wat ze heeft meegemaakt is genoeg om een

doorgewinterde soldaat PTSS te bezorgen, laat staan een burgervrouw.

Een zwangere burgervrouw.

'Hoe voel je je, mijn liefste?' vraag ik zachtjes, terwijl ik mijn hand op haar buik leg. Misschien verbeeld ik het me, maar hij voelt platter aan dan normaal, alsof ze wat is afgevallen. En misschien is dat ook wel zo.

Met de onvoorspelbare ochtendmisselijkheid en alle stress, eet ze misschien niet goed.

'Gaat prima,' mompelt ze, maar haar adem stokt in een verraderlijke trilling. 'Het is alleen…'

'De adrenaline, ik weet het.' Ik praat zacht en sussend terwijl ik mijn hand van haar buik naar haar heup beweeg. 'Het gaat wel over.'

Ze ademt dieper in. 'Ik weet het. Het komt wel goed.'

'Het komt goed,' beloof ik. 'We komen in ons veilige huis, en alles komt goed.'

Het is de eerste keer dat ik ronduit tegen haar lieg, en te oordelen naar de hernieuwde stijfheid van haar lichaam, weet mijn ptichka dat.

Want het zal nooit meer goed zijn.

Niets kan ongedaan maken wat er gebeurd is en Sara's ouders terugbrengen.

Het enige wat ik kan doen is wraak nemen, en dat zal ik doen.

Henderson zal smeken om de dood lang voordat ik klaar ben met hem.

enderson

WEER ONTSNAPT.

Woede vermengt zich met groeiende angst in mijn borstkas als ik de laatste e-mail van mijn contactpersoon lees.

Ze zijn ontsnapt, allemaal, recht onder de neus van Interpol.

Nog een minuut, en Sokolov en zijn Russische vrienden zouden omsingeld zijn. Interpol had ze alle vier in een keer kunnen pakken. In plaats daarvan zijn ze nu in de lucht, op weg naar god weet waar.

En dan hebben we het nog niet over Kents succesvolle ontsnapping naar Esguerra's kamp in het Amazonegebied, dat zelfs de Colombiaanse regering ondoordringbaar acht.

Als ze allemaal een kans hebben om te hergroeperen, ben ik de lul, want nu hebben ze vast al uitgezocht wat er gebeurd is en hoe.

Ik haal adem om een golf van paniek te bedwingen en begin een e-mail te schrijven aan mijn CIA-contact.

Er is nog tijd om Sokolovs vliegtuig te onderscheppen.

We hoeven alleen maar alle luchthavens over de hele wereld te benaderen en ze zover te krijgen dat ze hard optreden tegen alle luchtverkeersleiders die ook maar in de verste verte steekpenningen zouden kunnen aannemen.

4 8

ara

IK MOET IN PETERS OMHELZING ZIJN WEGGEDOMMELD, want ik word wakker van het gemompel van stemmen die Russisch spreken. Als ik mijn ogen open, zie ik mijn man in een stoel met een computer op zijn schoot en de tweeling naast hem staan. Hij wijst naar iets op het scherm en praat in zijn moedertaal.

'Wat is er aan de hand?' vraag ik, en ik ga rechtop zitten. Ik voel me suf, alsof ik al uren weg ben. En voor zover ik weet is dat ook zo.

Het is een lange vlucht van Zwitserland naar Venezuela.

De mannen werpen een blik in mijn richting. 'Ik probeer uit te zoeken waar de sluipschutter zich schuilhield,' zegt Yan op hetzelfde moment dat Peter zegt: 'Niets, liefje. Maak je er geen zorgen over.'

'Een sluipschutter?' Een nieuwe adrenalinestoot doet me opstaan. 'Welke sluipschutter?' Dan dringt het tot me door. 'O, je bedoelt degene die schoot op de agent die je arresteerde, waardoor ze allemaal in paniek raakten en begonnen te schieten? Dat vroeg ik me al af. Ik dacht eerst dat het misschien iemand was die je probeerde te helpen, maar dat was niet zo, toch? Hij probeerde problemen te veroorzaken.'

Peter kijkt Yan aan – dacht hij dat ik hiertegen beschermd moest worden? – voor hij zich naar mij omdraait. 'Dat klopt,' zegt hij gelijkmatig. 'Henderson moet de sluipschutter hebben ingehuurd om er zeker van te zijn dat ik tijdens de arrestatie werd gedood. Ik denk dat het plan was om me erin te luizen, en dan de autoriteiten te gebruiken om me neer te halen, samen met iedereen die me ooit geholpen heeft – en om dat op een zeer publieke manier te doen, zodat niets verborgen kon blijven voor de media. Als ik was gearresteerd, had ik de autoriteiten kunnen overtuigen van mijn onschuld door de echte daders te vinden, en dan was alles weer bij het oude geweest en had Henderson in de problemen gezeten.'

'Maar als hij de sluipschutter daar had, waarom schoot hij dan niet gewoon jou neer in plaats van de SWAT-agent te doden?' vraag ik, een huivering onderdrukkend als het beeld van Peters ontploffende hoofd door mijn hoofd flitst. 'Als die sluipschutter in positie was…'

'Nou, ten eerste was de hoek niet optimaal om mij te pakken,' zegt Peter. 'Tenminste, dat hebben we vastgesteld op basis van mijn herinneringen aan de gebeurtenis. Om die foto te kunnen maken, moet hij op het dak hebben gelegen van het huis met drie verdiepingen in het aangrenzende blok. Weet je nog, dat witte huis, met dat grijze dak?'

Ik knik, en hij gaat verder. 'Nou, ik was dichter bij ons huis, dus het dak moet me hebben afgeschermd, althans gedeeltelijk. Maar wat belangrijker is: als ik was neergeschoten door een onbekende sluipschutter, zou dat allerlei verdenkingen hebben opgeroepen over wie er echt achter de aanval zat, en ik denk dat dat het laatste is wat Henderson wilde. Omdat de agent was neergeschoten, was het bijna zeker dat de politie zou denken dat het iemand was die met mij samenwerkte, en ik zou sowieso gedood worden in de daaropvolgende schietpartij.'

'En dat was ook bijna gebeurd.' Deze keer kan ik een huivering niet tegenhouden. 'Je was zo dicht bij de dood...'

Peters lippen krullen zich in een koude glimlach. 'Ja, maar helaas voor Henderson ben ik daar niet helemaal aangekomen.'

Ik staar hem aan, de haartjes in mijn nek gaan overeind staan bij de donkere dreiging in zijn stem. Ik ben deze kant van hem niet vergeten, maar het was makkelijk om er niet aan te denken toen we bezig waren met ons leven in de buitenwijk. De Peter met wie ik ben getrouwd is niet veel anders dan de wraakzuchtige moordenaar die mijn huis is binnengevallen om George te vermoorden, maar het was mogelijk om te doen alsof hij dat wel was – alsof hij niet langer in staat was tot de verschrikkelijke dingen die hij had gedaan om Tamila en zijn zoon te wreken.

Maar dat is hij wel.

Dat zal hij altijd zijn.

En nu heeft hij nog een reden om achter Henderson aan te gaan.

'Hoe ga je het doen?' Ik vraag het, en zelfs ik ben verbaasd over mijn gespreksstof. 'Heb je al een plan?'

Ik weet dat Henderson zal sterven. Ik weet dat net zo zeker als ik weet dat Peter van me houdt. Mijn dodelijke man zal zijn vijand tienvoudig laten boeten, en hoe verkeerd het ook is, ik kan geen greintje morele verontwaardiging opbrengen bij de gedachte.

Het onlangs ontwaakte monster in mij wil dat Henderson lijdt, pijn kent en verwoestend verlies.

Peters ijzige glimlach wankelt niet. 'Maak je geen zorgen over de bijzonderheden, mijn liefste. Het volstaat te zeggen dat hij hier niet mee wegkomt.'

'Weet ik,' zeg ik zacht, terwijl ik de blik van mijn man vasthoud. 'Dat sta je niet toe.'

Ik sta op en ga naar het toilet om me op te frissen, me bewust van Peters ogen die me volgen als ik door de cabine loop.

49

Peter

MENSEN VERWERKEN EEN TRAUMA OP VERSCHILLENDE
MANIEREN. Sommigen storten in en komen er nooit
meer bovenop. Anderen vinden een kern van kracht
die hen door de dagen heen helpt. Ik heb altijd geweten
dat Sara tot die laatste groep behoorde, maar ik heb
haar innerlijke kracht nooit meer gewaardeerd dan nu,
terwijl ik de toiletdeur achter haar slanke figuur dicht
zie gaan.

Ze is een krijger, mijn vogeltje, net zo sterk als een
getrainde soldaat.

'Dus je denkt nog steeds dat ze lief en aardig is?'
zegt Yan in het Russisch terwijl ik van de deur wegkijk
en zijn koele, geamuseerde blik ontmoet. 'Want je

perfecte doktertje lijkt een behoorlijke bloeddorst te hebben ontwikkeld.'

'Hou je mond, Yan,' snauwt Ilya voordat ik kan reageren. 'Dit is niet het moment.'

Onder alle andere omstandigheden had ik mijn handen al rond Yans keel geslagen, maar Ilya heeft gelijk.

We beginnen aan onze afdaling, en er is geen tijd voor onzin.

'Ik ga nog even de situatie op de grond controleren,' zeg ik tegen Ilya, Yan doelbewust negerend. 'Esteban heeft beloofd dat alles in orde zal zijn, maar je weet hoeveel ik die wezel vertrouw.'

'Goed.' Ilya grist Yans telefoon uit de zak van zijn broer en geeft hem aan mij. 'Goed idee.'

Ik toets het nummer in van een Venezolaanse politiechef die ik al drie jaar op mijn loonlijst heb staan en wacht tot de verbinding tot stand komt. Als alles goed gaat, zal Santiago niet weten waarom ik bel. Zo niet…

'Hola?' antwoordt hij.

'Met Peter Sokolov.'

Er is een moment van gespannen stilte; dan sist hij in de telefoon: 'Waarom bel je me verdomme? Het is te laat; er is niets wat ik kan doen. Ze zijn overal op dat piepkleine vliegveld. Ik zei het je, ik kan niets doen als de hele afdeling…'

Ik hang op voor hij klaar is en kijk op in twee paar identieke groene ogen.

'Het ziet ernaar uit dat Estebans landingsbaan geen optie is,' zeg ik gelijkmatig. 'Nog andere ideeën?'

50

ara

IK KOM TERUG EN ZIE PETER EN DE TWEELING ROND DE INGANG VAN DE COCKPIT STAAN. Alle drie gebaren ze met felle bewegingen terwijl ze in het Russisch discussiëren met Anton.

Mijn maag maakt een buiteling. 'Wat is er? Is er iets gebeurd?'

'Onze Venezolaanse contactpersoon heeft ons verraden,' zegt Ilya over zijn schouder. 'Of misschien is hij gepakt – we weten het niet zeker. Hoe dan ook, de politie wacht op ons om te landen, wat betekent dat we onze brandstofvoorraad moeten aanvullen en naar een andere...'

'Je kunt de brandstof niet rekken, Anton was daar heel duidelijk in.' Yans stem is hard en scherp. 'Ik zeg

ANNA ZAIRES

dat we het met de politie moeten proberen. Als onze brandstof opraakt, zijn we allemaal dood, maar met de politie...'

'We hebben nog zeven procent over,' zegt Peter. 'Dat is genoeg om ons naar een ander vliegveld in de buurt te krijgen.'

'Waar ze ons toch wel opwachten,' zegt Yan. 'We zijn al op hun radar, en als we ons ook maar een klein beetje misrekenen...'

'Het is beter dan in de val lopen,' zegt Ilya. 'Ik vind dat we ergens anders moeten landen. Zoals een privélandingsbaan, of een snelweg, of misschien zelfs...' Hij stopt abrupt en haast zich naar de laptop waar Peter eerder op zat.

'Wat?' vraag ik, met een bonzend hart.

'Colombia.' Zijn diepe stem is ongerijmd opgewonden. 'We zijn niet ver van Esguerra's kamp, en hij heeft een landingsbaan binnen...'

'Je maakt een grapje, toch?' Yan slaat zijn armen over elkaar. 'Het is onmogelijk dat onze brandstof het zo ver zou uithouden, en dat is in de veronderstelling dat Esguerra zelfs maar zou willen helpen. Hij zit nu diep in zijn eigen shit.'

'Ja, maar het is allemaal dezelfde shit, zie je dat niet?' Ilya's dikke vingers vliegen over het toetsenbord. 'Wij zijn de reden dat hij aangevallen wordt. Dus...

'Dus hij bespaart de politie graag de moeite en schiet ons zelf neer,' zegt Yan. 'Hoe dan ook, ik zie niet in hoe we genoeg...'

'Ik zal de brandstofcijfers met Anton doornemen,' zegt Peter en hij verdwijnt in de cockpit.

Ik staar hem na, mijn misselijkheid keert terug als ik het feit verwerk dat er geen goede opties voor ons zijn.

Zelfs als we niet zonder kerosine komen te zitten op weg naar Esguerra's huis, zal de wapenhandelaar ons waarschijnlijk niet verwelkomen.

'Misschien hebben we genoeg om bij Esguerra te komen,' zegt Peter, die weer in de deuropening staat. 'Het hangt allemaal af van de snelheid en de windrichting. Op dit moment hebben we een sterke rugwind. Als het zo blijft, halen we het.'

'De wind? Is dat waar we op gokken?'

Niemand reageert op Yans retorische vraag, dus loopt hij naar de bank en ploft neer, Russische vloeken mompelend.

'Ik heb net Kent gesproken,' zegt Ilya, die opkijkt van de computer. 'Hij is nu in Esguerra's kamp. Misschien kan hij hem ervan overtuigen dat we een tijdje bij hen mogen logeren.'

'Daar is geen tijd voor,' zegt Peter. 'Tegen de tijd dat ze het besproken hebben, hebben we geen brandstof meer. Ik ga Esguerra direct bellen. Hij moet ons laten landen. Het is onze enige kans.'

eter

D<small>E</small> C<small>OLOMBIAANSE WAPENHANDELAAR NEEMT OP BIJ DE</small>
<small>DERDE KEER OVERGAAN.</small>

'Problemen?' zegt hij zachtjes.

'Bij jou ook, neem ik aan,' antwoord ik kalm. Het laatste wat ik wil is dat Esguerra ook maar iets van wanhoop bespeurt. 'Ik denk dat we elkaar kunnen helpen.'

Hij lacht spottend. 'Ja, natuurlijk.'

'Weet je wie er achter deze shitzooi zit?'

'Ik neem aan van wel. De vroegere generaal, toch? De klootzak die je niet vermoordde omdat je huisje wilde spelen in de buitenwijk?'

Klote. Natuurlijk wist hij dit al. Informatie is net zo

goed Esguerra's handelsmerk als de wapens die hij produceert.

Ik verander van tactiek. 'Luister, het spijt me dat dit overslaat naar jou en je zaak. Maar de enige manier om dit op te lossen is door Henderson te ontmaskeren. En ik weet precies hoe ik dat moet doen.'

'Werkelijk? Is dit niet die vent waar je al drie jaar zonder succes op jaagt?'

Ik negeer de spot in zijn toon. 'Ja – wat betekent dat niemand zoveel over hem weet als mijn team en ik. Het zal je maanden, zo niet jaren kosten om alle gegevens te verzamelen die we over zijn vrienden en familieleden hebben, en om alle schuilplaatsen door te nemen die we hebben gevonden en geëlimineerd. Zie het onder ogen: je hebt me nodig om dit snel op te lossen, voordat je nog meer geld verliest. Hoeveel kosten al die overvallen op je fabrieken je? Tien miljoen per dag? Meer?'

Dat was een gok, maar aan de stilte aan de telefoon te zien, heb ik een gevoelige snaar geraakt.

'Julian, luister naar me,' ga ik verder terwijl Sara en de tweeling me aandachtig aanstaren. 'Ik kan Henderson uitschakelen, en ik kan het snel doen. Ik heb alleen een schuilplaats nodig en wat van jouw bronnen, en ik zal bewijzen dat je niets met de explosie te maken had. Volgende maand om deze tijd ben je weer in de gratie van Uncle Sam, en zijn we voorgoed van je af. Of je kunt proberen het zelf op te lossen, en elke ordehandhaver achter je aan krijgen...'

'Fuck jou en je team.' Er is geen twijfel mogelijk

over de woede in Esguerra's stem. 'Jij bent de oorzaak van deze hele klotezooi. En weet je wat? Ik wed dat als ik jou en de andere "terroristen" uit je team aan Oom Sam overdraag, dat een heel eind zal helpen om die relatie te herstellen.'

'O ja? Weet je het zeker?' Het is mijn beurt om koelbloedig spottend te klinken. 'Een gevaarlijk explosief – jouw explosief – is ingezet op Amerikaans grondgebied tegen de FBI. Elk agentschap is hierbij betrokken, elke bureaucraat van hoog tot laag. Denk je echt dat alles zal worden vergeven en vergeten als je je medesamenzweerders aangeeft? Want dat is wat ze zullen denken, weet je, dat je gewoon je medeplichtigen verraad. Tenzij je Henderson ontmaskert voor wat hij is en je naam snel zuivert, ben je net zo genaaid als wij.'

Er is weer een lange, gespannen stilte aan de lijn. Dan zegt Esguerra afgemeten; 'Goed. Ik kan je een plek geven om je gedeisd te houden. Ik heb een contact in Soedan. Als je daar eenmaal bent…'

'Soedan zal niet gaan,' onderbreek ik hem. 'Ik heb een andere plaats in gedachten.'

'O?'

'Je kamp. We zijn er over een uur.'

En voordat hij kan antwoorden, hang ik op.

ara

Ik kijk toe, met een knoop in mijn maag, hoe Peter kalm de telefoon opbergt en terugloopt naar de cockpit – vermoedelijk om Anton te laten weten dat we naar Esguerra's kamp gaan, ongeacht wat de wapenhandelaar ervan vindt.

'Je weet dat hij ons gewoon neerschiet zodra we naderen,' zegt Yan als Peter een minuut later weer verschijnt. 'Als we het überhaupt redden.'

'Heus wel,' zegt Ilya zelfverzekerd. 'En dat doet hij niet. Je hebt Peter gehoord: Esguerra heeft ons nodig om deze puinhoop snel op te lossen.'

'Ja, tuurlijk,' mompelt Yan en hij gaat naar het toilet achter in het vliegtuig.

Mijn benen voelen niet helemaal stabiel als ik naar de bank loop en ga zitten.

Is dit hoe we zullen sterven?

Niet door een kogel, maar in een vliegtuigongeluk?

De bank zakt naast me in en een grote, warme hand bedekt mijn knie. 'Het komt wel goed, ptichka,' mompelt Peter, terwijl hij zijn andere hand opheft om mijn haar naar achteren te strijken. Zijn vingers strelen mijn kaak, de aanraking is zo teder dat ik ervan moet huilen.

'Hoe weet je dat?' fluister ik, en ik berisp mezelf dan omdat ik me als een behoeftig kind gedraag.

Natuurlijk weet hij dat niet.

Hij zegt het alleen om me beter te laten voelen.

'Omdat ik Julian ken,' zegt hij zacht. Hij heeft zich al dagen niet geschoren, en de donkere stoppels accentueren de ongezonde bleekheid van zijn huid. Toch straalt hij op de een of andere manier nog steeds zijn gebruikelijke kracht en zelfverzekerdheid uit. Ik weet dat het waarschijnlijk een façade is, maar ik kan het niet helpen me gerustgesteld te voelen als hij zijn lippen op mijn voorhoofd drukt, dan een krachtige arm om mijn schouders slaat en me tegen zijn niet gewonde zij drukt.

'Je zou moeten rusten,' mompel ik na een minuut. Zo sterk als mijn man is, hij is niet onoverwinnelijk. Het is nog maar enkele dagen geleden dat hij aan de rand van de dood stond. Maar als ik me probeer los te rukken, houdt hij me steviger vast, en ik geef het op met een zucht, terwijl ik mijn hoofd op zijn schouder leg.

Het is het niet waard om voor te vechten.

Tenslotte is dit misschien ons laatste uur samen.

eter

DE WIND IN DE RUG NEEMT AF NET ALS WE AAN DE AFDALING BEGINNEN. Ik hoor het via een korte mededeling van Anton.

Ik verontschuldig me, maak me voorzichtig los uit Sara's omhelzing en ga met hem praten, dankbaar dat hij de vooruitziende blik had om Russisch te spreken.

Mijn ptichka maakt zich al zorgen genoeg.

Ilya en Yan zijn al in de cockpit, met Yan gehurkt naast Anton, met een computer in de hand.

'Hoeveel gaan we tekortkomen?' vraag ik zonder omhaal.

'Niet veel,' zegt Anton. 'Als de windsnelheid niet verder afneemt, hebben we misschien genoeg voor een harde landing, of misschien niet. Het hangt ervan af hoe goed dit vliegtuig op dampen loopt.'

'Zijn er landingsbanen dichterbij?' vraagt Ilya. 'Een brede weg is ook goed.'

'Ik kan zoiets niet vinden op de kaart,' zegt Yan, en ik zie hem inzoomen op een dichtbebost gebied op Google Maps. 'We zitten aan de rand van de jungle; er is niets anders dan bomen, rivieren en smalle zandwegen.'

Ik bijt een gemene vloek terug.

Dit is foute boel.

Echt heel erg foute boel.

Als het alleen om ons ging, zou ik me niet zoveel zorgen maken... maar zelfs een harde landing kan te veel zijn voor Sara en de baby.

'Wat is er aan de hand?' zegt ze achter me, en ik draai me om om haar bezorgd naar de besturing te zien staren. 'Is er iets gebeurd?'

Niemand antwoordt. Zelfs Yan heeft geen sarcastische opmerkingen.

'Niets, ptichka. We maken ons net klaar om te landen,' zeg ik gelijkmatig, en ik pak haar hand en leid haar de cockpit uit.

ara

MIJN BINNENSTE VOELT AAN ALS BLADEREN IN EEN
winterstorm als Peter me naar mijn stoel leidt en me
vastzet, de gordel over mijn schoot strak aandraaiend
tot het bijna moeilijk is om te ademen. Dan hinkt hij
naar de bank en trekt de kussens los. Hij opent een
bagagevak en haalt er een plunjezak uit.

'Wat ben je aan het doen?' Mijn stem begint te
trillen. 'Peter, wat ben je aan het doen?'

Hij antwoordt niet, maar haalt een lang touw en een
mes tevoorschijn. Hij grijpt een van de kussens en
bindt het vast aan de rugleuning van de stoel voor me,
precies op de plaats waar mijn hoofd terecht zou
komen als ik de klassieke vliegtuigongeluk-houding
zou aannemen en iets me naar voren zou duwen.

Dan pakt hij het andere kussen en propt het links van me, tussen mijn stoel en het raam. Het zit er stevig ingeklemd, dus hij hoeft het touw niet te gebruiken om het op zijn plaats te houden.

'Storten we neer?' Het is een stomme vraag, want het is duidelijk wat er gebeurt, maar ik kan het niet helpen. Ik wil dat hij weer tegen me liegt, dat hij me vertelt dat wat hij doet niets meer is dan een voorzorgsmaatregel.

'Nee, we landen,' zegt hij alsof hij mijn gedachten leest, en dan bindt hij het derde kussen rechts van mij vast door het aan mij vast te binden.

Ik had het mis.

Ik wil niet dat hij liegt.

Ik wil dat hij me de waarheid vertelt, zodat ik goed kan flippen.

De neus van het vliegtuig daalt, en mijn maag volgt als ik de plotselinge verandering in cabinedruk voel.

'Peter.' Mijn stem is verrassend vast. 'Alsjeblieft, ga zitten.'

'Zo dadelijk,' zegt hij en hij verdwijnt achterin als Yan en Ilya uit de cockpit komen en hun eigen plaatsen innemen.

Een paar seconden later kom ik terug met een paar kussens. Mijn protesten negerend bindt hij ze allemaal om me heen, met een kleintje boven op mijn hoofd. Tegen de tijd dat hij klaar is, lijk ik op een menselijke marshmallow.

Dan pas neemt hij plaats naast mij.

'Neem wat van deze kussens voor jezelf,' smeek ik,

maar hij trekt alleen zijn gordel aan. 'Alsjeblieft, Peter. Of geef er op z'n minst een paar aan je teamgenoten. Waarom zou ik ze allemaal moeten hebben? Alsjeblieft, luister naar me...'

'Luister niet naar haar, Peter,' zegt Ilya nors vanaf de andere rij. 'Het komt wel goed met ons.'

'Maar...'

'Relax, Sara,' zegt Yan koel. 'Mijn broer heeft gelijk. Trouwens, opvulling kan maar zoveel doen.'

Peter blaft iets scherps in het Russisch – waarschijnlijk een vermaning omdat hij me nodeloos heeft laten schrikken – en ik voel mijn oren klapperen als onze afdaling versnelt.

'Zeven minuten tot de landing,' kondigt Anton aan over de intercom, en Peter reikt over de tafel tussen onze stoelen, zijn hand wurmt zich door de heuvel van kussens om de mijne vast te grijpen. Zijn greep is even sterk als gewoonlijk, maar zijn vingers zijn koud als ze zich om mijn handpalm wikkelen.

'Zes minuten,' zegt Ilya terwijl het vliegtuig naar links helt, zodat ik een glimp kan opvangen van het groene bos beneden.

In de verte zie ik een groot, leeg gebied met een paar kleine gebouwen naast een groter wit gebouw, maar dan helt het vliegtuig over naar rechts en zie ik alleen nog maar de lucht.

Een sputterend geluid onderbreekt het gestage gedreun van de motoren. Het klinkt als een reus die zijn keel schraapt.

Ik stop met ademen, mijn ogen gaan naar die van Peter.

Zijn gezicht is wit, zijn kaak staat in een strakke lijn, maar zijn greep op mijn hand blijft standvastig en geruststellend.

De motoren brommen weer en ik haal de broodnodige adem. Koud zweet verzamelt zich onder mijn oksels, en alle kussens geven me het gevoel dat ik stik.

'Vijf minuten,' zegt Ilya schor. 'Nog even en hij kan het landingsgestel uitklappen zonder onze afdaling te verpesten.'

De motoren sputteren weer, en gaan dan weer aan het werk.

Het vliegtuig helt weer over naar rechts en ik dwing mezelf om uit het raam te kijken.

De groep gebouwen – Esguerra's compound, vermoedelijk – is nu bijna recht onder ons, en ik zie dat het witte gebouw een statig herenhuis is. Ik zie ook wat lijkt op gevangeniswachttorens aan de rand van het gebied.

'Vier minuten,' zegt Ilya, en ik zie onze bestemming: een verharde landingsbaan op enige afstand van het landhuis, met aan weerszijden een dicht stuk bos eromheen.

De motoren sputteren weer.

'Drie minuten,' zegt Ilya, zijn stem gespannen als het landingsgestel met een gil begint uit te klappen.

Met een laatste sputter gaan de motoren uit, en het gekrijs stopt.

We hebben geen brandstof meer.

'Ptichka.' Peters stem is griezelig kalm als mijn angstige blik de zijne ontmoet. 'Ik hou van je. Zet je schrap.'

ara

IK HEB ALTIJD GEDACHT DAT VLIEGTUIGEN MET DEFECTE
MOTOREN UIT DE LUCHT VALLEN, als vogels die
neergeschoten zijn. Maar terwijl ik verlamd naar Peter
staar, voel ik geen scherpe daling.

Op de een of andere manier glijden we nog steeds
vooruit als we dalen.

'Sara.' Zijn stem wordt scherper. 'Buig voorover en
omhels je knieën. Nu.'

Mijn bevroren ledematen voldoen op de een of
andere manier aan zijn verzoek, en uit mijn ooghoek
zie ik hem dezelfde positie innemen.

O god.

Het is aan het gebeuren.

Het is echt.

We storten neer.

We staan op het punt te sterven.

Mijn snelle ademhaling is zo luid als een tornado in mijn oren, mijn rechterhand glibberig van het zweet als ik hem door de berg van kussens duw om Peters arm aan te raken.

Ik moet hem voelen.

We moeten weten dat we verbonden zijn in het einde.

Dan slaat hij zijn grote hand weer om mijn handpalm, en voor een fractie van een seconde is dat alles wat ik nodig heb. De uitbarsting van vreugde is even intens als de paniek die me verteert, de golf van liefde zo sterk dat hij de angst voor de naderende dood overstemt.

'Ik hou van je,' fluister ik, terwijl ik mijn hoofd draai om zijn zilveren blik te ontmoeten. 'Ik zal altijd van je houden, Peter… in deze wereld en daarna.'

De eerste klap is als landen op een bokkend paard. Het vliegtuig raakt de grond zo hard dat het twee keer stuitert, elke schok ruwer dan de volgende. De gordel over mijn schoot is het enige wat me ervan weerhoudt om van de stoel te vliegen, en mijn linkerschouder slaat tegen het kussen van de stoel voor me wanneer het vliegtuig met geweld naar één kant overhelt alvorens af te vlakken.

Het landingsgestel moet niet helemaal uitgeklapt zijn, besef ik als het gekrijs van metaal dat over het wegdek sleept mijn oren bereikt boven het oorverdovende gonzen van mijn hartslag. En dan wonder boven wonder, gaan we langzamer.

We zijn op de grond en vertragen.

Het besef dringt langzaam tot me door, en pas als we gestopt zijn, begrijp ik het volledig.

We hebben het overleefd.

We hadden geen brandstof meer, maar we zijn toch geland.

Ik haal haperend adem, ga rechtop zitten en open mijn ogen – ik moet ze tijdens de landing dichtgeknepen hebben – en zie Peter al rechtop zitten, zijn gezicht met stoppels en een bezorgde frons terwijl hij zijn hand bevrijdt uit mijn ijskoude greep.

Hij maakt zijn gordel los, staat op, ontdoet me snel van de kussens en klopt me van top tot teen.

'Is alles goed met je?' vraagt hij vurig, en als ik knik, word ik in zijn armen getrokken en zo stevig vastgehouden dat ik geen adem kan halen. Niet dat ik dat nodig heb. Dit, hier, is alles wat ik nodig heb. Zijn warmte sijpelt in mijn bevroren lichaam, zijn troostende geur omringt me, en met mijn oor tegen zijn krachtige borst gedrukt, hoor ik zijn hart kloppen op de maat van het mijne.

We hebben het gehaald.

We zijn samen, en we leven.

eter

ALS IK HET VOOR HET ZEGGEN HAD, ZOU IK SARA EEUWIG vasthouden, haar warmte voelen en haar geur inademen, maar we moeten nog steeds afrekenen met onze onwillige gastheer.

Met tegenzin laat ik haar los en doe een stap achteruit. Ilya en Yan staan al bij de deur, maken hem open en laten de ladder zakken, en ik loop naar ze toe om ze te helpen.

Buiten staan genoeg bewapende bewakers om een peloton neer te halen. Ze hebben ons vliegtuig omsingeld, en achter hen staan minstens twintig SUV's met versterkingen, en nog een dozijn die komen aanrijden terwijl ik kijk.

'Blijf hier tot ik je kom halen,' zeg ik over mijn

schouder tegen Sara, en dan stap ik de vochtige hitte van de jungle in, volledig voorbereid om ter plekke te worden neergeschoten.

Het is niet gezegd dat Esguerra ons laat leven. Misschien wilde hij alleen dat ons vliegtuig onbeschadigd bleef.

Er komen geen kogels op me af, maar ik weet wel beter dan me te ontspannen als ik de trap af loop. De adrenaline helpt me mijn verzwakte gestel te verbergen.

'Ik ben ongewapend,' roep ik als de dichtstbijzijnde bewakers hun M16's optillen. Ze moeten nieuw zijn; ik herken geen van hun gezichten uit de tijd dat ik bij Esguerra in dienst was. 'Zeg tegen je baas dat ik hem wil zien.'

'Ben je daar?' zegt Esguerra, terwijl hij achter een groep bewakers vandaan stapt. 'Wat een toeval. Want ik zou gezworen hebben dat je vliegtuig hier neerstortte... alsof je geen brandstof meer had.'

'Ja, nou, shit happens. Brandstoflek op het laatste moment en zo.'

Hij glimlacht in valse sympathie. 'Je zou je monteur moeten ontslaan. Brandstoflekken zijn gevaarlijk.'

'O ja?' Mijn grijns is net zo scherp als het mes dat ik in mijn laars heb verstopt. Ondanks wat ik zei, ben ik nooit helemaal ongewapend. 'Maar eind goed, al goed. We zijn hier nu, dus laten we het waarom bewaren voor later en ons concentreren op wat belangrijk is – Henderson vinden en deze situatie zo snel mogelijk oplossen.'

Esguerra's ogen vernauwen zich tot blauwe spleetjes, en heel even weet ik zeker dat hij me gaat vermoorden. Maar zakelijk inzicht moet zegevieren, want hij zegt koel: 'Oké. Je hebt twee weken om deze puinhoop op te lossen. Diego zal jou en je team naar jullie verblijfplaats brengen.'

Hij draait zich om, en ik laat de adem los die ik vasthield.

We zijn verre van veilig, maar we hebben net wat tijd gewonnen.

DEEL IV

enderson

'SNELLER,' BLAF IK NAAR JIMMY TERWIJL HIJ DE KOFFER DE auto in sleept, zijn uitdrukking er een van nukkige tienerverveling. Bonnie en Amber, mijn achttienjarige dochter, zitten al in het voertuig en wachten gespannen af.

In tegenstelling tot mijn domme zoon, begrijpen zij de ernst van dit alles. Ze weten dat als Sokolov en cohorten ons vinden, we allemaal een lot zullen ondergaan dat erger is dan de dood.

De nederlaag smaakt bitter op mijn tong als ik in de auto stap en de deur dichtsla. Volgens mijn bronnen is Sokolov nu ook in Esguerra's kamp, wat betekent dat mijn vijanden zich niet alleen aan het hergroeperen zijn, maar ook aan het samenwerken zijn.

We moeten weer vluchten.

We moeten ons verstoppen.

Tenminste totdat ik een andere manier heb gevonden om bij ze te komen.

ara

IK WORD WAKKER VAN DE SCHOKKENDE GELUIDEN VAN EEN HUILENDE BABY, gecombineerd met vrouwenstemmen die hem proberen te kalmeren.

Ik open mijn ogen en ga rechtop zitten, terwijl ik mijn hersenen pijnig met de vraag waar ik ben. En als ik rondkijk in de gewone kamer, met zijn witte muren en grijze tapijt, dringt het tot me door.

We zijn in Colombia, op het terrein van de wapenhandelaar.

Meer specifiek, we zijn in het huis waar Diego – een jonge bewaker die Peter blijkbaar van vroeger kent – ons gisteren naartoe heeft gebracht. Ik vermoed dat onze gastheer ons dit huis gaf omwille van mij. Yan, Ilya en Anton logeren bij de bewakers in de barakken, maar Esguerra moet gedacht hebben dat het vreemd zou zijn als een getrouwd stel bij een stel kerels zou gaan wonen.

Daar ben ik blij om, ik vind de privacy prettig. Het huis zelf is ook mooi – schoon en modern, zij het spaarzaam ingericht. Ik heb zelfs wat kleren in de kast gevonden, en ze lijken in de buurt van mijn maat te komen – handig, aangezien mijn eigen kleren momenteel alleen bestaan uit de spijkerbroek en trui waarin ik aankwam.

'Was dit niet het verblijf van Kent? Waar zit hij nu?' vroeg Peter toen we aankwamen, en Diego legde uit dat Lucas en Yulia Kent in het hoofdgebouw bij de Esguerra's wonen – iets met extra veiligheid en gemak voor zakelijke bijeenkomsten.

Het huilen lijkt van buiten te komen, dus ik sta op en doe een badjas aan die ik gisteren in de kast heb gevonden. Dan loop ik naar buiten en gluur door de gesloten blinden naar buiten.

Twee donkerharige jonge vrouwen buigen zich over een baby die op een dekentje op het groene grasveld voor het huis ligt. Ze verschonen de luier van het kind, en de baby jammert alsof het het ergste in de wereld is.

Wie zijn dat?

En waar is Peter?

Te oordelen naar de felle zon buiten, is het al ochtend – wat, gezien het feit dat ik een paar uur na onze aankomst gisteren bewusteloos ben geraakt, betekent dat ik ongeveer zestien uur heb geslapen.

Mijn lichaam moet de rust nodig gehad hebben na al die stress.

Automatisch gaat mijn hand naar mijn maag. Hij is nog plat, zonder teken van het leven dat erin groeit, maar ik weet dat het er is. Ik voel het.

Een baby van mezelf.

Over een paar maanden zal ik ook luiers gaan verschonen.

Ervan uitgaande dat we dan nog leven, tenminste.

Mijn borst verkrampt, ik stap weg van het raam. Even was ik bijna vergeten hoe precair onze omstandigheden waren en wat ons hier bracht.

Het gebrul van de helikopter te midden van het geweervuur, het duwen op papa's borst in een vergeefse poging om zijn hart weer op gang te krijgen, mama's gezicht waar een stuk van ontbreekt...

Hijgend zak ik op mijn knieën, mijn hart klopt als het koude zweet over mijn lichaam loopt. Even was het alsof ik terug in de tijd werd geworpen, de flashback was zo levendig dat ik de metaalachtige stank van bloed rook en de warme nevel op mijn gezicht voelde.

O god.

Ik kan dit niet.

Ik wil dit niet.

Trillend sta ik op en strompel naar de aangrenzende badkamer, waar ik de douche op de warmste stand zet en erin stap om door het hete water het ijs in mij te laten wegbranden.

Op een dag zal ik in staat zijn om aan mijn ouders te denken, maar nu nog niet.

Nog heel, heel lang niet.

~

DE DEURBEL GAAT NET ALS IK DE WOONKAMER BINNENKOM, in een spijkerbroek en een T-shirt die ik in de kast heb gevonden. Ze passen me verrassend goed. Gezien wat Peter eerder zei over dat dit Kents huis is, neem ik aan dat alle vrouwenkleding hier van Yulia is.

Hopelijk vindt ze het niet erg als ik haar kleren leen.

De deurbel gaat weer.

'Peter?' roep ik, terwijl ik om me heen kijk, maar hij reageert niet. Hij moet het huis uit zijn.

Ik haal adem, loop naar de voordeur en open hem.

Buiten staan de twee jonge vrouwen die ik eerder zag, met de baby die nu in een kinderwagen slaapt. Ze lijken begin twintig en zijn gekleed in zomerjurkjes en sandalen. De ene is klein en opvallend knap, met een dik, glanzend gordijn van halflang haar en een slank, atletisch postuur, terwijl de andere ronde wangen heeft, een stralende glimlach en een vol figuur. Tot mijn schrik komen ze me allebei bekend voor.

Waar heb ik ze eerder gezien?

'Hoi,' zegt het tengere meisje, dat me met een eigenaardige uitdrukking bestudeert. Haar ogen zijn groot en donker in haar fijne gezicht. 'Jij moet Peters vrouw zijn. Ik ben Nora Esguerra.'

Haar naam doet ook een belletje rinkelen, buiten het nu bekende Esguerra.

'En ik ben Rosa Martinez,' zegt het andere meisje met een vaag Spaans accent. Net als Nora staart ze me aan alsof ik een of ander exotisch dier ben, en ik besef dat haar naam me ook bekend voorkomt.

We hebben elkaar zeker ontmoet. Maar waar?

'Hallo,' zeg ik langzaam terwijl een herinnering aan mijn achterhoofd knaagt. Het is iets van jaren geleden, iets wat te maken heeft met mijn ziekenhuis… 'Ik ben Sara Cobakis, oftewel Sokolov.' Of Garin, of welke identiteit Peter ons nu ook wil laten aannemen.

'En jij bent dokter, toch?' Nora houdt haar hoofd scheef. 'Ik weet niet of je het nog weet, maar…'

'Je was een patiënt van me!' roep ik uit als het tot me doordringt. Mijn blik valt op Rosa, en mijn schok wordt heviger. 'Jullie allebei.'

Ik herinner het me nu. Het was jaren geleden, niet lang na George' ongeluk. Ik werd naar de Spoedeisende Hulp geroepen om twee jonge vrouwen te behandelen die waren aangevallen in een nachtclub. Een van hen – Rosa – was verkracht, terwijl de andere – Nora – een miskraam had gekregen toen ze haar vriendin probeerde te verdedigen.

Nora's man was er ook, een verbluffend knappe man die eruitzag alsof hij op het punt stond iedereen te vermoorden, behalve zijn vrouw.

Was dat Julian Esguerra?

Heb ik de man al ontmoet over wie ik zoveel gehoord heb?

Nora's lippen krullen zich in een glimlach. 'Je hebt

een goed geheugen. Ik weet zeker dat je duizenden patiënten hebt gehad in de loop der jaren.'

'Ik… ja, maar…' Ik realiseer me dat ik ze buiten laat staan als een soort deur-aan-deurverkopers, stap achteruit en doe de deur wijd open. 'Alsjeblieft, kom binnen. Het is veel te warm buiten.'

'Dank je,' zegt Nora, terwijl ze naar binnen loopt, en Rosa volgt, de kinderwagen voor zich uit duwend.

'Is dat jouw kind?' vraag ik Rosa, maar ze glimlacht en schudt haar hoofd.

'Ze is van Nora.'

'O, ja, dit is Lizzie.' Nora duwt de kap van de wandelwagen naar achteren en buigt zich voorover om de slapende baby op te pakken. Ze wiegt haar zachtjes tegen één schouder en glimlacht naar me. 'Ze is vijf maanden oud.'

'Gefeliciteerd,' zeg ik zacht. Ik weet nog hoe kapot ze in het ziekenhuis keek, hoe bezorgd ze was om haar vriendin. En Rosa… Het is moeilijk te geloven dat het gehavende meisje dat ik die nacht behandelde, de stralende vrouw is die voor me staat. Als Nora er niet was geweest, had het langer geduurd voor ik haar herkende; Rosa's gezicht was voor de helft gezwollen en bedekt met bloed toen ik haar voor het laatst zag.

'Dank je.' Nora's glimlach verzwakt een beetje, en komt dan terug. 'Ze is alles voor ons. Daarom heb ik Julian gezegd dat we je onderdak moeten geven, hoe kwaad hij ook is over de Henderson-situatie.'

Ik knipper naar haar. 'Wat?'

Rosa schopt Nora's voet en zegt iets in snel Spaans.

'Ik weet zeker dat ze het weet van Henderson,' zegt Nora, fronsend naar haar vriendin voor ze me weer aankijkt. 'Je weet het van Henderson, toch?'

'Ja, natuurlijk,' zeg ik. 'Ik vraag me alleen af wat je dochter te maken heeft met ons onderdak te geven.'

'O, dat.' Nora kijkt opgelucht. 'Heeft Peter je dat niet verteld?' Op mijn blanco blik legt ze uit: 'Je man heeft ons de laatste maanden een grote dienst bewezen, een die Lizzie misschien heeft gered uit de klauwen van een zeer kwaadaardige man.'

'En jou,' herinnert Rosa haar eraan, en Nora knikt.

'Juist, en mij. En Julian ook, al wil hij dat niet erkennen.'

'Ah, ik begrijp het.' Dit moet de gunst zijn waar Peter het over had, waardoor hij uiteindelijk amnestie kreeg. Ik wil een miljoen vragen stellen over dat en al het andere, maar eerst moet ik stoppen met zo'n slechte gastvrouw te zijn. 'Willen jullie iets eten of drinken?' bied ik aan. 'Ik denk dat Peter gisteren de koelkast heeft aangevuld…'

'Nee, dank je,' zegt Nora en ze gaat op de bank zitten.

'Een glas water voor mij, alsjeblieft,' zegt Rosa als ik haar aankijk.

Dankbaar dat ik iets te doen heb, ga ik naar de keuken en vul twee glazen met gefilterd water uit de koelkast – een voor mezelf en een voor Rosa. Net als de rest van het huis is de keuken schoon en modern, zij het niet overdreven luxe. Ik kan me zeker voorstellen dat Lucas Kent zich hier thuis voelt; de minimalistische esthetiek lijkt me iets wat hem zou aanspreken.

'Zo, hoe hebben jij en Peter elkaar ontmoet?' vraagt Nora als ik terugkom in de woonkamer en Rosa haar glas water aangeef. Ze zit nu naast Nora op de bank, en Lizzie ligt weer in de wandelwagen, nog steeds vredig te slapen.

Ze moet zichzelf uitgeput hebben met al dat huilen eerder.

'Het is nogal een lang verhaal,' zeg ik als antwoord op Nora's vraag terwijl ik op een stoel tegenover hen ga zitten. 'Hoe zit het met jou en je man? En wat bracht jullie in die tijd naar Chicago? Kom je oorspronkelijk uit die streek?'

Ik weet niet of ik in wil gaan op de bijzonderheden van mijn eerste ontmoeting met Peter. Hoe aardig deze jonge vrouwen ook lijken, ik kan niet vergeten dat ze aan de kant van onze gastheer staan – een man die misschien niet precies Peters vijand is, maar toch zeker niet zijn vriend.

'Mijn ouders wonen in Oak Lawn,' zegt Nora. 'Dus ja, ik kom oorspronkelijk uit de buurt van Chicago. En jij komt uit Homer Glen, toch?'

'Ja. Wow, wat een toeval.' Oak Lawn ligt op minder dan een uur rijden van Homer Glen.

Esguerra's vrouw en ik waren praktisch buren.

Nora lacht. 'Ik weet het! Zo gek. Hoe Julian en ik elkaar ontmoetten, was in een nachtclub in Chicago. Hij was in de buurt voor zaken, en ik was uit met een vriendin om mijn achttiende verjaardag te vieren. Een paar weken later ontvoerde hij me en...'

Ik spuugde bijna het water uit waar ik aan begonnen was. 'Wát deed hij?'

'Het is niet zo erg als het klinkt,' zegt Nora, en ze grijnst en schudt haar hoofd. 'O, wat zeg ik? Het is wél zo erg als het klinkt. Maar we zijn nu gelukkig, dus dat is het enige wat telt. Hoe zit het met jou? Hoe heb jij Peter ontmoet?'

'Ja, hoe heb je hem ontmoet?' echoot Rosa, en ik voel iets meer dan nieuwsgierigheid in haar blik.

Ik staar terug. Iets anders trekt aan de achterkant van mijn hersenen, iets groots... En dan dringt het tot me door.

Natuurlijk.

Hoe kon ik het vergeten zijn?

Ik draai me om naar Nora en zeg gelijkmatig: 'Je weet al hoe we elkaar ontmoet hebben. Of dat zou je toch moeten weten... want jij bent degene die Peter zijn lijst heeft gegeven.'

eter

HET IS VERBAZINGWEKKEND WAT EEN NACHT GOED
SLAPEN KAN DOEN. Mijn zij doet nog steeds pijn als ik
beweeg, en mijn kuit en arm doen pijn, maar ik voel
me oneindig veel beter als ik tegenover Kent en
Esguerra aan tafel ga zitten.

Ilya, Yan en Anton komen bij me staan en ik
glimlach als een mollige vrouw van middelbare leeftijd
een schaal met gesneden fruit en koekjes brengt.

Dit is een verbetering ten opzichte van de manier
waarop Esguerra zakelijke bijeenkomsten hield in dit
kantoor. Voor zover ik me herinner was er toen geen
eten.

'Dank je, Ana,' zeg ik als ze de schotel in het
midden van de ovale tafel zet, en de huishoudster

glimlacht naar me, blij dat ik me haar herinner. Ik heb niet veel met haar te maken gehad toen ik nog voor Esguerra werkte, maar ik heb een goed geheugen voor namen.

'Welkom terug, señor Sokolov,' zegt ze met een duidelijk Spaans accent. 'Het is goed u weer te zien.'

'Insgelijks,' zeg ik, en ze verlaat de kamer.

Mijn glimlach verdwijnt als ik mijn aandacht richt op de twee mannen die tegenover me zitten. Geen van beiden lijkt blij te zijn hier te zijn, en met goede reden.

Volgens onze hackers was er afgelopen nacht een inval in Esguerra's kantoor in Hongkong.

Zich niet bewust van de spanning in de kamer, pakt Ilya een koekje. 'Dit is goed spul,' zegt hij nadat hij er een hap van heeft genomen, en Anton volgt zijn voorbeeld en pakt een koekje en een tros druiven voor zichzelf.

Esguerra kijkt ze kil aan en richt zich dan tot mij. 'Zo. Dus. Henderson.'

'Goed.' Ik duw een dikke map over de tafel naar hem toe. 'Dit is wat we hebben over de klootzak. Ik zal je de bestanden ook mailen, voor het geval je mensen de datapatronen willen analyseren.'

'Ik neem aan dat je dat al gedaan hebt?' vraagt Kent, en ik knik.

'Ongeveer tien keer.'

'En?' vraagt Kent.

Ik haal mijn schouders op. 'Niets overtuigends voor nu. Maar ik heb wel wat ideeën.'

En terwijl Esguerra voorover leunt, onderdruk ik

de restanten van mijn geweten en ga na wat ik wil doen.

Als Henderson dacht dat we al eerder op voet van oorlog waren, had hij het mis.

Dít is oorlog, en lang voordat we klaar zijn, zal hij breken en om genade smeken.

ara

Bɪᴊ ᴍɪᴊɴ ʙᴇꜱᴄʜᴜʟᴅɪɢᴇɴᴅᴇ ᴡᴏᴏʀᴅᴇɴ ᴅᴇɪɴꜱᴅᴇ Nᴏʀᴀ ᴛᴇʀᴜɢ, maar ze keek niet weg. 'Dus je weet wel van de lijst. Toen ik je naam voor het eerst in de kranten las, vroeg ik me af of dat jullie samen heeft gebracht.'

'Bedoel je dat jij de reden bent waarom hij in mijn huis heeft ingebroken om de verblijfplaats van mijn inmiddels overleden eerste echtgenoot uit me te martelen?' vraag ik sardonisch, en Nora huivert weer.

'Is dat gebeurd? Ik hoopte dat Peter je misschien gespaard had, of in ieder geval...' Ze slaat haar ogen neer. 'Laat maar.'

'Ze wilde contact met je opnemen, weet je,' zegt Rosa, naar voren leunend. 'Toen we ons voor het eerst realiseerden wie je was, wilde Nora je bereiken en je waarschuwen voor Peter.'

Ik staar naar Esguerra's vrouw. 'Echt?' Het zou George niet geholpen hebben – Peter zou hem uiteindelijk toch wel opgespoord hebben – maar misschien als ik van tevoren gewaarschuwd was, zou ik die avond niet overrompeld zijn in mijn keuken.

Misschien had ik toegestemd onder te duiken, zoals de FBI wilde, en had Peter een andere manier gevonden om bij George te komen.

Misschien zouden mijn kwelgeest en ik elkaar nooit ontmoet hebben.

Mijn borst verkrampt bij de gedachte, en tot mijn schrik realiseer ik me dat ik dat niet wil.

Zelfs na alles wat er gebeurd is, alles wat ik verloren heb, zou ik weigeren als ik een tijdmachine had en de geschiedenis kon herschrijven.

Ik zou mijn hier en nu met Peter verkiezen boven elk leven zonder hem.

'Ja, maar ik heb het niet gedaan.' Nora kijkt op, haar blik somber. 'Het spijt me, Sara. Ik zag de naam van je man op de lijst toen ik die naar Peter stuurde, en toen we in het ziekenhuis waren, dacht ik dat iets op je naamplaatje me bekend voorkwam, maar ik heb pas later een en een bij elkaar opgeteld. En toen ik dat deed…' Ze ademt diep in. 'Nou, het maakt nu niet meer uit.'

'Het maakt wel uit,' zegt Rosa met glinsterende bruien ogen. 'Ze heeft het niet gedaan omdat haar man haar tegenhield.'

'Rosa…' begint Nora, maar haar vriendin legt een hand op haar knie.

'Nee, laat me uitpraten.' Ze kijkt me recht aan. 'Als je iemand de schuld wilt geven, Sara, dan moet ik het zijn. Ik vertelde señor Esguerra wat Nora van plan was, en hij zorgde ervoor dat ze het niet deed.'

Ik knipper met mijn ogen. 'Waarom?'

Ik neem ze het gebrek aan waarschuwing niet echt kwalijk – ze waren duidelijk niet verplicht me een gunst te verlenen – maar ik begrijp niet waarom Rosa zich ermee zou bemoeien.

'Omdat Peter Sokolov een gevaarlijk man is.' Haar blik is onwrikbaar. 'Misschien wel net zo gevaarlijk als señor Esguerra zelf. En na alles wat Nora had meegemaakt, was het laatste wat ze nodig had dat hij achter haar en señor Esguerra aanging omdat ze zich ermee bemoeide. Je man was geobsedeerd door die lijst. Hij zou iedereen neermaaien die zijn wraak in de weg stond.'

'Ja, ik weet het,' zeg ik droogjes. 'Ik was erbij.'

Het is Rosa's beurt om weg te kijken.

'Hoe komt het dat je uiteindelijk met hem bent getrouwd?' vraagt Nora, terwijl ze me met een plechtige blik aankijkt. Zonder die grote, donkere ogen van haar, met haar tengere gestalte en babyhuidje, zou je haar voor een tiener kunnen aanzien. Maar haar blik verraadt haar.

Het is de blik van een vrouw, iemand die meer dan haar deel aan lijden heeft gekend.

Ze zei dat haar man haar ontvoerde toen ze

achttien was. Hoe was dat voor haar? Ik was achtentwintig toen Peter in mijn leven kwam, en ik had moeite om de emotionele complexiteit van onze verwrongen relatie te verwerken. Hoe heeft dit meisje het gedaan op zo'n jonge leeftijd?

Hoe heeft ze een man kunnen overleven die, zo lijkt het, de vleesgeworden duivel is?

'Ik kan me voorstellen dat het een vergelijkbaar verhaal is,' zeg ik terwijl ze me blijft aankijken, wachtend op mijn antwoord. 'Ik begon Peter te haten, en toen, na verloop van tijd, is het gewoon... verschoven. Nadat hij de locatie van George uit me had gekregen, vermoordde Peter hem en verdween, maar toen kwam hij terug voor mij.'

Ik zou haar het hele smerige verhaal kunnen vertellen, maar dat hoef ik niet te doen. Ze begrijpt het, ik zie het in haar ogen.

'Het spijt me, Sara, dat ik daar een rol in heb gehad,' zegt ze zacht. 'Ik hoop dat je me op een dag zult vergeven. En voor wat het waard is: soms moet je de duisternis induiken om het helderste licht te vinden. Dat is wat ik heb moeten doen, tenminste.'

Ik glimlach en sta op het punt haar te vertellen dat er niets te vergeven valt, als de baby begint te woelen. Rosa springt op en loopt naar de wandelwagen, duidelijk blij dat ze iets te doen heeft, en Nora staat ook op.

'We moeten gaan, dan kun jij je installeren,' zegt ze terwijl Rosa de baby oppakt en haar sust door haar heen en weer te wiegen. 'Als je iets nodig hebt, wat dan ook, we zijn vlakbij, in het hoofdgebouw.'

'Dank je. Je bent meer dan gul geweest,' zeg ik, en ik meen het. Het dringt nu pas tot me door dat ze haar man heeft overgehaald ons onderdak te verlenen; haar opmerking was zo terloops dat ze me bijna was ontgaan.

Wie weet of Esguerra ons had laten landen als zij er niet was geweest?

We hebben misschien ons leven te danken aan deze jonge vrouw.

'Het was leuk je weer te zien, Sara,' zegt Rosa, terwijl ze de nu kalme Lizzie aan Nora overhandigt, en ik glimlach terug, ook al wordt mijn blik naar de baby getrokken.

'Wil je haar vasthouden?' vraagt Nora zachtjes, en ik knik.

Een bijna elektrische tinteling gaat door me heen als ik haar dochter vastpak. Ze is zacht en warm, als een kleine bundel verwarmde kussens, en als ik haar tegen mijn schouder leg, zoals ik Nora zag doen, draait ze haar hoofd en staart met grote blauwe ogen naar me op.

'Ze is mooi,' fluister ik eerbiedig, en dat is ze ook. Haar kleine hoofdje is bedekt met donker, zijdeachtig haar, en haar gladde, tere huid is een prachtige tint bleekgoud. Alle baby's horen schattig te zijn, maar deze… Ze gaat een hartenbreekster worden, dat weet ik nu al.

Hoe gaat mijn kind eruitzien?

Zal hij of zij de trekken van Peter hebben?

'Ze vindt je leuk,' zegt Nora. 'Kijk hoe ze naar je staart. Ze is gebiologeerd.'

Ik ruk mijn blik los van het wezentje in mijn armen en richt me tot haar moeder. 'Je dochter is geweldig,' zeg ik oprecht tegen Nora, en ze glimlacht.

'Julian en ik vinden van wel, maar we zijn bevooroordeeld.'

'Ik vind het ook,' zegt Rosa grijnzend. 'Maar ik ben waarschijnlijk ook bevooroordeeld.'

'Heb je zelf kinderen?' vraag ik haar, en ze schudt haar hoofd, haar glimlach vervaagt.

'Nee, helaas niet.' Ze komt naar me toe en reikt naar de baby. 'Kom hier, Lizzie, liefje. Je wilt naar tante Rosa komen, niet?'

Ik ben er nog niet klaar voor om de baby terug te geven, maar ik heb geen keus. Lizzie valt in Rosa's armen met een vrolijk gekir, en meteen voelt de plek waar ik haar tegen me aan gedrukt hield koud en leeg aan, mijn borstkas hol op een vreemde, nieuwe manier.

Zo moet het voelen om een kind te willen, er echt een te willen. Ik heb eerder baby's behandeld en ervan genoten, maar zoiets als dit heb ik nog nooit gevoeld.

Misschien is het omdat ik zwanger ben. De natuur bereidt me voor om moeder te worden, laat de hormonen vrij om het kind te verwelkomen als het komt.

Mijn hand gaat op de automatische piloot naar mijn maag terwijl ik toekijk hoe Rosa de baby voorzichtig in haar kinderwagen legt, en als ik opkijk, zijn Nora's ogen op mij gericht met een blik van begrip.

'Hoever ben je al?' vraagt ze zachtjes, en Rosa hijgt, draait zich om en staart me aan.

'Ben je zwanger?'

Ik bijt op mijn lip. Het is nog te vroeg om het iedereen te vertellen, maar het heeft geen zin om te liegen. 'Ja,' geef ik toe. 'Zes weken.'

'Wow, gefeliciteerd,' roept Rosa uit, terwijl ze naar mijn buik staart.

'Ja, gefeliciteerd,' herhaalt Nora met een warme glimlach. 'Ik ben zo blij voor jou en Peter.'

'Dank jullie wel,' zeg ik en ik glimlach terug.

Mijn oude leven is weg, maar misschien is dit het begin van een nieuw, compleet met nieuwe vriendschappen.

Misschien krijg ik na verloop van tijd weer wat terug van wat ik kwijt ben geraakt.

eter

IK NADER HET HUIS NET ALS DE VOORDEUR OPENZWAAIT
EN EEN KLEINE, donkerharige vrouw met een
kinderwagen naar buiten komt en zegt: 'En hoewel
dokter Goldberg geen gynaecoloog is, heeft hij wel een
echografieapparaat. Julian heeft het voor me besteld
toen ik zwanger was. Dus hij kan zeker een kijkje
nemen, om zeker te zijn dat jij en de baby in orde zijn.'
Ze draait zich om en pauzeert even. 'O, hallo, Peter.'

'Hoi, Nora,' zeg ik. Dan zie ik haar vriendin, het
jonge dienstmeisje van het huis, achter haar in de
deuropening staan, met Sara aan haar zijde. 'Hallo,
Rosa,' begroet ik het dienstmeisje, voordat ik mijn
aandacht richt op de enige persoon die er voor mij toe
doet. 'Ptichka, alles goed met je?'

Sara knikt. 'Ik voel me prima. Nora vertelde me net over hun dokter, voor het geval ik me na alles nog eens wil laten nakijken. Maar ik denk niet dat...'

'Dat is een uitstekend idee,' zeg ik vastberaden. 'Laten we hem vandaag naar je laten kijken.' Ik ken Goldberg nog van mijn tijd hier, en hoewel ik Sara liever door een verloskundige had laten onderzoeken, is Esguerra's traumachirurg zo briljant als een arts maar zijn kan.

'Goed,' zegt Sara. 'Maar hij zou jou ook moeten onderzoeken.'

Ik haal mijn schouders op. 'Als je dat wilt.' Toen we gisteren aankwamen, heeft ze al mijn verband verwisseld en nieuwe hechtingen geplaatst, en ik heb meer dan vertrouwen in haar werk. Maar als ze het beter vindt dat een andere dokter me ook ziet, vind ik dat niet erg.

Alles om mijn zwangere vrouw rustig en tevreden te houden.

Nora schraapt haar keel, en ik realiseer me dat ik helemaal vergeten ben dat zij en Rosa daar staan.

'Neem me niet kwalijk,' zeg ik, terwijl ik een stap achteruit doe om hen te laten passeren, en terwijl de kinderwagen langs me rolt, vang ik een glimp op van een piepklein gezichtje met helderblauwe ogen.

Lizzie Esguerra.

Mijn borst knijpt samen met een plotselinge hevige pijn. Verdomme, ik mis Pasha. Na al die tijd raakt het me nog steeds als een sloopkogel, de wetenschap dat hij er niet meer is, dat de baby met de kuiltjes in zijn wangen die uitgroeide tot een slimme peuter nooit naar school zal gaan, nooit volwassen zal worden en zelf kinderen zal krijgen. Niets kan die gapende leegte vullen, maar toch, als mijn blik op Sara valt, voel ik de ergste pijn afnemen, een helende warmte die de klauwende kwelling van verdriet vervangt.

Ik zal Pasha misschien nooit meer vasthouden, maar ik zal mijn kind met Sara vasthouden. Ik kan het me al voorstellen. Als het een meisje is, zal ze lief en gracieus zijn, als een kleine ballerina, en als het een jongen is... Nou, hij zal Pasha niet zijn, maar ik zal net zoveel van hem houden.

'Nogmaals bedankt,' roept Sara, terwijl ze naar Nora en Rosa zwaait als ze de weg naar Esguerra's landhuis afleggen, en ze zwaaien glimlachend terug als ik het huis binnenkom en de deur achter me sluit.

62

enderson

IK WRIJF IN MIJN NEK TERWIJL IK UIT HET RAAM STAAR
NAAR HET IJZIGE LANDSCHAP.

De hut ligt zo geïsoleerd als maar zijn kan, ver weg
van de hordes toeristen die IJsland bezoeken in de
hoop het noorderlicht te zien.

Mijn vijanden zullen ons hier niet vinden, hoewel
ik weet dat ze hun best zullen doen. Voorlopig zijn
mijn familie en ik veilig, maar ik maak mezelf niet wijs
dat we hier voor lange tijd kunnen blijven.

Spoedig zullen we weer moeten vluchten, ons weer
verstoppen.

Tenminste, tenzij ik Sokolov en zijn bondgenoten
kan uitschakelen.

Mijn nieuwe plan is riskant, krankzinnig eigenlijk,

maar ik zie geen andere manier. Ze zullen niet ophouden achter me aan te komen, en uiteindelijk zullen we geen plaatsen meer hebben om ons te verstoppen.

Het goede nieuws is dat ik al de juiste mensen ken om deze missie uit te voeren. Hetzelfde team dat ik gebruikte voor de FBI-bomaanslag. Ze zijn gewetenloos en zeer bekwaam, een waardige partij voor mijn tegenstanders.

Wat ik nu nodig heb, is de plattegrond van Esguerra's Colombiaanse kamp.

Dan kan ik het gevecht naar hen brengen.

ara

IK PROBEER PETER TE LATEN RUSTEN, MAAR HIJ STAAT erop ontbijt te maken, en ik heb te veel honger om daartegenin te gaan. Hij voelt zich duidelijk beter vandaag, zijn kleur is terug naar zijn normale gezonde tint en zijn bewegingen zijn slechts lichtjes stijf.

Als ik niet wist dat hij minder dan een week geleden drie kogels had opgelopen, zou ik het niet geloofd hebben.

Terwijl we onze omeletten verorberen in de keuken, vertel ik hem over het bezoek van Nora en Rosa en het feit dat ik hen al eens ontmoet heb, lang voor ik hem kende.

'Nora had een miskraam gehad?' zegt hij, fronsend, en ik besef dat hij dat niet geweten moet hebben.

'Ja. Ik neem aan dat je Esguerra's dienst toen al had verlaten?'

Hij knikt. 'Ik vertrok meteen nadat ik hem had gered van de terroristengroep die hem in Tadzjikistan gevangen had genomen. Weet je nog dat ik zei dat hij kwaad was dat ik zijn vrouw in gevaar had gebracht bij de redding? Nou, ze was zeker niet zwanger op dat moment, of als ze dat was, wist ik het niet. Ik zou me niet door haar hebben laten ompraten om haar als aas te gebruiken als dat zo was.'

Juist. Omdat Peter een zwak heeft voor baby's. Ik zag de blik op zijn gezicht toen hij naar Lizzie keek, de pijn vermengd met teder verlangen. Het brak mijn hart en ik ging nog meer van hem ging houden.

Hij zal een geweldige vader zijn, net zo zorgzaam als mijn eigen vader was.

'Hij ademt niet. Sara, hij ademt niet meer.'

Ik zit al op mijn knieën, druk op papa's borst terwijl ik in stilte tel, en dan vooroverbuig om in zijn mond te ademen.

Zijn borstkas gaat omhoog met de lucht die ik hem geef, daalt dan weer en blijft onbeweeglijk.

Vechtend tegen mijn groeiende paniek begin ik weer met de hartmassage.

Een, twee, drie, vier...

'Sara!'

Hijgend staar ik verward op naar Peter. Zijn gezicht is een masker van bezorgdheid als hij me bij mijn bovenarmen vasthoudt, en we staan allebei op, hoewel ik een seconde geleden nog zat te eten.

'Wat is er gebeurd?' vraag ik schor terwijl hij gaat

zitten en me op zijn schoot trekt, zijn sterke armen om mijn trillende lichaam slaand. Ik ben blij dat hij me vasthoudt, want ik weet niet of ik uit mezelf zou kunnen blijven staan. Mijn hartslag is in de supersonische zone en het ijzige zweet druipt over mijn rug.

'Je werd wit, en toen begon je te hyperventileren.' Zijn stem is gespannen. 'En toen ik je aanraakte, begon je te schreeuwen.'

'Ik… wat?' Mijn keel doet ook pijn, realiseer ik me, terwijl ik beverig omhoog reik om hem aan te raken.

'Ik wil dat je naar een therapeut gaat.' Zijn zilveren blik is hard. 'Zo snel mogelijk.'

Ik schud mijn hoofd op de automatische piloot. 'Nee, het gaat…'

'Het gaat niet.' Zijn armen verstrakken om me heen. 'Je had een volledige flashback. Je was niet hier, je was ergens anders. Wat heb je gezien? Waren het je ouders? Heb je ze zien sterven?'

Ik deins terug, de speer van pijn als een kogel door mijn hart. 'Nee,' lieg ik wanhopig. Ik kan er niet over praten, ik kan er helemaal niet aan denken. Ik voel de donkere herinneringen onder de oppervlakte borrelen, ze dreigen me naar binnen te zuigen. 'Dat is het niet. Het is gewoon…'

Ik land pijnlijk op mijn zij, met mijn hoofd tegen de zijkant van de bank, als er nog een schot klinkt en een warme, metaalachtige nevel mijn gezicht en nek raakt.

'Peter!' Ik sta doodsangsten voor hem uit en val op mijn knieën, veeg het bloed uit mijn ogen, en dan zie ik het.

Mam lag languit op de vloer, haar gezicht besmeurd met bloed.

Of liever: het grootste deel van haar gezicht.

Een deel van haar wang en schedel is weggeblazen. Een bloederig gat is achtergebleven waar vroeger een jukbeen zat.

'Sara. Fuck, Sara!'

Peters gezicht is als een donderwolk als hij op me neerkijkt, zijn ogen vernauwd en zijn grote lichaam gespannen. Hij moet me door elkaar hebben geschud om me uit de flashback te krijgen, want mijn huid voelt gekneusd waar zijn vingers mijn armen met overdreven kracht hebben vastgepakt.

'Het spijt me,' fluister ik woedend. Mijn hartslag is in de stratosfeer, mijn keel zo rauw alsof ik doornen heb ingeslikt. Ik begrijp niet waarom dit gebeurt, waarom mijn geest me plotseling zo'n vreselijke streek levert.

'Nee, niet doen.' Hij laat mijn arm los en wiegt mijn wang, zijn brede handpalm warm op mijn bevroren huid. 'Je hoeft geen sorry te zeggen, mijn liefste. Het is niet jouw schuld. Niets van dit alles is jouw schuld.'

En terwijl hij mijn gezicht tegen zijn schouder drukt en me heen en weer wiegt, sluit ik mijn ogen en doe mijn best om hem te geloven.

eter

Mijn ingewanden zitten in de knoop terwijl ik toekijk hoe Goldberg Sara onderzoekt. De kleine, kalende man is traumachirurg, maar hij lijkt te weten wat hij doet – en elke dokter is beter dan geen dokter.

Natuurlijk, Sara is zelf dokter, maar ze kan niet echt haar eigen echografie doen.

'Zover ik kan zien, zijn jij en de baby perfect in orde,' kondigt hij aan als hij klaar is, en ik blaas opgelucht uit.

Volgende stap: Sara naar een therapeut sturen om met die angstaanjagende flashbacks om te gaan.

Als ik eraan denk hoe haar gezicht wit en wezenloos werd, alsof al het leven haar lichaam had verlaten. En toen het hyperventileren en het schreeuwen begon... Verdomme, ik zou er alles voor geven om haar nooit meer in die toestand te zien. Ik weet wat PTSS is – ik heb het bij veel soldaten gezien – en om mijn ptichka zo te zien lijden was meer dan ik kon verdragen.

Ik moet haar beter maken.

Ik moet de schade ongedaan maken die ik heb aangericht.

'Ik weet zeker dat je dit beter weet dan ik, maar je moet stress zoveel mogelijk vermijden,' zegt Goldberg tegen Sara, en ze knikt, terwijl ze eruitziet als de kalme, capabele dokter zelf. En als ik haar niet had zien instorten aan onze keukentafel, tot twee keer toe, minder dan een uur geleden, zou het makkelijk zijn om te geloven dat ze gewoon in orde is.

Dat de gebeurtenissen van de afgelopen week slechts een ruisje waren op haar emotionele radar.

Maar dat zijn ze niet. Dat kan niet. Hoe mijn ptichka ook is, ze heeft te veel meegemaakt om haar niet te beïnvloeden. Ze hield het vol toen we in overlevingsstand waren, maar nu we relatief veilig zijn, halen haar lichaam en geest het in, proberen om te gaan met het extreme trauma.

Voor zover ik weet, heeft ze niet eens gehuild om haar ouders of vanwege de man die ze vermoord heeft.

Ik ben geen psychiater, maar dat kan niet gezond zijn. Misschien is dat waarom de flashbacks haar zo hard raken: omdat ze vecht tegen haar gevoelens, weigert te denken aan haar verdriet.

Ik heb dit ook in het leger gezien. Jonge soldaten,

die sterk wilden lijken, probeerden hun gevoelens onder controle te houden tot het punt dat ze de controle erover volledig verloren. Dat soort trauma's opkroppen werkt nooit; de mannen stortten altijd in, of gebruikten drugs en alcohol om ermee om te gaan. Afgezien van mijn nachtmerries na Daryevo, heb ik nooit dat soort problemen gehad – maar ik heb dan ook wel een beetje geluk.

Ik heb het grootste deel van mijn leven in de overlevingsstand gestaan.

'Dank u, dokter Goldberg,' zegt Sara, terwijl ze van de tafel springt, en als ze achter een gordijn gaat om haar kleren aan te trekken, neem ik de dokter apart.

'Is ze echt in orde?' vraag ik zacht. 'Want ze heeft net haar ouders verloren, en in het algemeen zijn de laatste dagen… moeilijk geweest.'

De dokter zucht en trekt zijn handschoenen uit. 'Ik weet niet wat ik moet zeggen. Fysiek is ze gezond. Emotioneel… tja, dat is niet echt mijn afdeling. Misschien kun je met Julian praten, kijken of hij iemand naar het landgoed kan brengen met wie ze kan praten. Ik weet dat Nora een paar jaar geleden een moeilijke tijd doormaakte, en hij liet een therapeut komen voor haar. Misschien kan hij hetzelfde doen voor je vrouw?'

Ik dacht eraan om Sara op afstand met een psychiater te laten praten, maar persoonlijk zou nog beter zijn.

'Bedankt, ik zal met hem praten,' zeg ik tegen Goldberg als Sara terugkomt, en hij knikt, glimlachend.

'Veel succes. En onthoud: houd het laagdrempelig, oké?'

'Bedankt. We zullen ons best doen,' zegt Sara en glimlacht naar hem. Het is haar lieve, warme glimlach, en voor een seconde voel ik een lelijke steek van jaloezie. Het is onlogisch – de dokter is voor honderd procent homoseksueel – maar ik kan het niet helpen.

Ik heb die glimlach al dagen niet van haar gezien.

Niet sinds ze alles heeft verloren door mij.

ara

PETER IS STIL OP DE TERUGWEG NAAR ONS HUIS, ZIJN
uitdrukking is gesloten. Ik weet dat hij bezorgd om me
is, maar ik wou dat hij tegen me praatte, me afleidde
van mijn gedachten. In plaats daarvan houdt hij
zwijgend mijn hand vast, en hoe troostend zijn
aanraking ook is, het is niet genoeg om te voorkomen
dat mijn gedachten afdwalen... naar plaatsen waar ik
ze niet heen wil laten gaan.

'Dus, gaat Esguerra je helpen om Henderson te
krijgen?' vraag ik opgewekt, deels omdat ik
nieuwsgierig ben, deels om iets te hebben om over te
praten. 'Je gaat achter hem aan, toch?'

Peter kijkt naar me neer. 'Ja.'

'O, goed. Weet je al hoe je hem gaat vinden?'

'We hebben wat ideeën,' zegt hij vaag, en valt dan weer stil.

Geweldig. Hij wil er waarschijnlijk niet over praten, omdat ik anders weer door het lint ga. Gaat het vanaf nu zo met ons, dat Peter denkt dat ik zo breekbaar ben dat ik bij de minste provocatie uit elkaar spat?

Het ergste is dat ik niet zeker weet of hij helemaal ongelijk heeft. Na wat er bij het ontbijt gebeurde, voelt mijn hoofd als een mijnenveld, vol schrikdraad en verborgen gevaren. Ik weet niet wat me kan triggeren en ervoor zorgen dat die vreselijke herinneringen de overhand nemen. En Peter weet niet eens van de miniflashback die ik eerder deze ochtend had, voor Nora en Rosa's bezoek.

Als hij het wist, zou hij overtuigd zijn dat ik een hopeloos geval ben.

'Hoe voel je je?' vraag ik om over te gaan op een onschuldiger onderwerp. 'Hoe gaat het met je zij?'

Hij glimlacht naar me. 'Veel beter, dank je. Nog een paar dagen en ik zou zo goed als nieuw moeten zijn.'

'Echt? Je geneest opmerkelijk snel.'

Zijn glimlach vervaagt. 'Ik heb een dikke huid.'

En ik niet. Ik ben een breekbare bloem, die uit elkaar valt als hij ook maar boe of bah zegt. Hij heeft het niet gezegd, maar ik hoor de woorden toch.

Ik voel zijn bezorgdheid om mij.

Ik geef het gesprek op en richt me op onze omgeving. We lopen langs wat de behuizing van de bewakers moet zijn; ik zie stoer uitziende mannen met machinegeweren het slaapzaalachtige gebouw in en uit gaan. Overal om ons heen is exotisch groen, en de lucht is dik en vochtig, geparfumeerd door tropische vegetatie en een vleugje ozon van de wolken die zich aan de horizon samenpakken.

Esguerra's landhuis ligt wat verder naar rechts, het witte gebouw van twee verdiepingen doet me denken aan een plantage uit het Burgeroorlogtijdperk. Het is omgeven door een mooi landschap en weelderige groene gazons, en een paar kleinere gebouwen.

De wachttorens die ik vanuit het vliegtuig heb gezien, zijn in de verte zichtbaar, met gewapende bewakers erop, en ik weet zeker dat er nog tientallen andere, minder voor de hand liggende veiligheidsmaatregelen zijn genomen.

Als ik al die mannen met wapens zag en wist dat ik op het terrein van een meedogenloze crimineel was, zou ik op z'n zachtst gezegd ongerust zijn geworden. Maar nu geeft het me een veilig gevoel.

De vijand zijn nu de mensen op wie de meeste burgers rekenen voor bescherming: de ordehandhavers.

En natuurlijk Henderson, die de autoriteiten gebruikt als wraakmiddel.

Als we terugkomen bij het huis, maakt Peter onze lunch klaar, en we eten – deze keer zonder instortingen van mijn kant. Hij is nog steeds stil tijdens het eten, maar zijn blik is op mij gericht met onverhulde bezorgdheid.

'Stop,' kreun ik als ik er niet meer tegen kan. 'Alsjeblieft, stop met zo naar me te kijken. Ik ga niet flippen, dat beloof ik.'

'Dat kun je niet beloven, want de flashbacks zijn niet iets wat je in de hand hebt, ptichka,' zegt hij rustig. 'En hoe meer je het probeert, hoe erger ze kunnen worden. Daarom ga ik met Esguerra praten over een therapeut hier.'

'Wat? O, kom op. Dit kan wachten tot…'

'Nee, dat kan niet.' Zijn gezicht staat onverbiddelijk. 'Niet na wat er vanmorgen gebeurd is.'

'Peter, alsjeblieft. Er is echt niets gebeurd. Je maakt van een mug een olifant. Je hoeft me niet in verlegenheid te brengen tegenover Esguerra door hem te vragen dat te doen. Trouwens, betekent dat niet dat je hem nog een gunst schuldig bent? Als je eenmaal met Henderson hebt afgerekend, kunnen we het over therapie en zo hebben. Tot die tijd…'

'Tot die tijd zie je wie we hier kunnen brengen.'

Ugh. Ik schuif mijn lege bord weg en sta op. Het is onmogelijk om Peter te beïnvloeden als hij zijn zinnen ergens op heeft gezet. Ik vind dat zowel lief als irritant, en in dit geval is het zeker het laatste.

Waarom kan hij niet begrijpen dat ik gewoon niet klaar ben om om te gaan met de emotionele gevolgen van wat er gebeurd is? Dat ik liever af en toe een flashback riskeer dan me te verdiepen in de giftige poel van schuld en afschuw die in mijn hoofd rondspookt?

Als ik die herinneringen kon uitwissen, zou ik dat doen. En verder wil ik er gewoon niet meer aan denken.

'Ptichka…' Hij pakt mijn pols als ik op het punt sta de keuken uit te lopen. Zijn aanraking brandt door me heen, zijn vingers slaan zich om me heen als een paar boeien. 'Luister naar me, mijn liefste. Je bent gewond, net zozeer als wanneer je een kogel had opgelopen. Zou je mijn wonden laten etteren? Of zou je je best doen om ze te genezen?'

Ik knars mijn tanden. 'Dat is niet hetzelfde.'

'O nee?' Zijn grijze ogen zijn zacht als hij met zijn vrije hand een haarlok achter mijn oor plooit. 'Waarom is het anders?'

Omdat het zo is, wil ik schreeuwen. Omdat het niet uitmaakt wat ik doe, of met hoeveel therapeuten ik praat.

Niets zal mijn ouders terugbrengen.

Dit is geen kogelwond die met zorg zal genezen.

Terwijl ik naar Peter staar, bedenk ik me dat ik wekenlang ruzie met hem zou kunnen maken, zonder dat het iets zou veranderen. Ik kan hem er niet van overtuigen dat ik in orde ben.

Niet met woorden, tenminste.

Langzaam en weloverwogen lik ik langs mijn lippen. Voorspelbaar valt zijn blik op mijn mond, en zijn greep op mijn pols wordt steviger als ik de handeling herhaal, gevolgd door mijn tanden die verleidelijk in mijn onderlip zinken.

Mijn doel was om hem van zijn zorgen af te leiden,

maar mijn eigen hartslag versnelt als zijn ademhaling versnelt en zijn blik omhoog schiet om de mijne te ontmoeten. Zijn pupillen zijn al verwijd, het zilver van zijn irissen verandert in donker staal. Ik ben me scherp bewust van de warmte die van zijn vingers uitgaat als hij mijn pols vasthoudt, en de nabijheid van zijn lange, sterke lichaam maakt dat ik tegen hem aan wil smelten, om mijn pijnlijke borsten tegen het brede, harde vlak van zijn borstkas te wrijven.

'Ptichka...' Zijn stem is laag en dik. 'Je speelt verdomme met vuur.'

Mijn tepels knijpen samen tot strakke, harde knoppen, en vloeibare warmte doordrenkt mijn slipje. Verdomme, wat ben ik opgewonden. Die toon, gecombineerd met het vleugje geweld in de te strakke greep van zijn vingers om mijn pols, doet meer met me dan uren voorspel. Behalve de pijpbeurt die ik hem in het ziekenhuis heb gegeven, hebben we al een paar dagen geen seks gehad, en mijn lichaam snakt wanhopig naar zijn bezit.

Ik stap naar voren, ga op mijn tenen staan en druk mijn lippen op de zijne, terwijl ik mijn vrije arm om zijn gespierde nek sla. Even verstijft hij, alsof hij verrast is door mijn agressie, maar dan nemen zijn instincten het over en sta ik met mijn rug tegen de koelkast, met zijn harde lichaam tegen me aan gedrukt en zijn mond die me verslindt alsof er geen morgen is.

Ik voel de bobbel van zijn erectie als hij mijn andere pols vastpakt en mijn armen boven mijn hoofd strekt, ze tegen het koude staal van de koelkast drukt. Meer warmte golft door mijn binnenste en ik kreun in zijn mond, terwijl ik mijn been optil en achter zijn kont haak, zodat ik mijn pijnlijke, gezwollen geslacht tegen die bobbel kan wrijven. Ik voelde me er niet prettig bij om naast de kleren ook Yulia's ondergoed te lenen, en de spijkerbroek is ruw en kriebelig tegen mijn blote lippen, de sensatie ongemakkelijk maar pervers opwindend.

'Neuk me,' adem ik terwijl hij zijn hoofd opheft om me aan te staren, zijn ogen glinsterend en zijn kaken strak opeengeklemd. Hij grijpt mijn beide polsen in één grote hand en ritst zijn broek open, waardoor zijn erectie vrijkomt en ik smeek: 'Neuk me nú.'

'O, dat zal ik doen. Geloof me.'

Zijn ademhaling is zwaar, zijn blik woest als hij mijn polsen loslaat en mijn short openritst, en hem dan ruw langs mijn benen naar beneden trekt. Trillend van behoefte stap ik eruit, en hij grijpt mijn kont en tilt me op. Terwijl ik zijn schouders vastpak, spreidt hij mijn dijen en laat me zakken op zijn dikke pik, die me in één harde haal doorboort.

De lucht stoot uit mijn longen terwijl mijn benen zich om zijn heupen wikkelen en mijn nagels zich in de spieren van zijn schouders graven. Fuck, hij is groot. Mijn lichaam was dit deel op de een of andere manier vergeten. Mijn innerlijke weefsels voelen pijnlijk gespannen, mijn opwinding getemperd door het branderige gevoel van zijn penetratie. Dat wil zeggen, totdat hij begint te bewegen.

Nog steeds mijn blik vasthoudend trekt hij zich

terug en stoot weer naar binnen. Hij wacht niet, plaagt me niet met oppervlakkige stoten; meteen is zijn ritme hard en stuwend, even genadeloos als de man zelf. En dat is precies wat ik nodig heb. De groeiende warmte en spanning verminderen het ongemak, mijn lichaam wordt zachter en vloeibaarder, en verwelkomt hem diep va binnen. Elke stoot beukt op mijn G-spot; elke keer dat zijn bekken tegen het mijne slaat, drukt het op mijn clitoris.

Mijn orgasme is even hevig als plotseling. Het komt lang voordat ik er mentaal op voorbereid ben, het genot verscheurt me, verwoest me. Hijgend schreeuw ik zijn naam uit, mijn benen verstrakken om hem heen, maar hij stopt niet.

Hij bonkt in me tot ik weer kom.

Ik ben nog steeds bezig met de naschokken van mijn orgasme als er een ader begint te kloppen in zijn met zweet doordrenkte voorhoofd, en zijn dikke lul verder in me opzwelt. Met een kreun duwt hij zo diep als hij kan, en mijn binnenste spieren knijpen rond zijn schacht terwijl die schokt en pulseert, mijn binnenste vullend met zijn zaad.

 eter

ZWAAR ADEMEND TREK IK ME MET TEGENZIN TERUG UIT
SARA'S STRAKKE, sappige kutje en laat haar voorzichtig
op haar voeten zakken. Ze kijkt net zo overdonderd als
ik me voel, en een scherpe snuif van spijt verjaagt de
warme gloed.

Ik was te ruw met haar.

Veel te ruw.

Ik weet dat ze het nu zo wil, maar ze is zwanger.

Getraumatiseerd en zwanger.

Wat dacht ik wel niet, zo de controle verliezen? Ik
moet haar vertroetelen, haar rustig en ontspannen
houden, niet haar neuken tegen de koelkast als een
losgeslagen dier.

Ze staat wankel op haar benen als ik haar loslaat en

een stap terug doe, en ik grijp haar arm om haar in evenwicht te houden als ze een stukje keukenrol pakt om de nattigheid tussen haar benen op te deppen.

'Ptichka... Gaat het?'

Ze grijnst en gooit het stuk keukenpapier in de prullenbak. 'Nooit beter. Hoe zit het met jou?'

Ik frons en denk dan aan mijn verwondingen. Nu ik erop let, doet mijn zij wel een beetje pijn, maar het is niets wat ik niet aankan.

'Helemaal tiptop,' zeg ik als er een bezorgde blik op haar gezicht verschijnt en ze de zoom van mijn T-shirt grijpt – ongetwijfeld met de bedoeling die op te tillen om mijn verband te inspecteren. Zachtjes trek ik haar handen weg en stap buiten haar bereik. 'Echt, ik ben in orde.'

Ik kan niet geloven dat ze zich zorgen om me maakt terwijl ik haar net zo heb toegetakeld. Ik weet dat ik haar pijn heb gedaan. Ik kon de extreme strakheid van haar lichaam voelen toen ik in haar stootte. Wat als ik de baby ook pijn doe?

Wat als ze een miskraam krijgt, zoals Nora die keer?

Terwijl ik verstijfd sta en die afschuwelijke gedachte verwerk, buigt ze voorover en raapt haar short van de vloer. Haar bolle kontje flitst in de lucht door de beweging, en ondanks het sperma dat mijn pik nog steeds bedekt, voel ik hem kronkelen van interesse.

Fuck, ik ben een beest.

'Sara...' Mijn stem klinkt gespannen als ze me aankijkt. 'Gaat het echt goed met je?'

Ze knippert met haar ogen. 'Ik zei het je, beter dan

ooit. Kom, laten we ons gaan opfrissen.' En ze pakt mijn hand en sleurt me mee naar de badkamer.

WE DOUCHEN SAMEN – NOU JA, SARA DOUCHT, EN IK gebruik de handdouchekop om strategisch rond mijn verbanden te wassen – en dan gaat ze liggen om een dutje te doen. Ze beweert dat ze in een food coma ligt en slaperig is na het vrijen. Ik ga bij haar liggen en hou haar vast tot ze in slaap valt. Dan sta ik stilletjes op en verlaat het huis.

Ik weet waarom ze moe is, en het heeft niets te maken met eten of seks. Haar lichaam stort in na de non-stop adrenaline van de afgelopen week, en het feit dat er een baby in haar groeit helpt niet.

Het schuldgevoel is als een rol prikkeldraad in mijn maag.

Ik heb haar dit aangedaan.

Ik ben verantwoordelijk voor al haar ongeluk.

Als ik niet zo egoïstisch geobsedeerd was geweest door haar, als ik haar gewoon met rust had gelaten, zou ze nog steeds thuis zijn bij haar ouders, en haar rustige, vredige leven leiden. Als ik was weggelopen na onze eerste ontmoeting, was ze misschien met iemand anders getrouwd… iemand die ervoor kon zorgen dat ze haar zwangerschap in comfort en veiligheid zou doorbrengen.

In plaats daarvan is ze met mij op de vlucht en lijdt ze aan PTSS-achtige flashbacks en uitputting.

'Hé daar, Peter,' groet Diego me als ik langs hem op de weg loop, en ik knik kortaf, niet in de stemming voor een praatje.

Ik heb nu één doel: Esguerra spreken.

Ik wil dat die therapeut meteen hierheen komt.

Het duurt niet lang of ik klop op de deur van Esguerra's herenhuis.

'Is hij hier?' vraag ik Ana als ze de deur voor me opendoet, en de huishoudster knikt.

'Ja, kom binnen. Wil je iets eten of drinken terwijl ik hem ga halen?'

'Nee, dank je.' Ik volg Ana naar de foyer en leun tegen de muur, te opgewonden om te zitten.

Zij gaat de brede gebogen trap op, en een paar minuten later komt Esguerra naar beneden, zijn hemd dichtknopend terwijl hij loopt. Zijn haar is verfomfaaid en een nijdige grijns siert zijn gezicht.

Ik heb hem of uit een dutje gehaald, of iets met Nora.

Ik gok op het laatste.

'Wat is er?' blaft hij. 'Heeft Henderson...'

'Nee, zo is het niet.' Ik haal adem als zijn blik dieper wordt. 'Het is persoonlijk. Ik heb een gunst nodig.'

'Werkelijk? Zijn eten en onderdak niet genoeg voor je?'

'Ken je een psychiater?' vraag ik, weigerend te happen. 'Bij voorkeur iemand die ervaring heeft met de behandeling van PTSS.'

Hij kijkt verbaasd. 'Voor jou?'

Ik denk terug aan Sara's woorden en knik koel. 'Voor mij.'

Ik wil niet dat mijn ptichka zich beschaamd voelt. Niet dat ze dat moet. Hulp nodig hebben om een extreem trauma te verwerken maakt je niet zwak, alleen normaal.

Esguerra kijkt me met een onleesbare uitdrukking aan en knikt dan. 'Ik ken misschien iemand. Hoe snel heb je haar hier nodig?'

'Vandaag, indien mogelijk. Anders morgen of overmorgen.'

'Goed dan. Ik zal mijn best doen om haar hier morgen te krijgen.'

'Bedankt,' zeg ik en ik draai me om om te vertrekken. Ik weet dat ik hem hiervoor iets schuldig zal zijn, en hij zal het zeker innen, maar als het Sara helpt, zal het het waard zijn.

Ik zou alles doen om haar te helpen.

'Peter,' roept Esguerra als ik op het punt sta de kamer uit te lopen. Als ik me naar hem omdraai, zegt hij zachtjes: 'Waarom komen jij en je vrouw vanavond niet bij ons eten? Nora zou het leuk vinden om je Sara beter te leren kennen.'

'Zeker,' zeg ik, mijn verbazing verhullend. 'We zullen er zijn.'

'Zeven uur,' zegt hij, en dan draait hij zich om en gaat terug naar boven.

enderson

MIJN RUG DOET PIJN VAN DE HELE DAG SNEEUW SCHEPPEN, en Jimmy is pissig dat hij het samen met mij moest doen, maar het moest gebeuren.

We moesten de oprit vrij hebben, zodat we snel weg kunnen als het nodig is.

Mijn plan om Sokolov en de anderen te pakken – Operatie Air Drop, zoals ik het noem – mist nog een cruciaal onderdeel, namelijk de indeling van Esguerra's kamp en informatie over de beveiliging.

Als we dat hebben, kunnen we toeslaan, maar in de tussentijd moet ik alles doen om mijn vrouw en kinderen te beschermen.

Ik moet ze redden van de monsters die op ons jagen.

ara

IK WEET DAT HET STOM IS OM ZENUWACHTIG TE ZIJN
VOOR HET DINER NA ALLES WAT WE HEBBEN
MEEGEMAAKT, maar ik kan het niet helpen. Ten eerste
zijn de enige kleren die ik in de kast heb gevonden
shorts en T-shirts, en hoewel Peter me heeft verzekerd
dat we ons niet hoeven op te doffen, zou ik me zeker
beter voelen als ik een mooie zomerjurk had om aan te
trekken. En na mijn middagdutje heeft mijn
ochtendmisselijkheid besloten wakker te worden.

Die heeft blijkbaar net zo'n jetlag als ik.

Ik heb al een keer overgegeven, maar ik voel me
nog steeds misselijk als Peter me naar het
hoofdgebouw leidt. De herinnering aan zijn
aandringen op een psychiater helpt niet. Heeft hij het

er al met onze gastheer over gehad? Ik hoop van niet, maar mijn man kennende, zal hij dat wel gedaan hebben.

Uitstel is een concept waar hij niet mee bekend is.

Hoe dan ook, mijn maag draait zich om als Peter op de deur klopt. Even later zwaait hij open en onthult een Latijns-Amerikaanse vrouw van middelbare leeftijd. 'Señor Sokolov,' zegt ze, stralend. 'Welkom. En dit moet uw lieftallige vrouw zijn.'

Ik glimlach en steek mijn hand uit. 'Hallo. Ik ben Sara.'

'O, hallo.' Ze schudt mijn hand krachtig. 'Ik ben Ana, señor Esguerra's huishoudster. Alstublieft, kom binnen.'

We volgen haar het huis in. Binnen is Esguerra's herenhuis een prachtige mix van traditionele en moderne inrichting, met zware meubels in barokstijl, aangevuld met glanzende hardhouten vloeren en abstracte kunst aan de muren. Ik herken een paar schilderijen van kunstlessen die ik op school heb gevolgd. Als het originelen zijn, en ik vermoed dat dat zo is, zijn de muren van de foyer alleen al miljoenen dollars waard.

Ana leidt ons naar een formele eetkamer, waar een ovale tafel is gedekt met glimmend zilverwerk en goudgerande borden. Nora en haar man zijn er nog niet, maar ik herken het echtpaar dat aan één kant van de tafel zit.

Lucas en Yulia Kent.

Hun blonde hoofden zijn dicht tegen elkaar

gebogen, hun handen ineengestrengeld op de tafel terwijl ze ergens om lachen. Maar als we binnenkomen, kijken ze op en verdwijnt de glimlach van hun gezicht.

Er hangt een zware spanning in de kamer als Ana verdwijnt en ons alleen laat.

Peter is de eerste die de stilte verbreekt. 'Lucas.' Hij knikt koeltjes naar de man met de harde kaak. Dan wendt hij zich tot Kents modelachtige vrouw. 'Yulia. Goed je te zien.'

'Ook goed om jou te zien.' Haar blauwe ogen keken naar mij, haar uitdrukking gereserveerd. 'En jou, Sara.'

Mijn misselijkheid wordt abrupt erger.

O, shit. In paniek kijk ik rond voor een toilet, maar ik zie er geen.

'Ptichka…' Peter grijpt mijn arm. 'Wat is er?'

Als ik probeer te praten, moet ik overgeven. Ik klem mijn hand over mijn mond, draai me los uit zijn greep en sprint de kamer uit, terug naar de ingang.

Ik haal het nauwelijks naar buiten. Op het moment dat ik over de reling van de veranda buig, gooit mijn maag al zijn inhoud eruit.

Natuurlijk volgt Peter me naar buiten en is hij getuige van het hele gebeuren – en Yulia ook, zie ik vanuit mijn ooghoek. Verstijfd kots ik het laatste beetje eruit terwijl hij mijn haar vasthoudt, en tegen de tijd dat ik opkijk, is ze weg.

Een seconde later komt ze echter terug met een nat papieren handdoekje. 'Alsjeblieft,' mompelt ze, terwijl ze het me aanreikt, en ik neem het dankbaar aan om mijn mond af te vegen.

Ana komt daarna naar buiten – Julia moet haar verteld hebben wat er aan de hand is. De huishoudster leidt me naar een badkamer, waar ze me een gloednieuwe tandenborstel en een tube tandpasta overhandigt.

Tegen de tijd dat ik mijn gezicht heb gewassen en mijn tanden grondig heb gepoetst, voelt mijn maag oneindig veel rustiger aan.

'Gaat het, liefje?' vraagt Peter zodra ik uit de badkamer kom, en ik knik, mijn blik afwendend.

'Sorry daarvoor.'

'Niets om spijt van te hebben,' zegt hij, terwijl hij mijn hand pakt. 'Beschouw dit als de officiële aankondiging van je zwangerschap.'

En met een kus op mijn voorhoofd vlecht hij zijn vingers door de mijne en leidt me terug naar de eetkamer.

DE ESGUERRA'S ZIJN ER AL, ZE ZITTEN TEGENOVER DE Kents als we terugkomen. Ik herken onze gastheer onmiddellijk: hij is inderdaad de knappe man die ik in het ziekenhuis heb ontmoet. Zijn donkere haar is langer dan toen, maar zijn opvallend sensuele gelaatstrekken zijn hetzelfde. Anders dan toen straalt hij geen verdriet en woede uit; hij is kalm en beheerst, als een koning op zijn troon.

Een wrede, tirannieke koning, gezien wat ik weet over de man.

Voor de eerste keer vraag ik me af wat er gebeurd is met de mannen die Nora en haar vriendin hadden aangevallen. Heeft Nora's man hen vermoord?

Laat maar. Natuurlijk heeft hij ze vermoord.

De vraag is alleen hoeveel hij ze eerst heeft laten lijden.

'Daar ben je,' zegt Nora, terwijl ze naar me kijkt. 'Kom, ga hier zitten.' Ze klopt op de stoel naast haar en ik loop erheen.

'Julian, dit is Sara,' zegt ze als ik naast haar sta. 'Je kent haar misschien nog wel van het ziekenhuis in Chicago.'

'Natuurlijk. Het is goed je weer te zien.' Hij kijkt me aan met een doordringende blauwe blik, en voor het eerst valt me iets op aan zijn linkeroog, evenals een dun litteken dat van zijn linkerjukbeen helemaal tot in zijn wenkbrauw loopt.

Heeft iemand zijn oog doorgesneden met een mes, en zo ja, hoe heeft zijn oog het overleefd?

Tenzij... is dat een kunstoog?

'Dank u. Het is ook goed u te zien en dank u voor uw gastvrijheid,' zeg ik, mijn nieuwsgierigheid onderdrukkend. Het zou niet goed zijn om onze meedogenloze gastheer aan te gapen.

Hij geeft me een koel knikje als ik naast Nora ga zitten, en Peter gaat tegenover me zitten, naast Yulia.

'Dank je voor het papieren handdoekje,' zeg ik tegen Yulia, en ze knikt voor ze wegkijkt. Net als haar man moet ze nog steeds boos op me zijn over wat er in Cyprus is gebeurd. Achteraf gezien vind ik het vreselijk dat ik haar misleid heb over mijn relatie met Peter om te kunnen ontsnappen. Ik had haar niet moeten betrekken in mijn laatste wanhopige poging om niet verliefd te worden op mijn kwelgeest.

Ik moet haar vanavond apart zien te nemen, zodat ik me fatsoenlijk kan verontschuldigen.

'Hoe voel je je?' vraagt Nora zachtjes, terwijl ze voorover buigt, en ik glimlach naar haar; mijn verlegenheid verdwijnt bij de bezorgde blik op haar gezicht.

'Veel beter nu, dank je.'

'Ik had behoorlijk last van ochtendmisselijkheid met Lizzie,' vertrouwt ze ons toe, met een lach op haar gezicht. 'Ik moest overal overgeven, zo erg zelfs dat Julian altijd zo'n kotszakje bij zich had, waar we ook heen gingen.'

'Ik denk dat ik dat misschien moet doen,' zeg ik, en zij lacht terwijl Peter met een onleesbare uitdrukking naar ons kijkt.

Keurt hij mijn ontluikende vriendschap met Esguerra's vrouw af? Zo ja, waarom?

Terwijl ik daarover nadenk, komt Ana binnen, met een karretje vol kommen soep.

'Ik heb een speciale, lichtere bouillon voor je laten maken,' zegt Nora terwijl Ana een heldere soep voor me neerzet in plaats van de romige versie die ik bij alle anderen zie. 'Ik dacht dat het misschien beter zou zijn voor je maag. Laat het me weten als je liever de champignonroomsoep hebt. Rijk voedsel was de grootste trigger voor mij toen ik in mijn eerste trimester zat, dus ik dacht dat het dat voor jou misschien ook wel zou zijn.'

'Dit is perfect, dank je,' zeg ik, ontroerd door haar bedachtzaamheid. 'Ik heb nog geen correlatie gemerkt met bepaalde soorten voedsel, maar ik heb trek in iets lichters, na… je weet wel.'

'Ja, dat dacht ik al.' Ze grijnst. 'En laat het me weten als een van de geuren aan de tafel je stoort. Ana zal wegnemen wat het ook is. Geuren waren een ander groot ding voor mij met Lizzie.'

'Dank je. Heel vriendelijk.' Ik doop mijn lepel in de soep en breng hem naar mijn lippen, proef voorzichtig. Tot mijn opluchting is hij even licht als Nora beloofd had, met een paddenstoelachtige ondertoon en een vleugje miso. 'Slaapt je dochter?' vraag ik, terwijl ik de soep doorslik.

'Wel toen ik haar een paar minuten geleden boven achterliet met Rosa,' zegt Nora. Zuchtend werpt ze een blik op de ingang van de eetkamer. 'Is het verkeerd dat ik haar nu al mis?'

Ik lach. 'Helemaal niet. Ze lijkt me een lieve baby.'

Nora rolt met haar ogen. 'Zou ik willen. Ze is een kleine verschrikking. Laat dat schattige uiterlijk je niet voor de gek houden. Ze is de dochter van haar vader.'

Esguerra kiest dat moment om naar ons te kijken. 'Wat, mijn lieveling?'

'Niets.' Nora schenkt hem een gelukzalige glimlach.

'Ik vertel Sara gewoon wat een perfecte engel onze dochter is.'

Hij trekt zijn wenkbrauwen op in duidelijke scepsis, en Nora werpt hem een overdreven onschuldige blik toe, terwijl ze snel met haar lange wimpers fladdert. Zijn oogleden gaan omlaag, zijn mond neemt een sensuele kromming aan, en ze wisselen een blik uit, een zo intieme en verhitte dat mijn binnenste opwarmt.

Ik voel me een viezerik en kijk weg, alleen om de stormkleurige blik van mijn man aan de andere kant van de tafel te zien.

'Je eet niet,' merkt hij zachtjes op, en ik besef dat het niet mijn potentiële vriendschap met Nora is waarover hij zich zorgen maakt.

Ik ben het.

Hij kijkt naar me alsof ik elk moment kan overgeven of doordraaien.

Mijn humeur wordt somberder. Tot zover het sussen met seks eerder vandaag.

Ik doop mijn lepel in de soep en concentreer me op het opeten van de hele kom, zodat ik hem in ieder geval op dat punt gerust kan stellen. Hij kijkt een paar seconden naar me en eet dan verder van zijn eigen soep, blijkbaar gerustgesteld dat ik niet van plan ben mezelf uit te hongeren.

Iedereen maakt snel werk van de soep; dan beginnen de mannen te discussiëren over enkele veiligheidsmaatregelen op het terrein. Ik luister maar half omdat Nora me de oren van het hoofd praat over clubs en restaurants in Chicago.

Blijkbaar zijn we in de loop der jaren op veel dezelfde plaatsen geweest.

Voor de tweede gang brengt Ana een groene salade en een heerlijk ruikende paella met zeevruchten. Nora biedt me gewone rijst en kip aan, waarvoor ik haar bedank, maar ik sla het aanbod toch af.

Mijn maag gedraagt zich, en ik wil echt die paella.

Naarmate de maaltijd vordert, merk ik een ongemakkelijk patroon op aan tafel. Hoewel Nora en Yulia recht tegenover elkaar zitten, kijken ze elkaar niet aan en praten ze niet met elkaar. Behalve dat ze Ana op een bepaald moment bedankt en haar kookkunst prijst, heeft Yulia alleen met haar man gesproken of is ze stil gebleven.

Hebben de Esguerra's een hekel aan haar om een of andere reden? Nu ik eraan denk, toen we Cyprus bezochten, zei Peter iets in de trant van dat Esguerra 'het op haar gemunt had'.

Ik zal Peter moeten vragen wat daar gebeurd is.

Er is ook wat spanning tussen Peter en Lucas, maar die is lang niet zo uitgesproken. Misschien heeft Kents hulp bij onze redding zijn schuld aan mijn ontsnapping in Peters ogen tenietgedaan en staan de twee nu quitte.

We zijn al halverwege het dessert – een heerlijke zelfgemaakte tiramisu – als het gesprek overgaat op het onderwerp dat ons hier allemaal bracht.

Henderson.

'Het ziet ernaar uit dat het vanavond zover is,' zegt Esguerra tegen Peter. 'Ik weet het zeker over ongeveer een uur – je contact in North Carolina is een beetje raar.'

Mijn man fronst zijn wenkbrauwen. 'Laten we hem meer geld bieden.'

'Dat heb ik gedaan,' zegt Kent. 'En ik heb hem ook gezegd dat als hij niet meewerkt, hij aan onze lijst wordt toegevoegd. Dus ik denk dat hij wel zal meewerken.'

'Wat gebeurt er vanavond?' vraag ik, terwijl ik de tafel rondkijk naar de mannen. 'Heb je Henderson al gevonden?'

Esguerra en Kent kijken naar Peter, die even zijn hoofd schudt en hen geen toestemming geeft om mij in te lichten. Mijn man richt zich dan op mij. 'Het is niets om je zorgen over te maken, ptichka,' zegt hij zacht, terwijl hij over de tafel heen mijn hand bedekt. 'We hebben hem nog niet gevonden, maar dat komt wel – en vanavond is slechts een stap in die richting.'

Ik klem mijn kaken op elkaar en trek mijn hand weg.

Daar is het weer, de veronderstelling dat ik niets aankan wat ook maar in de verste verte verontrustend is.

Voordat ik iets kan zeggen, hoor ik gehuil van een baby. Het klinkt alsof het de kamer nadert. Even later komt een uitgeputte Rosa binnen, met een krijsende Lizzie in haar armen.

'Sorry dat ik stoor, maar ze houdt niet op met

huilen,' zegt ze. 'Ik heb haar gevoed en verschoond, dus ik weet niet wat haar probleem is.'

Tot mijn verbazing staat Esguerra op in plaats van Nora. 'Laat mij maar,' zegt hij kalm, en terwijl hij naar Rosa loopt, neemt hij de baby van haar over, waarbij hij het kind met een voortreffelijke zachtheid en een verbazingwekkende deskundigheid hanteert.

Zijn gelaatstrekken worden zachter als hij neerkijkt op het kleine, verfrommelde gezichtje, en tot mijn schrik wordt de baby rustig als hij haar zachtjes wiegt, iets onzinnigs mompelend met zijn diepe stem. Het lijkt hem niet te kunnen schelen dat we hem zien op dit tedere moment; hij is helemaal in beslag genomen door het kleine schepsel in zijn armen.

'Zie je wat ik bedoel? Helemaal papa's meisje,' fluistert Nora in mijn oor, en ik sluit mijn mond, beseffend dat ik naar haar echtgenoot staar alsof hij net een staart heeft gegroeid.

Ik had niet verwacht de machtige wapenhandelaar zo met de baby bezig te zien.

'Hij is de enige die haar kan troosten als ze zo wordt,' gaat Nora zachtjes verder, en als ik omkijk, zie ik dat ze haar man en kind met adoratie gadeslaat.

Ze is duidelijk verliefd op hem.

Op een man die haar ontvoerde toen ze net van de middelbare school af was.

Ik veronderstel dat ik niet verbaasd zou moeten zijn, gezien mijn eigen relatie met Peter, maar het is nog steeds een beetje schokkend, hen zo te zien. Een deel van mij wil haar vertellen dat ze naar een psychiater moet voor haar Stockholmsyndroom, terwijl een ander, groter deel juicht om hun onorthodoxe liefdesverhaal.

Als zij het op lange termijn kunnen volhouden, kunnen Peter en ik dat misschien ook.

Misschien zitten we over een paar jaar weer met z'n allen aan deze tafel, maar dan met mijn baby in Peters armen.

Onze jongste, natuurlijk. Onze oudste zal tegen die tijd wel zelf rondlopen.

Ik ben zo aan het dagdromen dat ik bijna mijn moment met Yulia mis. Ze heeft zich al geëxcuseerd en stapt de eetkamer uit als ik me realiseer dat ze eindelijk op weg is naar het toilet.

'Excuseer me, ik ben zo terug,' zeg ik tegen Nora en Peter, en zonder op antwoord te wachten, sta ik op en haast me achter Yulia aan.

ara

IK HAAL YULIA IN IN DE GANG BIJ DE WC.

'Wacht, alsjeblieft,' zeg ik haar als ze op het punt staat naar binnen te gaan. Ik realiseer me wat ik zeg en verander snel: 'Ik bedoel, wacht niet als je moet gaan. Ik blijf hier wachten tot je klaar bent.'

Ze stapt weg van de deur. 'Nee, alsjeblieft, ga je gang. Ik kan ergens anders heen gaan. Er zijn genoeg toiletten op deze verdieping.'

'Wat? O, nee, dat bedoel ik niet.' Ik lach en realiseer me dat ze denkt dat ik dringend naar het toilet moet. 'Ik wilde je even alleen spreken, om me te verontschuldigen voor dat hele gedoe op Cyprus.'

Haar mooie gezicht verstrakt. 'Dat is niet nodig. Het is allemaal in het verleden.'

'Nee, dat is het niet. Ik heb een breuk veroorzaakt tussen Peter en je man. Dat spijt me echt, en dat ik je de verkeerde indruk heb gegeven over mijn relatie met Peter. Ik had je hulp nodig om te ontsnappen, maar ik had eerlijker moeten zijn. Peter heeft mijn eerste man vermoord, en hij heeft me gewaterboard, zoals ik je vertelde, maar dat was in het begin, voordat de dingen tussen ons ook gecompliceerd werden. Ik bedoel, ik was zijn gevangene in jouw huis, daarom probeerde ik te ontsnappen, maar toen viel ik ook al voor hem en...'

Yulia legt een slanke hand op mijn arm. 'Het is goed, Sara.' Haar blauwe blik wordt zachter. 'Je hoeft niet in detail te treden. Ik begrijp het.'

'Echt?'

Ze knikt. 'Ik ben geen idioot. Ik weet dat dingen kunnen veranderen, en dat het lelijkste begin kan leiden tot iets moois na verloop van tijd. Wat betreft mij gebruiken om te ontsnappen, ik weet zeker dat ik hetzelfde gedaan zou hebben in jouw plaats. Het is zelfs zo...' Ze stopt. 'Laat maar. Ik ben gewoon blij dat jij en Peter nu gelukkig zijn. Ik bedoel... dat is toch zo?' Haar blik valt op mijn buik, dan kijkt ze op met een stille vraag.

'O. Ja, zeker.' Ik huiver inwendig, denkend aan hoe ik haar vertelde dat Peter van plan was me een kind op te dringen. Ik bedek mijn buik met mijn hand en zeg: 'Deze is zeer gewenst.'

Ze lacht. 'Goed. Ik ben blij dat te horen. Als je me nu wilt excuseren...' Ze werpt een blik op de wc-deur.

Grijnzend stap ik achteruit en realiseer me dat ik

haar de hele tijd heb opgehouden. 'Dank je,' zeg ik als ze naar binnen gaat. 'Voor je hulp die keer en voor alles.'

'Het was me een genoegen,' zegt ze, en terwijl ze de deur sluit, ga ik terug naar de eetkamer, met een oneindig meer opgelucht gevoel.

ALS IK TERUGKOM, IS IEDEREEN OPGESTAAN, MET drankjes na het diner, en voor we het weten, nemen we afscheid.

'Dank je. Alles was geweldig,' zeg ik oprecht tegen Nora, en ze grijnst.

'Ik kan niet met de eer strijken. Het was allemaal Ana's werk,' zegt ze, en op dat moment roept haar man haar naam van boven.

'Ik kom!' roept ze terug, en ze geeft me een snelle knuffel.

'Kom langs wanneer je wilt, oké?' zegt ze, en ik beloof het te doen.

Ze gaat naar boven en ik wend me tot Yulia. Zij en Lucas blijven in het hoofdgebouw, dus ze staat in de gang naast haar man en kijkt hoe we vertrekken. Impulsief kom ik naar haar toe en geef haar ook een knuffel.

'Nogmaals bedankt,' zeg ik en ze glimlacht hartelijk naar me.

'Veel geluk, Sara. Ik hoop je nog eens te zien.'

'Vast wel,' zeg ik. 'Dag, Lucas.' Ik zwaai naar hem, glimlachend, en hij geeft me een starre blik terug.

Oké, dus slechts een van de Kents heeft me tot nu toe vergeven.

'Klaar?' vraagt Peter, terwijl hij zijn arm om mijn middel slaat, en ik knik en laat me door hem wegleiden.

Terug naar ons tijdelijke huis.

eter

'DUS, HOE ZIT HET MET YULIA EN DE ESGUERRA'S?' vraagt Sara de volgende ochtend bij het ontbijt. 'Tijdens het diner leek het alsof er wat spanning was, en ik herinner me dat je er iets over zei in Cyprus.'

'O, dat?' Ik schep haar nog wat havermout met bessen op. Ik ben begonnen met onderzoek naar optimale voeding voor zwangere vrouwen, en ik ben van plan om Sara's dieet te veranderen naar meer gezonde voeding. 'Ja, er is zeker spanning, en met een goede reden.'

Ze legt haar lepel neer. 'O?'

Ik probeer het hele verhaal te verdoezelen, maar ze heeft vanochtend en gisteravond geen terugblikken gehad, en dit heeft niets te maken met haar ouders of de traumatische gebeurtenissen die ze heeft meegemaakt. Dus ik besluit haar in te lichten, vooral omdat ze gisteravond vriendschappelijk leek om te gaan met Kents vrouw.

'Weet je nog dat ik je vertelde dat Esguerra ooit in aanvaring kwam met een terroristische groepering en gered moest worden?' vraag ik. Op Sara's knikje zeg ik: 'Nou, er was een reden waarom ze hem gevangengenomen hebben. Zijn vliegtuig was neergeschoten boven Oezbekistan, en dat gebeurde vanwege informatie die Yulia aan de Oekraïense regering had verstrekt.'

'Wat?' Sara's ogen worden groot. 'Waarom zou ze dat doen? Was ze toen bij Lucas?'

'Van wat ik heb gehoord, hadden ze een onenightstand in Moskou vlak voor het ongeluk. En waarom? Dat was haar werk in die tijd. Ze werkte als spion voor de Oekraïense regering in Moskou.'

'O, wauw, dat is...' Sara lijkt sprakeloos te zijn.

Ik lach. 'Ja, ik weet het. Kent zat trouwens ook in het vliegtuig. Net als bijna vijftig van Esguerra's mannen. Ze zijn bijna allemaal omgekomen. Zo belandde Esguerra gewond en onbeschermd in een ziekenhuis in Tasjkent.'

'O, fuck,' zegt Sara. 'Hoe kan ze nog leven, laat staan getrouwd zijn met Lucas?'

Ik grijns. Mijn kleine burger begint net zo te denken als ik. 'Eerlijk gezegd weet ik het niet zeker,' zeg ik haar. 'Ik verliet het landgoed vlak nadat die hele shit zich had afgespeeld. Maar ik denk dat ze nog leeft omdat ze getrouwd zijn. Ik heb hem op een gegeven moment geholpen haar uit Moskou terug te halen omdat hij haar persoonlijk wilde straffen, maar verder weet ik niet veel. Alleen dat ze op een of andere manier bij elkaar zijn gekomen en, zo lijkt het, behoorlijk gelukkig zijn.'

Sara schudt haar hoofd. 'Wow. Ik... Ik heb er geen woorden voor.' Ze stopt haar lepel in haar havermout en ik maak snel werk van de mijne voordat ik opsta om de afwas op te ruimen.

Terwijl ik de vaatwasser inlaad, kijk ik heimelijk naar haar. Ze lijkt in gedachten verzonken terwijl ze van haar thee nipt, maar er is geen teken van die angstaanjagende lege blik, geen hyperventileren of paniekaanvallen die met de flashbacks te maken hebben. Ze is vannacht wakker geworden uit een nachtmerrie, maar ik heb met haar gevreeën en ze is weer in slaap gevallen.

Misschien was gisteren een slechte dag en komt het toch nog goed met mijn ptichka. De therapeut komt deze morgen aan en zal haar vanmiddag al kunnen zien.

Een ander stukje goed nieuws is dat de operatie van afgelopen nacht zonder problemen is verlopen. Met Esguerra's middelen en mijn gedetailleerde dossiers over Henderson, hebben we iedereen op wie we hoopten... wat betekent dat we een stap dichter zijn bij het oplossen van de situatie.

Als er ook maar een greintje empathie in Henderson zit, zal hij toegeven.

Zo niet, dan vinden we hem toch en sterft hij in de wetenschap dat hij al die doden op zijn geweten heeft.

enderson

IK STAAR NAAR MIJN COMPUTERSCHERM, MIJN HUID kriebelt van afschuw. Ik had verwacht dat Sokolov en de anderen al hun middelen zouden inzetten om mij te vinden, maar dit had ik niet verwacht. De berichten die mijn inbox vullen zijn surrealistisch.

Mijn oom. Mijn neven en nichten. Bonnies familie. Al onze vrienden.

Weg.

Ontvoerd uit hun huizen, hun scholen, op weg naar hun werk, en uit hun kerken.

Met trillende vingers klik ik naar CNN en open een webvideo waarin het wordt besproken.

'Men denkt dat de ontvoeringen van gisteravond in Asheville, Charleston en Washington D.C. met elkaar te maken hebben,' vertelt de nieuwslezer met nauwelijks verholen opwinding. 'Tot nu toe is er geen losgeld geëist, maar de politie verwacht elk moment iets van de ontvoerders te horen. In totaal zijn er negentien burgers als vermist opgegeven, waarbij een van de ontvoeringen is vastgelegd op een bewakingscamera.'

De video flitst naar een korrelig beeld van twee gemaskerde figuren die oom Ian grijpen terwijl hij zijn auto voltankt bij een benzinestation. De bewegingen van de ontvoerders zijn soepel en gecoördineerd. Het zijn duidelijk professionals die weten wat ze doen.

'Een andere wending aan het verhaal is dat een aantal van deze burgers in het recente verleden is ontvoerd en mishandeld,' vervolgt de presentator, en de camera flitst naar een huilende roodharige – de vrouw van mijn vriend Jimmy, Sandra.

Godzijdank hebben ze haar met rust gelaten. Het is al erg genoeg dat mijn oudste vriend, naar wie we onze zoon hebben genoemd, in hun meedogenloze klauwen zit.

'Waarom blijft ons dit overkomen?' snikt Sandra. Haar mascara loopt over haar sproetige gezicht. 'De vorige keer sloegen ze hem in elkaar en schoten ze hem neer, en moest hij zich terugtrekken uit het korps. En nu dit? Waarom? Wat willen ze van ons?'

Mij. Ze willen mij.

Zure gal kolkt in mijn keel.

De politie krijgt geen eisen van de ontvoerders te zien, want die zijn rechtstreeks naar mij gestuurd.

Of liever, naar de CIA, waar ze geweten moeten hebben dat ik nog contacten heb.

Ik had dit moeten voorzien en maatregelen moeten nemen om het te voorkomen, maar ik ging ervan uit dat iedereen die Sokolov eerder had ondervraagd veilig was, omdat ze de eerste keer niets wisten.

Ik was gefocust op Operatie Air Drop, en ik heb onderschat hoe sociopatisch mijn tegenstanders zijn.

Mijn nek verkrampt, de altijd aanwezige pijn wordt een kwelling als ik de video op pauze zet en naar mijn inbox ga, waar ik de laatste e-mail nog eens lees.

Negentien uur, negentien levens, luidt het bericht dat de CIA heeft ontvangen. *De klok begint te lopen om 12 uur EST. Geef jezelf aan, Wally, of kijk toe hoe ze allemaal sterven, een voor een.*

ara

Na het ontbijt gaat Peter weg om wat zaken af te
handelen met Esguerra en zijn Russische
bemanning, en ik besluit Nora op te zoeken in het
hoofdgebouw. Voor het eerst in een week voel ik me
niet gespannen of angstig. Mijn maag is volledig tot
rust gekomen en mijn hart klopt in een normaal
tempo.

Ik neurie zachtjes terwijl ik loop, genietend van het
gevoel van de warme, vochtige lucht op mijn huid. Ik
voel me goed, bijna zoals ik me voelde voor dit alles
gebeurde, voor mijn ouders…

*Mijn geest sluit zich af, een muur van gevoelloosheid
schuift ervoor in de plaats als een derde schot weerklinkt.*

Ik kijk naar mijn man, die op zijn rug ligt en bloedt, en

dan naar de agent in de deuropening, zijn gezicht verwrongen van haat terwijl hij op Peters hoofd mikt.

Mijn blik valt op het pistool dat Peter liet vallen toen hij met de andere agent aan het worstelen was.

Het ligt binnen mijn bereik.

Ik strek mijn arm en raap het op. Het is koud en zwaar in mijn hand, wat past bij de ijzige gevoelloosheid in mijn hart.

Mijn ouders zijn dood.

Peter staat op het punt vermoord te worden.

Ik richt en haal de trekker over een fractie van een seconde voordat de agent vuurt.

Mijn kogel mist, maar hij schrikt van het schot, waardoor hij door het lint gaat.

Hij draait naar me toe en ik schiet opnieuw.

Het raakt hem midden op zijn kogelvrije vest en gooit hem achterover.

Zonder enige aarzeling loop ik naar hem toe en hef mijn pistool weer op.

'Niet doen...' zegt hij met verstikte stem. Hij snakt naar adem, en ik haal de trekker over.

Zijn gezicht ontploft in stukjes bloed en botten. Het is als een hyperrealistisch videospel, compleet met geur, smaak en...

'Motherfucker! Sara, wat is er gebeurd? Wat is er aan de hand?'

Ik kom terug in de realiteit, snakkend naar lucht. Ik lig op de grond, opgekruld in foetushouding, met Lucas Kent over me heen gehurkt. Zijn harde gelaatstrekken zijn gespannen van bezorgdheid, zijn bleke ogen overzien me van top tot teen. Hij ziet geen duidelijke verwondingen, grijpt mijn schouders en trekt me overeind.

Mijn knieën zijn week en ik tril helemaal, mijn met zweet doordrenkte T-shirt kleeft aan mijn lichaam. Ik heb het ook zo koud dat ik ril ondanks de warmte van de zon die op mijn huid schijnt.

'Ben je in orde?' vraagt Kent, terwijl hij me bij mijn schouders vasthoudt. Als ik op de automatische piloot knik, laat hij me los en vraagt: 'Wat is er gebeurd? Ben je ergens van geschrokken of heb je je pijn gedaan?'

Ik schud mijn hoofd, nog steeds te snel ademend om te spreken.

'Oké. Diego!' Hij zwaait naar de bewaker die voorbijkomt – dezelfde die ons naar het huis heeft gebracht, realiseer ik me verdwaasd.

'Blijf bij haar,' beveelt Kent als de jongeman komt aangesneld. 'Ik haal Peter.'

En voordat ik bezwaar kan maken, gaat hij er rennend vandoor.

eter

'Waar is Kent?' vraagt Esguerra als ik het kleine, moderne gebouw binnenloop dat dienstdoet als zijn kantoor. Hij doet zijn zaken het liefst uit de buurt van zijn huis en zijn familie, laat staan dat Nora goed op de hoogte is van het reilen en zeilen van zijn illegale imperium.

'Hoe moet ik dat weten?' antwoord ik terwijl ik plaatsneem naast Yan, die op zijn telefoon zit te kijken. Ilya en Anton zijn er ook al, Ilya kauwt tevreden op een koekje van de schaal die Ana weer moet hebben binnengebracht. 'Blijft hij niet bij jou in huis?'

Esguerra fronst zijn wenkbrauwen. 'Hij deed vanmorgen zijn ronde met de bewakers.' Hij werpt een blik op een van de vele monitoren langs de muren en kijkt dan naar ons. 'Het lijkt erop dat we hem later moeten inlichten. Er komt een telefoontje aan.' Zijn blik gaat naar mij. 'Al iets gehoord van Henderson?'

'Nee, en ik verwacht niet snel iets van hem te horen. We zijn nog steeds' – ik kijk naar de klok op een van de monitoren – 'ongeveer een uur verwijderd van het begin van de deadline. Ik denk dat we ons dreigement moeten waarmaken met een paar lichamen voordat hij doorheeft dat we het menen.'

Esguerra knikt. 'Goed dan. Ik heb onze mannen al instructies gegeven over welke gijzelaars eerst gedood moeten worden. Al iets gehoord van jullie hackers?'

'Eigenlijk wel,' zegt Yan, terwijl hij opkijkt van zijn telefoon. 'Ze hebben net de sluipschutter voor ons opgespoord – degene die de agent neerschoot tijdens Peters arrestatie.'

Mijn hand verstrakt op de tafel. 'Wie is het?'

'Een vrouw,' zegt Yan, zijn ogen weer op zijn telefoon gericht. 'Ze heet Mink en komt uit Tsjechië. Wacht even – de foto wordt nu geladen.'

'Hoe zit het met onze dubbelgangers?' vraagt Anton. 'Al iets gehoord over die klootzakken?

Yan reageert niet, en als ik naar hem kijk, zie ik een ader in zijn slaap kloppen terwijl hij naar het scherm van zijn telefoon staart.

'Wat is er?' vraagt Ilya fronsend, en zijn tweelingbroer geeft hem woordeloos de telefoon.

Ilya's brede gezicht lijkt in steen te veranderen. 'Haar?' Hij kijkt op naar zijn broer. 'Zíj is Mink?'

Wat krijgen we nou? Ik ruk de telefoon uit Ilya's hand en bekijk de foto op het scherm.

Het gezicht van de vrouw, dat door de camera half en profil wordt gevangen, is jong en tamelijk knap, met fijne gelaatstrekken die worden benadrukt door het korte blonde haar dat in pieken rond haar bleke gezicht omhoogstaat. Aan de zijkant van haar hals is een kleine tatoeage van iets onduidelijks, en haar kleine oor is bezaaid met piercings.

'Wie is zij?' vraag ik, terwijl ik naar de tweeling opkijk. 'Hoe kennen jullie haar?'

Yans gezicht staat strak. 'Doet er niet toe.' Hij pakt de telefoon van me af. 'Ik stuur mannen om haar te vangen, misschien weet zij waar Henderson is.'

'Het doet er wel toe,' zegt Esguerra terwijl Yans duimen woedend op het scherm tikken. 'Wie de fuck is zij?'

'We hebben haar in Boedapest ontmoet,' zegt Ilya als Yan de vraag negeert. 'Ze werkt als serveerster in een bar.'

Een serveerster uit Boedapest? Waarom klinkt dat bekend?

'Heb je het met haar gedaan toen we in Japan waren?' flapt Anton eruit, terwijl hij naar Yan staart. 'Is zij degene over wie Ilya pruilde?'

Ilya's massieve kaak verstrakt. 'Ik was niet aan het pruilen. Maar ja, hij' – hij wijst met zijn duim naar zijn broer – 'neukte haar.'

Yan gooit zijn telefoon op tafel. 'Hou verdomme je bek.'

Ik bekijk het tafereel met verbazing. De koele, beheerste Yan verliest bijna zijn zelfbeheersing. Dat heb ik nog nooit meegemaakt.

Ilya's gezicht wordt rood en hij staat abrupt op, waardoor zijn stoel op de grond valt.

Ik spring ook overeind, wetend dat er een gevecht aankomt. En op dat moment komt Kent binnen.

'Sara,' zegt hij, ademend alsof hij een marathon heeft gelopen. 'Peter, je moet meteen met me meekomen.'

eter

D<small>E ZEURENDE PIJN IN MIJN ZIJ NEGEREND</small>, <small>DRAAG IK</small>
Sara terug naar ons huis. Ze kan lopen, dat weet ik,
want dat heeft ze me met trillende stem gezegd, maar
dat kan me geen reet schelen. Ze ziet er zo bleek en
breekbaar uit dat ik haar moet vasthouden, haar slanke
lichaam tegen me aan moet voelen drukken, zodat ik
weet dat ze lichamelijk ongedeerd is.

Zodat ik kan doen alsof zij en de baby in orde zijn.

Mijn bloed bevroor toen Kent verscheen, en ik ben
nog steeds niet hersteld. Het helpt niet dat toen ik
erheen sprintte, mijn ptichka nog bleker was dan nu…
en nog breekbaarder.

'We zijn er,' zeg ik sussend als we het huis naderen.
'Je gaat onder de douche, oké?' Haar kleren zitten

onder het vuil en de grasvlekken, net als haar handpalmen, haar knieën en de helft van haar gezicht.

Ze maakt geen bezwaar, noch tegen de douche, noch tegen mijn hulp bij het uitkleden, wat me zegt hoe vreselijk ze zich voelt. Gisteren was ze alleen maar bezig me te overtuigen dat ze in orde is.

Als ik haar uitgekleed heb, zet ik het water aan en wacht tot de temperatuur zich aanpast. Dan leid ik haar naar binnen en trek mijn eigen kleren uit voordat ik me bij haar voeg onder de straal. Het water doorweekt onmiddellijk mijn verband, maar dat kan me niet schelen. Ik ben er vrij zeker van dat het er nu af kan en dat ik in orde zal zijn.

'Wat heb je gezien, mijn liefste?' vraag ik zachtjes terwijl ik zeep in mijn hand giet. Ondanks mijn bezorgdheid om haar, wordt mijn pik hard, gelokt door haar zijdeachtige huid en roze tepels. Meedogenloos onderdruk ik de drang om iets anders te doen dan haar te wassen. Seks zal dit niet oplossen, hoe graag ik dat ook zou willen.

Mijn ptichka moet de demonen onder ogen zien waartegen ze vecht.

Ze moet mij en zichzelf binnenlaten.

Ze knijpt haar ogen dicht en schudt haar hoofd. 'Ik kan er niet over praten. Het spijt me.'

Kut. Ik heb zin om mijn vuist door de glazen douchewand te slaan, maar in plaats daarvan begin ik haar te wassen, en probeer ik zo zacht mogelijk te zijn.

Ze heeft niet nog meer geweld nodig.

Ze heeft al te veel gezien.

Bezorgdheid, vermengd met een gezonde dosis schuldgevoel, verteert me nog steeds van binnenuit terwijl ik Sara een lunch voorschotel. Ik had haar niet een halfuur alleen moeten laten. Ik had er moeten zijn, iets moeten doen om dit te voorkomen.

Ik had haar in de eerste plaats moeten beschermen tegen het trauma.

Tot mijn opluchting lijkt ze iets opgekalefaterd na de douche. Ze doet weer alsof alles in orde is, alsof Kent haar niet als een gewond kind in het gras heeft gevonden.

'Waarom laten we de therapeut niet rusten na haar vlucht?' oppert ze als ik haar meedeel dat ik haar onmiddellijk na het eten naar de dokter breng. 'Morgen beginnen is vroeg genoeg.'

'Ze zal rusten nadat ze met je gepraat heeft.' Ik stel dit niet uit, niet na wat ik gezien heb. Esguerra stuurde me een bericht, hij wil dat ik na de lunch naar zijn kantoor kom, maar ik laat haar niet weer alleen.

Henderson en al die shit kan wachten.

Sara zucht, prikt in haar boerenkoolsalade en kijkt dan op. 'Je weet toch dat ik niet op magische wijze zal genezen als ik met die dokter praat?' Haar hazelnootkleurige ogen staan bedenkelijk. 'Therapie helpt niet altijd in situaties als deze.'

Ze geeft tenminste toe dat er een 'situatie' is.

Ik sta op en loop om de tafel heen naar haar stoel. 'Ik weet het, mijn liefste,' zeg ik zacht, terwijl ik op haar voorovergebogen gezicht neerkijk. Ik leg mijn handen op haar schouders en masseer ze, ik voel de spanning in de tere spieren. 'Het zal niet als bij toverslag opgelost zijn, maar het zal een begin zijn.'

En terwijl ik naast haar stoel op mijn knieën zak, sla ik mijn armen om haar heen en houd haar vast. Ik wil haar hartslag tegen de mijne voelen.

Ik moet mezelf ervan overtuigen dat ik de schade die ik heb aangericht ongedaan kan maken.

ara

De dokter is een lange vrouw van achter in de veertig. Als Sandra Bullock de stijlvolle baas had gespeeld in *The Devil Wears Prada*, had ze er misschien ongeveer zo uitgezien als deze therapeut, tot en met de hippe designerbril.

'Hallo,' zegt ze, terwijl ze haar slanke, perfect gemanicuurde hand uitsteekt. 'Ik ben dokter Wessex.'

'Hoi.' Ik schud haar hand. 'Ik ben Sara.'

We zijn in een ander huis, vergelijkbaar met het huis waar Peter en ik verblijven, in een klein kantoor met een raam aan de weg. Ik kan Peter buiten zien ijsberen; dokter Wessex was onvermurwbaar dat hij niet aanwezig kon zijn tijdens mijn therapiesessie.

'Aangenaam, Sara.' Ze neemt plaats achter een

glanzende tafel en ik neem plaats op de luie stoel aan de andere kant. 'Je man heeft me al een beetje verteld wat je vandaag bij me brengt, maar ik zou het graag in je eigen woorden willen horen.'

Ik verschuif in mijn stoel. 'Ik zou er echt liever niet over praten.'

Ze houdt haar hoofd schuin. 'Waarom? Is het omdat het je pijn doet?'

Ik haal adem terwijl mijn borstkas samenknijpt. 'Nee. Ik bedoel, ja, natuurlijk. Ik wil... er gewoon niet aan denken.'

'Omdat je ouders vermoord zijn?'

Ik deins terug en kijk weg.

'Of omdat er iets anders is gebeurd?' dringt de dokter aan. 'Misschien iets wat je moeilijk kunt verwerken?'

Mijn ademhaling versnelt en ik klem mijn handen op elkaar. Terwijl mijn nagels in mijn handpalmen graven, helpt de kleine pijn me geconcentreerd te blijven op het heden.

Ik kan daar niet aan denken.

Ik denk er niet aan.

Als ik zwijg en weiger haar aan te kijken, zucht dokter Wessex en zegt: 'Heb je ooit gehoord van Eye Movement Desensitization and Reprocessing, of EMDR?'

Ik staar haar wezenloos aan en schud mijn hoofd.

'Het is een vrij nieuwe, niet-traditionele psychotherapie waar ik het afgelopen jaar veel succes mee heb gehad. Het idee is dat je door je negatieve ervaringen gaat terwijl je je concentreert op een externe stimulus. Specifiek ga ik je vragen om mijn handbewegingen te volgen met je ogen terwijl je een pijnlijke herinnering vertelt.'

Ik knipper met mijn ogen. 'Wat?'

Ze lacht. 'Ik ga dit doen' – ze beweegt haar hand ritmisch van links naar rechts, alsof ze mijn zicht controleert – 'en jij gaat de beweging volgen met je ogen. Hier, laten we oefenen.'

Ze gaat verder met de zijwaartse beweging, en ik volg haar vingers met mijn blik als een kat die een laserpointer volgt. Ik zie niet in wat dit voor nut heeft, maar ik ben bereid het te proberen.

'Oké, goed,' zegt ze als ik het onder de knie heb. 'Laten we ons nu concentreren op een verontrustende herinnering... laten we zeggen, je meest recente flashback. Wat was het dat je eerder vandaag zag? Welke gebeurtenis heb je herbeleefd? Of als je liever niet focust op die ene, kies iets anders, of we kunnen beginnen vanaf het begin. '

Ik volg haar handbewegingen nog steeds met mijn ogen, en op de een of andere manier maakt dat het makkelijker om me los te maken van de vulkanische druk die zich in mijn borstkas opbouwt. Ik kan het enorme gewicht ervan voelen, maar het is alsof het iemand anders overkomt.

Mijn ogen gaan van links naar rechts en volgen haar vingers terwijl ik begin te praten. Langzaam, haperend, doorloop ik de gebeurtenissen van die dag, van het SWAT-team dat er ineens was tot het moment dat ik voor het eerst de trekker overhaalde.

Pas dan stop ik, niet in staat om nog een woord te zeggen omdat ik te hevig tril. Tot mijn opluchting dringt dokter Wessex niet aan. In plaats daarvan zegt ze dat ik me moet concentreren op hoe mijn lichaam reageert en de gedachten die ik op dit moment heb. En de hele tijd beweegt ze haar hand heen en weer, om me geconcentreerd te houden.

Het houdt me afgeleid van de verstikkende pijn en het verdriet.

TEGEN DE TIJD DAT PETER BINNENKOMT OM ME OP TE HALEN, ben ik emotioneel en lichamelijk zo uitgeput dat we meteen naar huis gaan, waar ik prompt in slaap val.

Anderhalf uur later word ik wakker van het gedempte geluid van mannenstemmen. Ik doe een badjas aan, kruip naar het raam en gluur door de gesloten lamellen.

Het zijn Kent, Esguerra, Peter en Yan. Ze staan buiten iets te bespreken.

Ik hou mijn adem in en probeer te verstaan wat ze zeggen.

'Nog niets,' zegt Kent, met een verontwaardigde blik. 'Weten we zeker dat de boodschap bij hem is aangekomen?'

'O, absoluut,' zegt Peter grimmig. 'De klootzak is gewoon te laf om er iets aan te doen.'

Esguerra kijkt naar Yan. 'Hoe zit het met je date? Wanneer zou ze hier moeten zijn?'

Yans kaak verstrakt zichtbaar, maar dan lijkt hij zich te herpakken. 'Binnenkort,' zegt hij zonder enige emotie. 'Heel gauw.'

'Goed.' Een angstaanjagende glimlach krult zich om Esguerra's lippen. 'Als we haar eenmaal hebben, maakt het misschien niet meer uit of Henderson nobel handelt of niet. We vinden die rat toch wel.'

De mannen gaan uit elkaar en ik stap weg van het raam, verward maar hoopvol.

Ik weet nog steeds niet wat ze precies aan het doen zijn, maar het klinkt alsof ze vooruitgang boeken met Henderson, en hoe verkeerd het ook is, ik kan niet wachten tot de vroegere generaal zijn verdiende loon krijgt.

enderson

'Je bent een fucking psychopaat! Hoor je me? Een psychopaat !' Bonnie schreeuwt, tranen en snot lopen over haar gezicht. 'Vijf mensen om wie we geven zijn dood, en het kan je geen reet schelen !'

Ik buk als ze een glas gooit, het spat uiteen tegen de muur achter me. Elk woord dat ze in mijn richting gooit is even dodelijk als haar projectielen, en de antwoordende woede samen met mijn migraine zorgt ervoor dat ik wazig zie.

Ik had niet moeten vergeten haar medicijnen bij te vullen. Ze had in bed moeten liggen, niet mijn mail doornemen en het nieuws kijken.

Een bord suist langs mijn oor, en ik ga door het lint.

'Het kan me geen reet schelen!' brul ik, terwijl ik

om de tafel loop om haar knokige schouders vast te pakken. 'Mijn neef Lyle is een van die doden. Maar wat dan nog? Ze vermoorden ze toch allemaal. En jou en Amber en Jimmy ook. Vind je dat ik mezelf gewoon op een presenteerblaadje moet aanbieden aan die moordenaars? Is dat wat ik verdomme moet doen?'

Ik schud haar zo hard door elkaar dat haar tanden rammelen in haar lege schedel, maar ze weigert op te houden.

'Misschien zou je dat inderdaad wel moeten doen!' schreeuwt ze, en haar speeksel spettert in mijn gezicht. 'We zouden allemaal beter af zijn als je dood was!'

Woedend duw ik haar weg en ze valt tegen de koelkast net als onze dochter de keuken binnenkomt.

'Mam? Pap?' Haar blauwe ogen gaan van mij naar Bonnie. 'Wat is er aan de hand?'

Klote. Amber had dat niet mogen zien.

Van mijn twee kinderen is zij degene die altijd aan mijn kant staat.

'Niets, lieverd,' kan ik rustig zeggen. 'Je moeder heeft gewoon haar medicijnen nodig, dat is alles.'

Ik leid mijn dochter weg, naar haar kamer, Bonnie snikkend achterlatend.

Ik kan niet iedereen redden om wie ik geef, maar ik zal mijn gezin beschermen.

Ook al maken de ondankbare sujetten daarbinnen dat verdomd lastig.

～

Ik heb eindelijk de plattegrond van Esguerra's Colombiaanse kamp in handen gekregen, en ik bestudeer het voor Operatie Air Drop wanneer tot me doordringt dat het huis stil is.

Te stil.

Er zijn geen videogame-explosies in de woonkamer, geen gekletter van borden in de keuken ondanks het feit dat het etenstijd is.

Mijn bloeddruk schiet omhoog, ik ga van kamer naar kamer.

Niets.

Er is hier niemand.

Onze hut in IJsland is net zo koud en leeg als de besneeuwde wegen buiten.

Ik ren de garage in, en ja hoor, de Jeep is weg. Bonnie moet hem meegenomen hebben om met de kinderen naar de stad te gaan.

Die stomme trut. Ik sla met mijn handpalm tegen de muur. Ik heb haar al een miljoen keer gezegd dat we hier geen voet buiten kunnen zetten. Hoe kan ze zo'n risico nemen, gezien wat er gebeurt met al onze vrienden en familieleden? Realiseert ze zich niet dat mijn vijanden haar zullen villen?

Tenzij... Mijn borstkas verstrakt, de lucht verdampt in mijn longen.

Dat zou ze niet doen.

Dat kan ze niet.

Ze zou het verdomme niet durven.

Toch dragen mijn benen me terug het huis in, naar

haar kamer. Ik heb er maar even in gekeken, net lang genoeg om te zien dat ze er niet was.

Dus nu stap ik binnen en kijk rond, en woede verschroeit me bijna.

Op haar nachtkastje, onder de afstandsbediening van de tv, ligt een klein papiertje met haar handschrift.

We gaan weg, staat er. *We wagen het liever daar buiten dan hier bij jou 'veilig' te zijn.*

77

Peter

IK STAP HET VERHOORHOK BINNEN, WAAR EEN JONGE vrouw vastgebonden op een stoel zit. Haar kleine gezicht is getooid met blauwe plekken en haar onderlip is gespleten, wat haar een pruilerige blik geeft. Haar blik is echter helder en uitdagend.

Geen doetje, deze mooie sluipschutter. Ik vraag me af of Yan haar die blauwe plekken heeft gegeven tijdens het verhoor, of dat ze van het gevecht zijn dat ze gisteren heeft geleverd.

Ik hoor voetstappen, draai me om en zie Yan en Ilya de kamer binnenkomen.

'We hebben net de dossiers gekregen van de mannen wier namen ze ons gaf,' zegt Ilya, die zijn telefoon voor zich houdt. 'Onze dubbelgangers hebben nogal een cv. Alle vier zaten bij de Delta Force, dezelfde eenheid. Zij en een paar van hun maatjes zijn vijftien jaar geleden voor de krijgsraad gekomen wegens groepsverkrachting van een zestienjarig meisje in Pakistan. Zes van hen werden gearresteerd, maar de anderen bevrijdden hen en ze gingen allemaal op de vlucht. Sindsdien doen ze hier en daar klusjes, van kleine moorden tot bommen plaatsen voor terroristische organisaties.'

Terwijl hij praat, blader ik door de foto's op het scherm. Ze hadden zich duidelijk goed vermomd toen ze ons imiteerden. De gezichten die me aankijken lijken nauwelijks op die van ons; eentje lijkt hoogstens vaag op mij – en dan nog, zijn haar is vuilblond.

Ik bedenk ineens iets. 'Wie heeft hun make-up en vermommingen gedaan?' vraag ik de sluipschutter, terwijl ik voor haar stoel ga staan. 'Het lijkt erop dat het iemand was die zeer bekwaam was.'

Ze beweert niet te weten waar Henderson zich verbergt, en die smerige ublyudok gaf niet toe en liet zijn vrienden en verwanten in zijn plaats sterven, dus moeten we hem op een andere manier te pakken zien te krijgen… misschien via het team dat hij gebruikte om het explosief te plaatsen.

Ze is even stil, dan zegt ze nors: 'Ik. Ik heb het gedaan.'

Ik trek mijn wenkbrauwen sceptisch op. 'Is dat zo?'

Haar neusvleugels wapperen. 'Waarom zou ik liegen? Ik heb je al die namen al gegeven. Wat is er nog meer in het grote geheel der dingen?'

Ze spreekt buitengewoon goed Engels. Ik vraag me af wanneer en hoe een Tsjechisch meisje dat heeft geleerd.

'Dit zal gemakkelijk te controleren zijn,' zegt Yan, die naast me komt staan. 'Ze kan vanavond haar kunsten op mij vertonen.'

'En op mij.' Ilya kijkt handenwrijvend naar zijn broer.

Geweldig. Ze bevechten elkaar nog steeds om wie haar mag neuken.

Ik duw mijn irritatie opzij en stel het meisje nog een tiental vragen, die ze allemaal beantwoordt, zij het met tegenzin. Aangezien zij een particulier is zonder bijzondere loyaliteit aan wie dan ook, heeft ze wijselijk besloten met ons samen te werken in ruil voor haar leven en eventuele vrijheid.

Ik ben toch al van plan haar te vermoorden, want Sara's ouders zijn dood door haar, maar voor nu vind ik het niet erg haar te laten geloven dat ze het zal overleven.

Helaas is ze niet zo bruikbaar als ik hoopte. Ze zei dat ze Henderson maar één keer persoonlijk ontmoet heeft en geen idee heeft waar hij zich kan schuilhouden. Ze weet ook niet waar onze imitators zijn, hoewel ze in het verleden vaak met hen heeft gewerkt.

Weer een dood spoor, maar ik verlies de hoop niet.

We hebben nu meer namen op te sporen, en een van hen zal ons zeker naar ons doel leiden.

ALS IK THUISKOM, ZIE IK TOT MIJN OPLUCHTING DAT
Sara nog steeds slaapt, zoals ze de afgelopen twee
middagen al heeft gedaan. Hoewel ze het niet wil
toegeven, eisen de zwangerschap en de bijbehorende
ochtendmisselijkheid een zware tol van haar.

En dan hebben we het nog niet over de
therapiesessies met dokter Wessex. Wat de therapeut
ook met Sara doet, het lijkt mijn ptichka uit te putten
tot het punt dat ze flauwvalt zodra ze thuiskomt.

'Wat voor behandeling doet ze bij je?' vroeg ik
gisteravond aan Sara, en ze legde uit over de
oogbewegingen en hoe die haar hersenen moeten
trainen om de traumatische herinneringen anders te
verwerken. Ik weet niet zeker of ik het helemaal
begrijp, maar ze heeft nog maar één klein
flashbackincident gehad sinds ze met de therapie is
begonnen – voor zover ik weet tenminste.

Het is heel goed mogelijk dat ze ze voor me
verbergt. Ze heeft nog steeds niet gehuild of met me
gepraat over wat er is gebeurd, dus ik weet dat het in
haar zit, al het verdriet en de pijn die de leegte vult die
is achtergebleven door het overlijden van haar ouders.

Het vreemde is dat ik er ook iets van voel, niet
alleen als een echo van haar pijn, maar als mijn eigen
verlies. In de vier maanden na ons huwelijk heb ik
Chuck en Lorna leren kennen, en er was een
verhouding ontstaan van waardering en respect. Ze
waren goede mensen, liefhebbende ouders, en hoewel

399

ze alle reden hadden om me te haten, stelden ze zich langzaam voor me open, lieten me deel uitmaken van hun leven.

Een deel van hun familie, een familie die ik weer eens niet heb kunnen beschermen.

Stilletjes loop ik de slaapkamer uit, mijn borstkas pijnlijk gespannen. Ik weet niet of ik mezelf ooit zal vergeven wat er is gebeurd, dat ik niet heb voorzien dat de vijand waarop ik zo ijverig heb gejaagd, misschien niet tevreden is met de afspraak die ik heb weten te maken.

Dat ik niet anticipeerde op de verraderlijke vorm die zijn wraak zou kunnen aannemen.

Mijn stemming is nog steeds duister als ik de woonkamer binnenkom en mijn laptop open om de gecodeerde mailbox te controleren die ik heb gebruikt om Hendersons contact bij de CIA te bereiken. Al onze negentien gevangenen zijn nu dood, dus ik verwacht niets – ik check de mail meer uit gewoonte.

Daarom is een bericht van een onbekende afzender voor mij een complete verrassing.

Ik open de e-mail en lees hem, en lees hem nog eens. Ik kan mijn ogen niet geloven.

Als je Wally wilt, tref me dan woensdag om 9 uur in Marison Café in Londen. Kom alleen.

Bonnie Henderson

ara

'... DUIDELIJK EEN VAL,' HOOR IK ILYA ZEGGEN ALS IK DE slaapkamer uit kom, geeuwend na mijn dutje. 'Hij probeert je naar buiten te lokken, dat is alles.'

'Natuurlijk, maar we moeten het spoor volgen,' zegt Kent als ik net uit het zicht in de gang stop en naar de woonkamer gluur.

Peter, Esguerra, Kent en alle drie de Russische teamgenoten van mijn man zitten samen rond een laptop op de salontafel en vullen de kleine ruimte met zoveel testosteron dat ik het bijna kan proeven. 'Dodelijke mannelijkheid' zijn de woorden die in me opkomen als ik naar hun lange, superfitte lichamen en harde gezichten kijk.

Dodelijke, opwindende mannelijkheid.

Natuurlijk, Peter is veel aantrekkelijker dan de anderen, besef ik terwijl ze verder praten, zich niet bewust van mijn aanwezigheid. Kents blonde uiterlijk doet me denken aan een plunderende Viking en ik voel iets onmiskenbaar wreeds in Esguerra en, tot op zekere hoogte, in Yan en Anton. Ilya is de enige die iets van menslievendheid in zich lijkt te hebben, en hij is beslist niet mijn type – hoewel ik me kan voorstellen dat veel vrouwen die overdreven grote spieren en tatoeages van een schedel opwindend zouden vinden.

'Weten we wel zeker dat Peter alleen moet gaan?' zegt Esguerra, gehurkt om naar het scherm van de laptop te kijken. 'De e-mail is niet gericht aan een specifiek iemand.'

Mijn adem stokt in mijn borst en alle gedachten aan het uiterlijk van de mannen verdwijnen uit mijn gedachten.

Probeert iemand Peter ergens alleen heen te laten gaan?

'Onze hackers zijn de e-mail nu aan het traceren,' zegt Yan, die op zijn telefoon kijkt. 'We zullen snel weten vanaf welk IP-adres hij verstuurd is.'

Peter wuift dat weg. 'Het zal geen echt IP-adres zijn. Henderson weet hoe hij zijn sporen moet uitwissen.'

'Maar wat als het niet Henderson is?' Esguerra staat op. 'Wat als het zijn vrouw is?'

Ilya snuift. 'Ja, natuurlijk. En als we dat geloven, heeft hij een brug die hij kan...'

'Nee, Julian heeft gelijk,' onderbreekt Peter. 'Iets hieraan is erg on-Henderson-achtig. Als hij me uit de tent wilde lokken, zou hij iets geloofwaardigers bedenken en zich voordoen als, laten we zeggen, zijn CIA-contact of zoiets. Die mail ondertekenen met de naam van zijn vrouw is net alsof hij ons direct vertelt dat het een valstrik is. Je hoeft niet voor het agentschap gewerkt te hebben om te weten dat het een tactiek is met de minste kans van slagen.'

'Misschien gebruikt hij hem daarom,' zegt Kent. 'Omdát het zo absurd en ongelooflijk is.'

'Of misschien omdat hij niet degene is die de e-mail heeft geschreven.' Esguerra vouwt zijn armen over elkaar voor zijn borst. 'Ik zeg je, het kan van zijn vrouw zijn.'

'Waarom zou zijn vrouw contact opnemen met Peter?' vraagt Anton, krabbend aan zijn baard. 'We hebben net negentien van hun vrienden en familieleden vermoord en de lichamen achtergelaten. Denk je dat ze een doodswens heeft?'

'Misschien wel,' zegt Yan terwijl ik mijn hand voor mijn mond sla en een geschrokken snik onderdruk.

Negentien mensen?

Ze hebben negentien onschuldige mensen vermoord in hun zoektocht naar Henderson?

'Denk er eens over na,' gaat Yan verder, zich niet bewust van het zieke gebonk van mijn hartslag. 'We zitten al jaren achter haar man aan. Denk eens aan de stress waar de hele familie onder te lijden heeft. Is dit niet wat we dachten dat er zou gebeuren toen we ons de eerste keer met die mensen inlieten? Hoopten we niet dat iemand in Hendersons familie – de vrouw, de dochter, de zoon – onder de druk zou bezwijken en zo'n vergissing zou begaan?'

'Dit is meer dan een vergissing,' zegt Kent. 'We hebben haar niet gevonden omdat ze uit bezorgdheid contact opnam met haar vrienden. Ze benaderde ons via het emailadres dat alleen Henderson en zijn CIA-contact hebben.'

'Tenzij ze toegang kreeg tot de mailbox van haar man en het doorgestuurde bericht van de CIA zag,' zegt Esguerra. 'Dan zou zij het ook hebben.'

Nog steeds met mijn hand voor mijn mond trek ik me terug, voorzichtig om geen geluid te maken.

Ik begrijp nu waarom Peter me niets specifieks wilde vertellen over hun plan.

Het is niet vanwege mijn geestelijke toestand, maar omdat wat ze hebben gedaan neerkomt op massamoord.

eter

WE ZITTEN MIDDEN IN EEN STRATEGISCH OVERLEG HOE we de situatie het beste kunnen aanpakken als Sara de woonkamer binnenkomt.

'Daar ben je,' zeg ik glimlachend. 'Hoe was je dutje?'

Haar ogen ontmoeten kort de mijne en dan wendt ze haar blik weer af. 'Prima. Hallo, allemaal.' Ze zwaait naar de mannen zonder een glimlach.

'Laten we vanavond opnieuw bijeenkomen,' zegt Esguerra, die opstaat van de bank. 'Acht uur, mijn kantoor.'

Ik werp een blik op Sara, die langs ons naar de keuken is geglipt en een glas water voor zichzelf inschenkt. Ik wil haar niet alleen laten, daarom heb ik iedereen hierheen gehaald.

Esguerra begrijpt mijn dilemma en zegt: 'Sara, Nora vroeg zich af of je haar vanavond met Lizzie zou kunnen helpen. Rosa is vanavond vrij.'

Sara kijkt om, haar gezicht uitdrukkingsloos. 'Natuurlijk, met plezier.'

Esguerra knikt, tevreden, en iedereen gaat snel weg, ons alleen latend. Ik ben blij, want ik vind de vreemde stemming waarin Sara verkeert maar niks.

Is er iets gebeurd terwijl ze sliep?

'Ptichka...' Ik loop de keuken binnen. 'Had je vanmiddag weer een flashback?'

Ze knippert naar me. 'Wat? Nee hoor.'

Ik schenk haar een bedenkelijke blik. 'Weet je het zeker?'

Haar delicate kaak verstrakt. 'Ja. Ik voel me prima.' Ze zet haar glas water op het aanrecht en draait zich om.

Maar ik laat haar niet wegkomen met zo'n duidelijke leugen. Ik grijp haar arm en draai haar naar me toe. 'Wat is er dan?' vraag ik. 'Wat is er gebeurd?'

Ze kijkt naar me op en ik zie een eigenaardige leegte in haar zachte, hazelnootkleurige ogen. 'Niets. Er is niets gebeurd.'

'Sara... sluit me niet buiten.'

Iets kwellends flikkert in haar blik voor ze het verbergt met die leegte. 'Echt, het is niets.'

'Het is niet niets als je weigert met me te praten. Ptichka...' Ik laat haar arm los om een golvende haarlok achter haar oor te stoppen. 'Alsjeblieft, mijn liefste, vertel me wat er mis is.'

Haar gezicht verstrakt. 'Niets. Laat het gewoon.'

Laat me alleen. Ik laat mijn hand vallen, hoor de onuitgesproken woorden luid en duidelijk. De e-mail had me tijdelijk afgeleid van mijn duistere stemming, maar nu is hij terug. De wetenschap dat ik dit alles heb veroorzaakt drukt op me, verstikt me met zijn misselijkmakende gewicht.

Ik heb dit Sara aangedaan.

Haar ouders zijn dood door mij.

Haar oude leven is verloren door mij.

Omdat ik haar niet losgelaten heb.

Omdat ik haar nooit kan loslaten.

'Haat je me?' vraag ik zachtjes. 'Ik zou het je niet kwalijk nemen als je dat deed.'

Ze staart me aan, haar pupillen worden donkerder en haar ademhaling versnelt. Ze ontkent het niet, en waarom zou ze?

Als ik niet zo geobsedeerd was door haar, zouden haar ouders nog hebben geleefd.

'Dat zou ik wel moeten.' Haar stem is strak. 'Een normaal mens zou dat doen.'

De druk op mijn borst wordt groter, de pijn vanbinnen wordt heviger. Natuurlijk moet ze me haten. Ik ben de schuld van dit alles.

'Het spijt me.' De onbekende woorden persen zich door mijn keel, schrapen hem rauw. 'Het spijt me. Ik kon ze niet beschermen... kon jou niet beschermen. Ik had moeten voorzien dat hij zoiets zou doen, maar...' Ik stop, wetend dat ik geen echt excuus heb.

Met al mijn lijfwachten en veiligheidsmaatregelen

was ik voorbereid op een aanval van mijn vijanden, maar niet op die manier.

Sara's ogen worden groter als ik praat, en voordat ik klaar ben, begint ze haar hoofd te schudden. 'Waar heb je het over?' roept ze uit als ik zwijg. 'Dat is niet wat ik... Denk je dat ik jou de schuld geef van de dood van mijn ouders?'

Ik frons verward. 'Niet dan?'

'Natuurlijk niet! Ik ben juist degene die...' Het is haar beurt om haar zin af te breken, haar ogen glinsteren van de pijn. Voordat ik iets kan zeggen, gaat ze verder. 'Het punt is, Henderson is verantwoordelijk voor wat er gebeurd is, niet jij. Hij heeft het explosief geplaatst en al die onschuldige mensen gedood, zodat hij jou voor hun dood kon laten opdraaien. Hij stuurde het SWAT-team naar het huis van mijn ouders.'

'Ik weet het. Maar hij was mijn vijand.'

'Ja, en jij bent mijn man.' Haar ogen zijn vochtig. 'Ik ben degene die verliefd op je werd. Ik bracht je in hun leven. Ik drong aan op het zogenaamde normale leven in een buitenwijk. Als ik mijn gevoelens voor jou eerder had geaccepteerd, hadden we gelukkig in Japan kunnen leven. En dan zou dit allemaal niet gebeurd zijn, en zouden mijn ouders nog steeds...'

'Probeer je serieus te zeggen dat dit allemaal jouw schuld is?' onderbreek ik haar ongelovig. Ik neem haar handen vast in de mijne en knijp er zachtjes in. 'Sara, ptichka... heb je de indruk dat jij op de een of andere manier verantwoordelijk bent voor wat er gebeurd is?'

Herinnert ze zich niet hoe ze in de eerste plaats in

Japan terechtkwam? Hoe ik mezelf in haar leven heb gedrongen en haar heb ontvoerd?

De tranen in haar ogen glinsteren feller en ze probeert weer weg te kijken, maar dat laat ik niet toe. We gaan dit tot op de bodem uitzoeken. Nu. Vandaag. Hoe moeilijk dit ook is.

Mijn ptichka stelt zich eindelijk open en praat over wat er gebeurd is. Dit is een doorbraak. Een kans op een doorbraak, tenminste.

'Sara...' Ik laat haar handen los en streel haar delicate kaaklijn. 'Mijn liefste, je hebt er geen schuld aan. Het is allemaal mijn schuld, alles. Vanaf het eerste moment dat ik je zag, wilde ik je, en ik liet niets in de weg staan... zelfs niet je gevoelens. Ik was een klootzak en dat ben ik nog steeds, want zelfs na alles wat er gebeurd is, kan ik mezelf er niet toe brengen het juiste te doen.'

Ze slikt. 'Het juiste?'

'Weglopen. Je laten gaan.' Ik laat mijn hand zakken. 'Dat is wat een goede man zou doen. Een man die berouw wilde tonen voor zijn zonden. Maar dat ben ik niet. Ik kan dat niet. De negen maanden dat we uit elkaar waren, hebben me bijna vernietigd – en ik zou nog liever voor eeuwig in de hel branden dan een heel leven zonder jou doorbrengen.'

Ze deinst terug, en ik zie weer een glimp van kwelling in haar blik voordat ze er een wezenloos waas overheen krijgt. 'Dat hoef je niet te doen,' zegt ze hakkelend. 'Ik vraag je niet om bij me weg te gaan. Ik wil niet dat je me verlaat. Dat is het laatste wat ik wil en ik neem het je zeker niet kwalijk wat er met mijn ouders is gebeurd.'

'Wat bedoelde je dan toen je zei dat je me zou haten? Dat een normaal mens mij zou haten?'

Ze haalt weer adem, doet een stap achteruit en schudt haar hoofd terwijl ze nog meer vocht in haar ogen krijgt. 'Laat maar.' Haar stem trilt. 'Laat maar gewoon.'

Ik staar haar aan, een nieuw vermoeden komt bij me op. 'Wanneer ben je wakker geworden?' vraag ik.

Een zichtbare rilling trekt over haar huid en ik weet dat ik het goed geraden heb.

Ze heeft ons afgeluisterd.

Ik probeer me te herinneren wat we precies hebben gezegd, en ik krijg inwendige rillingen.

De negentien lijken zijn zeker genoemd.

Ik stap dichterbij en omklem haar slanke schouders. 'Het spijt me dat je dat gehoord hebt,' zeg ik zachtjes. 'Voor wat het waard is, ik rekende erop dat Henderson zichzelf zou verhandelen voor ten minste enkele van die mensen.'

Ze slikt. 'Ja, natuurlijk.'

'Zou je liever hebben dat ik niets deed? Wil je dat hij vrijuit gaat na wat hij gedaan heeft?'

Haar borstkas gaat op en neer. 'Dat zou wel het beste zijn.' Haar stem is gespannen terwijl ze naar me opkijkt. 'Niet vrijuit gaan, maar gearresteerd worden. Boeten voor zijn misdaden op de normale manier.'

'En wil je dat?' vraag ik zachtjes. 'Als je met een toverstaf kon zwaaien en hem naar de gevangenis kon laten gaan voor zijn misdaden, zou dat je tevreden stellen? Zou het genoeg zijn, gezien wat hij gedaan heeft? Tegen ons, Tamila en Pasha... Tegen jouw ouders?'

Haar ademhaling versnelt met elk woord dat ik zeg, en ik zie dat ze begint te trillen. Ze draait zich los uit mijn greep en wil weglopen, maar ik grijp haar pols en draai haar naar me toe.

'Zeg het, Sara.' Meedogenloos trek ik haar dichter naar me toe. Ik wil alles open en bloot hebben, tot de kern komen van wat haar dwarszit. 'Is dat wat je zou willen? Normale burgerlijke gerechtigheid? Of wil je dat hij lijdt? Echte pijn en verlies kent?'

De tranen stromen over haar wangen. 'Hou op,' zegt ze verstikt, terwijl ze aan haar pols trekt. 'Ik wil niet... Ik ben niet...'

'Niet zo?' Ik weiger los te laten. 'Weet je dat zeker, liefje? Is er niet een deel van je dat een klein beetje blij is dat de stiefvader van je patiënt zijn verdiende loon heeft gekregen? Dat je de agent die je moeder vermoordde, hebt gedood? Dat hoewel Henderson nog steeds vrij rondloopt, hij zijn misdaden al in vlees en bloed moet bekopen?'

De tranen stromen harder en ik voel haar trillen intenser worden terwijl ik zacht zeg: 'Hij verdient het, Sara. Dat weet je. Het is spijtig dat anderen in zijn plaats moesten sterven, maar zo werkt deze wereld. Het is niet eerlijk. Het is niet rechtvaardig. Ik weet het, want als er enige gerechtigheid in dit leven was, zou mijn zoon hier vandaag bij ons zijn. In plaats van te sterven met een speelgoedauto in zijn vuist, zou hij opgroeien en in een echte auto leren rijden. Hij zou naar school gaan en uitgaan. En op een dag, ergens in de toekomst, zou hij iemand ontmoeten van wie hij net zoveel zou houden als ik van jou – iemand die hem de harde lessen van het leven zou doen vergeten.'

Ze huilt nu, slaat op mijn borst en snikt, en ik sla mijn armen om haar heen, hou haar vast als de dijk eindelijk breekt en ze toegeeft aan haar pijn.

Als ze haar verdriet en verlies onder ogen ziet.

ara

IK HUIL URENLANG, ZO ONDERGEDOMPELD IN MIJN PIJN dat ik het nauwelijks voel als Peter me oppakt en me naar de bank in de woonkamer draagt. Terwijl hij me op zijn schoot houdt en me zachtjes heen en weer wiegt, rouw ik om mijn ouders en om de man die ik vermoord heb, om Peters slachtoffers en om Pasha en Tamila. En bovenal treur ik om de vrouw die ik ooit was geweest, een die zich niet kon voorstellen een leven te nemen… of van een man te houden die in staat was tot moord.

Het overvalt me in golven, alle pijn en schuld en woede. God, er is zoveel woede. Ik wist niet dat ik die in me had. Als Henderson hier nu was, zou ik hem met mijn blote handen vermoorden. Ik zou hem zien sterven en elk gruwelijk moment koesteren. Ondanks alle tegenslagen hadden Peter en ik ons droomleven samen opgebouwd, om het allemaal te verliezen in een paar verwoestende minuten.

Was dat hoe het voor Peter was toen Pasha en Tamila waren vermoord? Voelde hij zich zo, alsof zijn wereld plotseling was gestopt met draaien?

Terwijl ik huil, herbeleef ik alles. Alle herinneringen waar ik zo hard tegen gevochten heb. Ik hoor de schoten en het gebrul van de helikopter, ruik het bloed en de paniek in de lucht. Ik zie mijn ouders sterven en voel het koude gewicht van het pistool in mijn hand als ik de trekker overhaal... een keer, twee keer, een derde keer.

Ik weet nog hoe het voelde om het gezicht van de agent te zien ontploffen en te weten dat ik een mens had vermoord – dat ik diep vanbinnen tot dezelfde dingen in staat ben als Peter.

Daar huil ik om, en om de wetenschap dat mijn kind nooit een echt vredig leven zal kennen, dat hij of zij zal opgroeien in een wereld die gekleurd is met duisternis. Ik huil om mijn vader, die nooit opa heeft kunnen worden, en om mijn moeder, die haar laatste momenten doorbracht terwijl ze over het dode lichaam van haar man gebogen zat.

Ik huil om hen en ben woedend op het lot, en al die tijd is Peter er, en houdt hij me vast.

Hij leent me zijn kracht, zodat ik uit elkaar kan vallen zonder te breken.

eter

IK WACHT TOT SARA'S SNIKKEN STILLER WORDEN VOOR IK toegeef aan de donkere hitte die in mijn aderen broeit. Een goed uur lang heb ik haar op mijn schoot gehouden, terwijl ik haar soepele lichaam voelde schudden en beven, haar welgevormde kontje over mijn liezen voelde kronkelen terwijl haar zachte borsten tegen mijn borstkas wreven.

Het is verkeerd om zo naar haar te verlangen terwijl ik net de diepte van haar lijden heb gezien, maar ik kan het niet helpen. Haar doodsangst heeft me rauw geschuurd, de glans van beschaving weggenomen die mijn driften maskeerde.

Ik ben een ontketend beest, en zij is mijn prooi.

Woest kus ik haar, proef het zout van de tranen die

op haar lippen drogen terwijl mijn handen haar kleren verscheuren en haar gladde huid blootleggen. Eerst is ze passief, leeggezogen door de emotionele storm die ze heeft doorstaan, maar al snel slaat ze haar slanke armen zich om me heen en kust ze me terug, en trekken haar handen met dezelfde woestheid aan mijn kleren.

Mijn T-shirt belandt op de grond, bij haar kleren, en dan frummelt ze aan de rits van mijn jeans terwijl ze naakt over mijn schoot beweegt.

'Laat mij maar,' beveel ik schor als het een eeuwigheid lijkt te duren, maar dan lukt het haar, en mijn pik komt vrij, gezwollen en pijnlijk, wanhopig om begraven te worden in haar strakke, natte warmte.

'Ik hou van je,' hijgt ze terwijl ik me diep onderdompel, en ik voel hoe haar binnenste spieren zich om me heen klemmen, me samenknijpen, me verwelkomen ondanks de pijn die ik moet veroorzaken.

Net zoals zij mij omhelst ondanks al het leed dat ik in haar leven heb gebracht.

Ik verdien haar liefde niet, haar vergiffenis, maar als ik mijn vingers in haar haar laat glijden en haar stilhoud voor mijn verslindende kus, weet ik dat ik haar heb.

Dat ze echt van mij is, in voor- en tegenspoed.

ara

'WEET JE ZEKER DAT HET GOED KOMT?' VRAAGT PETER voor de tiende keer als we na het eten Esguerra's landhuis naderen, en ik knik, terwijl ik opkijk naar zijn bezorgde blik.

'Maak je geen zorgen. Ik red me wel.'

Voor het eerst in anderhalve week lieg ik niet. Mijn ogen voelen aan alsof ik ze met schuurpapier heb uitgewreven en ik heb een bonkende hoofdpijn van al het huilen – om nog maar te zwijgen van de pijn van onze vrijpartij in de woonkamer – maar dat is allemaal niet zo erg. De ergste pijn – het verdriet en het schuldgevoel dat ik al die dagen niet onder ogen heb kunnen zien – wordt minder, hoewel het misschien nooit helemaal weg zal zijn.

Natuurlijk is er nog de kwestie van de negentien dode gijzelaars, maar ik probeer er niet aan te denken. Want wat zou het nut zijn?

Mijn man mag dan een monster zijn, ik kan niet zonder hem leven, net zomin als hij zonder mij kan leven.

'Ik hoef niet te gaan,' herhaalt Peter nog eens. 'We kunnen gewoon omdraaien en terug naar huis gaan.'

'Je bedoelt terug naar het huis waar Esguerra ons laat logeren? Dezelfde Esguerra wiens gastvrijheid afhangt van jouw hulp om Henderson snel te krijgen?'

Peter haalt zijn brede schouders op en kijkt niet bezorgd. 'Hij begrijpt het wel.'

Ik glimlach naar hem, mijn borst overstroomt met gloeiende warmte. Mijn duistere ridder – altijd bereid om voor mij de strijd aan te gaan. 'Misschien, maar dat is niet nodig. Ik red me wel. En om eerlijk te zijn, kijk ik er echt naar uit om met Nora en Lizzie op te trekken.'

'Oké, mijn liefste. Als je het zeker weet,' zegt hij als we stoppen bij de voordeur van het landhuis. 'Bel me als je iets nodig hebt, oké? Ik ben niet ver weg.' Hij wijst naar een klein gebouw vlakbij – dat moet het kantoor zijn waar Esguerra het over had.

'Klinkt goed. Ik zie je snel.' Ik leg mijn handen op zijn brede schouders, ga op mijn tenen staan en druk mijn lippen op de zijne. Ik bedoelde het als een afscheidsklopje, maar hij slaat een arm om mijn middel en laat een hand in mijn haar glijden, houdt me stil terwijl hij de kus verdiept, mijn mond plundert alsof we in maanden geen seks hebben gehad, in plaats van luttele uren. Mijn hartslag versnelt, een warmte krult laag in mijn kern als zijn pik verhardt tegen mijn buik, en voor een moment ben ik geneigd in te stemmen met zijn onuitgesproken voorstel.

Om onze verplichtingen vanavond te verzaken, zodat we terug naar huis kunnen en de komende twee uur in bed kunnen doorbrengen.

Pas als Peter de kus onderbreekt om lucht te happen, is mijn hoofd helder genoeg om te beseffen dat we aan het zoenen zijn op Esguerra's veranda – en dat het gordijn van het nabijgelegen raam beweegt, alsof er iemand naar buiten gluurt.

'Wacht…' Zwaar ademend draai ik me uit zijn greep en stap achteruit. 'We kunnen niet… niet hier.'

Hij staart me aan, zijn krachtige borstkas stijgt en daalt, en ik weet dat als we niet in het openbaar waren, hij al op me zou zitten.

'Goed dan,' zegt hij met zijn grote handen in zijn zij. 'Maar blijf hier niet te lang… Onthoud, eerst en vooral, je bent van mij.'

En met die woorden draait hij zich om en loopt weg.

Als Nora mijn roodomrande, gezwollen ogen heeft opgemerkt, is ze tactvol genoeg om niets te zeggen als ik haar naar Lizzies kamer begeleid. In plaats daarvan vertelt ze een verhaal over een rode ara die ze vandaag tijdens haar ochtendhardlooprondje heeft gezien, en andere interessante ontmoetingen met de plaatselijke fauna.

'Het klinkt alsof je het hier naar je zin hebt,' zeg ik glimlachend terwijl ze zich over de wieg buigt om haar dochter op te pakken. De baby maakt een ontevreden geluidje, maar nestelt zich dan in de armen van haar moeder en legt haar kleine hoofdje op Nora's slanke schouder.

'Ik hou er echt van.' Nora glimlacht naar me terwijl ze in een schommelstoel gaat zitten en zachtjes op Lizzies rug klopt. 'Al vanaf het begin.'

Kauwend op mijn onderlip neem ik plaats op de kleine sofa naast de stoel. Nieuwsgierigheid knaagt aan me, maar ik weet niet of ik zo'n persoonlijke gesprek kan voeren deze jonge vrouw. 'Vind je er alles mooi aan?' waag ik uiteindelijk.

Ik heb het niet over het weer of de plaatselijke natuur, en ik zie dat Nora dat begrijpt. Toch is mijn vraag vaag genoeg zodat ze hem zo kan beantwoorden als ze dat wil. Ik wil haar geen ongemakkelijk gevoel geven.

Haar ogen zijn donker en bedachtzaam als ze naar me kijkt. 'Nee,' zegt ze rustig. 'Niet alles, hoewel ik wel van hém hou.'

Natuurlijk. Ik zag het tijdens het diner. En hij houdt van haar... hoewel sommigen zullen zeggen dat zo'n man niet in staat is tot zulke diepe gevoelens.

Voordat ik Peter ontmoette, zou ik het met hen eens zijn geweest, maar zoals alles in mijn leven, is mijn mening over dit onderwerp de afgelopen twee jaar veranderd en geëvolueerd.

Ik weet nu dat meedogenloze moordenaars kunnen liefhebben, en dat het hart een moreel kompas kan missen.

'Weet je van hun meest recente operatie?' vraag ik zachtjes als Nora stilvalt. 'Die met al die gijzelaars?'

Ik zou het hier waarschijnlijk niet over moeten hebben, maar ik kan nog steeds de negentien dode mensen niet uit mijn gedachten krijgen.

Nora knikt. 'Ja. Ik neem aan dat jij er ook van weet?'

'Peter zou het me niet vertellen, maar vanmiddag heb ik ze afgeluisterd.' Ik slik. 'Dus ja, nu weet ik het.'

'Ah. Ik vroeg me af…' Ze gebaart naar mijn ogen en glimlacht dan droevig. 'Laat maar.'

Ik houd mijn hoofd schuin en verbaas me erover hoe kalm ze kijkt, hoe onaangedaan ze is. 'Stoort het je niet?' vraag ik. 'Vind je dit soort dingen niet… afschuwelijk?

Ze zucht en verplaatst de baby naar haar andere schouder. 'Jawel. Natuurlijk wel. Ik ben niet zoals Julian; Ik ben niet geboren voor dit soort leven.'

'Dus hoe doe je het dan? Hoe laat je het los?'

'Om eerlijk te zijn,' zegt ze zachtjes, 'weet ik het niet. Ik weet alleen dat ik van hem hou… dat ik hem nodig heb zoals het regenwoud de zon nodig heeft. Mijn wereld is donkerder met hem erin, maar ook helderder, rijker in zoveel opzichten.'

Ik bijt op de binnenkant van mijn wang. Ik begrijp haar zo goed dat het eng is. 'Vraag jij je weleens af of het aan jou ligt... of iets in je kapot is en gebroken?' vraag ik als de baby begint te woelen. 'Of misschien normale vrouwen geen... je weet wel?'

Ze zucht weer en verplaatst Lizzie terug naar haar andere schouder. 'Het is mogelijk. Ik weet dat Julian en ik... Nou, de manier waarop we samen zijn is niet voor iedereen weggelegd, dat is zeker.' Ze staat op het punt meer te zeggen, maar Lizzie wordt steeds luider en Nora staat in plaats daarvan op en wiegt de baby om haar te kalmeren.

Ik sta ook op. 'Mag ik haar vasthouden?'

Nora grijnst als het geschreeuw van de baby escaleert in schreeuwen. 'Nu meteen? Weet je het zeker?'

'Ik heb de oefening nodig,' zeg ik wrang. 'En je man zei dat je de hulp kon gebruiken.'

'In dat geval: alsjeblieft. Deze wolk van een baby is helemaal van jou.' Ze overhandigt me de baby met overdreven gretigheid.

Tot mijn verbazing stopt Lizzie onmiddellijk met huilen en kijkt ze met grote blauwe ogen naar me op.

'Jij kleine verrader,' zegt Nora verontwaardigd tegen haar dochter. 'Kijk maar of je vanavond borstvoeding krijgt.'

Ik lach, stuiter de baby in mijn armen, en terwijl ze kirrend met haar kleine vuistje naar mijn haar grijpt, voel ik de druk in mijn borst verminderen, de donkere wolken lang genoeg optrekken om me een glimp van licht te laten opvangen.

enderson

Nergens te vinden.

De woorden ratelen door mijn door migraine geteisterde hersenen, de letters kronkelen als slangen over het scherm.

Al mijn contacten vertellen me dat mijn vrouw en kinderen nergens te vinden zijn. Het is alsof ze in het niets verdwenen zijn.

Mijn nek verkrampt van de pijn, de pijn straalt uit naar mijn linkerarm. Ik wil janken als een dier en een pakje pillen naar binnen werken, maar ik kan het niet.

Ik heb al mijn verstand hiervoor nodig.

De kans is groot dat Sokolov ze al heeft. Hoe anders zou hun verdwijning verklaard kunnen worden? Er zijn geen gegevens dat ze IJsland hebben verlaten, geen vliegtickets uitgegeven aan iemand die aan hun beschrijving voldoet.

Ze moeten gevangengenomen en ontvoerd zijn.

Weldra zal ik een bevel krijgen om mezelf uit te leveren, samen met enkele lichaamsdelen van mijn kinderen. Sokolov zal ze niet sparen, niet na wat hij de rest van onze vrienden en familie heeft aangedaan.

Niet na wat er met zijn zoon gebeurd is in dat klotedorpje.

Er is nog maar één optie, een laatste wanhoopspoging.

Ik neem de telefoon en bel het nummer op mijn bureau.

'Operatie Air Drop gaat door,' zeg ik als de man aan de andere kant opneemt. 'Maak het team klaar. We slaan volgende week zaterdag toe, over een week.'

eter

IK NEEM PLAN A NOG EENS DOOR MET MIJN TEAM, KENT en Esguerra. Dan nemen we plan B, C, D en E door.

In tegenstelling tot een moordaanslag, gaan we er min of meer blindelings in. De val kan overal vandaan komen, in elke vorm die Hendersons CIA-getrainde brein kan bedenken. Van sluipschutters tot MI5 tot Interpol, we kunnen op honderd verschillende manieren in de val lopen, en we moeten overal op voorbereid zijn.

We moeten ook rekening houden met de onwaarschijnlijke mogelijkheid dat het geen valstrik is, en dat dit echt een handreiking is van Bonnie Henderson.

Daarom ga ik, ondanks mijn extreme tegenzin om

lang van Sara gescheiden te zijn, overmorgen, dinsdag, met mijn team naar Londen.

Ik kan me niet voorstellen dat mijn ptichka hier goed op zal reageren, maar er is geen andere keus. Kent en Esguerra gaan ook, om met hun eigen teams voor back-up te zorgen.

We moeten Henderson vinden en dit afmaken.

Er zit niks anders op.

'Wat denk je dat Nora ervan zal vinden dat je persoonlijk gaat?' vraag ik Esguerra als we aan het afronden zijn.

Hij haalt zijn schouders op, hoewel zijn uitdrukking verstrakt. 'Ze zal niet blij zijn, maar ze weet dat dit belangrijk is. Zoiets groots kan ik niet delegeren; verslappen is gevaarlijk in onze branche. Trouwens, het zijn jullie vier die het meeste gevaar lopen. Kent en ik zullen alleen betrokken raken als al het andere faalt... en in tegenstelling tot jullie, zijn onze gezichten niet op het avondnieuws te zien.'

eter

Op maandagavond maak ik al Sara's lievelingseten klaar en open ik een fles sprankelend druivensap voor het avondeten. Hoewel Sara al een paar dagen geen flashbacks meer heeft gehad, vind ik het vreselijk om haar zo lang alleen te laten.

Ook al verblijft ze in het huis van de Esguerra's, met Nora en Yulia in de buurt, ik zal me constant zorgen maken.

'Waarom moet je gaan?' vraagt ze weer, haar hartvormige gezicht samengeknepen van stress. Haar bord, vol met haar favoriete pasta, staat onaangeroerd voor haar, net als haar champagneglas met het sprankelende sap. Ze heeft de hele dag nog niet gegeten – niet sinds ze hoorde dat ik naar Londen ga.

'Je weet dat het bijna zeker een valstrik is,' gaat ze verder terwijl ik nadenk over hoe ik haar wat calorieën kan laten binnenkrijgen. 'Hij lokt je naar buiten, met de e-mail van zijn vrouw als lokaas.'

'Dat weet ik en daar hebben we op gerekend,' herinner ik haar geduldig terwijl ik de schaal met versgebakken brood naar haar toe duw. 'Het is nog steeds een kans om een aanwijzing te krijgen. Het is moeilijk om een val te zetten zonder sporen achter te laten; ergens, op een of andere manier, moet hij het verpesten.'

'Maar wat als hij dat niet doet?' Ze duwt de kom weg. 'Wat als hij erin slaagt je in de val te lokken?'

'Ptichka...' Ik zucht. 'Je weet dat hij gewoon achter ons aan blijft komen. Ik heb al eens geprobeerd ervan weg te lopen, en kijk wat er gebeurd is. Als ik de deal niet had aangenomen en de jacht op hem niet had opgegeven...'

'Nee.' Sara's ogen glinsteren met een pijnlijke helderheid. 'Zeg het niet. Ik zei het je, dat is niet jouw schuld. Ik weet hoe moeilijk het voor je was om die deal te sluiten, en wat de uitkomst ook is, ik zal je altijd dankbaar zijn dat je het geprobeerd hebt... dat je zo'n offer voor me gebracht hebt.'

'Eet dan. Alsjeblieft.' Ik duw de schaal met brood weer naar haar toe. 'Is het niet voor jezelf, dan voor mij en onze baby.'

Ze knippert met haar ogen, alsof ze zich nu pas realiseert dat ze nog geen hap heeft gegeten van alles wat ik heb gemaakt. Ze pakt een stuk brood en neemt er gehoorzaam een hap van, waarna ze wat pasta in haar mond stopt.

Ik kijk naar een vlekje saus dat op haar bovenlip is achtergebleven, en alsof ze mijn gedachten leest, gaat ze er met haar tong overheen, waardoor mijn lichaam zich aanspant.

Verdomme, ik wil op die zachte lippen sabbelen... ze tegen mijn ballen voelen drukken als ze die tong op me gebruikt.

De golf van lust is zo sterk dat het me overrompelt. Mijn hartslag schiet omhoog en ik ga van lichte opwinding naar een regelrechte erectie in een seconde. Het enige wat me tegenhoudt om haar te neuken op deze tafel is dat ze eindelijk eet.

Met tegenzin, met een duidelijk gebrek aan eetlust, maar ze eet.

Mijn lust bedwingend eet ik mijn eigen eten op, haar de hele tijd waakzaam in de gaten houdend.

Ze eet ongeveer de helft van de pasta op haar bord voordat ze opgeeft en zegt dat ze vol zit. Ik haal haar over om een toetje te eten – een kommetje bessen met opgeklopte kokosroom – en dan geef ik eindelijk toe aan mijn eigen honger.

Ik laat de afwas op tafel achter, pak haar op en draag haar naar onze slaapkamer.

ara

Peter is vanavond voorzichtig met me, ongewoon zachtaardig, en voor een keer is de tederheid precies wat ik wil. Sinds vanmorgen, toen hij me vertelde dat hij naar Londen vertrekt, ben ik verlamd van angst, zo bang dat ik nauwelijks lucht krijg.

Hij is nog steeds niet volledig genezen, maar hij doet alsof zijn wonden er niet toe doen. De afgelopen twee dagen heeft hij de training met Anton en de tweeling hervat, en kracht- en uithoudingsprestaties geleverd die weinig atleten zonder verwondingen hadden kunnen evenaren. Desondanks ben ik me er terdege van bewust dat hij niet bovenmenselijk is, dat hij kan bloeden en sterven door kogels, net als iedereen.

Ik sprak Nora na de lunch, terwijl Peter de laatste hand legde aan de logistiek met haar man en de anderen. Ze deed zich kalm voor, maar ik kon zien dat ze net zo bezorgd was, dat haar angst net zo groot was. Ze vertelde me meer details over hun plan, over hoe Kent en Esguerra de reserveteams zouden leiden, hoe zeventig van hun best getrainde bewakers bij de hele operatie betrokken zouden zijn. Hoe de mannen meer dan vijftig simulaties hebben gedaan, zich overal op voorbereidend.

Het had me gerust moeten stellen, maar de zuigende put van angst in mijn maag is alleen maar erger geworden. Dat gesprek had me er in ieder geval van doordrongen hoe gevaarlijk deze hele onderneming is, vooral voor Peter en zijn teamgenoten.

Als voortvluchtigen gaan ze recht naar het hol van de leeuw.

Ik sluit mijn ogen en probeer er niet aan te denken. Ik concentreer me alleen op Peters lippen die sensueel over mijn rug gaan. Ik lig op mijn buik en hij kust elke wervel van mijn ruggengraat, zijn eeltige handpalmen glijden over mijn huid met heerlijke ruwheid, strelen en masseren me over mijn hele lichaam. Bij elke aanraking van zijn lippen verspreidt zich een tintelende warmte door mijn lichaam, elke slag van zijn grote handen ontspant en windt me tegelijk op.

'Je bent zo lief,' fluistert hij eerbiedig, terwijl hij kusjes geeft op mijn taille, mijn kont, de gevoelige onderkant van mijn billen. 'Overal zo mooi.' Zijn diepe, vaag geaccentueerde stem is als fluweel in mijn oren, en draagt bij aan de warmte die in mijn aderen opbouwt en de pulserende spanning die in mijn binnenste groeit.

Zijn vingers glijden tussen mijn benen, vinden mijn sappige opening, en ik kreun als hij me penetreert met twee vingers, me uitrekt, me vult tot ik klop van behoefte. Ik ben al zo opgewonden dat ik op het punt sta klaar te komen, en als hij die vingers in me krult, drukkend op mijn G-spot, verkrampt mijn lichaam van een bevrijding die als een warme vloedgolf door me heen gaat.

Ik ben nog aan het bijkomen van de roes als hij me omrolt en me bedekt met zijn gespierde lichaam. 'Ik hou van je,' mompelt hij en hij kijkt op me neer terwijl hij op een elleboog steunt. Zijn vrije handpalm omklemt mijn kaak, zijn duim streelt zachtjes mijn wang, en de tederheid in zijn metaalachtige blik doet me smelten tot op het bot.

'Ik hou ook van jou,' fluister ik met een pijnlijk gevoel op mijn borst. 'En dat zal ik altijd blijven doen, mijn liefste… wat het lot ons ook toewerpt.'

Zijn pupillen worden groot, zijn ogen worden donkerder, en wanneer hij vooroverbuigt om mijn mond op te eisen, is er een nieuwe felheid in zijn kus, een hetere, duisterdere soort honger. Zijn hand laat mijn gezicht los en glijdt tussen onze lichamen, en ik voel zijn pik tegen mijn ingang drukken als hij zijn knieën tussen mijn benen klemt en ze wijd uit elkaar duwt.

Hij tilt zijn hoofd op, vangt mijn blik en dringt dan in één vloeiende beweging helemaal binnen. Ik haal adem bij de plotselinge volheid, bij de warmte en de druk van hem zo diep in me.

'Zeg het nog eens,' beveelt hij ruw. 'Ik wil het je horen zeggen als ik je neuk.'

'Ik hou van je,' hijg ik als hij zich terugtrekt en diep in me duikt. 'Ik hou zoveel van je.' Hij gaat er nog dieper in. 'Ik zal altijd van je houden.' Ik klink steeds ademlozer als zijn bewegingen versnellen. 'Ik zal voor altijd van je houden, zolang we allebei leven.'

 eter

AL MIJN ZINTUIGEN STAAN OP SCHERP ALS IK HET CAFÉ
nader waar ik verondersteld word Bonnie Henderson
te ontmoeten. Omdat de tweeling de gevangen
sluipschutter nog niet heeft gedood, heb ik besloten
haar vaardigheid met vermommingen te gebruiken, en
ik lijk in niets op mezelf. Mijn buik is tonnetje rond en
ik heb niet alleen sproeten en roodblond haar, maar
ook een wijkende haarlijn en een onderkin.

Als ik een moeder had, zou zelfs zij me niet herkend
hebben.

Zesendertig man van Esguerra staan rondom het
restaurant en beveiligen een straal van tien blokken
tegen sluipschutters en ordehandhavers. Voorlopig
lijkt er geen ongewone activiteit te zijn, maar dat zegt

niets. Daarom bivakkeren Kent en Esguerra in de buurt, elk met een reserveteam voor het geval Henderson een snelle actie uitvoert.

En ik verwacht dat hij een truc zal uithalen.

Wat de situatie ingewikkelder maakt, is dat een vrouw die aan Bonnie Hendersons beschrijving voldoet, een kwartier geleden het restaurant is binnengelopen. Ik betwijfel ten zeerste dat zij het is – Henderson zou nooit zijn eigen vrouw zo gebruiken – maar het betekent wel dat ik dicht bij de Bonnie-lookalike moet komen om de kleine kans uit te sluiten dat dit allemaal echt is.

Als ik recht tegenover het café sta, stop ik en zorg ervoor dat mijn verborgen wapens binnen handbereik zijn. Via de kleine microfoon in mijn oor laten mijn teamgenoten me weten dat er nog steeds niets verdachts aan de hand is, dus ik haal adem en steek de straat over.

Ik zie haar onmiddellijk in het café. Ze zit aan een tafeltje achterin, met haar gezicht naar de deur. Mijn vermomming werkt: haar blik glijdt over me heen als ik met een nasaal Brits accent de gastvrouw informeer over mijn reservering. Alles is in orde – daar heeft Ian voor gezorgd – en ik volg de gastvrouw naar een tafeltje dat een tiental meter verwijderd is van waar mijn doelwit zit.

Ik neem plaats met mijn gezicht naar haar toe. Ik open het ontbijtmenu en bekijk haar stiekem, op zoek naar aanwijzingen over haar ware identiteit. Het vreemde is dat ze precies lijkt op alle foto's en video's van Hendersons vrouw die ik in de loop der jaren heb bestudeerd. Elk klein detail klopt, zelfs het feit dat ze ouder lijkt dan op al die foto's, haar dunne gezichtje vermoeid en verouderd. Ze is nog steeds een aantrekkelijke vrouw – ik kan zien waarom Henderson met haar getrouwd is, al die jaren geleden – maar het leven op de vlucht heeft duidelijk zijn tol geëist.

Of misschien is dat wat Henderson me wilde laten denken toen hij die CIA-agent of wie dan ook liet vermommen als zijn vrouw.

De ober komt naar mijn tafel, en ik bestel pannenkoeken en een omelet terwijl ik haar blijf bestuderen. Nog tien minuten tot het afgesproken tijdstip, maar de vrouw lijkt ongeduldig te worden, kijkt naar de deur en dan het restaurant rond met toenemende nervositeit.

Haar blik raakt me een keer, maar zonder bijzondere achterdocht.

De ober brengt eerst de pannenkoeken, en ik maak er werk van ze met verve te verorberen, hoewel ik ze nauwelijks proef. Als deze 'Bonnie', of wie Henderson ook in het restaurant heeft neergezet, op zoek is naar abnormaal gedrag, zullen ze dat aan mijn tafel niet vinden.

Het is vijf over negen als ze echt nerveus begint te worden. Ze staat op, alsof ze weg wil gaan, en gaat dan weer zitten.

Niet erg professioneel voor een CIA-agent.

Mijn omelet wordt gebracht, en terwijl ik de eerste hap in mijn mond stop, staat ze op, haar dunne lichaam gespannen van angst. Bijtend op haar lip kijkt ze nog eens rond, en begint dan naar de uitgang te lopen.

Oké, dat is interessant.

Instinctief grijp ik haar pols als ze langs mijn tafel loopt.

'Bonnie Henderson?' Ik zeg het met een Brits accent, en ze verstijft, haar gezicht vol angst.

'Laat me gaan,' zegt ze op een lage, angstige toon. 'Ik ga niet terug naar hem. Laat me gaan, of ik ga verdomme gillen.'

Nog interessanter.

'Ik ben Peter Sokolov,' zeg ik met mijn normale accent, terwijl ik haar flinterdunne pols loslaat. 'Je wilde me ontmoeten?'

Ze bevriest weer, gaapt me aan. 'Maar jij…'

'Het is een vermomming,' zeg ik kalm. 'Alsjeblieft, ga zitten.'

Ze rommelt met de stoel tegenover de mijne, haar handen trillen als ze hem uittrekt. Als ik een heer was, zou ik opstaan en haar helpen, maar dat is niet waarom ik hier ben.

Als dit echt Hendersons vrouw is, en ik begin te denken dat het zo is, gaat ze me op een of andere manier naar haar man leiden.

De ober komt langs, nieuwsgierig naar de plotselinge extra gast aan mijn tafel, en ik bestel twee koppen koffie alleen maar om hem te laten vertrekken. Er lijkt iets vreemds te gebeuren met Bonnie. Nu ze tegenover me aan tafel zit, ziet ze er rustiger en kalmer uit – tenminste als je het trillen van haar handen negeert.

'Je mailde me,' zeg ik zodra de ober weg is. 'Waarom?'

Ze haalt diep adem. 'Omdat ik het moest. Deze waanzin moet eindigen.'

'Mee eens.' Ik glimlach kil. 'Wat aardig van je om jezelf zo uit te leveren.'

'Je begrijpt het niet.' Ze knijpt haar handen tot een strakke bal op tafel, de trillingen verbergend. 'Ik geef mezelf niet over. Ik geef je wat je wilt: mijn man.'

Ik kijk op. 'In ruil waarvoor?'

Ze tilt haar kin op. 'Omdat je mij en mijn kinderen alleen hebt gelaten.'

Ah. Ik begon te vermoeden dat het zoiets zou kunnen zijn. Toch is dit niet helemaal logisch. Waarom haar man verraden en zichzelf blootstellen aan zulk gevaar?

'Waarom zou ik dat accepteren als ik jou al heb?' vraag ik. 'Tenzij je denkt dat je veilig bent omdat we elkaar in het openbaar ontmoeten?'

Ze schraapt haar keel en slikt. 'Ik ben geen idioot. Ik weet waartoe je in staat bent.'

'En toch ben je hier. Interessant.'

De ober verschijnt weer en we vallen beiden stil, wachtend tot hij koffie inschenkt en weggaat.

Zodra hij weg is, pakt Bonnie haar kopje en neemt een slok van de gloeiend hete vloeistof. 'Hij wil zichzelf niet ruilen voor mij.' Haar stem trilt lichtjes als ze het kopje neerzet. 'Dus je kunt het vergeten om mij als onderhandelingstroef te gebruiken. Het zal niet beter werken dan met de gijzelaars.'

Dus daar weet ze van. Dit wordt met de seconde intrigerender.

'Wat stel je dan voor? Ik beloof jou en je kinderen niet te doden, en jij leidt me naar de schuilplaats van je man?'

'Ja. Nou, niet precies.' Ze ademt even in. 'Ik kan je niet rechtstreeks naar hem leiden omdat ik niet weet waar hij is. Hij zal onze laatste schuilplaats zijn ontvlucht zodra hij hoorde dat ik er met de kinderen vandoor was gegaan, voor het geval je ons zou vinden, snap je.'

'Dus wat bied je aan? En waarom ben je weggelopen?'

Ze aarzelt, en vraagt dan zachtjes: 'Weet je hoe Wally en ik elkaar ontmoet hebben?'

Ik probeer me te herinneren of ik de informatie ben tegengekomen in het enorme dossier dat ik over Henderson heb. 'Nee,' geef ik na een moment toe. 'Ik weet het niet.'

Ze perst haar lippen op elkaar. 'Dat dacht ik al. Niemand weet dat echt. Wally vertelt mensen graag dat we elkaar in een bar hebben ontmoet, maar dat is niet zo. Ik bedoel, we hebben elkaar in een bar ontmoet, maar we hebben elkaar eerder ontmoet... toen ik als stagiair begon bij het agentschap, en hij was de steragent... en mijn leraar.'

Ik verberg mijn verbazing. Ik dacht misschien dat ze een agent was die de rol van Hendersons vrouw speelde, maar ik had niet verwacht dat Hendersons eigenlijke vrouw een CIA-agent zou zijn.

Ze is veel te overtuigend als nerveuze socialiste.

'Maak je geen zorgen, ik ben geen agent,' zegt ze snel, alsof ze bang is dat ik haar zal neerschieten om die onthulling. 'Ik ben met de opleiding gestopt nadat Wally me zwanger had gemaakt. Uiteindelijk kreeg ik een miskraam, maar ik ben nooit meer teruggegaan. Wally en ik trouwden, en kort daarna verliet hij het bureau. Hij wilde een carrière in het leger, zodat hij een stabieler gezinsleven kon hebben.'

Ik pak mijn kop koffie. 'En waarom vertel je me dit allemaal?'

'Omdat ik wil dat je begrijpt waarom ik hier ben.' Haar ogen branden in mijn gezicht terwijl ik nip van de hete, bittere vloeistof. 'Ik ben bij het agentschap gegaan omdat ik een patriot ben, meneer Sokolov. Omdat ik ons land wil beschermen tegen bedreigingen, zowel binnenlands als buitenlands... tegen terroristen die zomaar een gebouw opblazen.'

De puzzelstukjes vallen eindelijk in elkaar.

Natuurlijk.

Dat is wat haar over de streep trok.

'Wanneer ben je erachter gekomen?' vraag ik, terwijl ik de koffie neerzet.

'Dat Wally achter de FBI-bomaanslag in Chicago zat? Een paar dagen geleden, op hetzelfde moment dat ik hoorde dat hij al onze vrienden en familieleden liet sterven in plaats van toe te geven aan jouw eisen.' Ze klinkt bijna kalm terwijl ze dit zegt, maar ik kan zien dat het haar moeite kost.

Hoe ze ook aan die informatie kwam, het moet een pijnlijke schok geweest zijn.

'Waarom kom je naar mij?' vraag ik, terwijl ik haar nauwkeurig bestudeer. 'Je moet me toch haten om wat ik jou en je familie heb aangedaan. Waarom geef je je man niet gewoon aan bij de autoriteiten? Ik neem aan dat het bewijs dat je hebt behoorlijk vernietigend is.'

Ze knikt. 'Klopt, en dat is nog iets wat ik je kan aanbieden. Als jij je aan jouw kant van de afspraak houdt, zal ik mijn best doen om jouw naam te zuiveren. Van die specifieke misdaad, tenminste. En waarom ik hier met je praat, dat is heel simpel.' Ze haalt even adem. 'Ik ben moe, meneer Sokolov. Ik ben uitgeput van jou vrezen en heten, en mijn kinderen ook. Wally uitleveren zou geen einde maken aan deze nachtmerrie voor ons; het proces zou jaren slepen, en al die tijd zou u proberen via ons bij hem te komen. Dit is de beste manier, de enige manier om dit te beëindigen. Ik zal je nooit vergeven wat je mijn familie hebt aangedaan, maar ik wil deze afspraak met je maken.' Haar stem kraakt. 'Het enige wat ik wil is dat dit voorbij is… dat mijn kinderen hun normale leven weer kunnen oppakken.'

Ze is overtuigend, dat moet ik haar nageven. Zo overtuigend dat ik geneigd ben haar te geloven. Maar er is nog één ding wat ik moet weten. 'Toen ik voor het eerst met je sprak, dacht je dat ik iemand was die je man stuurde. Ik neem aan dat dat betekent dat hij naar

je op zoek was. Hoe komt het dat hij je nog niet
gevonden heeft, met al zijn connecties?'

Haar gezicht verstrakt weer. 'Ik heb mijn eigen
connecties, meneer Sokolov. Mijn man heeft dat nooit
begrepen. Hij denkt dat zijn succes te danken is aan
zijn eigen genialiteit, maar ik heb altijd aan zijn zijde
gestaan, de weg geëffend, vriendschap gesloten met de
juiste mensen, hun vrouwen op de juiste...' Ze stopt,
alsof ze beseft hoe zinloos haar bittere herinneringen
zijn. 'Hoe dan ook,' gaat ze verder, 'heb ik me de
afgelopen twee jaar voorbereid, voor het geval ik als
weduwe zou eindigen met jou op onze hielen. Ik had
documenten voor mezelf en de kinderen, samen met
geld en al het andere dat nodig was om alleen
verborgen te blijven. Maar toen gebeurde dit.'

'En je gebruikte je noodvoorraad om te vluchten
voor je man.'

Haar mond valt open. 'Juist. Dus vertel me, meneer
Sokolov, hebben we een overeenkomst? Als ik mijn
man aan je uitlever, laat je ons dan met rust?'

Ik pak mijn koffie weer op. 'Je zei dat je niet weet
waar hij is.'

'Nee, dat weet ik niet, maar ik weet wat hij
belangrijker vindt dan wat dan ook.'

'En dat is?'

Ze kijkt me recht aan. 'Onze dochter. Amber. Zij is
de enige persoon buiten hemzelf van wie hij echt
houdt.'

Ik moet mijn verbazing weer verbergen. Overweegt

deze vrouw echt om ons haar tienerdochter te geven als gijzelaar?

Is ze verdomme gek?

'Goed,' zeg ik, terwijl ik het kopje neerzet. Ik ga geen gegeven paard in de bek kijken. 'Dat klinkt als een goed plan en ja, als we hem met je dochter naar buiten kunnen lokken, laat ik jou en je kinderen met rust.' En dat meen ik ook. Hoewel ik Henderson graag zou laten lijden met de wetenschap dat zijn familie dood is, was ik nooit echt uit op zijn vrouw en kinderen.

Het is zíjn kop die ik wil laten rollen.

'Alsjeblieft dan.' Ze pakt een telefoon en schuift hem over de tafel naar me toe. 'Dit is het enige wat je nu nodig hebt, maar ik heb meer – als je me maar laat vertrekken.'

Ik druk op 'play' voor de video op het scherm, en een minuut later realiseer ik me dat Hendersons vrouw niet gek is, en dat terwijl zij het agentschap heeft verlaten, ze in haar hart altijd een CIA-agent zal blijven.

ara

Ik loop rond in de eetkamer van de Esguerra's.
Bezorgdheid boort een gat in mijn borst. Nora en Yulia
zijn allebei hier, net als de jonge bewaker, Diego. Hij
ontvangt live-updates over de lopende operatie via zijn
koptelefoon, dus ik weet dat Peter net het restaurant is
binnengegaan en de val heeft getrotseerd.

'Hij is nu met haar aan het praten,' zegt Diego, die
na twintig minuten opkijkt van zijn laptopscherm, en
ik haast me naar hem toe om een wazig beeld te zien
van een man die in niets op Peter lijkt, zittend
tegenover een dunne vrouw.

'Dit is van een langeafstandcamera,' legt Diego uit.
'We willen ze niet afschrikken door te dichtbij te
komen.'

'Maar alles is nog rustig?' vraagt Yulia, die over zijn schouder leunt, en hij knikt.

'Hendersons spionnen zijn of buitenaards goed, of er is niemand in de buurt.'

Ik kijk naar Nora. In tegenstelling tot Yulia en mij, zit ze stil, stelt ze geen vragen. Als ze Lizzies wandelwagen niet vasthield, zou ik denken dat ze het allemaal rustig opnam.

Als ik mijn aandacht weer op het scherm richt, zie ik dat de vermomde Peter en de vrouw nog steeds met elkaar praten.

'Maak je geen zorgen,' zegt Yulia zachtjes tegen me. 'Als iemand in het restaurant ook maar verkeerd niest, zullen onze sluipschutters hem pakken.'

'Ja, ik weet het.' Een droge glimlach trekt aan mijn lippen. 'Het is verbazingwekkend hoe geruststellend sluipschutters kunnen zijn.'

Ze glimlacht terug en we delen een momentje. Maar als ik naar Nora kijk, kijkt ze naar geen van ons.

Natuurlijk. Ik was even vergeten dat ze een verstoorde relatie heeft met Yulia.

Ik vraag me af of ze het me kwalijk neemt dat ik wel vriendschappelijk met Yulia omga.

'Hij komt uit het restaurant,' zegt Diego plotseling, en mijn blik valt weer op het scherm.

Natuurlijk, Peter is al op straat.

Diego valt stil, luistert aandachtig naar de informatie die het Londense team doorgeeft, en als ik zie hoe een brede glimlach op zijn gezicht verschijnt, worden mijn knieën week van opluchting.

De e-mail was écht van Hendersons vrouw.
Peter en de anderen zijn veilig.

enderson

IK BEN BEZIG MET DE LOGISTIEK VOOR ONZE OPERATIE van zaterdag als er een melding op mijn scherm verschijnt. Het is een e-mail van mijn CIA-contact.

Sorry, luidt de onderwerpregel.

Alles in mij verandert in ijs als ik de tekst en de video zie.

Met het gevoel dat ik moet overgeven, druk ik op 'play'.

Het vieze, betraande gezicht van mijn dochter vult het scherm. 'Papa,' snikt ze terwijl de camera uitzoomt en haar vastgebonden aan een stoel laat zien in een non-descripte kamer met witte muren. 'Papa, help me alsjeblieft. Ze zeiden dat ze ons zullen vermoorden. Alsjeblieft, papa, help me!'

De video valt stil, en ik hap naar lucht.

Sokolov heeft haar. Hij heeft ze allemaal.

Het is nu een feit.

Trillend lees ik de doorgestuurde tekst.

Je weet wat ik wil, staat er. *Plaza de Bolivar, Bogotá, donderdag 15.00 uur. Zorg dat je er bent of kijk hoe ze sterft.*

Ik verwachtte dit, wist dat het zou komen, maar het raakt me nog steeds als een klap in mijn maag.

Amber. Mijn lieve, loyale dochter.

Dat monster zal haar doden. Hij zal haar niet sparen, zelfs niet als ik doe wat hij zegt.

Er is geen tijd meer om de logistiek te plannen, geen kans om de kinken uit de kabel te werken.

Operatie Air Drop kan niet wachten tot zaterdag.

Het moet vanavond gebeuren.

ara

'DENK JE NOG STEEDS DAT HET EEN VALSTRIK KAN ZIJN?'
vraag ik Nora terwijl we een uur later in haar
vijftigmeterbad zwemmen. Nu de onmiddellijke crisis
voorbij is, is Yulia terug naar haar kamer gegaan om
Nora tactisch haar aanwezigheid te besparen, dus zijn
we hier met z'n tweetjes.

En Rosa en Lizzie zijn er, maar die slapen allebei in
de schaduw.

'Alles kan, maar Julian denkt van niet,' antwoordt
Nora, terwijl ze op haar rug gaat drijven. Haar lichaam
in bikini is zo slank en atletisch dat het moeilijk te
geloven is dat ze nog maar enkele maanden geleden
een kind heeft gekregen.

Ik draag ook een bikini, die ik van Yulia geleend

heb, omdat we ondanks het lengteverschil toch dichter bij elkaar staan. De shorts en T-shirts die ik droeg bleken inderdaad van Yulia te zijn. Ze vergat ze in Kents huis toen ze naar Cyprus verhuisden, en ze is meer dan blij dat ik ze nu kan gebruiken.

'Laat het me weten als je nog iets nodig hebt,' zei ze toen we het vanochtend over de kleren hadden. 'Lucas heeft een koffer vol met mijn spullen in ons vliegtuig, voor het geval dat, dus ik ben volledig uitgerust.'

Ik richt mijn aandacht weer op Nora en vraag: 'Hoe zit het met wat er morgen gebeurt? Denkt Julian dat Henderson zal komen opdagen in Bogotá?'

'Dat is de hoop,' zegt ze, terwijl ze zich omdraait om met een sterke vrije slag te zwemmen. Ik kan redelijk zwemmen, maar ik moet me inspannen om haar bij te houden als ze door het water glijdt en in een mum van tijd de rand van het zwembad bereikt.

Het is duidelijk dat ze niet over dit onderwerp wil praten, maar ik kan mezelf er niet toe zetten het te laten rusten. 'Wat als hij dat niet doet?' vraag ik als ze vertraagt. 'Hij heeft zich voor geen van de gijzelaars overgegeven.'

Ze stopt en strijkt haar natte haar met beide handen naar achteren. 'Zij waren niet zijn dochter,' zegt ze, terwijl ze haar ogen tegen de zon dichtknijpt en me aankijkt. 'Maar hoe dan ook, zelfs als het niet volgens plan gaat, zullen Julian, Lucas en Peter wel iets improviseren. Dat is wat ze doen, en daar zijn ze goed in.'

Hoewel Nora net zomin als ik weet wat er gaat

gebeuren, wordt mijn borstkas wat minder gespannen door de herinnering aan Peters capaciteiten.

Mijn man is hier goed in.

Verschrikkelijk goed.

We zwemmen nog een uur, babbelen over aangenamere dingen, zoals Nora's komende kunsttentoonstelling in Berlijn – ze is blijkbaar een serieuze schilderes – en als Lizzie wakker wordt en honger krijgt, gaan we terug het huis in.

Met een beetje geluk is het morgen allemaal voorbij.

91

 enderson

'WE GAAN HIER LANDEN,' ZEG IK, MIJN STEM VERHEFFEND om boven het geronk van de motoren uit te komen, terwijl ik naar een stukje bomen op de satellietfoto wijs. 'Dan gaan we daarheen.' Ik wijs met mijn vinger naar het witte gebouw in het midden.

'Komt goed.' Dancer duwt zijn vuilblonde haar naar achteren, zijn gezicht en profil doet griezelig veel denken aan dat van Sokolov. 'Heb je foto's van de doelen?'

'Hier.' Ik overhandig hem de foto van Esguerra's vrouw. 'We willen of deze vrouw, of haar baby, of liever allebei. Zij zijn ons ticket uit het kamp.'

Barrett bekijkt de foto over Dancers schouder. 'Ze ziet er nogal klein uit. Dat moet een eitje zijn.'

'Deze zou ook werken, maar ik weet niet of ze in het hoofdgebouw zal zijn.' Ik haal een foto van Sara Sokolov tevoorschijn en geef die aan Dancer en zijn teamgenoten. 'En deze' – ik laat een foto van Kent's vrouw zien – 'zou een leuke bonus zijn, maar ze kan ook ergens op het terrein zijn.'

'O, fuck. Kijk naar dat blonde haar en die benen.' Kilton pakt de foto van me af. 'Ik zou haar zeker doen.'

'Ik zou ze allemaal doen, minus de baby,' zegt Russ, terwijl hij ondeugend over zijn baard strijkt. 'Misschien wel alle drie tegelijk.'

Het vergt al mijn acteertalent om mijn instinctieve grijns te verbergen. Ik kan het me niet veroorloven om deze vier klootzakken tegen me in het harnas te jagen, of iemand anders in hun team. Dus wat als ze dom genoeg zijn om met hun lul te denken? Ze hebben goed werk geleverd met het plaatsen van de explosieven in het FBI-gebouw, en ze hebben ervaring met parachutesprongen.

Ik heb ze nodig.

Het is mijn enige kans om Amber te redden.

Terwijl ik de pijnlijke knopen in mijn nek masseer, kijk ik naar de andere zes mannen in ons militaire transportvliegtuig. 'Is het jullie duidelijk wat jullie aandeel hierin is?'

'Ja,' zegt Dancer voordat een van hen kan antwoorden. 'Team Alpha zal om 00:58 uur de bewakers bij de noordelijke grens inschakelen, en Team Beta zal jullie met de helikopter opwachten bij het extractiepunt aan de zuidelijke grens.'

'Wat als Esguerra het huis niet verlaat om de ongeregeldheden aan de noordelijke grens te controleren?' vraagt Barrett. 'Vermoorden we die klootzak?'

'Nee, verwond hem maar,' zeg ik. 'We willen hem levend, zodat hij Sokolov kan dwingen de ruil voor mijn familie te doen. Anders, als de wapenhandelaar dood is, kan het niemand schelen of we zijn vrouw en kind hebben. Als we geluk hebben en Sokolovs vrouw vinden, is dat nog beter.'

'Dus voor de duidelijkheid,' zegt Kilton. 'We willen Esguerra's vrouw en/of baby als gijzelaars om levend uit het kamp te komen, en ook om ze te ruilen voor jouw familie. Maar als we toevallig de vrouw van Sokolov of het hete blondje tegenkomen, pakken we hen ook.'

'Juist,' zeg ik. 'Met de vrouw van Sokolov als prioriteit van die twee. Als we haar hebben, maakt het niet uit of Esguerra gedood wordt. Sokolov zal de ruil toch wel doen.'

'Hoe zit het met Kent?' vraagt Russ. 'Wat doen we als hij daar is?'

'Als we zijn vrouw niet hebben, dood hem dan,' zeg ik. 'Maar als je haar als gijzelaar krijgt, doe het dan niet.
'

Hoe meer invloed ik op mijn vijanden heb, hoe beter. Toen ik deze missie begon te plannen, wilde ik de gijzelaars gebruiken om Sokolov en de anderen in de val te lokken en te doden, maar nu mijn familie gevangenzit, staat er meer op het spel.

De prioriteit is nu Amber te redden.

'Je denkt toch niet dat Kent in Bogotá is met Sokolov?' vraagt Dancer, terwijl hij me de foto's teruggeeft.

'Ik weet niet of Sokolov zelf in Bogotá is,' zeg ik, en ik stop ze in mijn jas. 'Hoe dan ook, wees op alles voorbereid. Gezien de ondoordringbaarheid van de grenzen van het kamp, is het logisch dat het huis zelf niet bijzonder goed bewaakt zal worden, maar er zijn natuurlijk geen garanties.'

'Shit.' Russ grijnst. 'Dit belooft leuk te worden. Weet je zeker dat je dit met ons wilt doen, ouwe?'

Ik negeer de opmerking van die idioot, pak mijn zuurstoffles en begin me klaar te maken voor de sprong. Tot die video in mijn inbox belandde, was ik niet van plan mee te gaan op deze waanzinnig gevaarlijke missie, maar nu heb ik geen keus.

Niet alleen is deze operatie nu mijn enige kans om macht te krijgen over mijn vijanden, maar Amber zelf kan in het kamp zijn. Ik weet dat natuurlijk niet zeker; ze kunnen haar ook in Bogotá of ergens anders vasthouden. Maar gezien het feit dat de aangegeven ontmoetingsplaats in Colombia is, op Esguerra's grondgebied, is het mogelijk dat ze haar op het landgoed van de wapenhandelaar verbergen.

Als we geluk hebben, gaan we er niet vandoor met alleen de gijzelaars.

Misschien redden we mijn dochter ook.

455

ara

NADAT LIZZIE GEVOED IS, GEEFT NORA ME EEN
rondleiding door het huis. Het is net zo groot als het
aan de buitenkant lijkt, met meer dan tien kamers,
waaronder een speciale bibliotheek, een thuisbioscoop
met een enorm scherm, een fitnessruimte gevuld met
allerlei apparatuur, en een zonovergoten kamer die
dienstdoet als haar kunstatelier.

De half afgewerkte schilderijen binnen zijn een
opvallende mengeling van surrealisme en modern
expressionisme, met bekende vormen en voorwerpen,
zoals bomen, vervormd tot iets intrigerend sinisters.
Het kleurenpalet neigt sterk naar rood en zwart, alsof
alles door vuur wordt verteerd.

'Je hebt ongelooflijk veel talent,' zeg ik oprecht, en

Nora glimlacht en bedankt me. Terwijl de rondleiding vordert, legt ze uit dat ze begon te schilderen om niet gek te worden op het privé-eiland waar Julian haar vasthield toen hij haar voor het eerst ontvoerde.

Ik wil haar daar talloze vragen over stellen, maar we zijn al aangekomen in de kamer waar ik verblijf terwijl Peter weg is – een prachtig ingerichte slaapkamer een paar deuren van de ouderslaapkamer en grenzend aan Yulia's kamer. Nora verontschuldigt zich om wat zaken te regelen, en ik besluit snel een dutje te doen, want ik ben moe.

Zwanger zijn lijkt veel op een baby zijn, vind ik.

Tegen de tijd dat ik wakker word, is het etenstijd, en ik voeg me weer bij Nora in de eetkamer. Yulia is er niet, en als ik Nora vraag waar ze is, vertelt ze me dat Kents vrouw al gegeten heeft.

'Ze zit nog steeds op het Cyprus-schema,' legt ze uit met een strakke glimlach terwijl Ana het eten brengt.

Ik besluit er niet verder op in te gaan – het moet vreemd zijn om de vrouw die bijna je man vermoordde als gast in je huis te hebben. In plaats daarvan vraag ik tijdens het eten naar Nora's familie en wat zij vinden van haar huwelijk met Julian.

'O, ze hopen nog steeds dat ik verstandig word en van hem scheid,' zegt ze, en terwijl ze me vertelt over de gespannen relatie tussen haar vader en haar man, herinner ik me hoe aardig Peter voor mijn ouders was – hoe hij zijn best deed om hun zorgen over hem weg te nemen.

Hoever hij ging om ervoor te zorgen dat ze in mijn leven waren.

Mijn borstkas knijpt opnieuw samen, mijn ogen prikken van de tranen, maar deze keer ga ik de pijn niet uit de weg. De kwelling van het verlies is nog vers, de wond ondraaglijk rauw, maar ik kan nu aan hen denken, kan rouwen zonder mezelf te verliezen in de gruwel van hun dood.

Ik besef niet dat er tranen zijn ontsnapt tot Nora me zachtjes een servet aangeeft.

'Het spijt me, Sara,' zegt ze somber. 'Dat was niet erg fijngevoelig van me.'

'Nee, ik ben...' Ik lach voorzichtig. 'Ik voel me goed, echt. Het is alleen dat...'

'Je bent ze net kwijt, ik weet het.' In haar donkere ogen zie ik een grimmig begrip. Heeft zij ook iemand verloren die haar dierbaar was?

Voordat ik het kan vragen, loopt Rosa de eetkamer binnen met Lizzie, en ik wend me af, stiekem het vocht op mijn wangen wegvegend. Ik wil niet dat Nora's vriendin me zo ziet.

Het is al erg genoeg dat Nora getuige moest zijn van de waterlanders.

Nora verontschuldigt zich om de baby weer te gaan voeden – Lizzie verandert in een krijsend monster als ze niet onmiddellijk gevoed wordt, legt ze verontschuldigend uit – en ik eet verder en ga dan naar mijn kamer.

Als ik langs Yulia's deur loop, hoor ik haar in het

Russisch telefoneren. Haar stem is warm en teder, alsof ze praat met een kind of een geliefde, en even overvalt het me. Maar dan herinner ik me de foto's van een tienerjongen in haar huis – degene van wie ik aannam dat het haar broer moest zijn, omdat hij precies op haar lijkt.

Kan het die jongen zijn met wie ze praat?

Ik ben heel nieuwsgierig naar haar verhaal, met dat hele spionnengedoe en zo, maar ik wil haar niet storen als ze aan de telefoon is. Ik ga naar mijn kamer, sluit de deur en loop naar het raam, kijkend naar de zon die ondergaat boven de boomtoppen.

Ik mis Peter.

God, ik mis hem zo erg.

Op dit moment zouden hij en de anderen in de lucht moeten zijn, op weg naar de vergadering in Bogotá morgen. Als alles goed gaat, zal hij morgenavond om deze tijd bij mij zijn.

Zijn wraaktocht zal eindelijk voorbij zijn.

Ik loop naar een boekenplank, pak een willekeurige thriller en nestel me in een leunstoel om hem te lezen. Hoewel ik nog maar een paar uur geleden uit mijn dutje wakker ben geworden, ben ik toch weer moe, en voordat ik een paar bladzijden gelezen heb, val ik in slaap.

Geeuwend neem ik een snelle douche en ga in bed liggen. En dan, voorspelbaar, kom ik niet in slaap.

Ik sta op, lees nog wat en krabbel dan de woorden op van een melodie die al de hele dag in mijn achterhoofd zit. Het is een duister liedje, heel anders dan wat ik normaal schrijf, maar iets eraan voelt goed – ruw en eerlijk en helend.

Ik ben weer moe en ga terug naar bed, en deze keer drijf ik weg in een ongemakkelijke slaap.

 enderson

IJzige lucht suist langs mijn oren, overstemt het angstige gebrul van mijn hartslag terwijl we door de pikzwarte lucht storten. De nacht is onze bondgenoot; de wolken verbergen zelfs het zwakste schijnsel van maanlicht.

Mijn nachtkijker zit over mijn zuurstofmasker en ik zie de vier andere figuren naast me. We maken een vrije val die eeuwig lijkt te duren voor ik een hevige schok voel, en de parachutes boven ons worden geopend.

'Daar,' zegt Dancer in mijn oortje als de contouren van de boomtoppen beneden verschijnen. 'Dat is onze landingsplaats.'

Het is een bebost stuk diep in Esguerra's kamp, ver

van de wachttorens aan de rand. Het grootste gevaar hier zijn de drones die in de lucht patrouilleren, maar dankzij het nieuwste snufje van de CIA heb ik daar een oplossing voor.

Als we over de boomgrens zijn, detecteert min toestel de naderende drones en synchroniseert automatisch. Zo kan mijn contact bij de CIA de camera's bedienen zolang we binnen bereik zijn. De droneman ziet niets anders dan het gebruikelijke landschap als onze parachutes voorbij zweven.

Omdat ik al twee decennia niet meer van grote hoogte heb gesprongen, spring ik samen met Dancer. Zijn voeten raken de grond eerst en vangen het grootste deel van de klap op. Toch knakken mijn knieën bijna als we landen en ik bijna door een boomtak gespietst word. Terwijl ik buk om op adem te komen, maakt Dancer de parachute los en verstopt hem in de struiken.

De rest van het team doet hetzelfde, en tegen de tijd dat ze klaar zijn, kan ik bijna weer op mijn benen staan.

'Klaar?' vraagt Dancer via het oortje, en ik knik, de zwakte in mijn ledematen negerend.

Tot nu toe is alles volgens plan verlopen, en ik zal niet de reden zijn dat we falen.

Stil sluipen we door de duisternis, met de bomen als dekking. Het moeilijkste deel zal het open gebied rond het huis zijn, maar daar is de afleiding bij de grens voor.

We wachten aan de rand van het beboste gebied op

het teken van Team Alpha. De minuten tikken voorbij met een kwellende traagheid, en ik voel zweet langs mijn rug druppelen terwijl ik naar het witte gebouw voor me staar.

Fucking vochtige jungle.

Het is hier nog erger dan de droge hitte in Irak.

Zoals we al vermoedden, lijkt Esguerra's eigenlijke woning niet streng bewaakt te worden. En waarom zou het ook? Met de drones en de beveiliging aan de grenzen, zou het huis net zo goed in een fort kunnen staan.

Er cirkelen slechts twee bewakers om het huis, en als ze ons passeren, vuren Russ en Kilton gedempte schoten af, die hen recht in het voorhoofd raken.

Eerste hindernis geëlimineerd.

'Nu aanvallen,' zegt de leider van Team Alpha via mijn oortje, en ik hoor geweerschoten op de achtergrond.

'Laten we het een kwartiertje geven, kijken of er iemand naar buiten komt,' zegt Dancer, en we wachten gespannen terwijl we naar het huis staren.

Er zijn geen tekenen van beweging binnen, geen lichten die aangaan.

Ofwel hebben Esguerra's grenswachten hun baas niet ingelicht over wat er aan de hand is, ofwel denkt hij dat zijn aanwezigheid niet nodig is.

Of, als we geluk hebben, is hij helemaal niet thuis.

Voor de zekerheid wachten we nog twintig minuten, en dan stuurt Dancer ons naar voren.

Gehurkt bewegen we ons over het grote gazon,

gebruikmakend van de struiken aan de zijkanten als dekking als we het zwembad aan de achterkant naderen.

Alles is hier ook rustig.

'Ga door,' fluistert Dancer als we bij de achterdeur stoppen. 'Doe je ding.'

Ik knik en haal het CIA-apparaat weer tevoorschijn. Het springt op de wifi van het huis en synchroniseert met de camera's en het alarmsysteem, waardoor mijn contact toegang krijgt om alles uit te schakelen.

Terwijl hij dat doet, activeer ik een signaalvervormer, voor het geval iemand om hulp probeert te bellen.

'Alles klaar,' zeg ik rustig als ik bevestiging krijg van mijn contactpersoon. 'Showtime.'

ara

IK SLAAP ONRUSTIG EN WORD VOOR MIJN GEVOEL ELK HALFUUR WAKKER. Elke keer als ik in slaap val, schrik ik wakker uit angstige dromen over Peter en flarden van nachtmerries over de dood van mijn ouders. Als ik voor de vijfde keer wakker word strompel ik naar de badkamer, wazig, en ik besluit wat te lezen om mijn overactieve hersenen af te leiden.

Ik doe een zijden badjas aan die ik van Nora heb geleend, knip het bedlampje aan, pak een boek en krul me geeuwend op in de leunstoel.

Met een beetje geluk ben ik niet lang op.

Ik ben halverwege een hoofdstuk als ik het hoor.

Een krakend geluid vlak buiten mijn deur.

Geschrokken kijk ik om en zie de deur openzwaaien.

Een lange, in het zwart geklede figuur staat in de deuropening, een bebaarde man die ik nog nooit eerder heb gezien. Zijn ogen worden groot als hij mij ziet en het geweer in zijn handen vliegt omhoog, op mij gericht.

Ik reageer op puur instinct.

Met een doordringende schreeuw gooi ik mezelf van de stoel.

Een groot lichaam landt boven op me en slaat alle lucht uit mijn longen voordat ik weg kan rollen. 'Hou je bek, trut,' gromt de man in mijn oor terwijl een gehandschoende hand zich over mijn mond klemt. De doordringende geur van mannenzweet en muffe sigaretten verstikt mijn neusgaten, en dan trekt hij me aan mijn haar overeind, zijn hand over mijn mond smoort mijn pijnkreet.

Doodsbang klauw ik naar zijn gehandschoende hand en ik spartel uit alle macht, maar net als toen met Peter in mijn keuken, kan ik niets doen als hij me de kamer uit sleurt. Zijn ruwe greep op mijn haar scheurt het bijna bij de wortels uit. Tranen van pijn stromen over mijn gezicht als hij me door de gang sleept, mijn paniekerige schreeuwen gedempt door zijn handpalm.

Hij gaat naar de ouderslaapkamer, waar Nora en de baby zijn, besef ik met afschuw, en dan zijn we er al.

Met één gelaarsde voet schopt hij de deur open en duwt me naar binnen. 'Ik heb Sokolovs wijf,' verkondigt hij triomfantelijk, en ik zie nog twee gewapende mannen binnen.

De ene houdt een mes tegen Nora's keel en de andere reikt in de wieg naar de slapende baby.

 eter

WE STAAN OP HET PUNT AF TE DALEN NAAR BOGOTÁ ALS JULIAN HET NIEUWS KRIJGT.

'Dat is vreemd.' Hij fronst en staart naar zijn telefoon. 'Diego heeft me net gemaild dat er een schietpartij is geweest met onbekende indringers aan de noordelijke rand van het landgoed. Er is niemand gewond geraakt en de indringers verdwenen terug de jungle in voordat ze gevangen konden worden genomen. Hij heeft een team op pad gestuurd om ze te zoeken, maar tot nu toe zonder resultaat.'

Ik sta op, mijn hartslag gaat omhoog en mijn instincten draaien op volle toeren. 'Wie zou proberen je kamp zo binnen te dringen? En wat zouden ze 's nachts in de jungle doen?'

'Precies.' Zijn gezicht wordt donkerder als hij opstaat en naar de cockpit gaat, de telefoon tegen zijn oor gedrukt. 'Ik bel Nora.'

Ik volg hem terwijl hij de afstand met lange passen aflegt, de vragende blikken op de gezichten van mijn teamgenoten negerend.

'Haar telefoon gaat rechtstreeks naar de voicemail,' zegt hij gespannen als we de cockpit binnengaan.

Kent kijkt naar ons op.

'Er was een schietpartij aan de noordelijke grens, en ik kan Nora niet bereiken in het huis,' informeert Esguerra hem kortaf. 'Ik ga de camerabeelden van het huis opvragen. Kun jij Yulia bellen?'

Kent knikt, zijn kaak verstrakt terwijl hij naar zijn telefoon grijpt. 'Ik ben ermee bezig.'

Kut. Ik heb Sara een telefoon gegeven voordat we vertrokken, maar ik was niet van plan om haar te bellen – het is al na middernacht, en ik wil dat ze goed slaapt. Maar mijn gevaarzintuig gaat met de seconde harder piepen.

Sara's telefoon gaat ook meteen naar de voicemail, en als ik naar Kent kijk, zie ik aan zijn uitdrukking dat hetzelfde gebeurt met die van Yulia.

'De camera's zijn uit. Ik stuur de bewakers erheen,' zegt Esguerra, en ik zie de diepe angst die ik voel in zijn ogen weerspiegeld.

Er is iets mis op het landgoed.

Heel, heel erg mis.

'Zet koers naar het kamp,' zegt Kent grimmig, en

het vliegtuig kantelt onder me terwijl de motoren
brullen.

ara

'DEZE GEVONDEN,' ZEGT EEN VIERDE MAN, DIE EEN worstelende, in nachtjapon geklede Rosa meesleept. Hij heeft ook zijn hand over haar mond geklemd om haar paniekkreten te dempen. 'Het lijkt erop dat we geluk hebben gehad. De rest van het huis is leeg. Geen teken van Esguerra, Kent of Sokolov.' Net als zijn drie kameraden is hij zwaarbewapend, met een geweer over zijn schouder en twee pistolen in zijn riem.

Wie deze mannen ook zijn, het is ze menens, en we staan er helemaal alleen voor, realiseer ik me met een golf van angst. De bewakers zijn niet in de buurt van het huis, en nu Peter en de anderen weg zijn, is er niemand om ons te helpen.

De man die zich over Lizzies wiegje buigt, richt

zich op, met de nog slapende baby tegen zich aan geklemd. 'Geen blondje?' zegt hij met duidelijke teleurstelling.

'Nee, sorry,' zegt Rosa's ontvoerder en hij draait haar naar hem toe. Haar mond gaat open voor een gil, maar voordat ze een geluid kan maken, slaat hij zijn vuist in haar kaak en valt ze bewusteloos op de grond.

Ik bevries en staar vol afschuw naar het bloed dat uit een hoek van haar mond sijpelt.

Hij sloeg haar zo nonchalant, alsof ze geen mens was.

Alsof het hem niet kan schelen of ze leeft of sterft.

'We zullen het met deze twee moeten doen,' gaat hij verder, terwijl hij naar mij en de wit weggetrokken Nora knikt, wier gijzelnemer haar in bedwang houdt door een hand voor haar mond te houden en met de andere het mes tegen haar keel te drukken. Net als ik draagt ze een dunne zijden badjas, maar anders dan het mijne staat die bovenaan open waardoor de rondingen van haar borsten te zien zijn.

Rosa's aanvaller likt zijn lippen, staart naar die goudkleurige V, en mijn maag kronkelt van zieke afschuw.

Zijn ze van plan ons te verkrachten?

Ons te doden?

'Waar is de oude man?' vraagt Nora's ontvoerder als ik mijn paniekerige worsteling hervat, en ik realiseer me dat hij me bekend voorkomt, alsof we elkaar eerder hebben ontmoet.

'Hij ging naar dat kleine gebouw in de buurt kijken.

Zei iets over het zoeken naar zijn familie,' zegt mijn aanvaller, terwijl hij me vasthoudt. 'Geef me wat ducttape. Deze wordt pittig,' voegt hij er grommend aan toe, als ik mijn elleboog in zijn ribbenkast ram.

'Sla die trut gewoon bewusteloos,' adviseert de klootzak die Rosa geslagen heeft, maar hij haalt de tape er toch bij. Ik heb slechts tijd om een korte gil te slaken voordat een vod in mijn mond wordt geduwd en de tape eroverheen wordt geslagen.

'Dat is beter,' mompelt mijn ontvoerder, die mijn armen vastpakt. 'Doe nu haar polsen ook.'

De andere man staat op het punt te gehoorzamen als Lizzie huilend wakker wordt.

'Shit. Laat dat kind stil zijn,' beveelt Nora's ontvoerder als de baby, overstuur omdat ze door een onbekende man wordt vastgehouden, op volle sterkte begint te jammeren.

Nora's gezicht wordt nog witter, haar ogen branden als kooltjes als Rosa's belager naar haar toe komt en ducttape over het mondje van de baby plakt, waardoor haar verontwaardigde geschreeuw wordt gedempt.

Als blikken konden doden, zou hij ter plekke zijn ontdaan van zijn ingewanden.

'Ga Henderson zoeken,' zegt Nora's aanvaller tegen die van Rosa. 'We zien jullie beneden.'

De man gehoorzaamt en verlaat de kamer terwijl ik bijkom van de openbaring.

Henderson?

Natuurlijk. Hoe kon het ook anders.

ANNA ZAIRES

Als een in het nauw gedreven rat is Peters vijand in de aanval gegaan.

Ik ben nog steeds de implicaties aan het verwerken als een flits van blond haar in de deuropening mijn blik vangt.

Mijn hart slaat een slag over.

Ik was Yulia vergeten.

Ze hebben haar niet gevonden, maar ze was in de kamer naast de mijne.

Ik heb maar een milliseconde om haar halfnaakte verschijning en het pistool in haar hand te verwerken, want in het volgende moment breekt de hel los.

Soepel, zonder enige aarzeling, vuurt Yulia op Nora's belager, waarbij ze hem in het gezicht raakt.

Dan richt ze het pistool op de mijne.

De tijd lijkt te vertragen, het moment strekt zich uit tot in de eeuwigheid. Ik zie de felle concentratie in haar blauwe ogen, voel de plotselinge spanning in de handen die mijn armen van achteren vastgrijpen, en het kleine beetje dat ik me herinner van Peters zelfverdedigingstraining begint te werken.

Ik til mijn benen van de vloer en word dood gewicht in de greep van mijn ontvoerder, waardoor mijn hoofd een halve meter zakt – en als Yulia's pistool de kogel afvuurt, voel ik een warme bloedstraal als het hoofd van een ander boven het mijne ontploft.

Mijn kont raakt de vloer, mijn stuitje schreeuwt van de impact als het lichaam van mijn ontvoerder zich achter me laat vallen.

474

Yulia is alweer in beweging, richt op de man die Lizzie vasthoudt, maar dat is niet nodig.

Hij ligt al op de grond, het mes van Nora's aanvaller in zijn keel, en de baby is veilig in haar moeders armen.

Heeft Nora tegelijkertijd hem gedood en haar dochter van hem afgepakt?

Holy fuck, ze is snel.

Vechtend tegen mijn shock krabbel ik overeind en ruk aan de tape die mijn mond bedekt. 'De vierde man,' hijg ik uit. 'Hij is…'

'Dood of bewusteloos,' zegt Yulia terwijl ze haar pistool laat zakken. 'Ik heb zijn hersens ingeslagen in de gang.' Haar kalmte is opzienbarend, totdat ik me herinner dat ze vroeger een spion was.

Ik wil net over Henderson beginnen als ik een andere beweging zie in de deuropening.

'Yulia!' Ik gil en spring naar voren, maar het is te laat.

Een arm slingert zich razendsnel om haar keel en een pistool drukt tegen haar slaap.

'Niet zo snel,' zegt de oudere man zacht, terwijl hij Yulia als schild gebruikt en de kamer binnenstapt. 'Eén beweging en ze sterft.'

 eter

'WAAROM ZIJN JE BEWAKERS ZO FUCKING TRAAG?' BLAF IK naar Esguerra terwijl hij woedend op zijn laptop typt – vermoedelijk om orders te geven aan de bewakers. 'Het is al twee minuten geleden. Weet je wat er in twee minuten kan gebeuren? Ze zijn in dat huis, alleen, onbeschermd...'

'Ik weet het!' brult Esguerra. Een ader trilt in zijn voorhoofd als hij de laptop dichtslaat en met een ruk overeind komt. 'Denk je dat ik dat verdomme niet weet? Ze zijn onderweg, ze rijden zo snel als ze kunnen. De twee bewakers van de huispatrouille reageren niet; wie er ook met de camera's en het gsm-signaal knoeit, hij moet ze al uitgeschakeld hebben.'

Klote. Ik wil met mijn vuist tegen de muur slaan,

maar het is te gevaarlijk met al die knoppen in de cockpit. 'Weet je zeker dat ze nog in het huis zijn?'

'Ik weet dat Nora daar is,' snauwt Esguerra. 'Ik heb volgimplantaten in haar, weet je nog? Twee seconden geleden leefde ze nog en was ze in onze kamer.'

Shit. Hij heeft gelijk. Ik was die trackers even vergeten. Als Nora nog leeft, dan hopelijk Sara ook. Dat maakt het des te noodzakelijker dat de bewakers opschieten.

'Het moet Henderson zijn,' zegt Kent hard, zijn knokkels wit op de knoppen. 'Die klootviool lokte ons naar buiten, zodat hij kon aanvallen.'

'Dat weten we niet zeker,' zegt Yan, en ik realiseer me dat hij zich bij ons in de cockpit heeft gevoegd. Zijn groene ogen gaan naar Esguerra. 'Kan het niet een andere vijand van jullie zijn?'

'Het maakt verdomme niet uit wie het is,' zeg ik. 'Sara is daar, begrijp je? Ze is binnen, met wie ze ook zijn.'

Ik kan me haar niet voorstellen met Henderson, een man die wanhopig genoeg is om dat soort risico's te nemen.

Een man die niet aarzelde om het land aan te vallen dat hij gezworen had te beschermen om mij erin te luizen.

Wat zal hij met Sara doen als hij haar echt in zijn klauwen heeft? Zal ik daar komen, enkel om haar en ons ongeboren kind te begraven... net zoals ik Pasha en Tamila heb begraven?

Nee. Ik duw de verlammende gedachte weg.

Dat laat ik niet gebeuren.

Niet weer.

'Vlieg sneller,' zeg ik grimmig tegen Kent. 'En Julian, als je bewakers er niet op tijd zijn, zal ik ze allemaal opensnijden, stuk voor stuk.'

ara

EEN MILJOEN GEDACHTEN RAZEN DOOR MIJN HOOFD. In een flits zie ik de wapens van de dode mannen en op de vloer – allemaal binnen handbereik, maar niet dichtbij genoeg om ze te pakken voordat Henderson de kogel in Yulia's hersenen jaagt.

Mijn angstige blik ontmoet die van Nora, en ik zie dat zij het zich ook realiseert.

Zelfs als we goed genoeg schoten om Yulia's belager te raken zonder haar te doden, zouden we niet snel genoeg zijn.

Niet zolang Hendersons pistool tegen haar slaap gedrukt is.

'Schop die wapens weg,' beveelt hij, en ik aarzel

even, maar gehoorzaam dan verdoofd als Nora hetzelfde doet.

Niet alleen zouden we te langzaam zijn, maar Henderson is niet veel groter dan Yulia met haar lange benen. Met haar als schild zou zelfs een getrainde sluipschutter het schot niet kunnen maken.

Mijn blik valt op de baby die stevig tegen Nora's borst geklemd is. Lizzie heeft nog steeds ducttape over haar mond, en ik zie haar kleine gezichtje rood worden terwijl ze gedempte kreten slaakt.

Nora houdt haar vast alsof ze haar nooit zal laten gaan, en dat zal ze ook niet, besef ik, als ik haar dodelijke greep in me opneem.

Ik kan niet langer rekenen op Esguerra's vrouw – haar prioriteit is het om haar baby te beschermen.

Een idee ontspringt in mijn hoofd, en voor ik me kan bedenken, kijk ik Henderson aan en zeg ik kalm: 'Ik weet waar je dochter is.'

Hij schokt, alsof hij neergeschoten is. Hij herstelt zich snel en vraagt: 'Waar?'

'Ik kan je erheen brengen,' zeg ik, de knoop van angst in mijn keel negerend. 'We kunnen nu gaan, als je de anderen laat gaan.'

Ik heb geen plan, in de verste verte niet. Ik weet alleen dat ik zijn pistool weg van Yulia's hoofd wil richten en zo ver mogelijk weg van Lizzie en Nora. Zelfs als ik niet wist van de misdaden die hij heeft gepleegd, zou iets aan de vroegere generaal me de kriebels hebben gegeven. Uiterlijk is er niets aan hem te zien. Hij is slank en fit, in goede conditie voor een man van achter in de vijftig, en zijn gelaatstrekken, omlijst door een volle bos peper-en-zoutkleurig haar, zijn gematigd aangenaam.

Desondanks ruikt hij naar bederf, naar rotheid die er diep onder schuilt.

Bij mijn aanbod vernauwen zijn ogen zich. 'Denken jullie dat ik een idioot ben? Jullie brengen me alle drie naar mijn dochter of ik schiet deze neer.' Hij drukt het pistool tegen Yulia's slaap, waardoor ze huivert.

Verdomme.

'Je hebt hen niet nodig,' probeer ik nog eens. 'Je kunt mij als gijzelaar gebruiken. Dit is tussen jou en mijn man, en hij zal alles voor me doen.'

'Och wat lief,' lacht hij. 'Een romance voor de eeuwigheid. Misschien vermoord ik je later en laat ik hem toekijken. Hoe klinkt dat?'

Ik staar hem aan zonder een spier te vertrekken, negeer de misselijkheid die door me heen giert.

Ik ga dit monster geen angst tonen.

Die voldoening gun ik hem niet.

Bij mijn gebrek aan reactie flitst ergernis over zijn gelaatstrekken. 'Goed,' snauwt hij. 'Zoals ik al zei, jullie gaan alle drie met mij mee. Jij en die ene met de baby' – hij wijst met zijn kin naar Nora – 'gaan voor me uit. En onthoud, één verkeerde beweging en deze' – hij drukt het pistool weer tegen Yulia's hoofd – 'gaat eraan. Begrepen? Loop nu naar me toe.'

Slikkend stap ik naar de deur en Nora volgt voorzichtig, terwijl ze de kronkelende Lizzie tegen haar borst houdt. Henderson loopt achteruit de gang in, nog steeds afgeschermd met Yulia, en zodra we de kamer uit zijn, beveelt hij ons naar beneden te gaan.

'Je leidt me naar mijn dochter, begrepen?' zegt hij duister terwijl we naar de trap gaan. 'Als jullie ook maar iets proberen, schiet ik jullie allemaal neer, en Esguerra's duivelsgebroed ook.'

Ik zet mijn knieën op slot om te voorkomen dat ze trillen en nader de brede, gebogen trap. De vloer is ijzig onder mijn blote voeten en mijn hart voelt alsof het uit mijn keel gaat springen. Ik weet niet wat ik moet doen, hoe ik ons uit deze situatie kan halen. Hendersons dochter is veilig en wel ver weg van hier. Het enige wat Peter heeft, is de nepvideo die Bonnie hem gegeven heeft, maar Henderson zou me niet geloven als ik hem dat zou vertellen. En als hij me wel zou geloven, zou hij ons waarschijnlijk allemaal vermoorden.

Of hij het beseft of niet, hij is hier niet om zijn familie te redden.

Hij is hier voor wraak.

Diep vanbinnen weet hij dat hij al verloren heeft, en hij is op deze suïcidale missie gegaan om Peter en de anderen te laten lijden voordat hij sterft.

Mijn handen spelen met de knoop van mijn ceintuur om niet te beven terwijl ik zo traag mogelijk de trap af loop, met Henderson en Yulia een stap achter me. Nora loopt rechts van me, haar gezicht zorgvuldig blanco terwijl ze Lizzie beschermend voor zich houdt.

Ze zou alles doen voor haar dochter, dat weet ik. Net als ik voor het kleine leven dat in me groeit.

Een baby die het levenslicht niet zal zien als de man achter me zijn zin krijgt.

We zijn halverwege de trap als ik koplampen door een van de ramen van de woonkamer zie schijnen en de voordeur hoor openbarsten, gevolgd door het gedreun van laarzen op de houten vloer.

Mijn hartslag piekt van opluchting en angst.

De bewakers zijn hier.

Op een of andere manier zijn ze erachter gekomen dat we in de problemen zitten en nu is Henderson echt in het nauw gedreven.

Alleen, zonder zijn team, heeft hij geen echte kans om te ontsnappen.

Ik hoor hem boven me vloeken en een vaag plan vormt zich in mijn hoofd.

Terwijl ik in hetzelfde langzame tempo blijf afdalen, trek ik aan de ceintuur en maak hem los, en de koele lucht spoelt over mijn blote huid als de zijden badjas achter me op de trap valt –precies onder de voeten van Yulia en haar ontvoerder.

De bewakers stormen binnen, en ik duik naar Nora en duw haar tegen de reling als het gebeurt.

Terwijl Hendersons aandacht op de bewakers is gericht, glijden hij en Yulia allebei uit over het gevallen kleed – en hij schiet in het luchtledige als Yulia op haar billen van de trap glijdt.

Zonder aarzelen vuren de bewakers op Henderson, en Nora en ik kruipen bij elkaar en beschermen Lizzie als we hem horen vallen.

eter

HET IS AL EEN DAG GELEDEN DAT WE TERUGKWAMEN, EN ik kan nog steeds niet stoppen Sara aan te raken, niet stoppen haar vast te houden. Om de minuut vecht ik ook tegen de drang om haar van top tot teen te inspecteren – ook al heeft dokter Goldberg haar al onderzocht en haar en de baby gezond verklaard.

Ik wieg haar op mijn schoot, streel haar haren en adem haar zoete geur in. Een rilling trekt door mijn lichaam telkens als ik eraan denk dat ik haar bijna was verloren... dat de bewakers haar naakt op de trap hadden gevonden een uur voordat we eindelijk binnenvielen.

Ze liet Henderson struikelen met haar zijden badjas en redde zo zichzelf, Nora, Lizzie en Yulia.

Ze vochten met z'n drieën tegen gewapende huurlingen en wonnen.

'Het is goed. We zijn in orde,' mompelt ze, terwijl ze haar hoofd opheft, en ik realiseer me dat ik dat laatste hardop zei. Haar hazelnootkleurige ogen glanzen zachtjes terwijl ze met haar slanke handpalm over mijn kaak streelt. 'Echt, behalve Yulia's stuitje en de kaak van die arme Rosa, zijn we helemaal oké.'

'Ik weet het,' mompel ik. 'En het is een fucking wonder.' Ik bedek haar hand met de mijne, sluit mijn ogen en adem diep in, in een poging het bonzen van mijn hart te kalmeren.

Net als ik waren Kent en Esguerra ten einde raad toen we landden, hoewel Diego ons al had verteld dat Henderson dood was en onze vrouwen veilig. Het was niet genoeg geweest om het verstandelijk te weten; de vreselijke angst was me bijgebleven tot het moment dat ik Sara zag.

Tot ik haar in mijn armen kon houden en voelen dat ze leeft en gezond is.

'Je hebt iedereen gered, weet je,' zeg ik, en ik open mijn ogen als ze haar hand terugtrekt. 'Niet alleen op de trap, maar ook daarvoor. Kent vertelde me dat het jouw schreeuw was die Yulia op tijd wakker maakte, zodat ze zich onder het bed kon verstoppen en je vervolgens te hulp kon schieten. Als dat niet gebeurd was…'

'We zouden ze op een andere manier verslagen hebben,' onderbreekt Sara met een kalme glimlach. 'Ik ben er zeker van.'

De overtuiging in haar stem is zowel absurd als bewonderenswaardig. Om wat voor reden dan ook lijkt de aanval van gisteren mijn ptichka op een of andere manier energie te hebben gegeven in plaats van haar verder te traumatiseren. Ik heb altijd geweten dat ze sterk en capabel is, maar zijzelf geloofde het vast niet – totdat ze tegen mijn vijand vocht en won.

'Soms kan een herhaald trauma pervers helend werken,' zei dokter Wessex toen ik haar vanochtend sprak, nadat Sara de hele nacht had doorgeslapen zonder nachtmerries en opgewekt wakker werd. 'In tegenstelling tot wat er met haar ouders gebeurde, was ze deze keer in staat om iets te doen, en niemand in haar omgeving werd gedood of ernstig verwond.'

Ik weet niet of ik de therapeut geloof – het is nog maar een dag geleden, het kan Sara later nog raken – maar ik ben voorzichtig optimistisch over mijn ptichka's geestelijke toestand.

Over die van mij ben ik minder zeker. Vannacht heb ik nauwelijks geslapen. Ik vocht tegen nachtmerries en koud zweet.

'Ik verlies je nooit meer uit het oog,' zeg ik, en ik meen het. 'Geen nachtelijke missies meer weg van jou, geen werk dat ons voor langere tijd gescheiden houdt. En ik heb mijn eigen set trackerimplantaten al besteld bij Esguerra; zodra ze er zijn, gaan ze erin.'

Sara knippert niet met haar ogen. Ik heb haar al verteld over Nora's trackers. 'Goed dan,' zegt ze. 'Maar alleen als jij ze ook krijgt. Ik wil ook altijd weten waar je bent.'

Ik hou haar blik vast. 'Afgesproken.'

Ik zal alles doen wat mijn ptichka wil, zolang ze maar gelukkig en veilig is.

'BEN JE BOOS DAT JE DE KANS NIET KREEG OM HEM TE DODEN?' vraagt ze als we een paar uur later in bed liggen. Hoewel we net seks hebben gehad, streel ik haar overal, ik krijg geen genoeg van het zintuiglijke genot van haar aanraken, van het voelen van haar warme, zijdeachtige huid onder mijn handpalmen. 'Ik weet dat het belangrijk voor je was,' gaat ze verder terwijl ik in haar nek snuffel, de zoete geur van haar haar opsnuivend.

Ik wil nu niet aan Henderson denken, maar Sara lijkt vastbesloten om over elk aspect van wat er gebeurd is te praten. En als ik me herinner hoe moeilijk het voor haar was om over de dood van haar ouders te praten, kan ik niet tegen haar ingaan.

Als het haar helpt, zal ik haar alles vertellen over hoe ik ervan droom over Henderson cel voor cel in stukken te hakken – over hoe alleen al het noemen van zijn naam elk verschrikkelijk moment in het vliegtuig doet herleven.

Dus doe ik dat. Ik vertel haar alles, hoe bang ik was dat we te laat zouden zijn... dat ik haar niet zou kunnen beschermen, zoals ik Pasha en Tamila had teleurgesteld. Ik beschrijf de nachtmerries die ik vannacht had en hoe ik nog steeds tril als ik eraan denk dat ik haar bijna kwijt was geraakt.

Ik vertel haar hoeveel het me pijn doet dat ik er niet was om mijn vijand te confronteren, om haar en ons ongeboren kind te beschermen.

Ze luistert, haar hoofd rust op mijn schouder en haar vingers spelen met mijn haar, en als ik klaar ben, zegt ze zachtjes: 'Je hebt ons wel beschermd. Het was de beweging die je me geleerd hebt – mijn benen optillen om dood gewicht te worden als iemand je van achteren vastpakt – die ons drieën hielp die huurlingen te verslaan. En het waren jij, Kent en Esguerra die de bewakers stuurden die Henderson doodden.'

Ik knijp mijn ogen dicht en sla mijn armen om haar heen terwijl de scène zich in mijn gedachten afspeelt zoals het gebeurd moet zijn, met de zijden badjas en al. Een rilling overvalt mijn lichaam, en ze omhelst me terug, houdt me vast, stelt me gerust met haar warmte, haar levendigheid, haar kracht.

Het vergt een paar keer diep inademen voordat ik mijn verstikkende greep op haar kan loslaten. Toch hou ik mijn arm om haar heen en hou haar dicht tegen me aan. Het zal jaren duren voor ik van die dag hersteld ben, tientallen jaren zelfs.

Als ik tenminste ooit herstel.

'En zijn vrouw dan?' vraagt Sara, mij afleidend van een fantasie waarin ik terug in de tijd kan reizen en Henderson kan wurgen met zijn eigen ingewanden voordat hij ook maar in haar buurt komt. 'Zul je je aan je afspraak met haar houden?'

Mijn vrije hand balt zich tot een vuist. 'De jury is er nog niet uit of ze ons opzettelijk heeft weggelokt, dus...'

'Nee,' onderbreekt Sara me, terwijl ze haar hoofd van mijn schouder opheft om me aan te kijken. 'Tenminste, ik denk niet dat ze dat deed. Henderson dacht echt dat we zijn dochter hadden; als zijn vrouw erbij betrokken was, zou hij geweten hebben dat het allemaal een list was. En toen die mannen ons gevangennamen, zeiden ze iets over dat er geen teken was van jullie drieën, alsof ze verwachtten jullie hier te vinden, en verbaasd waren dat dat niet zo was.'

'Ah.' Met moeite maak ik mijn vingers los. 'Dat verandert de zaak.'

Als Bonnie Henderson echt onschuldig is, laat ik haar met rust, zeker als ze al het bewijs tegen haar man aan de FBI geeft, zodat onze namen gezuiverd worden.

Ik wil dat voor Sara. Ik wil haar een normaal, vredig leven teruggeven.

Ik laat mijn hand door haar haar glijden, kijk naar haar hartvormige gezicht en verwonder me over de schoonheid ervan. Haar ogen staren in de mijne, helder en direct, en dan mompelt ze: 'Ik hou van je', en ze leunt naar me toe voor een tedere kus.

Mijn borstkas vult zich met een gevoel dat zo intens is dat het de aanhoudende duisternis overstemt. 'Ik hou ook van jou, ptichka,' zeg ik zacht, en terwijl onze lippen elkaar raken, weet ik dat wat de toekomst ook brengt, we die samen zullen overwinnen.

Hoe onze liefde ook is ontstaan, ze is nu sterk genoeg.

EPILOOG
ZES JAAR LATER

ara

'PAPA! PAPA!'

Ik kijk op van mijn laptop als mijn vijfjarige door de deur stormt, zijn wangen roze van de kou. Zijn laarzen laten overal sneeuwafdrukken achter. Zonder mij op de bank op te merken rent hij recht op Peter in de keuken af, en hij lanceert zijn kleine lijfje in volle vaart naar hem.

Grijnzend stapt mijn man weg van de verjaardagstaart en vangt hem in zijn krachtige armen, tilt hem op en draait hem boven zijn hoofd.

Charlies gelach vult de lucht, vermengd met het opgewonden geblaf van onze hond, en mijn borstkas knijpt samen, zoals elke keer als ik die blik op Peters donkere, knappe gezicht zie.

Vreugde. Zulke ongeremde vreugde.

Ik word het nooit moe om die twee samen te zien.

Mijn kwelgeest, nu mijn geliefde, en onze zoon.

Als geluk in een beeld gevangen kon worden, zou dit het voor mij zijn.

'Mam! Charlie heeft een sneeuwbal naar mij en Bella gegooid,' schreeuwt Maya, die de kamer in rent met een jas vol sneeuw en ijs. Haar gezichtje staat woedend, haar handjes ballen zich tot vuistjes. 'En Lizzie noemde hem een slecht woord!'

Lachend leg ik mijn laptop aan de kant en knuffel mijn driejarige klikspaantje. 'Het geeft niet, lieverd,' sus ik, terwijl ik haar verwarde kastanjekleurige krullen streel en Toby, onze golden retriever, naar haar toe rent om de sneeuw van haar vacht te likken. 'Je broer was gewoon aan het spelen. Hij is een beetje verliefd op Bella, dat is alles.'

'Nietes!' Charlies verontwaardigde toon past bij die van zijn zus. 'Ze is veel te blond en raar, en ze spreekt nauwelijks Russisch.'

'Hé,' berispt Peter hem, en hij zet hem neer. 'Dat is niet aardig.'

'Bella Kent spreekt net zo goed Russisch als jij, sukkel,' zegt Maya pompeus. Haar kleine kin gaat omhoog als ze uit mijn omhelzing stapt. Ze duwt Toby van zich af en voegt eraan toe: 'En trouwens, ze is pas vier. Haar woordenschat zal net zo groeien als die van jou. Niet iedereen wordt slim geboren zoals ik.'

Peter en ik wisselen een blik. Dan barsten we in lachen uit.

Onze jarige meid is goed op dreef vandaag.

Charlie was tweeënhalf toen Maya werd geboren, maar het afgelopen jaar is ze begonnen hem te leren rekenen en lezen – in het Engels, Russisch, Frans en Japans. Haar geest is als een spons, en haar genialiteit net zo groot als haar ego.

Hoe slim ze ook is, bescheidenheid is een concept dat haar driejarige brein niet kan bevatten.

'Ik dacht dat je zei dat je geen genie was?' zei Peter verbaasd tegen me toen onze dochter op tweejarige leeftijd begon muziek te componeren. 'Dat je zo jong arts bent geworden dankzij je ouders, niet omdat je krankzinnig slim was?'

'En dat is allemaal waar. Ik weet niet waar dit vandaan komt,' zei ik, even verbaasd. 'Misschien zit er wat geniaal DNA in je.'

Niet dat Charlie, ons eerste kind, niet slim is. Hij is slim, nieuwsgierig en energiek – alles wat we ooit in een zoon hebben gewild. Hij doet het goed op zijn privéschool hier in Zwitserland; volgens zijn leraren is hij zo slim als maar kan.

Maya, echter, is van een heel ander niveau.

Het zou intimiderend zijn als ze niet zo verdomd leuk was.

'Ga de anderen zeggen dat ze binnen moeten komen,' zeg ik, terwijl ik haar bij de capuchon van haar jasje grijp. 'Het is tijd voor taart.'

Haar kleine gezichtje – een miniatuurversie van het mijne – licht op, en ze stuitert de kamer uit, met Charlie op haar hielen. Toby springt op de bank om

493

zich naast me op te krullen en ik gebruik de rustige minuut om het nieuwe liedje dat ik aan het componeren ben door te nemen voordat ik mijn laptop sluit.

Nu iedereen hier is voor Maya's verjaardag, heb ik geen tijd om het vandaag af te maken.

Nadat Bonnie Henderson had geholpen Peters naam te zuiveren, hadden we de mogelijkheid om terug te gaan naar Chicago en ons leven daar weer op te pakken. Maar we besloten het niet te doen. Niet alleen zouden we overal verdacht aangekeken worden omdat onze gezichten uitgebreid in het nieuws waren na de bomaanslag, zonder mijn ouders was er ook niets wat me echt aan Homer Glen bond. In plaats daarvan besloten we een nieuw huis te zoeken in de Zwitserse Alpen, vlak bij de privékliniek waar ik een baan had gekregen toen we op de vlucht waren.

Ik begon daar fulltime te werken, maar binnen een maand realiseerden Peter en ik ons dat de zwangerschap mij vermoeide en dat we niet langer dan een paar uur van elkaar gescheiden wilden zijn – het was niet de beste oplossing. Dus opende ik mijn eigen praktijk op de eerste verdieping van ons huis, waardoor ik mijn eigen werktijden kon bepalen en Peter de hele dag kon zien. Al snel begon de kliniek hun zwangere patiënten naar mij door te verwijzen en werd ik de huisarts voor vrouwen met diverse banden met de onderwereld.

Het heeft goed uitgepakt, vooral omdat Peter besloten heeft zijn vaardigheden en contacten voor een nieuw doel aan te wenden: het rekruteren en opleiden van ex-soldaten om als huurlingen te werken voor organisaties als die van Esguerra.

Het is niet bepaald het vreedzame burgerleven dat we voor ogen hadden, maar het is veel minder gevaarlijk dan moordaanslagen op grote schaal, en voor Peter veel interessanter dan gewone burgers basiszelfverdediging aanleren. En met mijn flexibele werkschema heb ik niet alleen tijd voor Peter en onze twee kinderen, maar ook voor mijn muziek.

Ik treed niet meer live op en heb geen YouTube-kanaal meer – na alles wat er gebeurd is, is Peter te paranoïde geworden over mijn veiligheid – maar ik heb de voldoening dat mijn liedjes worden uitgevoerd door enkele van de populairste nieuwe sterren, die me goed betalen voor het ghostwriten ervan. Mijn duistere teksten zijn vooral populair, en twee van mijn nummers voerden wekenlang de hitlijsten aan.

'Taart! Taart! Taart! Taart!' De kinderen stormen binnen als met sneeuw gevulde tornado's, met de vijfjarige Mateo Esguerra op kop en Bella, Lizzie, Charlie en Maya achter hem aan. Piepend omringen de kinderen Peter, die drie kaarsen aansteekt, en Toby springt van de bank en rent naar hen toe terwijl hij uitgelaten blaft.

De volwassenen komen nu binnen. Zoals gewoonlijk heeft Julian een arm om Nora heen geslagen en houdt hij haar tegen zich aan, alsof hij bang is dat ze wegloopt. Lucas is voorzichtiger met Yulia, maar gezien het natte patroon op hun jassen is duidelijk dat ze in de sneeuw hebben gerold – ik kan alleen maar hopen dat het buiten het zicht van de kinderen was.

Charlie, een onverschrokken verkenner, is hen al eens tegengekomen terwijl ze 'doktertje aan het spelen waren' in hun sportzaal op Cyprus.

Hoe dan ook, ik ben blij dat ze er allemaal zijn. Terwijl Peter en ik de Esguerra's regelmatig bezoeken, heeft Yulia het zo druk met haar restaurants dat ik haar dit jaar nog maar twee keer heb gezien. Gelukkig is kleine Bella Kent geobsedeerd door onze Charlie – die beweert haar te haten maar geen kans voorbij laat gaan om haar aandacht te trekken – dus hadden Lucas en Yulia geen andere keuze dan naar Maya's verjaardagsfeestje te komen.

Hun mooie blonde engel van een dochter zou hen anders niet met rust hebben gelaten.

Ik loop naar hen toe en begroet Nora en Yulia met een knuffel. Dan verzamelen we ons allemaal rond de taart naast onze kinderen, en terwijl Maya haar kaarsjes uitblaast, kijk ik Peter aan en doe ik mijn eigen wens.

Ik wil dat hij me voor altijd zo kwelt – dat hij van me houdt met alle duisternis in zijn hart.

VOORPROEFJES

Bedankt voor het lezen! Ik hoop dat je genoten hebt van de ontknoping van Peter & Sara's verhaal en dat je overweegt een recensie achter te laten.

Om te weten wanneer ik een nieuw boek lanceer, kun je je zich aanmelden voor mijn nieuwsbrief op www.annazaires.com/book-series/nederlands/.

Als je deze serie goed vindt, zijn de volgende boeken misschien ook wat voor jou:

- *De Verwrongen-trilogie*: het verhaal van Julian en Nora, waarin Peter verschijnt als bijpersonage en zijn lijst krijgt
- *De Gevangen-trilogie*: het verhaal van Lucas en Yulia
- *De Molotov obsessie duet* - Het verslavende en

allesoverheersende liefdesverhaal van
Nikolai en Chloe

- *De Mia & Korum-trilogie*: duistere
sciencefiction-romance
- *De Krinar-gevangene*: een standalone
sciencefiction-romance
- *De Krinar-onthulling*: een heter dan hete
samenwerking met Hettie Ivers, met
hoofdrollen voor Amy & Vair én hun
seksclubspelletjes
- *Weggevoerd: Een Krinar-Verhaal* – het verhaal
van Arus en Delia, sci-fi romance

Hou je van hilarische romantische comedy?

Mijn man en ik schrijven samen vunzige, nerderige
romcoms onder het pseudoniem Misha Bell. Onze
debuutroman *Moeilijke code* gaat over Fanny, de
wereldvreemde codespecialist die de taak in haar maag
gesplitst krijgt om seksspeeltjes te testen, en haar
mysterieuze Russische baas die zo grootmoedig is om
haar te helpen.

En sla nu om voor een voorproefje van *Verwrongen*,
Gevangen en *De Krinar-onthulling*.

FRAGMENT UIT VERWRONGEN

Ontvoerd. Meegenomen naar een privé-eiland.

Ik had nooit gedacht dat mij dit zou overkomen. Ik had me nooit kunnen voorstellen dat een toevallige ontmoeting aan de vooravond van mijn achttiende verjaardag mijn leven zo volkomen zou veranderen.

Nu behoor ik hem toe. Julian. Een man die even meedogenloos als knap is — een man wiens aanraking me in vuur en vlam zet. Een man wiens tederheid verwoestender is dan zijn wreedheid.

Mijn ontvoerder is een raadsel. Ik weet niet wie hij is of waarom hij me heeft ontvoerd. In hem bevindt zich duisternis—duisternis die me evenzeer aantrekt als beangstigt.

Ik ben Nora Leston. Dit is mijn verhaal.

～

Om negen uur 's avonds haalt Leah me op. Ze is gekleed op een avondje uit: een donkere, nauwsluitende spijkerbroek, een glinsterende, zwarte bandeautop en hooggehakte zwarte laarzen tot over de knie. Haar blonde haren zijn glad en steil. Ze vormen een waterval van highlights, die langs haar rug naar beneden stroomt.

Ik daarentegen draag nog steeds mijn gympen. Mijn nette schoenen zitten in de rugtas die ik straks in Leahs auto laat liggen. Een dikke trui verhult de sexy top die eronder zit. Ik heb geen make-up op en mijn lange bruine haren zijn bijeengebonden in een paardenstaart.

De reden dat ik zo wegga, is om verdenking te voorkomen. Ik zeg tegen mijn ouders dat ik met Leah naar een vriendin van ons ga. Mijn moeder zwaait ons uit en wenst ons veel plezier.

Nu ik ben bijna achttien ben, hoef ik niet meer op tijd thuis te zijn. Nou ja, waarschijnlijk wel, maar we hebben geen tijd afgesproken. Als ik maar thuis ben voor mijn ouders ongerust worden – of als ik laat weten waar ik ben – is het goed.

Zodra we in Leahs auto zitten, begin ik aan mijn transformatie. Mijn trui gaat uit. Daaronder draag ik een nauwsluitende top waarin, met hulp van een push-upbeha, mijn ietwat bescheiden voorgevel goed uitkomt. De behabandjes zijn decoratief, waardoor het niet erg is dat je ze ziet. Ik heb niet van die gave laarzen zoals Leah, maar ik heb wel mijn mooiste paar zwarte hakken mee kunnen smokkelen. Daarmee lijkt ik toch zo'n tien centimeter langer. Aangezien ik elke centimeter kan gebruiken, trek ik ze aan. Dan pak ik mijn make-uptasje en klap ik de zonneklep naar beneden om in het spiegeltje te kunnen kijken.

Even bestudeer ik mijn zo bekende trekken. Grote bruine ogen en scherp afgetekende zwarte wenkbrauwen domineren mijn kleine gezicht. Rob zei weleens dat ik er exotisch uitzie en ik begrijp wel wat hij bedoelde. Ik ben slechts voor een kwart Latijns-Amerikaans, maar mijn huid is altijd wat getint en ik heb ongewoon lange wimpers. Leah zegt vaak dat het nepwimpers zijn, maar ze zijn echt.

Ik ben tevreden met hoe ik eruitzie, al zou ik wel graag wat langer willen zijn. Het zijn mijn Mexicaanse genen. Mijn *abuela* was fijntjes gebouwd en dat ben ik ook, hoewel allebei mijn ouders van gemiddelde grootte zijn. Als Jake niet van lange meisjes had gehouden, had mijn lengte me niks uitgemaakt. Volgens mij ziet hij me letterlijk niet staan; ik bevind me onder zijn blikveld.

Met een zucht breng ik wat oogschaduw aan en smeer ik wat lipgloss op mijn lippen. Ik hoef me niet uit te leven met mijn make-up; eenvoudig werkt voor mij het beste.

Als Leah de radio harder zet, vullen de tonen van de nieuwste popnummers de auto. Met een grijns begin ik mee te zingen met Rihanna. Leah valt me bij en samen blèren we mee met 'S&M'.

Korte tijd later zijn we bij de club. Met een houding

alsof we dit al talloze keren gedaan hebben, lopen we naar binnen. Leah werpt de uitsmijter een brede glimlach toe. Daarna laten we hem even onze ID's zien. Zonder problemen mogen we doorlopen.

We zijn hier nog nooit eerder geweest. De club bevindt zich in een wat ouder, aftandser deel van Chicago. 'Hoe heb je deze club gevonden?' Ik moet tegen Leah schreeuwen om boven de muziek uit te komen.

'Ralph kende het hier,' schreeuwt ze terug.

Ik kan de neiging niet weerstaan met mijn ogen te rollen. Ralph is Leahs ex-vriendje. Ze gingen uit elkaar toen hij zich een beetje vreemd begon te gedragen, maar om de een of andere reden hebben ze wel contact gehouden. Volgens mij gebruikt hij drugs of zo. Ik heb geen idee en Leah wil er niets over kwijt vanwege een soort misplaatst gevoel van loyaliteit. Hij is in elk geval behoorlijk vreemd. Het feit dat hij ons deze plek heeft aangeraden vind ik dan ook niet echt geruststellend.

Maar ach, wat maakt het uit. De omgeving mag niet al te best zijn, maar de muziek is goed en het publiek is heel gemengd.

We zijn hier om te dansen, dus dat is precies wat we het volgende uur doen. Leah weet een paar jongens te overtuigen om shotjes voor ons te kopen, al nemen we allebei maar één drankje. Leah omdat ze nog moet rijden; ik omdat ik niet zo goed tegen alcohol kan. We zijn misschien wel jong, maar niet achterlijk.

Na de shotjes gaan we dansen. De jongens die de

drankjes voor ons gehaald hebben, dansen met ons, maar langzaamaan bewegen we ons van hen weg. Zo leuk zijn ze nou ook weer niet. Leah ziet een groep met leuke, wat oudere jongens en we besluiten hun kant op te gaan. Als ze met een van hen in gesprek raakt, kijk ik glimlachend toe hoe ze tot actie overgaat. Ze is echt goed in flirten.

Maar ik merk dat ik moet plassen, dus draai ik me om en ga op zoek naar het toilet.

Op de terugweg stop ik bij de bar voor een glas water. Van al dat dansen heb ik dorst gekregen. Ik drink het glas gretig leeg, waarna ik het op de bar zet en om me heen kijk, recht in een paar doordringende, blauwe ogen.

Hij zit aan de andere kant van de bar, zo'n drie meter verderop, en kijkt naar me.

Ik kijk terug. Ik kan er niets aan doen. Waarschijnlijk is hij de knapste man die ik ooit heb gezien.

Zijn haar is donker en krult lichtjes. Zijn gezicht is hard en mannelijk, volledig symmetrisch in ieder detail. Rechte, donkere wenkbrauwen boven opvallend lichtblauwe ogen. En zijn mond kan zo die van een engel zijn – een gevallen engel.

Ik krijg het warm als ik denk aan hoe die mond zou voelen op mijn huid, op mijn lippen. Als ik gevoelig zou zijn voor blozen, zou ik nu knalrood zijn.

Hij staat op en loopt op me af. Zijn blik houdt de mijne nog altijd vast. Hij loopt ontspannen. Rustig.

Volkomen zelfverzekerd. Waarom ook niet? Hij is waanzinnig knap en dat weet hij zelf ook.

Als hij dichterbij komt, besef ik dat hij lang is. Lang en goedgebouwd. Ik weet niet hoe oud hij is, maar mijn gok is dat hij qua leeftijd dichter bij de dertig dan bij de twintig zit. Een man, geen jongen meer. Als hij naast me komt staan, kost het me moeite om adem te halen.

'Hoe heet je?' vraagt hij zacht. Op de een of andere manier komt zijn stem boven de muziek uit. De diepe klank is zelfs in dit rumoer verstaanbaar.

'Nora,' zeg ik zachtjes. Als ik naar hem opkijk, zie ik dat hij weet welke betoverende uitwerking hij op me heeft.

Als hij glimlacht, wijken zijn lippen iets van elkaar en worden gelijkmatige, witte tanden zichtbaar. 'Nora. Dat bevalt me.'

Hij stelt zichzelf niet voor. Daarom verzamel ik mijn moed, en vraag: 'Hoe heet je?'

'Jij mag me Julian noemen.'

Ik staar naar zijn lippen terwijl hij praat. Nog nooit heeft de mond van een man me zo gefascineerd.

'Hoe oud ben je, Nora?' vraagt hij dan.

Ik knipper even met mijn ogen. 'Eenentwintig,' zeg ik dan snel.

Hij werpt me een duistere blik toe. 'Waag het niet tegen me te liegen.'

'Bijna achttien,' geef ik dan met tegenzin toe. Ik hoop maar dat hij dat niet tegen de barman vertelt, want dan vlieg ik eruit.

Hij knikt; blijkbaar heb ik bevestigd wat hij al

vermoedde. Dan legt hij een hand tegen mijn gezicht. Het is een zachte, lichte aanraking. Zijn duim glijdt over mijn onderlip alsof hij de textuur ervan wil doorgronden.

Ik ben zo in shock dat ik gewoon blijf staan. Nog nooit heeft iemand me zo zacht en tegelijkertijd zo bezitterig aangeraakt. Mijn lichaam voelt heet en koud tegelijk; een huivering van angst glijdt langs mijn ruggengraat.

Er is geen enkele aarzeling in die handeling te bespeuren. Hij vraagt niet om toestemming, hij wacht niet af of ik zijn aanraking wel toesta. Hij raakt me gewoonweg aan alsof hij daar het recht toe heeft. Alsof ik de zijne ben.

Met een beverige zucht stap ik achteruit. 'Ik moet gaan,' fluister ik.

Hij knikt opnieuw, een onleesbare uitdrukking op zijn beeldschone gezicht.

Ik weet dat hij me laat gaan en dat geeft me een bizar dankbaar gevoel. Het is alsof iets in mij weet dat hij zo verder had kunnen gaan, dat hij het spelletje niet volgens de regels speelt. Dat hij waarschijnlijk het gevaarlijkste wezen is dat ik ooit heb ontmoet.

Ik draai me om en wring me door de menigte. Mijn handen trillen en mijn hart klopt in mijn keel. Ik wil hier weg.

Zodra ik Leah heb gevonden, vraag ik haar me naar huis te brengen. Bij de deur van de club draai ik me nog een keer om.

Daar staat hij. Hij kijkt me na. In zijn blik ligt een

duistere belofte – een belofte die een huivering door me heen laat gaan.

~

Verwrongen is nu verkrijgbaar. Ga naar www.annazaires.com/book-series/nederlands/ om er meer over te weten te komen.

FRAGMENT UIT GEVANGEN

Ze is bang voor hem vanaf het eerste moment dat ze hem ziet.

Yulia Tzakova is geen onbekende voor gevaarlijke mannen. Ze groeide op met hen. Ze heeft ze overleefd. Maar als ze Lucas Kent ontmoet, weet ze dat de harde ex-soldaat misschien wel de gevaarlijkste van allemaal is.

Eén nacht, dat is alles wat het zou moeten zijn. Een kans om een mislukte opdracht goed te maken en informatie te krijgen over de wapenleverancier van Kent. Wanneer zijn vliegtuig naar beneden gaat, zou het het einde moeten zijn.

In plaats daarvan is het nog maar het begin.

Hij wil haar vanaf het eerste moment dat hij haar ziet.

Lucas Kent heeft altijd graag langbenige blondines gehad en Yulia Tzakova is zo mooi als ze komen. De Russische tolk heeft misschien geprobeerd zijn baas te verleiden, maar ze belandt in Lucas 'bed - en hij is van plan haar daar weer te zien.

Dan gaat zijn vliegtuig naar beneden en leert hij de waarheid.

Ze heeft hem verraden.

Nu zal ze betalen.

~

Het eerste wat ik doe als ik thuiskom, is mijn baas bellen en doorgeven wat ik gehoord heb.

'Dus mijn vermoeden was juist,' zegt Obenko als ik uitgesproken ben. 'Ze gebruiken Esguerra om die kloterebellen in Donetsk te bewapenen.'

'Ja.' Ik schop mijn schoenen uit en loop naar de keuken om thee te zetten. 'Buschekov eiste een exclusieve deal, dus Esguerra staat volledig aan de kant van de Russen.'

Obenko laat een creatieve vloek horen die veelvuldig gebruikt maakt van de woorden verdomde, slet en moeder. Ik negeer het en giet water in de waterkoker, waarna ik hem aanzet.

'Goed,' zegt Obenko als hij wat gekalmeerd is. 'Je ziet hem vanavond nog, toch?'

Ik haal diep adem. Dit is het minder leuke gedeelte. 'Niet echt.'

'Niet echt?' Obenko's stem wordt gevaarlijk zacht. 'Wat bedoel je daar verdomme mee?'

'Ik heb hem een aanbod gedaan, maar hij was niet geïnteresseerd.' In dit soort situaties vertel je altijd beter de waarheid. 'Hij zei dat ze snel weer vertrekken en dat hij te moe was.'

Opnieuw begint Obenko te vloeken. Intussen open ik het pakje thee, laat een zakje in een mok vallen en schenk er kokend water overheen.

'Weet je zeker dat je hem niet zover krijgt?' vraagt hij als hij uitgevloekt is.

'Behoorlijk zeker, ja.' Ik blaas in de mok om mijn thee wat af te koelen. 'Hij had gewoon geen interesse.'

Obenko zwijgt even. 'Goed,' zegt hij dan. 'Je hebt het verkloot, maar daar hebben we het een andere keer wel over. Nu moeten we bedenken wat we gaan doen aan Esguerra en de wapens waarmee ons land overspoeld zal worden.'

'Hem elimineren?' stel ik voor. Mijn thee is nog iets te heet, maar ik neem toch een slokje om van de warmte in mijn keel te kunnen genieten. Het is een eenvoudig genoegen, maar zijn de beste dingen in het leven niet zo? De geur van bloesem in de lente, de zachte vacht van een kat, de sappige zoetheid van een rijpe aardbei - ik heb recent geleerd die dingen te koesteren, het leven zo goed als ik kan te omarmen.

'Makkelijker gezegd dan gedaan.' Obenko klinkt gefrustreerd. 'Hij wordt beter bewaakt dan Poetin.'

'Hm-hm.' Ik neem nog een slokje thee en sluit mijn ogen om de smaak beter tot me door te laten dringen. 'Je bedenkt wel iets.'

'Wanneer vertrekt hij, zei hij dat?'

'Nee. Hij zei alleen dat het binnenkort was.'

'Goed.' Ineens lijkt Obenko ongeduldig. 'Laat het me ogenblikkelijk weten als hij contact met je opneemt.'

En voor ik iets kan zeggen, heeft hij al opgehangen.

Aangezien ik nu toch een avondje vrij ben, besluit ik een bad te nemen. Mijn badkuip is klein en sjofel, net zoals de rest van mijn appartement, maar ik heb wel erger gezien in mijn leven. Ik besluit de lelijke badkamer op te fleuren met een paar geurkaarsen op de wastafel en wat badschuim in het water. Dan stap ik in het bad, een genietende zucht slakend als het warme water mijn lichaam omsluit.

Als ik kon kiezen, zou ik het altijd warm hebben. Wie zei dat het in de hel heet is, had het mis. In de hel is het koud.

Zo koud als de Russische winter.

Terwijl ik van mijn warme bad lig te genieten, gaat de deurbel. Meteen schiet mijn hartslag omhoog en vlamt de adrenaline door mijn aderen.

Ik verwacht geen bezoekers - dus zijn er problemen.

Ik spring uit de badkuip, sla een handdoek om me

heen en ren naar de leef- en slaapruimte van mijn studio. Mijn kleren liggen nog op het bed, maar ik heb geen tijd om ze aan te trekken. In plaats daarvan schiet ik in een ochtendjas en pak dan het pistool uit mijn nachtkastje.

Ik haal diep adem en loop naar de deur, het wapen voor me gericht.

'Ja?' roep ik. Op een paar meter van de deur blijf ik staan. Hoewel de deur van versterkt staal is gemaakt, is het sleutelgat dat niet. Daar kan doorheen geschoten worden.

'Lucas Kent hier.' De diepe, Engelssprekende stem laat me zo schrikken dat ik het wapen een paar centimeter laat zakken. Mijn polsslag schiet nog verder omhoog en om de een of andere reden beginnen mijn knieën te trillen.

Wat doet hij hier? Weet Esguerra iets? Heeft iemand me verraden? De vragen wellen in me op en maken me nog veel nerveuzer, tot ik bedenk wat ik moet doen.

'Wat wil je?' Ik probeer mijn stem niet te laten trillen. Als Kent me niet komt doden, is er maar één andere verklaring voor zijn aanwezigheid: Esguerra is van gedachten veranderd. In dat geval moet ik me gedragen als de onschuldige burger die ik moet voorstellen.

'Ik wil je spreken,' zegt Kent met een vleugje geamuseerdheid in zijn stem. 'Ga je de deur nog opendoen of moeten we door tien centimeter staal heen praten?'

O, nee. Dat klinkt niet alsof Esguerra hem gestuurd heeft om me op te halen.

Snel ga ik mijn opties na. Ik kan mezelf hier opsluiten en hopen dat hij niet binnenkomt, maar dan neemt hij me te pakken als ik naar buiten kom, wat uiteindelijk toch nodig is. Het is beter erop te gokken dat hij niet weet wie ik ben en mijn dekmantel van vanavond weer aan te wenden.

'Waarom wil je met me praten?' Ik probeer tijd te rekken. Het is een redelijke vraag. Iedere vrouw zou in zo'n situatie voorzichtig zijn, niet alleen vrouwen die iets te verbergen hebben. 'Wat wil je?'

'Jou.'

Dat ene woord, gevormd door zijn diepe, mannelijke stem, raakt me als een vuistslag. Mijn longen stoppen met werken en ik staar met een irrationele paniek naar de deur. Blijkbaar had ik gelijk toen ik me afvroeg of hij me aantrekkelijk vond, of hij steeds naar me keek als gevolg van een primaire, biologische reactie.

Ja, natuurlijk. Hij wil me.

Ik dwing mezelf diep in te ademen. Dit is een opluchting, toch? Er is geen enkele reden om in paniek te raken. Al sinds mijn vijftiende zitten mannen achter me aan en inmiddels heb ik daar goed mee leren omgaan. Ik gebruik hun lust in mijn voordeel. Dit is niet anders dan normaal.

Maar Kent is harder, gevaarlijker dan de meesten.

Nee. Ik leg dat kleine stemmetje het zwijgen op en

laat, nogmaals diep ademhalend, mijn wapen zakken. Vanuit mijn ooghoeken zie ik mezelf in de spiegel. Mijn blauwe ogen staan groot in een bleek gezicht. Een slordige knot houdt mijn haar bijeen, al vallen een paar losse lokken langs mijn hals. Gehuld in een zachte badjas, een pistool in mijn handen, lijk ik in de verste verte niet op de modebewuste jonge vrouw die Kents baas probeerde te verleiden.

Toch neem ik een besluit. 'Ogenblikje,' roep ik naar de deur. Ik kan Lucas Kent de toegang tot mijn studio ontzeggen - dat zou niet vreemd zijn, aangezien ik een vrouw alleen ben - maar het is slimmer om van de gelegenheid gebruik te maken om wat informatie te vergaren.

Ik kan er toch op zijn minst achter proberen te komen wanneer Esguerra vertrekt. Als ik dat aan Obenko doorgeef, maak ik mijn eerdere blunder deels weer goed.

Snel verberg ik het wapen in een kastje onder de spiegel in de hal en maak mijn haren los, zodat de dikke blonde strengen over mijn rug vallen. Mijn make-up had ik er al afgehaald, maar mijn huid is gaaf en mijn wimpers zijn donker, dus het kan er wel mee door. Eigenlijk lijk ik zo zelfs jonger en onschuldiger.

Een 'buurmeisje', zoals de uitdrukking heet.

Vol vertrouwen dat ik er redelijk fatsoenlijk uitzie, doe ik de deur van het slot. Het absurde bonzen van mijn hart negeer ik.

~

Gevangen is nu verkrijgbaar. Ga naar
www.annazaires.com/book-series/nederlands/ om er
meer over te weten te komen.

FRAGMENT UIT DE KRINAR-ONTHULLINGDE KRINAR-ONTHULLING

Wat gebeurt binnen de muren van een alienseksclub blijft binnen de muren van een alienseksclub, toch?

Nou, nee… Niet als je er een onthullend artikel over schrijft. En al helemaal niet als je achterwege laat te vermelden dat de ervaringen die je beschrijft, je eigen ervaringen zijn. Komt nog bij dat de Krinar met wie je het hebt gedaan de clubeigenaar is, met een voorliefde voor chantage en machtsspelletjes. Het leven van een jonge journalist aan het begin van haar carrière staat in het teken van het zoeken naar goede verhalen… totdat het in het teken komt te staan van een bezitterige alien die haar alle hoeken van New York laat zien.

Er stopte een auto voor me en ik strekte mijn nek om te zien of het mijn taxi was, maar nee, het was een zwarte limousine. Ik begon te lopen naar een plek waar de taxichauffeur me beter zou kunnen zien toen ik het portier van de limo hoorde opengaan.

Snelle, vloeiende voetstappen kwamen over de stoep in mijn richting.

Té vloeiend.

Een bepaald instinct tot zelfbehoud liet mijn hartslag versnellen. Een kort moment wilde ik mijn dozen laten vallen en wegrennen, maar ik had mijn comfortabele hakken van vijf centimeter vandaag gecombineerd met een erg oncomfortabele kokerrok. De kans dat ik die K voor kon blijven, was nihil.

Een seconde later was het toch al te laat omdat ik zíjn warmte achter me voelde. Ik voelde hem over de hele lengte van mijn lichaam en de koele avondbries leek te verdwijnen. Ik bevroor toen de geur van onmenselijke mannelijke perfectie mijn neus binnendrong, en de herinnering aan de meest fysiek bevredigende nacht van mijn leven tot leven kwam.

O fuck.

Mijn maag trok samen. Mijn tepels werden hard. De rest van mijn lichaam leek ook een levendige herinnering te hebben aan die nacht, als ik mocht afgaan op de onmiddellijke – en vernederende – pavlovreactie op Vairs aanwezigheid. Mijn binnenste spieren spanden samen van verwachting en ik voelde mezelf alweer warm en vochtig worden.

Ik bracht mijn domme vagina in herinnering dat dit dezelfde alien was die mijn carrière en mijn leven zojuist had verwoest. Hij was de vijand die mijn planeet was komen overnemen. Een vijand die mij elk moment kon vermoorden of, nog erger, me kon uitleveren aan de Krinar-autoriteiten.

Maar toen voelde ik warme, lange vingers om mijn rechterbovenarm en ging er weer een schok van seksuele opwinding door me heen. En toen hij zijn andere hand op mijn linkerheup legde voelde dat vreemd genoeg geruststellend. Het maakte me kalm terwijl een ander paar handen dat ik niet kon zien de dozen van me overnam.

'Deze kant op, schatje,' zei Vair met zijn diepe stem boven mijn hoofd terwijl hij me in de richting van de limousine duwde.

Tegen degene die mijn dozen had overgenomen praatte Vair met een snelle, onbekende taal met veel keelklanken. Ik keek over mijn schouder en zag een lange, prachtige K-man in een zwart pak bevestigend knikken terwijl hij mijn dozen terugbracht naar het gebouw waar ik werkte.

Tot voor kort werkte. Wacht...

'Dat zijn mijn spullen,' protesteerde ik net wat te laat. 'Waar gaat hij naartoe? Waar brengt hij mijn spullen naartoe?'

'Stap in de auto, Amy.' Het bevel ging gepaard met lichte druk op mijn hoofd omdat Vair me de limousine in manoeuvreerde voordat ik kon rebelleren.

Hij stapte vlak achter me in. Zijn grote lichaam vouwde zich gracieus op de plek tegenover me in de luxueus ingerichte passagiersauto. De auto kwam in beweging terwijl ik stokstijf stil bleef zitten – ik was bevangen door een mix van shock, angst en verwachting.

Zodra Vair zat en zijn volledige aandacht op mij gericht was, moest ik blozen. En dan niet gewoon een klein beetje zodat het kon doorgaan voor zenuwen of kon worden toegeschreven aan het feit dat ik zware dozen had getild, nee: ik bloosde alsof ik een zonnesteek had. Ik bloosde als een schuldige in de rechtbank.

Ik bloosde als een vrouw die zich precies herinnerde hoe het was om hem diep in zich te voelen en zijn masculiene grommetjes en kreuntjes te horen terwijl hij in me drong... in mijn mond... achterlangs, op mijn buik, op mijn...

Ik verbrak het oogcontact omdat ik bang was anders flauw te vallen en liet mijn ogen door de limousine gaan, maar ik zag er haast niks van. Elke cel en vezel van mijn wezen was zich te sterk bewust van de goddelijke alien die tegenover me zat.

Die naar me keek.

God, hij was zoveel mooier dan in mijn masturbeerfantasieën. Zoveel groter. Zoveel meer een jager.

Zoveel gevaarlijker.

Er was te veel ruimte in deze enorme limousine voor ons tweeën, maar veel te weinig om te negeren dat hij overal om me heen was met zijn aanblik, zijn geur, zijn hele aanwezigheid.

Hij kon me wel overal mee naartoe nemen. Hij kon wel allerlei plannen met me hebben.

Denk na, Amy.

'Je ziet er verhit uit.' Zijn diepe stem klonk licht en speels, maar toch schrok ik op. 'Zal ik de airco aanzetten?'

Mijn ogen schoten terug naar hem en ik zag dat hij naar zijn handpalm keek, waar hij met de wijsvinger van zijn andere hand overheen ging zonder naar mij te kijken. Hij had een casual outfit aan, een simpel wit T-shirt dat zijn gebronsde huid accentueerde en loafers, en hij wist er fris en chic tegelijkertijd uit te zien – eleganter dan ik er vanmorgen had uitgezien in mijn kokerrok en zijden blouse, zelfs nog voordat ik zo gekreukt was geraakt door de loop van deze rare dag.

'Wat ga je met me doen?' Mijn stem verried me, te hoog en een beetje huiverend. Ik klonk beklagenswaardig. Shit.

Eerst leek hij terug te deinzen door mijn vraag – of misschien door mijn toon – toen hij weer naar me keek, maar toen verscheen er een langzame, sensuele glimlach om zijn volle lippen. 'Ja, wat zou ik gaan doen?' Zijn wijsvinger ging afwezig over die prachtige lippen en ik moest mezelf bij de orde roepen om te focussen op zijn spottende toon – en op het overleven van deze situatie.

'Wat zou jij doen als je in mijn schoenen stond?' Hij zuchtte en ineens keek hij serieus. 'Ik ben bang dat een paar heel invloedrijke Raadsleden moeite hebben met je artikel.'

Dit was het dan. Mijn grootste angst werd werkelijkheid. Ik was ten dode opgeschreven.

Maar het was onzin. Mijn moeder kón hier geen gelijk in hebben.

'Wat?' Ik veinsde dat ik geschokt was. 'Wat bedoel je?' Er schoot ineens adrenaline door me heen. 'Ik heb alleen feiten over je club opgeschreven... over de seksuele voorkeuren van jouw soort. Ik bedoel... dit kun je toch niet menen? Je meent het toch niet?' Ik schoot in de verdediging, merkte ik, en ik gooide het over een andere boeg. 'Je club is nu de hotste van de stad. Ik word gebeld door de populairste supermodellen die me smeken om het adres!'

Het lukte me niet om de jaloezie uit mijn stem te weren toen ik dat zei, dus ik ging snel verder. 'En trouwens, ik had het idee dat jullie machtige Raadsleden onze media sturen. Ik dacht dat ze het stuk wel gewoon konden laten verdwijnen als ze er niet blij mee waren.'

Vair bleef me blanco aankijken. Compromisloos.

Fuck.

Angst en paniek stuurden mijn mond, die maar bleef praten. 'Ze hebben het wél laten verschijnen,' benadrukte ik alsof dat bewees dat ze erachter stonden. 'En het spijt me, ik had geen idee dat ik iemand hiermee tegen de haren in zou strijken.' Ik gooide er een verward zuchtje in. 'Als ze het niet wilden, waarom lieten ze het dan verschijnen? Dat kan toch niet mijn fout zijn? Ik bedoel, ze hadden gewoon The Herald kunnen bellen en ze kunnen dwingen om...'

Ik stopte met praten toen ik Vair langzaam zag

klappen met een spottende glinstering in zijn donkere ogen.

'Bedankt voor die prachtige en o zo gemeende verontschuldigingen, mevrouw Myers. Jammer dat je geen minor drama hebt gedaan toen je bezig was met je studie journalistiek aan NYU.'

Shit. Ik zat echt in de problemen.

Hij hield mijn blik in de stilte vast en de lucht om me heen leek met de seconde kouder te worden.

'Dus… wat nu?' Ik trok één wenkbrauw op en er kwam een droog kuchje uit mijn keel dat te zenuwachtig klonk om mijn blufpoker kracht bij te zetten. 'Moet ik naar een K-gevangenis? Of staat op publiceren over alienseks de doodstraf?' O mijn god Amy, hou je kop!

'Hmm… een beetje marteling, tien jaar in een strafkamp en daarna publieke onthoofding.'

Dit kon niet waar zijn. Mijn moeders krankzinnige bronnen konden geen gelijk hebben. Het bestond gewoon niet. Hij fuckte me. Ik wist het zeker.

Bíjna zeker.

Er kwam een nerveus lachje uit me. Hij bleef me stoïcijns aankijken.

'J-je kunt dit niet menen…'

Hij fronste en haalde een hand door zijn haar. Nu leek hij pissig. 'Ik heb ze verteld dat het slecht voor onze reputatie zou zijn als we je zouden martelen en doden.'

'O?' wist ik nonchalant uit te brengen terwijl mijn hart keihard begon te bonzen.

Fuckte hij nou met me of meende hij het? Ik kon het niet meer vaststellen.

'De Raad heeft toegezegd dat ik de situatie met jou mag... afhandelen.' Zijn ogen werden donker bij dat laatste woord en er ging een rilling door me heen.

'W-wat betekent dat?' Dat hij me zelf mocht martelen en doden? Ergens waar niemand het zag? Was dat wat we nu gingen doen?

Die gedachten moesten wel van mijn gezicht af te lezen zijn geweest, want hij rolde op een verrassend menselijke manier met zijn ogen en mompelde toen iets in diezelfde taal vol keelklanken die ik eerder al had gehoord. Dit waren waarschijnlijk Krinar-vloeken, als ik mocht afgaan op zijn harde kaaklijn en zijn tot vuisten gebalde handen.

Maar toen hij weer iets tegen mij zei, klonk hij vriendelijk. Geduldig. 'Er bestaat op Krina geen doodstraf. Wat wij doen met wetsovertreders is heel anders dan waar jullie als mensen aan gewend zijn. Geen Krinar zal jou een haar krenken. En ik zeker niet.'

Zijn blik rustte bedachtzaam op mij terwijl hij dat zei. Het klonk oprecht. Het leek er niet op dat hij me pijn wilde doen. Die peilloze ogen leken heel iets anders te willen. In mijn opluchting wilde ik ineens in zijn ogen verdrinken. Ik was bereid om mijn gezond verstand en beoordelingsvermogen te laten varen en hem op zijn woord te geloven.

Ik knipperde met mijn ogen en keek weg. Ik moest weer denken aan die YouTube-video met die Saoedi-Arabiërs.

'Er zijn wél mensen gedood door K,' zei ik. De feiten logen er niet om, ongeacht wat zijn voodoo-ogen me lieten geloven. 'Het is vastgelegd. Nogal duidelijk ook,' voegde ik er met een grimas aan toe.

'Ja,' erkende hij. 'We hebben mensen gedood als het moest. Meestal uit noodweer.'

Nu was het mijn beurt om met mijn ogen te rollen, maar ik besloot deze discussie niet verder aan te gaan. Ik moest denken aan de reden waarom ik zo in paniek was geraakt vanavond.

De videobeelden.

Als ze niet van plan waren om me fysiek te krenken vanwege mijn stuk, dan was er een andere reden waarom we hier zaten, en voor die beelden.

Mijn hartslag schoot omhoog toen ik het begreep. Ze waren me aan het chanteren.

Gek genoeg was dat zowel angstaanjagend als geruststellend. Als ik gelijk had en ze wilden me chanteren, dan bestond er een kans dat de beelden nog niet waren verspreid. En ik zou alles doen om dat te voorkomen. Zelfs...

Goed. Het was onvermijdelijk.

'Je wilt dat ik terugneem wat ik heb geschreven,' zei ik op vlakke toon. Mijn journalistieke carrière zou voorbij zijn, maar ik zou in elk geval nog enige waardigheid hebben als ik kon verhinderen dat die seksvideo naar buiten kwam.

Hij fronste. 'Natuurlijk niet. Het was een briljant artikel. Heel...' Zijn tong ging over zijn volle onderlip terwijl zijn blik over me heen gleed. '... onthullend.'

Mijn bloed begon sneller te stromen en dat was helemaal niet de bedoeling.

Ik riep mezelf tot de orde. 'Je wilt dus niet dat ik het terugtrek?' Ik werd angstig toen ik besefte dat ik misschien helemaal geen ruilmiddel had.

'Nee.' Zijn lippen vormden een lome glimlach en zijn donkere blik hield me vast.

Toen keek hij naar mijn borsten.

Ik legde mijn klamme handen op de leren stoel. Ik slikte. Ademde diep in. 'Vanwaar dan die videobeelden?'

Hij leunde naar voren met een doodserieuze blik in zijn ogen. 'Je hebt me niet gebeld, Amy.'

Het was alsof alle lucht uit de limousine werd gezogen.

'Je bent niet teruggekomen naar de club.'

Ondanks de verwarring en lichte angst die zijn plotseling zo beschuldigende toon bij me opriep, werd ik door wat hij zei nog natter dan ik al was.

'Ik wist niet dat je dat wilde.' De waarheid kwam er op defensieve toon uit, en sneller dan ik kon verwerken wat hij gezegd had. Er schoten allemaal conflicterende emoties door me heen. 'Ik bedoel... Het was niet mijn bedoeling dat er iets zou gebeuren... met jou... en mij... toen in de club.'

Wat zei ik nou allemaal?

Wat zei híj nou allemaal?

Een zweetdruppel gleed tussen mijn schouderbladen door en ik huiverde in mijn zijden blouse. Het was inmiddels ijskoud in deze limousine.

'Aha. Dus jij was een slachtoffer?' Hij klonk oprecht bezorgd, maar zijn ogen schitterden van plezier. Van zelfgenoegzaamheid.

Ik begon boos te worden. Er bestond geen simpel antwoord op zijn vraag. Ik hield mijn knieën bij elkaar en mijn klamme handen op de stoel gedrukt om het trillen te onderdrukken.

'Het was niet mijn bedoeling dat er iets tussen ons zou gebeuren die avond,' herhaalde ik, helder en duidelijk ondanks mijn droge keel.

Hij zuchtte. 'Mensen maken alles zo ingewikkeld. Zelfs de meest basale emoties moeten door allerlei sociale filters.' Zijn ogen drukten een vreemd soort medelijden uit – en een stille teleurstelling die vreemd verontrustend was.

Ik had water nodig. Ik moest uit Vairs limo.

Ik had nog meer antwoorden nodig.

'Staat het al op internet?' gooide ik eruit. Mijn hartslag gonsde in mijn oren.

'Staat wat al op internet, schatje?'

'Dat weet je best!'

'Geef antwoord op mijn vraag en dan krijg je antwoord op de jouwe.'

'Ik ben geen slachtoffer.'

'Mooi.' Hij knikte kort en haalde toen een glazen fles met een transparante vloeistof uit een koelcompartiment. 'Ik hou niet van slachtoffers.'

Hij draaide de dop van de fles en gaf hem aan me.

'Dat drink ik niet op.'

'Het is water, Amy.'

'En wat nog meer?'

Hij grijnsde en schudde zijn hoofd. 'Wat je maar wilt, liefje,' mompelde hij, waarna hij me loom in zich opnam, op dezelfde flirterige manier als toen we elkaar voor het eerst ontmoetten in de club.

Zijn verslindende blik beloofde zoveel méér dan water. En hij had hetzelfde effect als een maand geleden; hij zoog me naar hem toe en liet me naar dingen verlangen waarvan ik wist dat ik ze niet moest willen. Hij bracht me in verwarring, ik voelde me kwetsbaar en naakt.

Hij verplaatste zijn grote lichaam naar de rand van zijn stoel, waardoor de koude fles mijn blote knie raakte, en ik deinsde in een reflex achteruit.

Grinnikend zette hij de fles zelf aan zijn mond. Mijn ogen werden naar zijn lippen gezogen die tegen die fles gedrukt waren, zijn keelspieren die op een neer gingen terwijl hij de halve fles leegdronk.

Toen hij genoeg had gehad, bood hij me de fles opnieuw aan, met een opgetrokken wenkbrauw, en ik aarzelde niet meer om hem aan te nemen. Ik zei tegen mezelf dat ik het deed omdat ik dorst had, niet omdat ik inging op zijn onuitgesproken uitdaging – en al helemaal niet omdat ik mijn lippen indirect via de fles in contact wilde brengen met de zijne.

Ik kon er wel van uitgaan dat dit water niet vergiftigd was. Een invloedrijke alien had geen vergiftigd water nodig om te krijgen wat hij van me wilde. Ik moest er alleen achter zien te komen wat dat was, als het niet om de terugtrekking van mijn X-clubartikel ging.

Ik sloot mijn lippen om de flessenhals, gooide mijn hoofd achterover en dronk alles wat er nog in zat in snelle, grote slokken op. Niet erg damesachtig, maar fuck dat. Fuck die K met hun constante superieure bullshit en hun constante intimidatie van mijn soort.

Nu mijn dorst gelest was en ik iets van mijn waardigheid terug had, liet ik de lege fles weer zakken en zuchtte ik vergenoegd. Maar toen zag ik Vairs gezichtsuitdrukking en maakte mijn maag een vrije val.

Hij keek als een kat die op het punt stond zijn prooi te pakken. Als een uitgehongerde man die zijn favoriete maaltje kreeg voorgeschoteld.

De Krinar-onthulling is nu verkrijgbaar. Ga naar www.annazaires.com/book-series/nederlands/ om er meer over te weten te komen.

Anna Zaires is een New York Times, USA Today, en #1 internationale bestseller auteur van sci-fi romance en hedendaagse donkere erotische romance. Ze werd verliefd op boeken toen ze vijf jaar oud was, toen haar grootmoeder haar leerde lezen. Sindsdien heeft ze altijd gedeeltelijk in een fantasiewereld geleefd waar de enige grenzen die van haar verbeelding waren. Anna woont momenteel in Florida, is gelukkig getrouwd met Dima Zales (een science fiction en fantasy auteur) en werkt nauw met hem samen aan al hun werken.

Voor meer informatie kunt u terecht op www.annazaires.com/book-series/nederlands/.